Für L.C. FREY gibt es nichts Spannenderes als die tiefsten Abgründe der menschlichen Seele. Seit Jahren begeistert er mit seinen temporeichen, packenden Thrillern eine riesige Fangemeinde. Unter seinem Klarnamen Alex Pohl hat er darüber hinaus mehrere Kriminalromane veröffentlicht. *Target. Du bist das Ziel* ist sein erstes Buch als L.C. Frey im Penguin Verlag.

L.C. Frey

Target. Du bist das Ziel

Thriller

PENGUIN VERLAG

MIX
Papier aus verantwortungsvollen Quellen
FSC
www.fsc.org
FSC® C014496

Klimaneutral*
Druckprodukt
ClimatePartner.com/14044-1912-1001

Penguin Random House Verlagsgruppe FSC® N001967

1. Auflage 2022

Dieses Werk wurde vermittelt durch die
AVA international GmbH Autoren- und Verlagsagentur,
München
Redaktion: Carlos Westerkamp
Umschlaggestaltung: www.buerosued.de
Umschlagabbildung: Arcangel, Andrius Remeikis/Arcangel, Roy
Bishop/www.buerosued.de
Satz: Buch-Werkstatt GmbH, Bad Aibling
Druck und Bindung: GGP Media GmbH, Pößneck
Printed in Germany
ISBN 978-3-328-10627-2
www.penguin-verlag.de

ENDE

Aufgegebene Eisenbahnbrücke in der Nähe von Wiesbaden

Lisa warf einen letzten Blick auf das Display ihres Handys. Darauf sah sie sich selbst, aufgenommen durch die Linse der Selfiekamera. Knapp eintausend Viewer hatten sich inzwischen per Livestream zugeschaltet. Sahen ihr zu, kommentierten das Geschehen.

Hochgereckte Daumen. Aufmunternde Kommentare.

Smileys.

Sie nickte, und ihr Gesicht auf dem Display nickte ihr ebenfalls zu, nur einen Sekundenbruchteil verzögert. Selbst im trüben Licht dieses regnerischen Tages wirkte sie ungesund, ihr Gesicht ein blasser, verwaschener Schemen, die Augen dunkle Teiche darin.

Noch ein paar Daumen und Smileys mehr. Nicht, dass das jetzt noch eine Rolle gespielt hätte.

Lisa kletterte auf die hüfthohe Absperrung, die die Brücke begrenzte, streckte ihren Rücken durch. Für einen Moment kämpfte sie mit rudernden Armen um ihr Gleichgewicht, als eine Windbö sie erfasste. Sie fand ihren Stand wieder, gerade so.

Der Regen hatte vor ein paar Minuten wieder kräftig eingesetzt. Er prasselte auf sie herab, auf die rostverkrusteten Stahlträger der Brücke, auf die graue, sturmgepeitschte Landschaft ringsum. Lisa hob den Kopf, betrachtete den bleiernen Himmel. Sie konnte sein Gewicht beinahe körperlich spüren.

Tief atmete sie den sauren Geruch des Regens ein. Zerrissene Sturmwolken jagten über ihren Kopf. Schwärze dämmerte am Horizont. Irgendwo hinter all diesen Wolken versteckt, musste es eine Sonne geben, aber Lisa mochte nicht mehr so recht daran glauben.

Sie senkte den Blick. Viele Meter unter ihr schoss das Wasser dahin, schaumige Gischt spülte ans Ufer. Bleigrau auch der Fluss in einer monochromen Landschaft, als wäre dem lieben Gott kürzlich alle Farbe ausgegangen.

Sie fragte sich, ob es lange dauern würde, bis das eisige Wasser ihre Lunge gefüllt hatte. Ob sie in der reißenden Strömung ertrinken oder nicht schon vorher am Kälteschock sterben würde. Herzstillstand. Aus und vorbei, in einem Sekundenbruchteil ist man bewusstlos.

Schön wäre das.

Lisa trat einen kleinen Schritt vor, auf den Rand der Brüstung zu. Vom Ende der Asphaltstraße ertönte ein fragendes Bellen, fern und gedämpft. Dort, am Rand eines Stoppelfelds, stand ein Mann in einer dunklen Regenjacke, die Kapuze auf dem Kopf. Daneben ein Hund, an einer Leine. Ein Border Collie, schwarz und weiß gefleckt. Das pinkfarbene Halsband des Hundes war der einzige Farbtupfen in diesem tristen Panorama. Der Mann stand völlig reglos da, machte keinerlei Anstalten, Lisa zu helfen oder Hilfe zu rufen.

Lisa richtete den Blick wieder auf den Horizont, dann stieß sie sich kräftig ab, sprang mit geschlossenen Füßen, die Arme eng an den Körper gepresst. Nur ein kleiner Hüpfer, ganz einfach.

Den Rest würde die Schwerkraft erledigen.

NOCH 8 TAGE
BIS ZUM SPRUNG

1

Wiesbaden, Sperlingsviertel
8 Tage früher

Lisas Handy pingte, eine neue Nachricht.

Melde dich bitte, Lisa. Wir müssen reden.

Fünfzehn Jahre Stille, dachte Lisa, und dann plötzlich diese regelrechte Flut. WhatsApp-Nachrichten, mindestens zwei pro Tag. Seit zwei Wochen ging das jetzt schon so, mit zunehmender Häufigkeit in den letzten paar Tagen, und alle waren ähnlichen Inhalts.

Sie drückte die Nachricht weg, wie jedes Mal.

Klar, dachte sie, während sie das Gartentor aufschob und auf den Kiesweg trat, der zu dem kleinen Reihenhaus im Sperlingsweg führte, das sie und Max nun seit etwas über zwei Monaten gemeinsam bewohnten. Klar. Melden wir uns. Reden wir. Gute Idee.

Bloß kommt sie fünfzehn Jahre zu spät.

Fünfzehn Jahre, seit sich ihr Vater endgültig für seinen besten Freund entschieden hatte anstatt für das, was damals von seiner kleinen Familie noch übrig geblieben war. Sein bester Freund wurde in Flaschen verkauft, war ständig und überall verfügbar. Beschwerte sich nie, spendete immer Trost, oder wenigstens für ein paar Stunden Vergessen.

Dagegen kam man als Tochter einfach nicht an.

Sie schlüpfte unter das Vordach der Haustür und schüttelte sich die Nässe aus den schulterlangen, braunen Haaren. Auf dem kurzen Weg von der S-Bahn-Station hatte sich der Nieselregen in ihren Klamotten und Haaren festgesetzt, ihre Jeans klebten klamm an ihren Beinen. Seit Tagen ging das nun schon so, der Herbst zeigte sich von seiner unwirtlichen Seite, die Dämmerung begann gefühlt bereits am frühen Nachmittag. Genau das richtige Wetter, fand Lisa, um es draußen zu lassen. Es einfach an sich abperlen lassen wie den Regen auf ihrer altgedienten Motorradjacke. Ins Trockene schlüpfen und dann gar nicht mehr dran denken.

Für einen Moment stand sie noch vor der Haustür. Nahm einen tiefen Atemzug durch die Nase, was ihr immer etwas Schwierigkeiten bereitete, denn ihr Nasenrücken stand etwas schief, seit er durch einen beherzten Stiefeltritt gebrochen worden war.

Dennoch saugte sie jetzt die Luft tief ein, füllte ihre Lunge bis zum letzten Winkel, bis es schmerzte. Hielt die Luft an, zählte. Einundzwanzig. Zweiundzwanzig. Dann atmete sie aus, durch einen schmalen Spalt zwischen ihren Lippen.

Danach ging es ihr etwas besser.

Lisa schob den Schlüssel ins Schloss der Haustür, dann öffnete sie, trat ein und drückte die Tür hinter sich wieder ins Schloss, was die Geräusche von draußen sofort dämpfte. Den Regen, die vorbeifahrenden Autos auf dem nassen Asphalt, das ferne Rattern der S-Bahn auf den Schienen. Es dämmte auch die Kälte, die ihr den ganzen Weg von der S-Bahn-Station bis nach Hause gefolgt war.

Im Inneren des Hauses war es mollig warm.

Sie hängte ihre Lederjacke an einen Haken der Ikea-Garderobe und streifte sich die Stiefeletten von den Füßen, dann trat sie auf Socken in den Flur. Geräusche aus der Küche. Kaffeeduft mit einem Hauch von Zimt und Haselnuss. Sie lächelte. Es waren Momente wie diese, in denen sie sich beinahe sicher war. Dass sie das schon irgendwie packen würden, sie und Max.

»Wow!«, sagte sie, als sie in die Küche trat, wo Max auf einem Barhocker am Küchentisch saß und stirnrunzelnd in sein Handy starrte – wie üblich. Als er den Kopf hob und sie erblickte, begann er zu lächeln. Genau im richtigen Moment. So, als wäre die Sonne in diesem Moment direkt in der kleinen Küche des Reihenhäuschens am Sperlingsweg aufgegangen. Lisa deutete mit einem fragenden Lächeln in Richtung Backröhre.

»Zimtschnecken«, sagte Max und tat ganz lässig. »Heiß und frisch. Sind gleich fertig, Süße. Und, äh …« Er deutete auf eine Flasche, die auf dem Küchentisch stand. »Für heute Abend. Zur Feier des Tages, weil mein Mädchen heute ausnahmsweise mal schon vor

Einbruch der Dunkelheit zu Hause ist. Ich dachte, wir könnten später vielleicht gemeinsam in die Wanne steigen und …«

Lisa ging zu ihm, nahm sein Gesicht in beide Hände und küsste ihn auf den Mund. Er schmeckte nach einem Hauch von Kaffee, seine Bartstoppeln kitzelten an ihren Handinnenflächen. Nach einer Weile bemerkte sie, dass sich etwas in seinem Schritt zu regen begann, während sie ihren Körper eng an seinen schmiegte. Das mit der Wanne konnte warten.

Lisa tastete nach seiner Hand und zog ihn wortlos zur Treppe, die nach oben führte, ins Schlafzimmer. Kaffee und die Zimtschnecken würden in ein paar Minuten noch genauso gut schmecken. Besser, vermutlich.

»Warte!«, sagte er grinsend. »Es gibt noch was.«

»Okay, Cowboy«, erwiderte Lisa mit hochgezogener Augenbraue. »Etwas, das dir wichtiger ist als …« Sie tat betont cool und erntete ein schiefes Grinsen von Max. »Bitte, wie du willst. Und was könnte das wohl sein, dass so furchtbar wichtig ist?«

In diesem Moment erklang ein kurzes Bellen von oben, aus dem Schlafzimmer, wie auf Stichwort.

»Nee, oder?«

Max machte ein schuldbewusstes Gesicht und nickte. »Ein Kollege wollte sie ins Tierheim geben. Er und seine Frau haben sich getrennt, und jetzt hat keiner von ihnen mehr die rechte Zeit, um …«

»Aber *wir* haben Zeit für einen Hund oder wie?«, fragte Lisa stirnrunzelnd.

Herrgott, sie hatten an den meisten Tagen der Woche ja nicht mal Zeit für einander. Was freilich nicht Max' Schuld war. Der hatte einen geregelten Job als Systemadministrator, war jeden Tag zur selben Uhrzeit daheim, schaffte es sogar noch, seiner Tochter aus erster Ehe, Charlotte, ein guter und zuverlässiger Vater zu sein.

Und er wollte noch mehr Kinder. Mit ihr, Lisa. Mindestens noch zwei, hatte er gesagt, und am besten sofort. Bloß …

»Was soll das denn jetzt?«, fragte Lisa mit matter Stimme.

»Bitte, Süße. Schau sie dir wenigstens mal an, okay?«, sagte Max leise. »Ich kann sie ja auch wieder zurückgeben. Ist kein Problem, wirklich. Ich wollte dich damit nicht …«

»Unter Druck setzen?«, vervollständigte Lisa den Satz.

»Scheiße, ja«, seufzte Max. »Also, nein. Ach, verdammt! Soll ich sie gleich zurückbringen? Tut mir leid. War eine Schnapsidee.«

Lisa schüttelte stumm den Kopf. Fragte sich, warum sie das eigentlich tat. Natürlich sollte Max den Hund zurückgeben. Am besten heute noch, je früher, desto besser. Ihr Job erlaubte ihnen keinen Hund, und schon gar keine Kinder. Jetzt noch nicht. Nicht, wo sie noch am Anfang ihrer Karriere stand. Sie wollte erst mal vorankommen, das vor allem anderen. Kinder? Ja, vielleicht. Später. Mal sehen. Das hatte sie ihm unmissverständlich klargemacht. Mehrmals. Er hatte jedes Mal genickt, hatte es akzeptiert. Oder wenigstens so getan.

Und jetzt schleppte er einen Hund an.

Eine Minute später stand sie vor dem Körbchen im Schlafzimmer und sah auf das schwarz-weiß gefleckte Fellknäuel hinab, das sich aufgerichtet hatte, die Ohren aufgerichtet, und sie aus schwarzen, neugierigen Augen anstarrte. Beinahe als erwarte der Hund, dass Lisa jetzt eine Rede halten würde, um sie offiziell im Haus zu begrüßen.

»Oh Mann«, sagte Lisa leise und ging vor dem Körbchen in die Knie. Die Hündin sprang sofort auf ihre Beine und legte eine weiche Vorderpfote auf Lisas Knie. Hallo, wer bist denn du?, schien sie damit sagen zu wollen. Ohne jede Arglist oder Scheu, ohne jedes Vorurteil. Die Schnauze in dem Hundegesicht schien sich zu einem Grinsen zu verziehen. Es war einfach unfair. »Du bist echt ein Arsch«, flüsterte Lisa. Max hatte sich derweil auf das Bett gesetzt und sah dabei zu, wie die Hündin ihr eifrig die Hand ableckte.

»Ich weiß«, sagte Max. »Tut mir leid. Ich konnte einfach nicht widerstehen. Zu weiches Herz.« Dabei grinste er, und das tat Lisa jetzt auch. Man konnte einfach nicht anders, wenn man diesen Hund ansah. Dann begann sie, der Hündin den Nacken zu kraulen, was dem Tier leise Seufzer der Verzückung entlockte. »Ich hab ihr auch schon ein Halsband gekauft«, sagte

Max. »Eins mit einem Ortungschip, voll hightech und so. Damit wir sie nicht verlieren.«

»Ortungschip?«, fragte Lisa abwesend, während sie die Streicheleinheiten auf die empfindliche Stelle hinter den Ohren ausweitete. Die Hündin schien vor Wohlbehagen zu zerschmelzen.

»Na ja, sie ist ja neu hier, kennt die Gegend noch nicht. Falls sie uns nun wegläuft oder so. Dann finden wir sie später leichter wieder. Ich meine …«

Falls sie *uns* wegläuft. *Unser* Hund. Einfach so.

»Sie sieht nicht so aus, als würde sie weglaufen wollen«, wandte Lisa ein.

»Sie kriegt manchmal ihren Rappel, meinte Ralf. Dann erwacht der Wolf in ihr.« Max stieß ein Knurren aus, wofür ihn die Hündin mit einem fragenden Blick bedachte.

»Okay«, sagte Lisa und stand auf. »Probieren wir's für ein paar Tage. Aber ich werde mich nur selten um sie kümmern können, das weißt du.«

»Weiß ich«, versicherte Max. »Sie kann ja tagsüber in den Garten hinterm Haus. Und ich bin sowieso meist früher daheim als du, dann kann ich mit ihr Gassi gehen. Sie ist an das Alleinsein gewöhnt, sagte Ralf. Macht ihr nichts aus. Hey, willst du mal die App für das Halsband sehen? Ist echt cool, die musst du dir auch aufs Handy laden.«

Er hielt ihr sein Handy hin. Auf dem Display war eine Straßenkarte zu sehen, und nach einer Weile begriff Lisa, dass der gezeigte Bildausschnitt die Gegend darstellte, in der sie wohnten, das Sperlingsviertel. Im Zentrum des Bildausschnitts stand ihr Haus, symbolisiert durch ein bräunliches Viereck auf grüner Fläche, und darin ein blinkender, roter Punkt. Das Halsband der Hündin. *Ihrer* Hündin.

»Wie heißt sie eigentlich?«, fragte Lisa.

2

Später lagen sie eng aneinandergekuschelt unter der Bettdecke. Shady, denn das war der Name der Collie-Hündin, hatten sie zuvor samt Körbchen in den Flur abgeschoben, da Lisa wenig Lust verspürte, während ihres Liebesspiels mit Max von einem spielwütigen Border Collie unterbrochen zu werden, der just in diesem Moment das Trampolinspringen für sich entdeckte, und zwar auf ihnen. Shady hatte den Rauswurf ohne jeden Protest über sich ergehen lassen und auch später nicht an der Tür gekratzt oder irgendwie anders auf sich aufmerksam gemacht.

Man konnte gar nicht anders, als diesen knuffigen Fellball ins Herz zu schließen, und das war Max natürlich von Anfang an vollkommen klar gewesen. Ein Teil von Lisa versuchte angestrengt, ihn für diese offensichtliche Manipulation zu hassen, aber es wollte ihr nicht recht gelingen.

Verdammt, vielleicht hatte er ja recht.

Vielleicht sollten sie tatsächlich mal ernsthaft über Kinder nachdenken. Jeder hatte doch Kinder, sogar die meisten von Lisas Kollegen beim BKA, und die bekamen schließlich auch beides einigermaßen auf die Reihe. Job und Familie, bitte schön. Und das auch nicht erst mit fünfzig.

Sie kuschelte sich an Max, der nach der Weinflasche auf dem Nachttisch langte. Darin war nur noch ein kleiner Rest, den er sich prompt in den Mund schüttete, direkt aus der Flasche. Fehlte noch, dass er sich auf die Brust schlug, sie auf seine Schulter warf und sie in seine Höhle schleppte.

Nicht, dass sie was dagegen gehabt hätte.

Inzwischen war es draußen vollkommen dunkel geworden, das Zimmer wurde lediglich von ein paar Kerzen erhellt, die Max vor dem Spiegel der Frisierkommode aufgestellt hatte. Die Gardinen hatten sie nicht zugezogen, bevor sie sich geliebt hatten. Sollten die Nachbarn doch ruhig eine kleine Show bekommen.

»So, die ist alle«, sagte Max zufrieden, nachdem er die Flasche geleert hatte. Seine Aussprache war gedehnt und ein kleines bisschen verwaschen. *All-le.* Lisa lief ein Schauer über den Rücken, als sie seinen Alkoholatem roch. Sie drehte sich um, schwang die Beine aus dem Bett und stand auf.

»Hey«, sagte Max. »Ich hab noch eine Flasche davon unten in der Küche. Nicht, dass du mich noch für einen Egoisten hältst.« Lisa hatte nur ein halbes Glas Wein getrunken, aber mehr wollte sie auch gar nicht. Sie trank äußerst selten und war nie auch nur angetrunken. Sie hatte gesehen, was das anrichten konnte. Ihre Lektion war eindringlicher gewesen, als jede Entzugsklinik das je hätte sein können.

»Nee, lass mal«, sagte sie. »Ich hol mir ein Glas Wasser. Willst du auch?«

Er zuckte die Schultern. Lächelte sie an. Lisa lächelte zurück. Etwas an diesem Lächeln gab ihr Geborgenheit. Sicherheit. Das Wissen, dass es etwas Gutes in ihrem Leben gab, zu dem sie immer zurückkehren konnte. Eine kleine Heimat, mitten in ihrem Herzen. Dazu ein Haus und jetzt eben auch noch einen Hund. Warum denn nicht?

Lisa schlang sich die Bettdecke um den Körper und durchquerte das Zimmer, kam sich dabei ein bisschen vor wie ein kleines Mädchen, das Schlossgespenst spielt. Als sie die Tür erreicht hatte, rief er ihr hinterher: »Schöne Grüße von Charlotte übrigens. Sie fragt, wann ihr beide mal wieder was gemeinsam unternehmen wollt. Shoppen, oder in den Zoo. Und zwar *ohne* mich, hat sie ausdrücklich gesagt, da war sie ganz bestimmt. Und so was dem eigenen Vater, muss man sich mal vorstellen, so ein freches Gör, völlig verzogen.«

Er kicherte.

Lisa drehte sich um und erwiderte sein breites Grinsen mit einem zurückhaltenden Lächeln. Eine weitere versteckte Attacke auf ihre Mutterinstinkte? Sieh mal, wie gut du mit meiner Tochter zurechtkommst, und die ist noch nicht mal von dir! Da schaffst du das doch sicher auch mit eigenen Kindern, ist echt ein Klacks, glaub mir.

Es stimmte, sie mochte Charlotte und hatte das Gefühl, dass auch Charlotte sie mochte. Ihre »Tante Lisa«, die mit dem »krassen Job«, bei dem sie sogar eine echte Waffe tragen durfte und die Bösen fing wie eine richtige Superheldin.

Klar, bloß war Charlotte eben auch schon elf.

Kein Kleinkind mehr und auch noch nicht in einem wirklich problematischen Alter – sechzehn zum Beispiel. Außerdem sah sie Charlotte, wenn es hochkam, einmal im Monat, das war also kaum ein Vergleich zu dem Stress, den eigene Kinder verursachten.

»Grüß sie von mir zurück«, sagte sie. »Und sag ihr, wir machen ganz bald wieder was zusammen. Einen kompletten Nachmittag, wenn sie mag. Sobald ich mal wieder etwas eher rauskomme bei der Arbeit. Dann unternehmen wir beide was.«

Max nickte. »Das wird sie freuen zu hören. Sie mag dich nämlich, weißt du?«

»Ich mag sie auch, Max«, sagte Lisa und trat aus dem Schlafzimmer in den Flur.

Shady lag ganz brav in ihrem Körbchen und hob träge ihren wuscheligen Kopf, als Lisa vorüberging. Sie schenkte ihr einen müden Blick, dann senkte sie den Kopf wieder auf die Pfoten und schlief einfach weiter, träumte ihre Hundeträume, während Lisa die Treppe hinunter in die Küche ging.

Als sie an der Spüle stand und Wasser in ein Glas laufen ließ, klingelte ihr Handy auf dem Küchentisch. Über die Schulter warf sie einen Blick darauf. Es war die Büronummer des Chefs ihrer Einheit, Kriminaldirektor Andreas Möller. Hastig dreht Lisa den Hahn ab, stellte das Glas neben die Spüle, schnappte sich das Telefon und drückte auf den grünen Hörer auf dem Display.

»Ja?«

3

Sie brauchte exakt viereinhalb Minuten, um in ein neues Paar Jeans, ein Kapuzensweatshirt und ihre Lederjacke zu schlüpfen, die Dusche ließ sie weg. Sie schaffte es gerade noch, Max einen Kuss auf die Stirn zu drücken und Shady im Vorbeigehen durch das Fell zu wuscheln, bevor sie im Laufschritt aus dem Haus stürzte und in Richtung S-Bahn davonrannte.

4

15 Jahre zuvor

Die Geräusche über ihr hatten aufgehört.

Vor einer halben Stunde hatte sie die Kopfhörer aufgesetzt – Metallica auf Maximallautstärke –, und danach hatte sie den anhaltenden Lärm von oben nicht mehr wirklich mitbekommen. Nur noch die gelegentlichen Erschütterungen, die die Wände ihres kleinen Zimmers erzittern ließen, und das war schlimm genug gewesen. Wenn ihr Vater tobte, dann tobte er richtig, aber offenbar hatte er für den Moment genug.

Lisa zog die Kopfhörer von den Ohren. Leise und blechern schepperte Metallica weiter. Über ihr war es nun vollkommen ruhig. Dann Schritte, das Knarren loser Dielen.

Dann wieder Stille.

Seit sein Trinken völlig aus dem Ruder gelaufen war, hatte ihr Vater ein neues Hobby für sich entdeckt, ohne das alte deswegen aufzugeben. Seit ein paar Monaten flogen regelmäßig Bücher und Stühle gegen die Tische und Wände seines Büros, Flaschen, Gläser und Teller gingen gleich dutzendweise zu Bruch. Bei einem seiner Anfälle hatte es ihr Vater sogar geschafft, eine über hundert Jahre alte Eichenkommode in einen Haufen Kleinholz zu verwandeln, und das Ding hatte Lisa bis dahin für praktisch unzerstörbar gehalten. Nach dieser Aktion hatte er tagelang aufgeplatzte Knöchel und ein verstauchtes Handgelenk gehabt. Sie hatte ihn provisorisch verarztet, während er, den Blick verschämt gesenkt, in seinem schmutzigen Bademantel auf der Couch gesessen hatte. Er hatte dabei gestunken wie eine ganze Schnapsfabrik.

Dabei richtete sich seine Aggression nie gegen Lisa selbst, jedenfalls nicht körperlich. Stattdessen wich er ihr aus, zog sich immer mehr in seine eigene Welt zurück, zu der sie schon längst keinen Zugang mehr besaß. Sagte, er habe keinen Hunger, um sich sogar um die gemeinsamen Mahlzeiten drücken zu können.

Vielleicht aß er tatsächlich nichts mehr. Er hatte sichtbar an Gewicht verloren, seit er sich größtenteils in flüssiger Form ernährte. Auch da machte er keine Kompromisse, hatte sich gar nicht erst mit Bier oder Wein aufgehalten. Whisky, Wodka, Gin und Korn, damit versuchte er sich besinnungslos zu saufen, und inzwischen gab er sich nicht mal mehr die Mühe, seine diesbezügliche Absicht vor ihr zu verbergen. Ein Suizid auf Raten, und er ließ seine Tochter dabei zuschauen.

Wenn das mit der Besinnungslosigkeit nicht recht klappen wollte, folgte unweigerlich eine weitere Orgie der Zerstörung in dem zum Büro umgebauten Dachboden, der genau über Lisas Zimmer lag. Wahllos schlug er auf Stühle, Tische und Möbel ein, warf alles gegen die Wand, das er in die Finger bekam.

Lisa wusste, warum er die Mahlzeiten ausließ und sie nicht ansah, wenn sie sich doch einmal zufällig im Haus begegneten. Es war ihr Gesicht. Ihr Haar, ihre Gesten, und wie sie den Finger an die Nase legte, wenn sie über eine wichtige Frage nachdachte. Vor allem aber ihr Gesicht. Sie hatte den schockierten Blick in seinen Augen gesehen. Gesehen, wie er hastig den Blick abwandte, damit sie seine Tränen nicht sah. Weil ihn alles an ihr an *sie* erinnerte, an Anna – an ihre Mutter. Weil das zu viel war für ihn und er es nicht ertrug, dieses immer neue Salz in der blutenden Wunde, wo einmal sein Herz gewesen war, verursacht durch Lisas bloße Existenz. Deshalb soff er sich ins Vergessen und zertrümmerte alles, was ihm in die Finger kam.

Wegen ihr.

Er hatte sie seit dem Tod ihrer Mutter nicht ein einziges Mal in die Arme geschlossen, selbst bei der Beerdigung hatte er es kaum übers Herz gebracht, ihr ins Gesicht zu schauen, dieses Gesicht, das mit jedem Tag dem ihrer Mutter ähnlicher wurde. An diesem Abend hatte er zum ersten Mal eine Flasche Whisky praktisch auf ex hintergekippt. Danach war es schlimmer geworden.

Lisa blieb nichts übrig, als es zu ertragen. Sich die Kopfhörer aufzusetzen und die Lautstärke auf Anschlag zu drehen, wenn er wieder mal damit begann, sein Büro auf dem Dachboden in ein Trümmerfeld zu verwandeln und mit herausgerissenen Stuhlbeinen auf Möbel einzuschlagen, bis die Polster aufplatzten und das Holz zu Bruch ging. Aus Wut über sich, darüber, dass er keinen einzigen vernünftigen Artikel mehr zustandebekommen hatte, seit ihre Mutter tot war. Aus Wut über den Chefredakteur seiner Zeitung, der ihm nur aus alter Freundschaft heraus bis jetzt noch nicht gekündigt hatte. Aus Wut über Gott und die Welt, und das Leben als solches.

Vielleicht auch aus Wut über sie.

Darüber, dass sie lebte und ihre Mutter gestorben war.

Lisa sah auf ihre Armbanduhr. Gleich würde Tommy da sein, dann kam sie endlich hier raus. Tommy war neunzehn, fast zwanzig, und damit ein Mann. Kein Junge wie die in ihrer Klasse. Ein eher stiller Typ – und das empfand Lisa als wohltuend, als *erwachsen*, selbst wenn Tommys Schweigsamkeit manchmal eine unbestimmte Gefährlichkeit ausstrahlte. Etwas, das zu sagen schien: Komm mir besser nicht in die Quere. Auch das fand Lisa ziemlich sexy.

Und Tommy hatte ein Auto.

Einen alten, halb durchgerosteten Ford, und der war ihr Ticket aus diesem Jammertal, zu dem ihr Zuhause inzwischen geworden war. Sie fuhren damit in die Heavy-Metal-Clubs der Umgebung, denn diese Musik mochte Tommy und inzwischen auch sie. Düstere, lärmende Orte, an denen harte Musik gespielt wurde und wo harte Typen herumhingen.

Typen wie Tommy.

Lisa warf die Kopfhörer aufs Bett und schnappte sich ihre Lederjacke, auf deren Rücken ein Aufnäher prangte, der die Silhouette einer brennenden Kirche darstellen sollte. Sie kannte keinen einzigen Song der Band, aber das Motiv hatte ihr gefallen, also hatte Tommy ihr diesen Aufnäher besorgt. Genau das Richtige, damit sich die Deppen an der Schule darüber das Maul zerreißen konnten, hatte Lisa sich gefreut. Sollen sie mal, hatte Tommy gesagt. Tommy hatte der Schule schon vor Jahren den Rücken gekehrt und seitdem nicht zurückgeblickt. Er studierte nicht, und falls er irgendwo eine Ausbildung machte, sprach er nicht darüber.

Aber Tommy hatte ein Auto und konnte Sachen *besorgen.*

Als Lisa in den Flur trat, rief ihr Vater von oben nach ihr. Lisa blieb stehen. Das hatte er verdammt lange nicht mehr getan, nach ihr gerufen. Oder mit ihr mehr als drei, vier unverbindliche Worte gewechselt. Oder überhaupt zur Kenntnis genommen, dass sie auch noch in diesem Haus lebte. Also drehte sie sich um und ging die paar Stufen hoch bis zum Dachboden.

Zögernd betrat sie das Büro ihres Vaters.

Der saß am Schreibtisch, den Stuhl zurückgelehnt, die Füße auf der Tischplatte, und grinste sie breit an.

»Na?«, fragte er und deutete in die Runde. »Wie findest du's?« Seine Stimme klang diesmal gar nicht verwaschen, er hatte eine vollkommen klare Aussprache.

Lisa sah sich um. Das Chaos war verschwunden, oder zumindest stark eingedämmt worden. Ihr Vater hatte die Möbel, die noch zu retten gewesen waren, einigermaßen wiederhergerichtet und den Rest, der wirklich nur noch für den Schrott taugte, in eine Ecke beim Doppelfenster geräumt. Das also waren die Geräusche gewesen. Möbelrücken und Hämmern, kein Möbelzerschlagen diesmal.

Eine nette Abwechslung.

»Ist doch total spießig so«, sagte Lisa und zog die Mundwinkel in gespielter Ablehnung nach unten, aber in Wirklichkeit begann sie, ein bisschen aufzuatmen. Ein Druck begann sich von ihr zu lösen, und erst jetzt spürte sie, wie schwer dieses Gewicht die ganze Zeit auf ihr gelastet hatte.

War es damit vorbei?

Würde es jetzt besser werden – vielleicht sogar wieder normal, irgendwann?

Ihr Vater strahlte sie immer noch an, und sie behielt ihre Coolness nicht lange bei. Um ihre Mundwinkel begann es zu zucken, dann konnte sie das Lachen nicht länger zurückhalten. Sie steckte ihn an, und dann lachten sie beide, irrsinnig laut und viel zu lange. Vermutlich wollte keiner von ihnen der Erste sein, der mit dem Lachen aufhörte. Weil das Lachen vielleicht ein gutes Omen war und in diesem Haus überhaupt schon viel zu lange nicht mehr gelacht worden war. Und weil es sich verdammt gut anfühlte, ihren Vater lachen zu hören.

Als es schließlich doch verebbte, das Lachen, stand Lisa eine Weile unschlüssig herum. Sie wusste nicht, was sie sagen oder tun sollte. Schließlich fragte sie: »Geht es dir ein bisschen besser?«

Er nickte, sagte: »Sehr. Ich vermisse sie immer noch wie verrückt, weißt du? Ich …« Er brach ab.

»Ich vermisse sie auch«, sagte Lisa leise und spürte, wie Hitze in ihre Wangen und ein Brennen in ihre Augen stieg. Hastig sah sie zu Boden. »Scheiße«, sagte sie leise. »So war das jetzt nicht geplant, oder?«

»Ich hab dich lieb, Lisa, das weißt du, oder?«, fragte er und nahm die Füße vom Tisch. Gab ihr Gelegenheit, sich in seine Arme zu werfen. Was sie gern getan hätte, aber irgendwie … Irgendwie war es dafür noch zu früh. Zu plötzlich, dieser Sinneswandel, zu heftig das, was vorher passiert war. Also nickte sie bloß.

»Das hier«, er deutete in die Ecke mit den Resten der heillos kaputten Möbel. »Das ist vorbei, Lieschen. Das wird alles verschwinden und nicht wieder vorkommen, versprochen. Und das hier auch.« Lisas Vater öffnete eine Tür auf der linken Seite seines Schreibtischs, griff mit der Hand in das mit Aktenordnern vollgestellte Fach und fingerte eine Weile darin herum, bis etwas im Inneren des Schreibtischs mit leisem Klicken aufsprang. Eine Tür, die bisher geschickt verborgen gewesen war. Ein Geheimfach.

»Hab es selbst nur durch Zufall entdeckt«, erklärte er grinsend, als er Lisas interessierten Blick bemerkte. Dann entnahm er dem Fach eine Flasche Scotch, halb leer. Oder halb voll, wie man's nahm. »Würdest du mir den Gefallen tun und das unten in der Küche in die Spüle kippen, Kleines?«, fragte er und hielt ihr die Flasche hin.

Lisa nahm die Flasche, stellte sie auf den Schreibtisch und umarmte ihren Vater nun doch, einfach so, ohne noch etwas zu sagen. Er roch nach Schnaps und Schweiß und auch so, als ob er schon länger nicht mehr geduscht hatte.

Aber vor allem roch er nach ihrem Vater.

»Tommy ist gleich da«, sagte sie leise, nachdem sie sich schließlich aus seiner Umarmung gelöst hatte. »Könnte ein bisschen später werden heute, wir gehen nachher noch auf ein Konzert.«

Er nickte und deutete auf einen Stapel Papiere, die auf dem Tisch neben seinem Laptop lagen. »Ist gut. Ich werd hier sowieso noch eine Weile zu tun haben.«

»Ein neuer Artikel?«, fragte sie, und er nickte. Seine Inspiration hatte ihn offenbar wiedergefunden. Lisa stieß einen innerlichen Stoßseufzer der Erleichterung aus.

»Pass auf dich auf«, sagte er, und sie nickte, schnappte sich die Whiskyflasche vom Tisch, schenkte ihm noch ein Lächeln zum Abschied, was er erwiderte.

Dann ging sie.

5

Er sah er ihr nach, wie sie die Treppe runterstieg, bis der schwarz gefärbte, wippende Pferdeschwanz mit den bunten Strähnen darin verschwunden war. Dann wandte er sich zu seinem Laptop um und machte sich wieder an die Arbeit. Er fühlte sich wirklich schon viel besser. Er war sicher, dass er den Artikel hinbekommen würde. Mehr noch, dass es ein Knüller werden würde.

Ja, ein richtiger Knüller.

Er schaffte es ganze zwei Stunden, sich auf den Artikel über skrupellose japanische Walfänger zu konzentrieren, bis sein Durst übermächtig wurde. Die Flasche im Geheimfach war nicht die einzige im Haus gewesen. Natürlich nicht. Ein kleiner Schluck würde nicht schaden, sondern nur der Inspiration ein bisschen auf die Beine helfen. Das Getriebe schmieren.

Nur zwei Fingerbreit, was konnte das schaden?

Als Lisa später in dieser Nacht versuchte, ihn telefonisch zu erreichen, lag er besinnungslos auf der Couch seines Arbeitszimmers und schlief einen tiefen Rausch aus, nachdem er seinen Laptop eine Stunde vorher auf der Tischplatte in einen Haufen Elektroschrott verwandelt und danach mit dem letzten noch verbliebenen Bücherregal weitergemacht hatte.

Er hörte nicht mal das Klingeln seines Telefons.

6

Gegenwart
Wiesbaden, Thaerstraße

Der Hauptsitz des Bundeskriminalamts war Lisa immer ein bisschen wie die Kulisse eines Gangsterfilms aus den Sechzigern vorgekommen. Wegen der Balustrade im obersten Stockwerk mit ihren hochgewölbten Bögen wirkte das Gebäude eher wie ein Grandhotel als der Sitz einer Bundesbehörde. Ein Gebäude, das viel besser nach Miami Beach zu passen schien, oder vielleicht auch ins Kuba der Dreißiger, als Meyer Lansky und Al Capone dort noch völlig unbeschwert Geld gewaschen hatten, das aus Millionen Dollar schweren Drogen- oder Waffendeals stammte. Man sah förmlich kettenrauchende Typen in kurzärmligen Poloshirts, mit schweren Goldketten und Strohhüten, die sich dort, auf jenen überdachten Balkonen, die goldberingten Hände schüttelten und Aktenköfferchen übergaben, während sich unten am Pool braun gebrannte Schönheiten in knallbunten

Liegestühlen rekelten, wenn auch momentan weder die Jahres- noch die rechte Tageszeit dafür war.

Der letzte Rest von subtropischem Charme verflog, als Lisa das Gebäude betrat, sich beim Pförtner auswies und dann mit dem Aufzug in das dritte Stockwerk fuhr, welches die Abteilung *SO – Schwere und Organisierte Kriminalität* für sich in Anspruch nahm.

Als sie aus dem Lift trat, erspähte sie Sayed Al Tajir, einen Mitarbeiter der hauseigenen Abteilung *IT-Forensik*. Mit einem gestresst wirkenden Lächeln kam er auf sie zugeeilt. Trotzdem atmete sie ein bisschen auf, als sie ihn erblickte.

»Hi!«, sagte er und runzelte die Stirn, was seine Brille mit dem auffälligen roten Plastikrahmen ins Rutschen brachte. Er schenkte ihr ein Lächeln, während er die Brille zurechtschob, und sah dann hastig wieder auf das Tablet in seinen Händen. Lisa begriff nicht, warum er sein attraktives Gesicht mit dem Dreitagebart und den immer etwas verträumt wirkenden dunkelbraunen Augen mit diesem roten Plastikungetüm verunstaltete. Vielleicht war das seine Vorstellung von modischer Extravaganz, vielleicht waren ihm solche Dinge aber auch einfach nur egal. »Du bist also auch dabei, Lisa?«, fragte er und blickte von seinem Tablet auf.

»Scheint so«, sagte sie mit einem schiefen Lächeln. »Überrascht dich das denn so sehr?«

»Nee«, sagte Sayed hastig. »Natürlich nicht, ich

meinte nur, also … na ja, das hier könnte länger dauern, und du hast ja eigentlich schon Feierabend und …« Sayed verstummte und schob sich die rot umrandete Brille erneut mit der Rückseite seines Daumens zurecht.

»Schon klar«, sagte Lisa. »Ich bin hier die Neue. Aber anscheinend meint Möller, es sei an der Zeit, mich mal bei einer einigermaßen wichtigen Sache mit ins Boot zu holen. Das kann ich mir doch nicht entgehen lassen.«

»Klar«, sagte Sayed, sichtlich erleichtert, dass sie ihm seinen Fauxpas nicht allzu sehr krummnahm. »Gut für dich, Lisa! Dann weißt du also schon Bescheid?«

»Nicht wirklich, nein.« Kriminaldirektor Möller hatte sie am Telefon nur äußerst knapp über die Details des Falles in Kenntnis gesetzt. Zumindest was jene Details betraf, die sie nicht ohnehin schon aus der Presse kannte, wie inzwischen vermutlich ganz Deutschland.

Eine Vermisstenanzeige, damit hatte alles angefangen, allerdings schon vor drei Tagen. Anneke Jaspers, zwölf Jahre alt, verschwunden aus dem Haus ihrer Eltern. Weil das Mädchen bei seinem Verschwinden einen Rucksack voller Klamotten gepackt hatte und keinerlei Hinweise auf eine gewaltsame Entführung gefunden worden waren, hatte die örtliche Kriminalpolizei den Fall zunächst als einen »klassischen Ausreißer« eingestuft, sehr zum Verdruss der

Eltern, die daraufhin einen verzweifelten Aufruf via Facebook gestartet hatten.

Und dann war das Ding durch die Decke gegangen.

Innerhalb weniger Stunden hatte sich der Hashtag *#WoIstAnneke* in den sozialen Medien wie ein Lauffeuer verbreitet, und kurz darauf war die Sache auch auf die paar Bürger übergeschwappt, die sich bislang noch der Allmacht der digitalen Sozialisierung versperrten. Die Eltern warfen der Polizei offen vor, die Sache als harmlos heruntergespielt und nichts unternommen zu haben. Der daraufhin einsetzende Shitstorm war in Rekordgeschwindigkeit zu einem landesweiten Phänomen hochgekocht und damit auch polizeiintern zu einem brandheißen Politikum geworden.

Aufgrund der Popularität des #WoIstAnneke-Posts hatten sich schließlich auch die Zeitungen und Fernsehreporter in Windeseile und voller Inbrunst darauf gestürzt, wie jedes Mal, wenn es auf dem gerechten Volkszorn zu reiten galt, der sich mit Vorliebe in Richtung Polizei entlud, falls gerade kein steuerhinterziehender Topmanager oder inkompetenter Spitzenpolitiker zur Hand war.

Wann unternehmen unsere unfähigen Ordnungshüter endlich mal was?, hieß es dann in Fettdruck auf der ersten Seite. *Wo bleibt die Rasterfahndung? Was muss erst noch passieren?*

Bloß waren es genau diese Reporter, die sich eine Woche später über unverhältnismäßige Polizeigewalt auf irgendeiner Demo oder die Einschränkung von

Persönlichkeitsrechten bei vorbeugender Überwachung von Verdächtigen beschwerten. Es war ein endloser Kreislauf, ein Scheißspiel, das letztlich nur dazu diente, die Auflagen der Zeitung in die Höhe zu treiben, ohne Rücksicht auf Verluste.

Warum nicht gleich noch ein paar Fackeln und Mistgabeln an die Leute austeilen?, fragte Lisa sich manchmal.

In den letzten Tagen waren die Käseblätter voll gewesen von Interviews mit den am Boden zerstörten Eltern, dazu Fotos der beiden, gesenkten Hauptes auf der heimischen Couch, im Hintergrund die Anrichte mit den Familienfotos. Leere Gesichter, die fragend in die Kamera blickten, und dazu reißerische Artikel, die andeuteten, dass Anneke nur aufgrund der schieren Inkompetenz der Behörden überhaupt erst hatte verschwinden können. Hashtag *#ArmesDeutschland*.

Folgerichtig hatten die Leute auf der politischen Ebene bei dieser Art von Publicity auch alsbald kalte Füße bekommen und beschlossen, das BKA einzuschalten – anfangs eine reine PR-Maßnahme, um der Öffentlichkeit guten Willen und Aktionismus zu demonstrieren. Natürlich nahm man den Fall ernst, und das hatte auch schon die lokale Polizeibehörde von Anfang an getan, bloß gab es eben tatsächlich nicht viel zu ermitteln. Das Problem waren der Rucksack und das Taschengeld, etwa fünfzig Euro, die zusammen mit dem Mädchen verschwunden waren, nebst Handy, natürlich.

Das alles sprach eine sehr deutliche Sprache.

Hatten sie zumindest geglaubt.

Bis heute Abend, als Möller ihr am Telefon gesagt hatte, dass Anneke Jaspers ab sofort nicht mehr als »klassischer Ausreißer« galt, sondern als das Opfer einer Kindesentführung. Ausgerechnet der Computerexperte Sayed Al Tajir war es gewesen, der die Ermittler auf diese Tatsache gestoßen hatte. Wie genau er das geschafft hatte, hatte Möller ihr am Telefon nicht verraten, aber vermutlich würde sie es ohnehin gleich aus erster Hand erfahren.

Sie folgte Sayed den Flur entlang bis zu dem Großraumbüro, in dem üblicherweise die morgendlichen Einsatzbesprechungen stattfanden. Jetzt schien da drin alles aus den Nähten zu platzen, ein paar Kollegen standen sogar auf dem Flur und drängten sich um die Eingangstür. Schon von Weitem hörte Lisa den vertrauten Bariton ihres Chefs.

Kriminaldirektor Andreas Möller, ein harter Knochen der alten Schule, saß im Rollstuhl, seit er vor drei Jahren im Dienst angeschossen worden war. Er verweigerte sich beharrlich allen Bestrebungen, ihn in den Ruhestand zu schicken, und hatte auch die nötigen Verbindungen nach ganz oben, um in seiner Weigerung erfolgreich zu bleiben. Hinzu kam, dass seine Untergebenen nahezu ehrfürchtig zu dem Mann aufsahen. Ein knallharter, aber gerechter Chef, und eine Legende innerhalb des BKA, hinter dem Schreibtisch kein bisschen weniger fähig als im Einsatz vor Ort.

Lisa stellte sich zu den Kollegen, wo sie anerkennende und auch ein paar fragende Blicke erntete, dann steckte sie ebenfalls den Kopf zur Tür hinein. Ihr Herzschlag beschleunigte sich. Jetzt gehörte sie also dazu, würde offizieller Teil der Sonderkommission »Anneke« sein. Und sie würde alles geben, um als wichtiger Teil der Untersuchungen in Erinnerung zu bleiben.

Sayed flüsterte: »Na dann, bis später«, schenkte ihr ein weiteres nervöses Lächeln, dann quetschte er sich an ihr vorbei durch die Tür und schob sich zwischen den Kollegen durch, bis er ein Podest am Ende des Raumes erreicht hatte, das man extra für Möller dort errichtet hatte. Es verfügte über eine kurze Rampe, sodass der Chef mit seinem Rollstuhl auf die Plattform fahren konnte, um so von allen gut gesehen zu werden.

Möller war der Einzige im Raum, der saß. Alle anderen standen, manche lasen in Aktenordnern, die sie auf ihren Unterarmen balancierten. Der Geruch von abgestandenem Kaffee und Schweiß erfüllte die Luft.

Sayed nahm schräg hinter Möller Aufstellung, das unvermeidliche Computertablet zwischen den schlanken Fingern balancierend, und wartete offenbar darauf, dass er an die Reihe kam.

Er wirkte so nervös, wie Lisa sich fühlte.

7

»Und deshalb«, fuhr Möller fort, »deutete für die Kollegen von der Kripo zunächst alles darauf hin, dass das Mädchen aus freien Stücken von zu Hause fortgelaufen war. Der Rucksack mit den Kleidungsstücken, das Taschengeld und sogar Proviant, den sie aus der elterlichen Küche mitgenommen hatte. Sie finden die diesbezügliche Aussage der Mutter in Ihren Unterlagen. Die Sache schien klar.«

Ein paar der Anwesenden nickten, aber alle schauten jetzt wie gebannt nach vorn, als Möller fortfuhr. »Doch dann hatte Kollege Al Tajir«, Möller deutete mit dem rechten Daumen über seine linke Schulter auf Sayed, »die Idee, einen Offenlegungsbeschluss für das Handy der Kleinen zu erwirken. Der ursprüngliche Gedanke war, das Handy des Mädchens zu orten, aber das war leider nicht mehr möglich, da es am Abend ihres Verschwindens ausgeschaltet und seitdem nicht wieder eingeschaltet wurde. Davon zu Recht alarmiert, hat Kollege Al Tajir versucht, sich in den SMS-Verlauf auf dem Handy von Anneke Jaspers einzuklinken.«

Sayed beugte sich vor und flüsterte Möller etwas ins Ohr, der aufmerksam zuhörte.

»In den WhatsApp-Verlauf, Entschuldigung«, sagte Möller und gestattete sich einen zuckenden Mundwinkel ob der nerdigen Wortklauberei Sayeds, ein kurzes amüsiertes Schnaufen ging durch die Runde, dann war wieder Schluss mit lustig. »Wie auch immer, auf diese Weise stellte Kollege Al Tajir jedenfalls fest, dass Anneke Jaspers sich am Abend ihres Verschwindens mit jemandem verabredet hatte. Jemandem, der behauptete, ein gleichaltriger Junge zu sein. Sie haben sich fast einen ganzen Monat lang geschrieben, aber darauf lief es letztlich hinaus. Ein romantisches Treffen, nachts um elf, auf einem verlassenen Spielplatz in der Nähe von Annekes Wohnhaus, mit dem Vorsatz, gemeinsam durchzubrennen.«

Ungläubiges Kopfschütteln rundum, dann fuhr Möller fort: »Die Kollegen waren bereits vor Ort. Nachts ist der Spielplatz völlig verlassen, umgeben von Büschen, ein idealer Platz also für eine Entführung, weshalb wir mittlerweile von eben diesem Tatbestand ausgehen müssen und Annekes Chatpartner für den Hauptverdächtigen halten. Ihnen dürfte bekannt sein, dass es eine bekannte Masche von Pädophilen ist, sich im Internet als Gleichaltrige auszugeben. Sie kennen die gängigen popularkulturellen Referenzen, sie beherrschen die Jugendsprache, wissen, welche Musik gerade angesagt ist. Und sie wissen sehr genau, wie man Kinder psychologisch manipulieren kann.«

In dem Raum wurde es so still, dass man eine Stecknadel zu Boden hätte fallen hören können. Viele der Anwesenden hatten selbst Kinder, man musste ihnen nicht erklären, was diese neuesten Erkenntnisse bedeuteten.

Anneke war mittlerweile seit fast vier Tagen verschwunden. Alle wussten, was das für die Chancen bedeutete, sie jetzt noch unbeschadet zu finden.

Oder sie überhaupt zu finden.

Möller drehte den Kopf zu Sayed, der daraufhin vortrat, sich neben Möllers Rollstuhl stellte und sagte: »Wie Kriminaldirektor Möller bereits sagte, wurde Annekes Handy an jenem Abend ausgeschaltet und ist seitdem nicht ortbar. Ich glaube nicht, dass Anneke selbst daran gedacht hätte, es auszuschalten, wäre sie wirklich freiwillig fortgelaufen. Also habe ich mich stattdessen darauf konzentriert, das Handy ihres Chatpartners ausfindig zu machen. Die Betreiber der App geben sich alle Mühe, die Anonymität ihrer Nutzer zu wahren, und da sie im Ausland sitzen, malte ich mir nicht viele Chancen aus, sie zur Freigabe dieser Daten überreden zu können, aber ich hatte Glück, denn der Datenserver, auf dem die Anmeldungen der Nutzer verwaltet werden, ist Teil eines Netzwerks, das …«

Möller räusperte sich, ohne sich zu Sayed umzudrehen. Zur Sache bitte, hieß das. Uns läuft die Zeit davon.

»Ja, also jedenfalls«, fuhr Sayed fort, »habe ich es hingekriegt, die Telefonnummer des betreffenden

Teilnehmers herauszubekommen. Die muss ja hinterlegt sein, wenn man WhatsApp nutzen will.«

»Na, und wer ist der Kerl?«, brummte ein älterer Kollege. »Weißt du das jetzt oder nicht?« Das war Kriminaloberrat Dietmar Böhm, Lisa kannte ihn vom Sehen. Er war Möllers rechte Hand und wurde im Buschfunk bereits als dessen Nachfolger gehandelt – falls Möller tatsächlich irgendwann seinen Posten aufgeben sollte.

Sayed schob seine Brille mit dem Daumen zurück auf Position. Sogar Lisa, obwohl sie am entgegengesetzten Ende des Raumes stand, konnte jetzt die glänzenden Flecken auf Nase und Stirn des IT-Spezialisten erkennen. »Nein«, sagte er. »Momentan wissen wir nur die Telefonnummer des Teilnehmers. Der Benutzer war noch nicht wieder im Chat.«

»Na und?«, fragte Böhm. »Wenn wir die Nummer kennen, sollte doch wohl auch rauszubekommen sein, auf wen sie angemeldet ist. Damit wüssten wir zumindest schon mal, wo der Kerl wohnt, und könnten ihm einen Besuch abstatten.«

»Na ja«, sagte Sayed. »Da liegt ja das Problem. Das Gerät wurde offenbar im Ausland gekauft, es hat keine in Deutschland registrierte IMEI …«

»Keine was?«

»Eine Seriennummer, die dem Gerätechip zugeordnet ist und ihn einzigartig macht. Die Telefonnummer selbst gehört zu einer Prepaid-Karte, die offenbar ebenfalls im Ausland erworben wurde.

Dahin gehende Ermittlungen sind natürlich bereits eingeleitet, aber …«

»Lass mich raten«, grunzte Böhm und stieß ein verächtliches Schnauben aus. »Die Hersteller verweigern die Kooperation.«

»Nicht direkt. Die Firma, die die Karten verkauft hat, ist inzwischen insolvent und … nun ja, es gibt offenbar gewisse Schwierigkeiten, an deren ältere Kundendaten ranzukommen.«

»Scheiße, das kann doch nicht sein«, knurrte Böhm. »Und warum genau sind wir dann überhaupt hier?«

»Weil wir überzeugt sind, dass der Verdächtige sein Handy demnächst wieder online benutzen wird«, antwortete Möller, bevor Sayed etwas erwidern konnte. »Der Täter glaubt, er ist in Sicherheit, weil er ein unregistriertes Handy benutzt und wir seine Telefonnummer nicht zu ihm zurückverfolgen können. Was bedeutet, er weiß, was er da tut. Er ist kein Idiot. Aber trotzdem: Sobald er wieder online geht, haben wir zumindest eine Chance.«

Sayed nickte zustimmend. »Genau. Und selbst wenn er es nur einschaltet, um mit irgendwem zu telefonieren, stehen die Chancen gut, seinen Standort mittels Triangulation einzugrenzen, denn seine Nummer haben wir ja. Das Verfahren ist zwar nicht besonders genau, dürfte uns aber zumindest in seine Nähe bringen. Sind wir erst mal dort, dürften wir ihn auch präziser orten können.«

»Danke, Sayed«, sagte Möller. »Das ist also der

Plan, Leute. Der Grund, aus dem Sie alle hier sind, ist, dass ich möchte, dass wir bereit zum Zugriff sind, *bevor* der Kerl sein Handy wieder einschaltet. Diese Sache muss bilderbuchmäßig über die Bühne gehen, immerhin schauen uns gerade eine Menge Leute auf die Finger. Kollege Böhm wird Team A leiten und den Einsatz draußen koordinieren. Vor Ort erhalten Sie dann noch Unterstützung durch unser Mobiles Einsatzkommando, die Jungs halten sich auf Stand-by. Wenn also auf dem Ordner, den ich Ihnen vorhin in die Hand gedrückt habe, ein großes A steht, bedeutet das, dass Sie zum Außenteam gehören. In diesem Fall folgen Sie bitte dem Kollegen Böhm, der sie weiter briefen wird, während ich mit Team B parallel die unterstützenden Ermittlungen organisiere. Wir werden diesen Trantüten in Übersee Druck machen und die Akten nach Fällen mit ähnlichem Vorgehen durchforsten, das übliche Prozedere. Die Kommunikation zwischen den Teams geht über mich persönlich. Fragen?«

Keiner hatte welche.

»Dann los!«, sagte Möller, und augenblicklich entfernten sich etwa zwei Drittel der anwesenden Polizisten aus dem Raum, was ausreichend Platz hinterließ, damit Lisa nach vorn zu Sayed und Möller gehen konnte. Als sie sich umsah, bemerkte sie, dass sie die Einzige war, die keine Mappe in den Händen hielt.

Möller und Sayed waren bereits von den Kollegen des B-Teams umlagert und in ein intensives Gespräch über den Inhalt eines dicken Aktenordners vertieft, der aufgeschlagen in Möllers Schoß lag.

»Äh, Chef«, sagte Lisa, als sie den im Rollstuhl sitzenden Mann erreicht hatte. Der hob den Kopf und sah sie über seine halbmondförmige Lesebrille an. Die Gespräche ringsum verstummten.

»Ja, Lisa?«

»Ich habe keine Mappe erhalten. Welchem Team bin ich denn zugeteilt?«

Der Anflug eines Lächeln huschte über die harten Züge von Möllers glatt rasiertem Gesicht. Für jemanden, der ihn nicht kannte, wäre es kaum als solches zu erkennen gewesen. »In welchem wären Sie denn gern?«

Erstaunte Blicke seitens der Umstehenden. Erfuhr Lisa Kern hier etwa eine Sonderbehandlung von Möller? Und das als Neuling?

»Ich wäre gern vor Ort dabei«, sagte Lisa und hoffte, niemand würde das Zittern in ihrer Stimme bemerken. Oder die Hitze, die ihr in die Wangen schoss.

»Das dachte ich mir«, sagte Möller, nickte knapp sein Einverständnis und senkte dann wieder den Kopf über den Aktenordner, während er sagte: »Lassen Sie sich von Böhm eine Mappe geben.«

Als Lisa sich umdrehte und durch den Raum zur Tür schritt, musste sie ihre Hände in die Taschen ihrer Jacke stopfen, denn sie hatten ein bisschen zu zittern begonnen. Das hier war sie also, ihre Chance.

Und die würde sie auf keinen Fall vermasseln.

8

Punkt zweiundzwanzig Uhr dreißig brach die Hölle los.

Böhm hatte an einem großen Whiteboard seine Zugriffsstrategie erläutert – so gut sich das ohne Vorkenntnisse dessen, was sie *de facto* vor Ort erwarten würde, eben machen ließ. Hauptsächlich war es dabei um die Zuteilung von Teams, Funknamen und die allgemeine Koordination mit dem MEK gegangen.

Unterm Strich fand Lisa das Ganze fast ein wenig enttäuschend. Böhms Strategie sah für ihre Abteilung im Wesentlichen vor, sich in zweiter Linie in Bereitschaft zu halten, während das MEK die taktische Ausführung des bewaffneten Einsatzes vor Ort übernehmen würde.

Und dann war Sayed in den Raum gestürzt. »Wir haben ihn!«, hatte er noch von der Tür aus gerufen.

Alle Köpfe hatten sich ruckartig in seine Richtung gedreht, und Sayed hatte auf das Display seines Tablets geklopft, als würde das den Wahrheitsgehalt seiner Aussage zusätzlich unterstreichen.

Offenbar hatte der Verdächtige sein Handy eingeschaltet.

Als Standort war ein Punkt im dichten Waldgebiet

des Bezirks Naurod im Norden von Wiesbaden festgestellt worden. Da sich die Position des Handys seitdem nicht verändert hatte – und angesichts des mittlerweile herrschenden Starkregens –, ging man davon aus, dass der Verdächtige sich innerhalb eines Gebäudes befand. Ein strategischer Vorteil, denn in diesem Teil des Waldes gab es nicht allzu viele Gebäude, eigentlich nur eines, das infrage kam, und selbst das war auf kaum einer Karte eingezeichnet, weil seit Jahren niemand mehr darin wohnte.

Was es als Unterschlupf eines Kriminellen nahezu perfekt erscheinen ließ.

Einzig ein schmaler, halb zugewucherter Wanderweg führte zu dem Haus, das seit Ewigkeiten verlassen mitten im dichten Wald stand, mehrere Kilometer vom nächsten bewohnten Gebäude entfernt. Vor vielen Jahren war es wohl mal ein Gasthaus für müde Wanderer gewesen, aber das hatte offenbar nicht sonderlich gut funktioniert. Seitdem stand es leer.

Schutzwesten, Helme und Bewaffnung waren ausgeteilt worden, und Lisa hatte gespürt, dass sich in ihr ein Schalter umgelegt hatte. Alle Aufregung und jede Unsicherheit waren wie fortgewischt, sie war voll im Fokus, zu einhundert Prozent auf den kommenden Einsatz konzentriert.

Nichts sonst zählte jetzt.

An Max dachte sie dabei nicht ein Mal. Ebenso wenig an die Tatsache, dass er sich vermutlich seit

Stunden fragte, was sie dazu bewogen hatte, an diesem Abend kommentarlos aus dem Haus zu stürmen und sich seitdem nicht mehr bei ihm zu melden.

Nichts davon war jetzt noch wichtig.

9

Waldgebiet Wiesbaden-Naurod

Während der Fahrt im Transporter ging Böhm ein letztes Mal das taktische Vorgehen der Truppe durch. »Wir machen das in drei Schritten, Leute. Annäherung unter höchster Geräuschtarnung. Ja, ich weiß, es regnet wie verrückt und es ist verdammt kalt da draußen, aber es geht hier um das Leben des Mädchens. Also keine Gespräche, kein Murren, kein Garnichts. Wenn der Kerl uns zu früh bemerkt, könnte er durchdrehen und sie einfach umbringen. Ihr ein Messer an die Kehle setzen und durchziehen, oder sich selbst töten, bevor wir ihn verhören können. Das wäre der absolute Worst Case, klar? Wir wissen nicht, ob dieser Kerl noch mehr Kinder entführt hat, aber ich denke, aufgrund seiner routinierten Masche auf WhatsApp ist das sehr wahrscheinlich. Also, Nummer eins: sensibles Vorgehen. Nummer zwei: immer einen Schritt hinter den Jungs vom MEK. Oder besser zwei. Die sind die Spezialisten für Hauserstürmung, also kommt ihnen dabei keinesfalls in die Quere! Haltet Abstand und die Augen und Ohren offen. Drittens: Wir schwärmen aus und bilden einen weiten Kreis um das Gelände, damit sich keiner aus dem Haus schleichen und fliehen kann. Wir wissen nicht, was uns da erwartet, also achtet darauf, dass ihr immer und überall Sicht zu euren beiden Nebenmännern habt, bildet ein dichtes Netz! Und vor allem: keine Alleingänge!«

Er ließ den Blick von einem zum Nächsten schweifen, alle nickten.

»Also dann, Leute«, sagte Böhm. »Ihr wisst, was auf dem Spiel steht.«

Der Wagen bremste abrupt ab, sie wurden ein letztes Mal durchgeschüttelt, dann stand er. Jetzt hörte man den Regen wieder wütend auf das Blechdach des Transporters trommeln. »Okay«, rief Böhm über den Lärm. »Raus mit euch!«

Sie öffneten die Türen des Transporters, sprangen raus, in den Regen, in die Kälte, in die Nacht.

Um den Verdächtigen nicht aufzuschrecken, hatten sie die Autos und den für alle Fälle hinzugezogenen Rettungswagen ein gutes Stück von der Ruine des alten Gasthauses entfernt auf dem Waldweg geparkt, der zu dem Gebäude führte. Lisa bemerkte Sayed, der, den Oberkörper über sein Tablet gebeugt, um es vor dem Regen abzuschirmen, dem Truppenführer des MEK die Richtung zu dem Haus deutete – der

Widerschein des Displays auf ihren Gesichtern war ein einzelner verlorener Lichtpunkt in der Finsternis.

Der Truppenführer des MEK nickte, und dann erlosch auch dieses Licht, und die schwarz gekleideten Gestalten des Einsatzkommandos schlichen geräuschlos davon.

Lisa und ihre Kollegen folgten wenige Minuten später.

Inzwischen hatten sich Lisas Augen einigermaßen an die Dunkelheit gewöhnt, sodass sie die Silhouetten der Baumstämme und einiger Büsche am Wegesrand ausmachen konnte. Merkwürdig, bisher war ihr der Forst bei Naurod trotz seiner Größe nie besonders Furcht einflößend vorgekommen. Bei Tage war man hier scheinbar immer nur einen Schritt von der nächsten Häuseransammlung, Bundesstraße oder einem gut beschilderten Wanderweg entfernt, doch die Dunkelheit veränderte alles. Jetzt wirkte der Wald undurchdringlich. Finster und endlos, wie in einem Schauermärchen aus alter Zeit, bewohnt von allerlei Monstern und Spukgestalten, die nach Ansicht der Brüder Grimm in genau diesem Wald tatsächlich einmal gehaust hatten.

Und eines dieser Monster jagten sie jetzt.

Nach einem etwa zehnminütigen Fußmarsch im strömenden Regen tauchte endlich der schwarze Umriss des Hauses vor ihnen auf. Ein abweisend wirkender, eckiger Koloss, ungefähr so einladend wie die Mauern einer mittelalterlichen Trutzburg mit hochgezogener Zugbrücke.

Als zwischen den Bäumen eine Gestalt hervortrat, fuhr Lisa zusammen, doch es war nur ein vermummter MEK-Mann. Sie gingen in die Hocke. Der MEK-Mann flüsterte, offenbar in ein Funkgerät, dessen Kopfhörer in seinem Ohr steckte: »Hier Wolf. Die Verstärkung ist da, Chef.«

Dann nickte er, wandte sich an Böhm und flüsterte: »Okay, es geht los. Die Jungs beobachten das Haus bereits per Wärmebildkamera: Sie haben Bewegung im Inneren ausgemacht. Eine Person, aber das muss nichts heißen. Das Haus ist unterkellert, da könnte uns alles Mögliche erwarten. Aber das ist ja ohnehin nicht Ihr Problem. Bilden Sie ein Netz um das Gelände, so schnell und leise Sie können, dann melden Sie sich wieder. Wir gehen rein, sobald wir uns ein Bild von der Lage gemacht haben. Sie kennen Ihre Aufgaben?«

Alle nickten, der MEK-Mann stand auf und verschwand wieder zwischen den Bäumen, so lautlos, wie er erschienen war.

Beinahe wie ein Geist.

10

Nur mit Mühe widerstand Lisa der Versuchung, auf ihre Uhr zu schauen. Sie harrte bereits seit über einer halben Stunde hinter einem Baum aus, zitterte vor Kälte und starrte durch den dichten Regenvorhang in Richtung des ehemaligen Gasthauses, dessen Silhouette von hier nur als ein grober, schwarzer Schemen vor dem Anthrazit des Himmels auszumachen war.

Die Minuten zogen sich endlos dahin.

Kein Geräusch aus Richtung des Hauses, kein Rascheln im Gebüsch, nicht mal ein verlorenes Vogelzwitschern. Nur das unermüdliche Prasseln des Regens auf das dichte Blätterdach über ihr.

Lisa verlagerte ihr Gewicht so leise wie möglich vom linken auf ihr rechtes Bein, wobei sie ein Stöhnen unterdrückte, als sie bemerkte, dass ihr durchweichter linker Fuß eingeschlafen war. Sie schüttelte ihn wieder wach. Wenn es sein musste, würde sie hier stehen bis zum Tagesanbruch.

Bloß verstand sie nicht, wofür um alles in der Welt die Zugriffstruppe des MEK so lange brauchte. Die hatten Wärmebildkameras, und allem Anschein nach war nur ein Mensch in dem Haus. Was konnte so lange daran dauern, dort hineinzustürmen und ihn festzunehmen? Doch dann fiel ihr wieder ein, was Böhm vorhin gesagt hatte. Es ging nicht nur darum, den Verdächtigen festzusetzen, sondern darum, dass er und natürlich vor allem das Mädchen diese Aktion unbeschadet überstanden.

Falls das Mädchen überhaupt noch lebte.

Lisa versuchte mit dem Stamm des Baumes zu verschmelzen, unter dem sie stand. Einerseits, um keine allzu offensichtliche Zielscheibe abzugeben, andererseits, weil sie sich auf diese Weise wenigstens ein bisschen Schutz vor der Nässe erhoffte, die inzwischen durch jede Ritze ihrer Kleidung gedrungen war. In ihren Stiefeln schwappte Eiswasser hin und her, das bei jedem ihrer Schritte leise schmatzende Geräusche von sich gab, ihre Zehen fühlten sich taub an.

Doch Lisa ignorierte all das und zwang ihren Fokus wieder zurück in Richtung des Hauses.

Immer noch nichts.

Lisa drehte den Kopf erst nach links und dann nach rechts, wo sie irgendwo in der Tintenschwärze zwischen den Baumstämmen ihre Kollegen vermutete. Sichtkontakt, hatte Böhm gesagt. In der Theorie eine tolle Idee, aber nachts im Wald und bei strömendem Regen kaum umsetzbar, wenn man nicht gleichzeitig den Verdächtigen auf sich aufmerksam machen wollte.

Sie sah keinen ihrer Kollegen, weder links noch rechts, also blieb ihr nichts anderes übrig, als zu hoffen, dass die tatsächlich immer noch auf ihren Posten standen. Es würde mächtig was zu lachen geben für die Abteilung, falls das MEK den Verdächtigen inzwischen längst gestellt hatte, alle nach Hause gegangen waren und man sie hier einfach vergessen hatte. Ein kleiner Streich, den man der Neuen spielte, so was war durchaus beliebt bei Polizisten. Aber nicht bei einem Fall wie diesem. Da dachte niemand an Scherze.

Etwas raschelte vor ihr im Gebüsch.

Ein kleines Waldtier? Nein, klein hatte das nicht geklungen. Eher wie ein Reh, oder mindestens ein ausgewachsener Hase. Vielleicht ein Wildschwein?

Plötzlich war Lisa hellwach und starrte aus zusammengekniffenen Augen zu dem Gebüsch hinüber, aus dem das Geräusch gekommen war. Dort bewegte sich jetzt überhaupt nichts in der Schwärze, aber sie war sicher, sich das Rascheln nicht bloß eingebildet zu haben. Geräusche, das wusste sie, waren unzuverlässige Informationsquellen, gerade nachts, in einem stockfinsteren Wald.

Aber etwas war da gewesen, sie war sicher.

Sie langte vorsichtig nach der Waffe an ihrem Hosenbund und zog sie geräuschlos aus dem geölten Lederholster. Entsicherte sie. Ein leises Klacken, dann wieder nur das Prasseln von Regen.

Kein erneutes Rascheln aus dem Gebüsch.

Lisa entspannte sich etwas. Sie würde jedenfalls nicht der Anfänger sein, der diese Aktion vermasselte, indem sie versehentlich auf ein Reh oder einen Hirsch ballerte und damit den Verdächtigen auf sich aufmerksam machte. Sie würde warten, bis …

Plötzlich brach eine Gestalt aus den Büschen hervor und stürzte auf sie zu.

Ein Mensch, hoch aufgerichtet. So was konnte kein Reh und schon gar kein Hase. Konturlos, lediglich eine schwarze Silhouette, aber eindeutig ein Mensch.

Ein Mensch, der jetzt direkt auf sie zurannte.

»Halt!«, rief Lisa. »Stehen bleiben!«

Die schwarze Gestalt lief unbeirrt weiter, dann schlug sie einen Haken, änderte die Richtung, hielt auf das Dunkel zwischen den Baumstämmen zu.

»Hierher!«, rief Lisa, um ihre Kollegen alarmieren, und versuchte einen Augenblick lang vergeblich, sich an ihren eigenen Codenamen zu erinnern, doch der schien wie aus ihrem Gedächtnis gelöscht. Stattdessen rief sie, so laut sie konnte: »Flüchtiger Verdächtiger! Ich brauche Unterstützung!«

Nichts passierte, außer dass die konturlose Gestalt im Höchsttempo an ihr vorbeischoss, auf die Bäume zu, hinter denen sie im nächsten Augenblick verschwunden sein würde.

»Scheiße!«, stieß Lisa zwischen zusammengepressten Zähnen hervor. Wo blieben bloß die Kollegen, wieso reagierte niemand auf ihren Ruf?

Sie setzte der Gestalt nach, tiefer hinein in den Wald, in die nahezu vollkommene Schwärze. Die Eisfüße in ihren Stiefeln waren vergessen, während sie angestrengt versuchte, die Gestalt zwischen den

Bäumen nicht aus den Augen zu verlieren. Diese verdoppelte ihre Anstrengungen, stieß dabei keuchend Atem hervor. Das muss kilometerweit zu hören sein, dachte Lisa.

Aber wieso tauchte dann immer noch keiner ihrer Kollegen auf?

Während sie der Gestalt hinterherjagte, rief sie noch einmal: »Halt, stehen bleiben! Oder ich schieße!«

Die Gestalt ignorierte auch diese Warnung. Sie gab alles, was sie hatte, aber sie kam nicht recht vom Fleck, bemerkte Lisa. Sie schien nicht besonders gut in Form zu sein. Der Mann, denn jetzt war Lisa sicher, dass es sich um einen Mann handelte, keuchte schwer, wobei er klang wie eine altersschwache Dampflok, obwohl sein Umriss nicht fettleibig wirkte.

Lungenprobleme vielleicht, dachte Lisa und schalt sich für diese im Moment vollkommen unsinnige Überlegung. Es spielte keine Rolle, was den Kerl plagte. Wichtig war nur, dass sie ihn nicht entkommen ließ.

Die Gestalt versuchte, einen weiteren Haken zu schlagen, tat das aber so plump, dass Lisa es praktisch schon Sekunden vorher kommen sah und in die neue Richtung rannte, noch bevor die Gestalt ihr Manöver ganz abgeschlossen hatte.

Dann war sie nah genug heran.

Lisa blieb stehen. Legte an, zielte. *Breiter Stand, sichere Hand*, schoss es ihr durch den Kopf. Ein Lieblingsspruch ihres Ausbilders für Faustfeuerwaffen.

Sie feuerte.

Der Schuss krachte, ein zuckender Blitz beleuchtete für einen Sekundenbruchteil die Baumstämme ringsum.

Die Gestalt ging brüllend zu Boden, krachte in ein Gebüsch wie ein gefällter Baum. Versuchte, weiterzukriechen. Laub raschelte, der Regen prasselte in ungestümer Wut, schien nun seinerseits die letzten Reserven zu mobilisieren, und jetzt waren auch endlich die Rufe der Kollegen zwischen den Bäumen zu hören.

»Habt ihr ihn?«, riefen sie, und: »Was ist denn los, Leute?«, »Können wir aus der Deckung raus?«

Ja, dachte Lisa, jetzt könnt ihr rauskommen, ihr Helden.

Dann verschwendete sie keinen weiteren Gedanken mehr an ihre Kollegen. Sie erreichte den Verdächtigen, die Waffe immer noch im Anschlag, denn wer konnte sagen, ob und womit der Kerl bewaffnet war oder was er sonst in petto haben mochte?

Die Gestalt bewegte sich jetzt nicht mehr, und für einen schrecklichen Moment fürchtete Lisa, sie hätte den Fliehenden doch nicht bloß am Oberschenkel erwischt, auf den sie gezielt hatte. Hätte ihn womöglich schwer verletzt oder gar getötet und damit den von Böhm beschriebenen Worst Case herbeigeführt – und zwar im Alleingang.

Doch dann hörte sie wieder den rasselnden Atem des Kerls.

Lisa kniete sich auf seinen Rücken und legte ihm Handschellen an, die sie von ihrem Gürtel zog, was der Mann mit einem unwilligen Ächzen quittierte. Dann packte sie ihn an der Schulter, um ihn umzudrehen. Sie steckte die Waffe zurück in ihr Holster und griff nach ihrer Taschenlampe.

Knipste sie an.

Leuchtete dem Kerl damit ins Gesicht.

Und erstarrte.

11

Wiesbaden, Thaerstraße

Marcel Dahte war Journalist aus Leidenschaft. Was für ihn vor allem zwei Dinge bedeutete: erstens, zu jeder erdenklichen Tages- und Nachtzeit erreichbar und einsatzbereit zu sein, und zweitens, über ein weit gespanntes und bestens gepflegtes Netz von Informanten zu verfügen.

In seinem Job fing ausschließlich der frühe Vogel den Wurm. Der, der schnell reagieren konnte, und Marcel Dahte interessierte sich ausschließlich für die großen, für die besonders schmackhaften Würmer. Die Stories, für die sich die Zeitungen überschlugen, am besten exklusiv, aber immer als Erster – das war sein Ruf, und Dahte tat alles, um diesen Ruf zu verteidigen.

Mit allen Mitteln.

Vor einer halben Stunde hatte sein *spezieller* Informant angerufen. Die Sorte Informant, die später mit der Floskel »Aus gut unterrichteter Quelle haben wir erfahren« in einem von Dahte verfassten Artikel zitiert werden würde, niemals jedoch mit seinem richtigen Namen.

Was in diesem Fall vor allem daran lag, dass Dahte den Namen des Mannes, falls es sich überhaupt um einen Mann handelte, gar nicht kannte.

Das Entscheidende an diesem Informanten war jedoch auch nicht sein Name, sondern der Fakt, dass er offenbar beim Bundeskriminalamt – oder in dessen unmittelbarer Umgebung – arbeitete und bestens über die Vorgänge innerhalb der Bundesbehörde informiert zu sein schien.

Natürlich war Dahte anfangs skeptisch gewesen, schließlich riefen immer wieder jede Menge Spinner bei ihm an und behaupteten, über wichtige Informationen und geheime Interna zu verfügen – dabei reichte das Spektrum von allen Arten von Regierungsverschwörungen über Ufo-Landungen im nachbarlichen Garten bis hin zum endgültigen Beweis der Existenz des leibhaftigen Teufels.

Marcel Dahte hatte reichlich Erfahrung mit Spinnern und hielt sie sich daher, so gut es eben ging, vom Leib. Aber dieser Informant war anders. Bisher hatte er Dahte kein einziges Mal auf eine falsche Fährte geschickt. Alle seine Informationen hatten sich stets als wahr erwiesen – und schließlich hatte Dahte akzeptiert, dass er es tatsächlich mit einem bestens informierten Whistleblower zu tun hatte.

So eine Quelle war natürlich Gold wert, umso mehr, da der Informant sich für sein riskantes Spiel nicht einmal bezahlen ließ.

Ein Idealist demnach, und die waren Dahte die liebsten.

Einer, der mehr an die Pressefreiheit glaubte als an die bisweilen recht fragwürdigen Entscheidungen seiner Vorgesetzten. Oder aber auch nur eine übereifrige Putzfrau, die Zugang zu Ermittlungsdokumenten besaß und der es Spaß machte, am nächsten Tag davon in der Zeitung zu lesen, wenn sie auch niemals offiziell die Lorbeeren dafür einheimsen würde.

Auch Marcel Dahte glaubte heiß und innig an das unbedingte Recht des Volkes auf Informationen. Besonders dann, wenn er derjenige war, der diese Informationen für viel Geld an die Redaktion einer großen Tageszeitung verkaufte.

Dahte hatte den Kontakt des Informanten unter dem Kürzel »ABC Pizza« in seinem Handy gespeichert. Das war vielleicht nicht besonders originell, genügte aber für den Fall, dass ihm zufällig jemand über die Schulter schaute, falls das Handy einmal unvermittelt klingelte und die Nummer auf dem Display auftauchte. Da konnte er ihn ja schlecht unter »Informant – BKA« abspeichern. Immerhin setzte derjenige dabei möglicherweise noch eine Menge mehr aufs Spiel als nur seinen Job.

Nur zum Spaß hatte Dahte einen befreundeten Computerspezialisten einmal gebeten, unauffällig herauszubekommen, wer sich hinter der Nummer eigentlich verbarg. Der Experte hatte es nicht geschafft. Offenbar verstand sich der Whistleblower sehr gut darauf, seine Identität geheim zu halten – was eindeutig gegen die Theorie einer einfachen Putzfrau sprach. Die Anrufe, das hatte ihm der befreundete Computerspezialist allerdings verraten, waren immer digital erfolgt und über mehrere ausländische Proxyserver umgeleitet worden. So waren die Recherchen des Computerfreaks auf irgendeiner karibischen Insel im wahrsten Sinne des Wortes im Sande verlaufen.

Als Dahte heute gegen ein Uhr morgens im Tiefschlaf nach seinem klingelnden Handy gegriffen und auf dessen Display die Worte »ABC Pizza« gelesen hatte, war er sofort hellwach gewesen.

Er war schon mit einem Bein halb in seine Hose gefahren, während er den Anruf angenommen hatte.

Wie jedes Mal kam die roboterhafte Stimme am anderen Ende sofort zur Sache, redete ohne Begrüßung einfach drauflos, machte keine Pause, wartete nicht auf eventuelle Fragen, was Dahte vermuten ließ, dass es sich um eine vorher aufgezeichnete und verfremdete Nachricht handelte anstatt eines richtigen Telefongesprächs.

Wie jedes Mal hörte er aufmerksam zu, während er sich Notizen auf einen kleinen Schreibblock kritzelte, den er ebenfalls stets in Reichweite bei sich trug.

Doch diesmal war Dahte fast enttäuscht, als die Computerstimme zu sprechen begann. Es ginge um den Fall Anneke Jaspers, hatte die geschlechtslose Stimme gesagt. Die Story war seit Tagen in aller Munde, das Mädchen war allem Anschein nach von zu Hause abgehauen und dann erfolgreich untergetaucht, auch wenn die Eltern jedem, der es hören wollte, etwas von einer Entführung ihrer Tochter erzählten. Das hatte für eine Weile für tolle, herzzerreißende Artikel gesorgt, aber nicht von einem Kaliber, das Dahte seiner als würdig erachtete, und inzwischen war die Story auch schon von der ersten auf die hinteren Seiten abgerutscht. Das Interesse der Öffentlichkeit begann bereits wieder abzuflauen und sich anderen Dingen zuzuwenden, es herrschte schließlich kein Mangel an dramatischen Geschichten in der Welt.

Dahtes Kuli hatte unschlüssig über dem Schreibblock geschwebt, doch dann hatte der Informant die eigentliche Bombe platzen lassen: Soeben war ein männlicher Verdächtiger festgenommen worden, und er würde zur Stunde in die Zentrale des BKA überstellt. Nachdem er seine Botschaft übermittelt hatte, war die Verbindung unterbrochen worden, doch auf Dahtes Gesicht hatte sich ein Grinsen breitgemacht.

Ein Verdächtiger.

Das änderte natürlich alles.

Aus der Ausreißerin war demnach tatsächlich das Opfer einer dramatischen Entführung geworden. Offenbar hatten die Eltern mit ihren Befürchtungen die ganze Zeit richtiggelegen – und die Polizei daneben. Das würde peinlich werden, zumindest für die Behörden. Und wieder einmal würde es Dahte sein, der als Erster mit den Neuigkeiten aufwarten würde, freute er sich. Mit etwas Glück würde es der Artikel sogar noch in die Morgenausgabe schaffen. Dann hatten die Kollegen, die jetzt noch in ihren Betten schnarchten, wieder mal etwas, worüber sie sich ärgern konnten, und das noch vor dem ersten Kaffee. Wundervoll.

Also hatte Dahte sich in aller Eile etwas Wasser ins Gesicht gespritzt, sich die Zähne geputzt, war hastig in seine Klamotten geschlüpft, die er jeden Abend auf einem Stuhl zurechtlegte – der frühe Vogel und das alles –, und war auf dem schnellsten Weg in die Thaerstraße gefahren, wo er seinen Wagen auf der gegenüberliegenden Straßenseite vor dem Hauptgebäude des BKA geparkt hatte.

Kein Mensch war zugegen gewesen, von einem überstellten Verdächtigen keine Spur. Für einen Moment befürchtete Dahte schon, er könne das Spektakel verpasst haben, aber er machte dennoch seine Kamera startklar, was keine zehn Sekunden dauerte. Gedankt sei Gott für digitale Spiegelreflexkameras. Man musste lediglich das Teleobjektiv draufschrauben und war bereit für die nächsten paar tausend Bilder. Grinsend legte Dahte die Kamera auf den Beifahrersitz und wartete.

Nach zehn Minuten begann er, sich zu ärgern, dass er sich nicht noch irgendwo einen Kaffee besorgt hatte.

Nach weiteren zehn Minuten verfluchte er sich dafür.

Mittlerweile ging es auf zwei Uhr zu, und der Schlaf, mürrisch darüber, dass er so rüde unterbrochen worden war, wollte zurück in seinen Körper kriechen. Hinzu kam, dass es schweinekalt war und Dahte nicht wagte, den Motor seines Autos anzustellen. Er verspürte wenig Lust, einem der Sicherheitsleute erklären zu müssen, was er um diese nachtschlafende Uhrzeit vor dem Hauptgebäude des Bundeskriminalamts verloren hatte.

Er war schon kurz davor, die Worte seines Informanten dieses eine Mal doch in Zweifel zu ziehen oder das Ganze für einen dummen Scherz auf seine Kosten zu halten, als drei Transporter und zwei Limousinen in die Straße einbogen.

Die Limousinen stammten unzweifelhaft aus dem Fuhrpark des BKA, das sah Dahte auf den ersten Blick, die drei Transporter – allesamt brandneue Mercedes Vito mit langem Radstand – sahen auch verdammt nach Einsatzfahrzeugen einer Bundesbehörde aus.

Augenblicklich war jede Müdigkeit verflogen, Dahte war hellwach.

Er griff nach der Kamera und begann, die sich nähernde Fahrzeugkolonne durch den Sucher zu fokussieren, schraubte das Teleobjektiv auf maximale Verstärkung, dann knipste er los.

Das Ganze dauerte weniger als eine Minute.

Die Autos hielten auf einem kleinen Parkplatz, und Dahte schickte ein kurzes Dankgebet zum Himmel, weil sie das genau unter einer der dort stehenden Bogenlampen taten. Klar, niemand würde sich um diese Uhrzeit dafür interessieren, was da drüben vor sich ging.

Dachten sie.

Grinsend lauschte Dahte dem Klicken des Auslösers seiner Kamera, wieder und wieder, während er in Rekordzeit die Speicherkarte mit Fotos füllte. Menschen in schwarzen Kampfanzügen und Kevlarwesten sprangen aus den Mercedes-Transportern, aus den Limousinen stiegen ihre Kollegen in Anzughosen und gefütterten Regenjacken.

Dann öffnete sich die Tür des hintersten Transporters. Ein Mann wurde, von zwei schwarz Vermummten flankiert, die ihn an den Ellenbogen gepackt hielten, aus dem Transporter und auf den Hintereingang des Gebäudes zugeführt. Der Mann schien zu hinken, vielleicht eine Verletzung, die während seiner Festnahme passiert war.

Umso besser.

Sie hatten dem Verdächtigen nicht mal eine Kapuze über den Kopf gestülpt, freute sich Dahte. Dank des starken Teleobjektivs gelang es ihm problemlos, ein gutes Dutzend Fotos vom Profil des Mannes zu machen, und dann – Dahte konnte sein Glück kaum fassen – drehte der Festgenommene den Kopf sogar für einen Moment in seine Richtung. Geradezu, als posiere er für seine Kamera.

Herrlich.

Das Gesicht kam ihm sogar vage bekannt vor. Er würde den Mann später mithilfe der umfangreichen Pressearchive, auf die er Zugriff hatte, identifizieren können, da war er sicher. Der Journalist vergaß niemals ein Gesicht, und dieses hatte irgendeine ferne Erinnerung in ihm ausgelöst.

Er würde den Kerl schon finden.

Aber es kam noch besser. Hinter den Männern, die den Verdächtigen abführten, stieg jetzt eine junge Polizistin aus dem Wagen. Sie musste sich für einen Moment am Rahmen der Schiebetür festhalten. War sie etwa ebenfalls verletzt? Nein, danach sah es nicht aus. Nicht verletzt, sondern nur sehr mitgenommen. Natürlich, sie war noch jung und daher unerfahren. Wie alt mochte sie sein, Ende zwanzig? Ein Wunder, dass man sie überhaupt an einer solchen Aktion hatte teilhaben lassen. Ihr erster großer Einsatz, vermutlich. Und so, wie die aussah, musste es bei diesem Einsatz ausgesprochen haarig zugegangen sein. Vielleicht hatte der Verdächtige das Feuer auf die Polizisten eröffnet und ein paar ihrer Kollegen erwischt. Großartig. Die Kleine sah dermaßen durch den Wind aus, dass sie ihm vermutlich alles erzählen würde, was da passiert war, wenn es ihm nur gelang, sie im richtigen Moment abzupassen.

Als die Menschen im Gebäude verschwunden waren, senkte Dahte die Kamera. Für den Moment hatte er alles, was er brauchte. Sein Grinsen wurde noch breiter, als er sich einer weiteren Tatsache bewusst wurde.

Aus keinem der Autos war ein kleines Mädchen ausgestiegen.

Das hier würde ein echter Knüller werden.

12

BKA-Hauptsitz Wiesbaden, Thaerstraße
Abteilung Schwere und Organisierte Kriminalität (SO)

»Lassen Sie mich zu ihm rein«, sagte Lisa. Sie versuchte, es nicht wie eine Bitte klingen zu lassen, denn eigentlich war es auch keine. Es war das Gegenteil. Sie *wollte* ganz und gar nicht da rein, in den Vernehmungsraum, sie wollte nicht mal hier sein. Und vor allem wollte sie in diesem Moment nicht sie selbst sein.

Aber sie musste.

Möller bedachte sie mit einem langen Blick. »Das

da drin ist Ihr Vater, Lisa. Selbst wenn ich wollte – und das will ich ganz sicher nicht –, ich dürfte Sie gar nicht zu ihm lassen. Nicht in Ihrer Eigenschaft als Polizistin. Persönliche Befangenheit, Lisa. Das geht nicht, wirklich. Das wissen Sie.«

»Wir haben uns seit fünfzehn Jahren nicht gesehen«, erwiderte Lisa. »Kein Wort gewechselt, nicht mal am Telefon. Was mich betrifft, ist er … ist er nur irgendein Verdächtiger.«

Hilfe suchend sah Lisa zu Sayed, doch der hob nur die Brauen und senkte dann den Kopf, um intensiv seine Schuhspitzen zu betrachten. Möller hatte vollkommen recht, das wusste sie genauso gut wie er. Sie *war* befangen, natürlich war sie das.

Verdammt noch mal, sie hatte gerade ihren eigenen Vater angeschossen, um ihn an der Flucht zu hindern – und damit erfahren, dass dieser der Hauptverdächtige an der Entführung der minderjährigen Anneke Jaspers war.

Wie konnte sie da *nicht* befangen sein?

Nein, entschied sie dann, das da drin ist nicht mein Vater. Es ist ein Monster, wie eines von denen aus den Märchen der Brüder Grimm. Ein Ungetüm, das sich nur als mein Vater verkleidet hat. Das Ganze hier ist eine Horrorstory. Ein wirklich beschissenes B-Movie, dessen Drehbuch sich nur ein völlig Geisteskranker ausgedacht haben kann.

Bloß waren die Grabsteine hier und heute nicht aus Pappe, und die Monster trugen keine billigen Masken aus Schaumgummi. Das hier war alles echt, so unbegreiflich es auch schien.

Lisa wandte den Blick der einseitig verspiegelten Scheibe zu. Man hatte das Bein ihres Vaters inzwischen verarztet, er hatte Glück gehabt. Glatter Durchschuss des Unterschenkels, kurz unterhalb des Knies. Kein Splitterbruch, hatte der Arzt vor Ort gesagt, ein paar Zentimeter an der Kniescheibe vorbei. Vernehmungsfähig, das hatte er ebenfalls gesagt und Böhm dabei ernst zugenickt. Die Botschaft war klar. Ihr Vater würde frühestens dann ein Krankenhaus zu sehen bekommen, wenn er geredet hatte.

Denn das Mädchen, Anneke Jaspers, hatte man in dem Haus im Wald nicht gefunden, und ihr Vater weigerte sich beharrlich, ihnen zu verraten, wo sie war.

Das war vielleicht das Monströseste von allem.

»Sie glauben also, ich wäre befangen?«, fragte Lisa, wobei sie sich zur Ruhe zwang.

»Ja«, sagte Möller. Sah sie an. Wartete ab. Gab ihr eine Chance, was sie ihm hoch anrechnete. Denn das war alles, was sie brauchte.

»Okay«, sagte sie. »Aber dann dürfte *er* ebenfalls befangen sein. Ich bin immerhin seine Tochter.«

»Lisa …«, mischte sich Sayed ein, doch Lisa brachte ihn mit einer Handbewegung zum Schweigen. Als sie weitersprach, war ihre Stimme klar. Nicht mehr belegt. Keine Tränen im Anmarsch. Nicht jetzt und hier. Später vielleicht, aber wen kümmerte schon das Später?

»Geben Sie mir nur einen Versuch«, sagte Lisa, und jetzt war es tatsächlich eine Bitte. Nicht um einen Gefallen für sie, und schon gar nicht für ihren Vater. Sondern für das Mädchen, nur darum ging es jetzt. »Für Anneke.«

»Das kann ich nicht machen, Lisa«, sagte Möller leise. »Selbst wenn er redet, werden wir das nicht verwenden können. Der Strafverteidiger würde uns in der Luft zerreißen.«

Lisa schwieg. Natürlich hatte Möller recht.

Bloß ging es ihr gar nicht um ein Geständnis.

Es würde keines nötig sein. Nicht, nachdem man das von Sayed geortete Handy in der Hosentasche ihres flüchtenden Vaters gefunden hatte. Und die blonden Haare im Kofferraum seines vor dem Haus geparkten Wagens. Ein rostiger alter Ford, ausgerechnet. Die Haare hatte man inzwischen schon in die Forensik gebracht, der Wagen wurde gerade abgeschleppt, um später eingehend auf weitere Spuren untersucht zu werden. Aber es gab niemanden, Lisa eingeschlossen, der daran zweifelte, dass es sich bei den langen blonden Haaren im Kofferraum des Wagens um die des entführten Mädchens handelte.

»Lassen Sie mich ihn nur fragen, wo Anneke ist«, sagte Lisa, während sie durch die Scheibe auf den Menschen starrte, der dort drin saß, vornübergebeugt und elend. »Nur das, nichts sonst. Kein Geständnis, kein gar nichts. Lassen wir das Aufnahmegerät ausgeschaltet. Versprechen wir ihm, dass er aus der Sache noch rauskommen kann, wenn er uns nur verrät, wo das Mädchen ist.«

Er. Nur ein ganz normaler Verdächtiger. Nur die üblichen Fallen. Dienst nach Vorschrift, nichts weiter.

»Lisa, Sie machen mir ein bisschen Angst«, sagte Möller leise, und auch Sayed sah jetzt ausgesprochen unbehaglich drein. Lisa war es egal.

»Wir müssen das Mädchen finden«, sagte sie. »Nur darum geht es.«

Um nichts sonst.

13

BKA-Hauptsitz Wiesbaden, Thaerstraße
Vernehmungsraum 2.B

»Lisa!«, rief ihr Vater leise, als sie den Raum betrat.

Er sah zu ihr herauf. Hoffnungsvoll, so schien es. Er freute sich offenbar, sie zu sehen. Lisa spürte eine dumpfe Mattigkeit in sich aufsteigen.

Sie unterdrückte das Gefühl, schob es einfach weg. Dafür war später noch Zeit. Emotionen bis zum Umfallen, bis zur Besinnungslosigkeit. Und jede Menge Zeit auch für die Frage, wie sie, als seine Tochter, nie etwas bemerkt haben konnte von seinen abartigen Neigungen.

Von dem Monster, das in ihm gelauert hatte.

Aber stimmte das wirklich?

Sein Alkoholismus, die plötzlichen Wutanfälle, der rasche Abstieg in seiner ganz persönlichen Abwärtsspirale, tiefer und tiefer hinein in den grotesken Kaninchenbau seiner offenbar schwer gestörten Psyche. Er hatte eine allzu offensichtliche Achterbahnfahrt des Grauens aus seinem Leben gemacht, und nun, da er hier saß, hatte er den Grund des schwarzen Brunnens wohl endgültig erreicht – wie mit dem Trinken und der Zerstörung seiner Möbel. Alles oder nichts. Bis zur bitteren Neige.

Er hatte ganze Arbeit geleistet.

Lisa war danach zumute, einen Stuhl zu nehmen und ihn kurz und klein zu hauen, am besten auf dem Kopf dieser Erscheinung, die jetzt mit Handschellen an jenen Tisch dort gefesselt war und sich alle Mühe gab, wie ein schwaches, altes Männlein auszusehen.

Wie ihr Vater auszusehen.

Eine erbärmliche Erscheinung. Das Saufen hatte seinen Tribut gefordert, und er hatte ihn überreich bezahlt. Sein Haar war licht und grau, mit seltsamen schlohweißen Flecken darin, die stoppeligen Wangen eingefallen, der Hals wirkte ledrig und irgendwie zu dünn. Er saß vornübergebeugt, ließ die Schultern hängen, während er zu ihr aufsah. Seine Augen, blass und verwaschen, irgendwo zwischen grau und blau, keine Spur mehr von dem Glanz, der einst darin gewohnt hatte. Keine Spur mehr von dem

Menschen, den sie als ihren Vater gekannt hatte. Aber dennoch …

Nein. Reiß dich zusammen, dachte Lisa und setzte sich ihm gegenüber an den Tisch. Ganz einfach.

»Ich habe nichts Unrechtes getan«, waren seine ersten Worte an sie. Die ersten seit fünfzehn Jahren. »Das musst du mir glauben, Lisa.«

Einen Scheiß muss ich, dachte sie und bemerkte, dass sie die Lippen so fest aufeinanderpresste, dass sie schmerzten.

Ganz schlecht. Keine Gefühle zeigen.

Also gab sie ihrem Körper den Befehl, sich verdammt noch mal zu entspannen, und wunderbarerweise funktionierte das sogar.

Ein bisschen.

»Wo ist sie?«, fragte sie, ohne auf seine Bemerkung einzugehen. »Wenn du uns das sagst, können wir eine Menge für dich tun. Verbesserte Haftbedingungen, eine Strafanstalt außerhalb …«, sie stockte. Außerhalb eines Hochsicherheitsgefängnisses, wo sie Kinderfickern wie dir den Arsch bis zum Genick aufreißen. »Außerhalb des regulären Vollzugs«, fuhr sie fort. »Wir wollen nur eines wissen.« Sie beugte sich vor. Blickte ihm ins Gesicht, in diese stumpf gewordenen Fischaugen. »Wo ist Anneke?«

Sie brachte es nicht übers Herz, ihn Vater zu nennen. Würde das nie wieder übers Herz bringen, so viel war ihr schon in diesem Moment klar. Und wenn schon, kein großer Verlust. »Wo hast du das Mädchen versteckt?«

Er starrte sie aus weit aufgerissenen Augen an.

»Ist es das, Lisa?« Seine Stimme war zu einem tonlosen Flüstern herabgesunken, und sein Gesicht verlor das bisschen Farbe, das es eben noch gehabt hatte. »Ist es das, was ihr glaubt? Dass ich ein Kind entführt habe? O Gott, Lisa! Glaubst du denn wirklich, ich wäre zu so etwas fähig?«

»Wo ist sie?«, fragte sie wieder. Dann, leiser, während sie ihn bittend ansah und sich selbst dafür hasste: »Sag mir nur das. Bitte. Wo ist Anneke Jaspers?«

Er schwieg. Senkte den Kopf. Besah sich zwischen seinen leicht gespreizten Oberschenkeln hindurch den Boden, als gäbe es da Wunder was zu entdecken.

Sekundenlang, vielleicht eine Minute.

Vielleicht eine Ewigkeit.

Dann sah er wieder zu ihr auf, suchte ihren Blick. Sah ihr in die Augen, aus diesen verwaschenen, rot umrandeten Gucklöchern in seinem vom Suff und vom Alter gezeichneten Gesicht.

Eine Träne rann ihm über die linke Wange, er schien es nicht mal zu bemerken. Lisa spürte wieder diesen Anflug beinahe körperlichen Ekels.

Und sonst nichts, nur Kälte.

Nur Kälte.

Er nickte leicht, öffnete den Mund, während sie sich in die Augen starrten, wie Kinder, die einen Wettbewerb austragen, bei dem derjenige, der zuerst blinzelt, der Verlierer ist. Die einzelne Träne rann ihm bis zum Kinn, löste sich dort von seinem Gesicht und zerplatzte auf der Tischplatte aus rostfreiem Stahl.

Schließlich sagte er, langsam und deutlich, so als wolle er jedem einzelnen seiner Worte so viel Gewicht wie möglich verleihen: »Ich habe aufgehört zu trinken, Lisa. Es gibt keinen Alkohol mehr im Haus, keinen einzigen Tropfen, schon seit Jahren nicht. Ich …«

Lisa sprang auf.

Der Stuhl rutschte schwungvoll zurück, krachte gegen die Wand.

»Wo ist sie, verdammt noch mal?«, schrie sie ihren Vater an.

Doch der hatte den Kopf schon wieder gesenkt und starrte zu Boden, seine alten Wangen waren jetzt tränenfeucht. Sekunden später flog die Tür auf, und zwei Männer packten Lisa an den Armen, zogen sie aus dem Zimmer.

Sie schrie und strampelte wie ein kleines Kind, das ganz entschieden findet, dass es noch lange nicht zu Bett muss.

Dann fiel die Tür ins Schloss.

14

15 Jahre zuvor

Lisa hatte den Whisky an jenem Abend nicht in die Spüle geschüttet. Stattdessen hatte sie ihn in eine halb volle Colaflasche gekippt und die leere Flasche dann in den Weidenkorb gestellt, in dem sie den Glasmüll sammelten.

Bevor sie die Colaflasche wieder zuschraubte, nahm sie einen kräftigen Schluck von dem Gemisch.

Das Zeug brannte scharf wie Rasierklingen, aber es verschmolz mit der Cola zu einem klebrig-süßen Ball, der ihre Kehle hinabschoss und in ihrem Magen zu einem wohltuenden kleinen Feuerwerk explodierte.

Wärme breitete sich in ihr aus. Das war besser als erwartet, also nahm sie gleich noch einen Schluck. Gar nicht übel.

Es klingelte.

Richtig, Tommy.

Sie steckte die Colaflasche in ihren Rucksack und lief zur Tür. Fühlte sich seltsam leicht und beschwingt dabei. Und warum auch nicht. Ihr Vater schien sich gerade wieder auf die Reihe zu bekommen.

Und er hatte mit dem Trinken aufgehört, auch

wenn ihr die Ironie der Tatsache nicht entging, dass sie dafür soeben damit angefangen hatte.

Aber das war natürlich Quatsch.

Sie stimmte sich lediglich ein bisschen auf den Abend ein, und mit diesen beiden Schlucken würde ihr Exkurs in Sachen Alkohol auch enden. Höchstens noch ein dritter, bevor das Konzert anfing, und den Rest würde sie an Tommys Freunde verschenken.

Die würden das Zeug zu schätzen wissen.

Als sie die Tür öffnete, sah sie Tommy, der draußen ganz lässig an seinem Wagen lehnte und an seiner Zigarette zog. Sie mochte den Geruch der kalten Asche an seinen Klamotten, an ihm, in seinen Küssen. Mochte es, obwohl es daran bei Licht betrachtet eigentlich nicht viel zu mögen gab, bei jedem anderen hätte sie es vermutlich eklig gefunden.

Aber dieser kalte Aschehauch war so typisch für Tommy wie sein Lächeln und der manchmal seltsam ferne Blick seiner braunen Augen und der rostige Ford, den er fuhr.

Als sie aus dem Haus trat und über den gepflasterten Hof auf ihn zuging, kam er ihr nicht entgegen, sondern blieb, wo er war. Ganz lässig. Grinste sie nur an. Auch das war typisch Tommy. Machogehabe eben, aber das störte sie ebenfalls nicht. Sie konnte damit umgehen.

Als sie ihn erreicht hatte, packte er sie wortlos im Genick wie ein junges Kätzchen und zog sie zu sich heran. Küsste sie, kräftig und fordernd, wie es seine

Art war. Seine Zunge schob sich in ihren Mund. Sie schmeckte kalte Asche, und sie gab sich ihm hin, während sie nun ihrerseits die Finger in sein dichtes Haar wühlte und sich an ihn presste. Fast ein bisschen animalisch.

Nach einer Weile waren sie einigermaßen außer Atem, und Tommy lockerte den Griff um ihr Genick.

»Hey, Süße«, sagte er. Sie nickte nur, tat ganz lässig. War sich aber sicher, dass er den Glanz in ihren Augen sah. Er hatte einfach diese Wirkung auf sie, und das wusste er genau.

»Hast gute Laune, wie?«, sagte er mit einem schiefen Grinsen. »Noch was übrig von dem Zeug?« Er musste den Whisky in ihrem Atem geschmeckt haben.

»In meinem Rucksack«, sagte sie. »Für später. Wir können …«

»Gib mal her. Vorglühen.«

»Was? Nee, du musst doch noch fahren.«

»Ich will's nur mal kosten, klar?«, sagte er in dieser Komm-mir-lieber-nicht-dumm-Stimme. Ein eisiger Schauder kletterte ihre Wirbelsäule hoch, erreichte ihr Genick, breitete sich kribbelnd von da bis zu ihrer Kopfhaut aus.

Schulterzuckend nahm sie den Rucksack von den Schultern, öffnete ihn und reichte ihm die Flasche. Er setzte sie an, trank ein paar lange Schlucke, dann schraubte er sie wieder zu und gab sie ihr zurück.

»Gar nicht mal schlecht, das Zeug«, sagte er.

Dann stiegen sie ins Auto.

15

Gegenwart
Wiesbaden, Sperlingsviertel

»Hey, junge Frau, warten Sie doch mal!«

Erst jetzt drang die Stimme des Mannes an Lisas Ohr, er musste aber schon eine Weile hinter ihr hergerufen haben. War ihr vielleicht schon den ganzen Weg seit der S-Bahn-Station gefolgt.

Lisa hatte es nicht mitbekommen, während sie zum Sperlingsviertel gelaufen war. Gesenkten Kopfes, die Hände in den Taschen ihrer Jacke vergraben, die Kapuze ihres Sweatshirts auf dem Kopf. Es hatte inzwischen aufgehört zu regnen, aber die Nacht war kalt, die Feuchtigkeit noch allgegenwärtig auf dem Bürgersteig und dem glitzernden Rasen der Grundstücke auf beiden Seiten der Straße.

Nachdem Möller sie mehr oder weniger gewaltsam aus dem Verhörraum hatte entfernen lassen, war ein tosendes Chaos in ihren Kopf eingezogen, das sie nur mit sehr viel Mühe wieder einigermaßen unter Kontrolle gebracht hatte. Und mit Sayeds Hilfe, der ihr einen Arm um die Schulter gelegt und sie in den Flur gezogen hatte, weg von Möller, dessen Gesichtsausdruck Bände sprach. Lisa hatte Besorgnis darin gelesen, aber auch Wut und Enttäuschung. Sie hatte sich gehen lassen, hatte ihr Versprechen gebrochen. Hatte sich unprofessionell verhalten. Und das bei ihrem ersten großen Fall.

Sie hatte es vermasselt.

Gut möglich, dass es nun deshalb auch gleich ihr letzter großer Fall werden würde, vielleicht sogar ihr letzter Fall überhaupt. Aber selbst das war ihr momentan vollkommen egal.

»Der kriegt sich schon wieder ein«, hatte Sayed ihr leise zugeredet, als sie den Flur erreicht hatten. »Dieser Mist stresst gerade alle, und so, wie es aussieht, will der Verdächtige …«

»Mein Vater, Sayed«, hatte ihn Lisa unterbrochen und ihre Tränen nur mit Mühe zurückgekämpft. Tränen der Wut, nicht der Trauer. Das ganz bestimmt nicht. »Der Verdächtige ist mein *Vater*, verdammt noch mal!«

»Ja, also es sieht jedenfalls so aus, als wolle dein Vater nicht reden. Vielleicht glaubt er, dass er einen besseren Deal angeboten bekommt, wenn er uns noch ein bisschen zappeln lässt, und ehrlich gesagt halte ich das sogar für wahrscheinlich. Wenn erst mal die Eltern Bescheid wissen, wird man ihm alles Mögliche versprechen, wenn er uns nur verrät, wo das Mädchen ist. Vielleicht sogar einen Generalfreispruch.«

Lisas Kopf war hochgeruckt. »Du willst mich verarschen, oder?«

Sayed hatte bedächtig den Kopf geschüttelt. »Manchmal müssen wir in diesem Job Deals machen, Lisa«, hatte er gesagt. »Es geht immer um das Ergebnis. Nicht unbedingt darum, auf welchem Weg man es erreicht.«

»Auch wenn das Ergebnis ist, dass ein kinderentführender Irrer postwendend wieder auf die Menschheit losgelassen wird?«

»Wir können Leute im Auge behalten«, hatte Sayed gesagt. »Wir haben so unsere Methoden. Jetzt geht es aber erst mal nur um das Leben des Mädchens. Um nichts sonst.«

Lisa hatte ihn einfach nur angestarrt.

»Okay«, hatte Sayed gesagt und ein Lächeln versucht, das aber ziemlich misslungen war. »Das war eine lange Nacht, für uns alle. Du solltest nach Hause gehen. Dich ausschlafen. Morgen sieht die Welt schon anders aus. Komm ein bisschen später, ja? Ich kläre das dann schon mit Möller.«

Klar, hatte Lisa gedacht, morgen sieht die Welt anders aus. Nur nicht für ein Mädchen, das jetzt vielleicht in irgendeinem Kellerloch an die Heizung gekettet ist. Für dieses Mädchen würde der morgige Tag höchstens noch schlimmer sein als die letzten paar. Weil morgen niemand kommen und ihr was zu essen bringen würde. Und übermorgen, und an dem Tag danach.

Und dann?

»Geh nach Hause«, hatte Sayed noch einmal gesagt. »Ich weiß, das willst du nicht. Aber wenn du Möller heute Nacht noch mal unter die Augen trittst, na ja … Sagen wir, es wäre wohl keine allzu gute Idee.«

Also war Lisa auf wackligen Beinen zum Aufzug gestakst und hatte sich davongestohlen. Jedenfalls war das ihr Eindruck gewesen. Eine Flucht, im Angesicht des Feindes. Ein Angesicht, das sie fast so gut zu kennen geglaubt hatte wie ihr eigenes, und das doch nur eine Maske gewesen war, unter der die Fratze eines Monsters zum Vorschein gekommen war.

Eines Monsters, das sie gezeugt hatte.

Bei dem sie sechzehn Jahre lang gelebt hatte.

Das sie geliebt hatte, einmal, vor langer Zeit.

Als sie selbst noch ein Kind in Annekes Alter gewesen war.

Die Stimme riss Lisa erneut aus ihren Gedanken. »Jetzt bleiben Sie doch mal stehen, bitte!«

Also blieb sie stehen und drehte sich um.

Der Mann war in Jeans und einen dieser übergroßen Armeeparkas gekleidet und lief jetzt auf sie zu. Regennasse, lange Haare fielen ihm in die Stirn, ein paar blieben daran kleben wie feuchte, schwarze Würmer.

Attraktiver Typ, Ende dreißig. Groß, schlank, federnder Schritt.

Als er Lisa erreicht hatte, schenkte er ihr ein strahlendes Lächeln. Elmex-Zähne, blendend weiß, wie aus einem Werbespot. Lisa erwiderte das Lächeln nicht. Ganz und gar der falsche Zeitpunkt für eine Anmache, falls das eine werden sollte.

»Was wollen Sie?«, fragte sie den Mann und hoffte beinahe, er würde es auf die ganz billige Tour versuchen. In den Selbstverteidigungskursen ihrer Polizeiausbildung war sie immer Klassenbeste gewesen.

»War das Ihr Erster?«, fragte er.

»Wie bitte?« Lisa ging innerlich schon mal in Kampfstellung.

»Ihr erster großer Fall, meine ich«, sagte der grinsende Typ. »Großes Sondereinsatzkommando und das alles.«

»Wovon zum Teufel reden Sie?«

»Marcel Dahte«, sagte der Typ und streckte ihr seine Rechte hin. »Freischaffender Journalist. Aber nur für die großen Zeitungen, dass wir uns da recht verstehen. Keine Schmuddelblätter, das wäre nicht mein Stil.« Lisa ignorierte die Hand. »Sicher haben Sie schon ein paar von meinen Artikeln gelesen. Diese Geiselnahme in der Deutschen Bank letztes Jahr zum Beispiel und ...«

»Danke, kein Interesse«, sagte Lisa und wandte sich wieder zum Gehen.

Er blieb ihr jedoch auf den Fersen. Holte sie ein, stellte sich ihr in den Weg. Senkte die Stimme und sagte: »Ich weiß, dass es um den Anneke-Fall ging. Sie haben den Täter heute Nacht geschnappt, nicht?«

»Kein Kommentar.« Lisa wich ihm nach rechts aus und beschleunigte ihre Schritte.

»Haben Sie das Mädchen schon gefunden?«, rief er. »Anneke. Ist sie in Sicherheit?«

»Keine Ahnung, wovon Sie da reden«, sagte Lisa, ohne sich noch einmal umzudrehen. Sie rannte nun fast.

Wer war dieser Kerl, woher wusste er diese Dinge? Wieso kreuzte er hier um halb vier in der Früh auf ihrem Heimweg auf und befragte sie zu laufenden Ermittlungen, von denen er überhaupt nichts hätte wissen dürfen? Und wie war er dabei ausgerechnet auf sie gekommen?

»Wieso hat die Polizei so lange gezögert, bis man aktiv nach Anneke gesucht hat?«, rief er ihr hinterher. So laut, dass man es in der halben Siedlung hören konnte. Vielleicht laut genug, dass jemand davon wach wurde. Somit war die Frage eigentlich keine solche mehr, sondern vielmehr eine Drohung, das kapierte Lisa jetzt. Reden Sie mit mir, oder ich stelle ein paar der wirklich unangenehmen Fragen.

Lisa war es egal.

»Die Öffentlichkeit«, raunte er ihr zu, als er sie wieder eingeholt hatte, diesmal im Verschwörerton, »die Öffentlichkeit hat ein Recht darauf, die Wahrheit zu erfahren.«

Lisa stürmte weiter, ignorierte ihn. Trat in den Lichtkegel der nächsten Straßenlampe. Er hinterher.

Dann blieb der Kerl stehen, fiel hinter ihr zurück. Gottlob. »Wo ist Anneke, Lisa?«, rief er ihr hinterher, brüllte es förmlich in die Morgendämmerung.

Sie fuhr herum. »Was bilden Sie sich eigentlich … ?«
Aber da war der Mann schon verschwunden.

16

Haus von Max Brünow und Lisa Kern

»Wo zur Hölle kommst du denn jetzt her?«

Max sprang auf und umrundete den Küchentisch, an dem er gesessen hatte. Dabei blieb er an einem Tischbein hängen, was sich auf die Kaffeetasse auf dem Tisch übertrug. Kaffee schwappte heraus und verteilte sich großflächig auf der Tischplatte.

Er bemerkte es nicht mal.

»Ich hab mir Sorgen gemacht, Lisa, Menschenskind!«, rief er. »Erst rennst du ohne ein Wort aus dem Haus, und dann kommst du erst … Verdammt, es ist gleich vier, Lisa! Wieso bist du nicht mal an dein Telefon gegangen?«

Gute Frage, fand Lisa.

Und genau die Begrüßung, die man sich wünscht, wenn man nach einem anstrengenden Arbeitstag mitten in der Nacht nach Hause kommt, soeben seinen eigenen Vater angeschossen und ihn als Verdächtigen im Fall einer Kindesentführung verhaftet hat.

Doch sie sagte kein Wort.

Sie brachte die Kraft dazu nicht mehr auf.

Sie war nur noch müde.

Ein Luftballon, aus dem alle Luft entwichen ist.

Max stellte sich vor sie hin, packte sie an den Oberarmen, schüttelte sie im Takt seiner Worte. »Ich habe auch einen Job, Lisa, verdammt noch mal! Ich kann mir nicht die halbe Nacht um die Ohren schlagen vor Sorge, und du … du rennst einfach fort, lässt mich hier schmoren und … Hey, weinst du etwa?«

Er ließ sie los, trat einen hastigen Schritt zurück. Beinahe so, als würde er sich vor ihr ekeln. »Was ist denn los? Lisa!«

Sie drehte sich um. Mechanisch. Wie ein Zombie oder ein Schlafwandler. Ja, besser ein Schlafwandler. Genau. Sie träumte das alles nur. Und in ein paar Stunden würde sie aufwachen, und nichts davon war je wirklich passiert.

»Ich hab morgen Charlotte!«, rief er ihr hinterher, als ob das jetzt irgendwie wichtig wäre. »Ich wollte sie eigentlich mitbringen, damit ihr beiden … Hey!«

Sie hatte den Fuß der Treppe erreicht.

Begann, sie hochzusteigen.

Setzte einen Fuß vor den anderen, unendlich mühevoll. Ihre Glieder waren schwer wie Blei. Die Stimme von Max kam aus weiter Ferne, gedämpft wie durch einen Schleier aus Zuckerwatte. Irgendwo hinter ihr.

Unendlich weit weg.

»Lisa!«, rief er scharf, aber sie hatte schon drei Stufen geschafft. Zu viele, um jetzt noch stehen zu bleiben. Geschweige denn umzukehren. »Sag mir sofort, was mit dir los ist!«

Er kam hinter ihr die Treppe rauf, packte sie an der Schulter, wirbelte sie herum. Im Bemühen, ihr Gleichgewicht zu halten, fuchtelte sie mit den Armen und erwischte ihn dabei versehentlich mit ihrem Handrücken im Gesicht.

»Au!«, schrie er, als habe sie ihn gerade mit voller Wucht mitten ins Gesicht geschlagen, und starrte sie entgeistert an. »Bist du bescheuert, sag mal?«

»Tut mir leid«, flüsterte sie. Auch das kostete sie unendliche Mühen. »Ich bin einfach nur müde.«

»Wie bitte? Und was glaubst du, was ich bin? Lisa!«

Doch sie hatte sich schon wieder umgedreht. Stapfte den Rest der Stufen hinauf. Einen Fuß vor den anderen, bis sie irgendwann ganz oben angekommen war, wo sie sich an der skeptisch blickenden Shady vorbei bis zum Schlafzimmer schleppte.

Dort fiel sie aufs Bett und schlief nahezu augenblicklich ein.

Max verbrachte die Nacht auf der Couch im Wohnzimmer.

NOCH 7 TAGE BIS ZUM SPRUNG

Wiesbadener Nachrichten vom 24. Oktober

Verdächtiger im Fall Anneke gefasst

von M. Dahte, freier Journalist

Wiesbaden. In den frühen Morgenstunden des heutigen 24. Oktober gelang es Polizeieinheiten, einen Tatverdächtigen im Fall der Kindesentführung von Anneke J. (links im Bild, WN berichtete) festzunehmen. Bei dem mutmaßlichen Täter handelt es sich um einen 65 Jahre alten Mann, der ebenfalls in Wiesbaden wohnhaft sein soll. Aus gut unterrichteter Quelle erfuhren wir, dass die Aktion unter Leitung des Bundeskriminalamts durch einen Online-Chat ausgelöst wurde, in welchem der Mann sich mit dem entführten Mädchen unterhalten und es dann später an einen Treffpunkt gelockt haben soll, um es zu entführen. Dies wurde von offizieller Stelle bisher nicht bestätigt oder widerlegt.

Inzwischen gelang es uns, die Identität des Verhafteten festzustellen, es handelt sich um einen ehemaligen Journalisten und alleinstehenden Mann, der auf einem Bauernhof in Wiesbaden-Rambach wohnhaft ist.

Tochter des Monsters: eine Polizistin?

Besonders pikant dabei: Bei einer der an der Aktion beteiligten Polizeikräfte handelt es sich um die Tochter des Verdächtigen. Ein Umstand, der viele Fragen aufwirft, aber auch zu diesem Thema erfolgte bislang keine offizielle Stellungnahme seitens der Behörden. Die betreffende Polizistin stand unserem Reporter nicht für einen Kommentar zur Verfügung.

Nun fragen wir uns: Welche Geheimnisse liegen bei diesem Fall vielleicht noch im Dunkeln, was verbirgt die

Behörde vor der Öffentlichkeit? Es wäre nicht das erste Mal, dass das Bundeskriminalamt in den Fokus öffentlicher Kritik gerät, wir erinnern uns beispielsweise an verschwundene Akten im NSU-Fall oder grobe Fahrlässigkeiten bei der Umsetzung des Datenschutzgesetzes zur Erhebung personenbezogener Daten.

Nachdem die polizeilichen Behörden anfänglich tagelang nichts im Fall Anneke unternommen hatten, gelang es nun endlich, einen Tatverdächtigen festzunehmen.

Von dem entführten Mädchen Anneke J. fehlt jedoch weiterhin jede Spur.

Seit den frühen Morgenstunden werden der Wohnsitz des Verdächtigen, ein Bauernhof am Rande von Wiesbaden, und die unmittelbare Umgebung von einem Polizeiaufgebot durchsucht, doch bislang ergebnislos.

17

15 Jahre zuvor

»Ich meine doch nur, dass du nicht wie ein Verrückter fahren sollst«, sagte Lisa. »Man sieht doch seine Hand vor Augen nicht, bei dieser Suppe da draußen.« Sie sagte es ziemlich laut.

Tommy presste die Lippen aufeinander und starrte durch die Windschutzscheibe nach draußen.

Lisa wandte den Kopf, aber das machte es nicht besser. Die Landschaft schoss nun vor dem Seitenfenster vorbei, denn jetzt wollte ihr Tommy offenbar um jeden Preis beweisen, dass er das Auto auch bei diesen widrigen Bedingungen unter Kontrolle hatte.

Dabei hatten sie richtig Spaß gehabt auf dem Konzert, zumindest am Anfang. Nach der ersten Vorband, die ziemlich gut gewesen war, hatte Tommy sie mit sich nach draußen gezogen. Den Rucksack hatten sie im Auto lassen müssen, man durfte keine Getränke mit in den Club nehmen, was der Grund war, aus dem die eigentliche Party üblicherweise draußen auf dem Parkplatz stattfand. So auch an diesem Abend. Unterwegs grüßte Tommy ein paar Typen, die sie noch nie gesehen hatte, dann gingen sie zu seinem Wagen, und er öffnete den Kofferraum.

»Ich hab Durst«, sagte er.

»Na und?«, erwiderte sie grinsend.

Er grinste ebenfalls, schließlich wuchtete sie ihren Rucksack aus dem Kofferraum, öffnete ihn und reichte ihm die Flasche. Zu diesem Zeitpunkt hatte er schon zwei Bier im Club getrunken, und der Abend war noch nicht mal richtig losgegangen.

Tommy schraubte den Verschluss auf, setzte die Flasche an und trank sie in einem Zug leer.

»Hey!«, rief Lisa. »Und was ist mit mir?«

Er gab ihr die leere Flasche zurück, immer noch grinsend.

Rülpste laut.

»Arschloch«, sagte sie, nun nicht mehr ganz so amüsiert. »Und kannst du mir vielleicht mal verraten, wie wir jetzt noch nach Hause kommen sollen?«

Er stieß ein verächtliches Schnaufen aus, schloss den Wagen ab, drehte sich um und stapfte wieder zurück zum Club. Lisa dackelte hinterher und kam sich dabei vor wie eine Idiotin.

Da hatte der Abend begonnen, nicht mehr so schön zu sein.

Dass Tommy innerhalb der nächsten paar Stunden noch vier weitere Bier gekippt hatte, hatte es nicht besser gemacht.

Trotzdem war sie anschließend zu ihm ins Auto gestiegen. Was sollte sie machen, sie hatte keinen Führerschein, der nächste Bus würde erst in ein paar Stunden fahren, und von Wiesbaden waren sie über eine Autostunde entfernt. Sie wusste nicht mal, wo die nächste Haltestelle war oder welche Linie sie überhaupt nach Hause bringen würde. Blieben also nur Tommy und sein rostiger Ford.

»Kannst du wenigstens ein bisschen langsamer fahren?«, bat sie ihn leise, zum x-ten Mal. »Bei dem Scheißnebel sieht man ja die Hand vor Augen nicht.«

Tommy sagte nichts. Stattdessen drehte er das Radio lauter, in dem irgendeine von den Krachbands tobte, auf die er stand. Kreischendes Gebrüll und ein Gewummer, das selbst in Lisas Ohren kaum noch etwas mit Musik zu tun hatte.

Dann trat er noch ein bisschen mehr aufs Gas.

In der nächsten Kurve quietschen die Reifen auf dem feuchten Asphalt. Der Wagen geriet leicht ins Schlingern, doch Tommy bekam ihn wieder unter

Kontrolle. Seine Lippen waren zu einem starren Grinsen verzogen, er starrte aus glasigen Augen durch die Windschutzscheibe hinaus in den Nebel.

»Scheiße, mir reicht's!«, rief Lisa, langte nach dem Radio und schaltete es aus. Der Lärm riss abrupt ab, und jetzt war nur noch das Röhren des Motors zu hören.

Aber nur für einen Augenblick.

Dann stieg Tommy auf die Bremse.

Quietschend und schlingernd wurde der Wagen langsamer, während Lisas Oberkörper schmerzhaft in die Gurte gedrückt wurde. Im Schotterbett am Straßenrand kam der Wagen schließlich zum Stehen.

»Hey, was …?«, begann Lisa.

»Raus«, sagte Tommy mit tonloser Stimme. Er schaute sie nicht mal an dabei. Starrte einfach nur weiter hinaus in den Nebel mit einem Gesicht wie eine hölzerne Maske, völlig unbewegt.

»Bist du bescheuert, sag mal?«, fragte sie. »Wir sind hier doch mitten im Nirgendwo und …«

»Raus aus meinem Auto, du Fotze!«, explodierte Tommy.

Lisa fuhr zusammen. Sie hatte ihn noch nie so brüllen hören. Überhaupt noch nie. Dabei starrte er immer noch ausdruckslos durch die Windschutzscheibe, aber in diesem Moment bekam sie ein bisschen Schiss.

Nein, sie bekam richtiggehend *Angst* vor ihm.

Plötzlich sah sie überdeutlich das Bild vor sich, wie

er wieder losfahren und beschleunigen würde, was der Wagen hergab, und in der nächsten Kurve einfach nicht dem Straßenverlauf folgen. In den Graben rasen oder gegen einen Baum. Weil es ihm egal war. Weil sie ihm egal war.

Weil Tommy *alles* egal war.

Also schnappte sie sich ihren Rucksack, riss die Tür auf und schaffte es gerade noch so aus dem Wagen, bevor Tommy beschleunigte. Die Reifen des Fords drehten durch, Schotter spritze überall hin, ein Steinchen erwischte Lisa an der Wange und hinterließ einen blutigen Schnitt. Sie bemerkte es nicht einmal.

Sie starrte nur dem Auto hinterher.

Als der Wagen wieder auf der Straße war, beugte Tommy sich hinüber und zog die Beifahrertür krachend ins Schloss. Der Ford schlingerte, kam wieder auf Spur. Brauste davon, in die Nacht hinein. Wurde zu zwei roten Leuchtfeuern im Nebel, wie die Augen einer geisterhaften Erscheinung. Dann waren auch diese verschwunden.

Lisa war allein.

18

Gegenwart
Untersuchungsgefängnis Wiesbaden

Kevin Jülich hatte im Verlauf seiner über fünfzehn Dienstjahre jede denkbare Ausrede schon gehört, die meisten davon mehrfach. Immer wieder behaupteten die Gefangenen des Untersuchungsgefängnisses, nur aufgrund einer Verwechslung oder böswilliger Verleumdung hier gelandet zu sein, und tatsächlich mochte das bei dem einen oder anderen sogar stimmen.

Hier saßen diejenigen Verdächtigen vorläufig ein, deren Strafverfahren noch nicht abgeschlossen war, bei denen man jedoch befürchtete, sie könnten eben dieses Verfahren in irgendeiner Weise zu beeinflussen versuchen, wenn man ihnen die Gelegenheit dazu gab – indem sie beispielsweise Beweismittel vernichteten oder sich ganz einfach aus dem Staub machten.

Selbstverständlich war es trotzdem möglich, dass die Ermittlungen der Polizei letztlich nicht zum Strafantritt des Beschuldigten führten, aber nach Kevin Jülichs Erfahrung bedeutete das in den seltensten Fällen, dass der Betreffende tatsächlich unschuldig war.

Doch auch da gab es Ausnahmen; Menschen, die tatsächlich durch einen Zufall oder eine Verwechslung ins Visier der Fahnder geraten waren und nachher einfach wieder freigelassen wurden, aber diese Fälle waren in der deutlichen Unterzahl.

Die meisten seiner »Gäste« logen einfach, sobald sie den Mund aufmachten, besonders erfahrene Kriminelle, welche bereits Haftstrafen verbüßt hatten. Im Knast log einfach jeder. Sie belogen die Wärter, sich gegenseitig und am meisten vermutlich sich selbst, was wohl auch eine Art Überlebensmechanismus war, vermutete Jülich.

Doch der Kerl, den sie ihm heute Morgen gebracht hatten, war ein ganz anderes Kaliber, sogar für einen alten Hasen im Strafvollzug wie Kevin Jülich.

Gegen sieben Uhr war der Neue angeliefert worden. Er hatte ausgesehen, als würde er sich vor Müdigkeit kaum noch auf den Beinen halten können. Sie hatten ihn seit zwei Uhr morgens praktisch ununterbrochen verhört, was sowohl den ihn begleitenden Polizisten als auch dem Mann selbst deutlich ins Gesicht geschrieben stand. Ein erschöpfter, in sich zusammengesunkener alter Kerl, mit den typischen Anzeichen von langjährigem Alkoholismus, die Kevin Jülich bestens vertraut waren.

Allerdings haftete ihm immerhin noch eine Spur von Würde an, die er vor seinem Absturz besessen haben musste, vielleicht war er mal ein Akademiker oder so was gewesen, Lehrer oder Professor vielleicht. Auch so etwas sah Jülich nicht zum ersten Mal.

Doch dann hatte ihm der Kollege vom Empfang im Flüsterton verraten, um wen es sich handelte. Der Mann war praktisch schon jetzt eine Berühmtheit – oder er würde spätestens dann eine sein, wenn die Presse Wind von der Sache bekam. Robert Kern stand im dringenden Tatverdacht, das Mädchen entführt zu haben, das seit ein paar Tagen die Titelseiten jeder Zeitung schmückte, Anneke Jaspers, zwölf Jahre alt, aus Wiesbaden. Aus der Nachbarschaft.

Offenbar hatten die Ermittler auch während der stundenlangen Verhöre nicht aus ihm herausbekommen können, was er mit dem Mädchen angestellt hatte und wo er es versteckt hielt, weshalb man Jülich eingeschärft hatte, diesen Mann mit Vorzug zu behandeln.

Wenn er nach irgendetwas verlangte oder die geringste Andeutung machte, reden zu wollen, sollte er, Jülich, umgehend eine Nummer anrufen, die auf einer Visitenkarte stand, die sie ihm gegeben hatten: keine normale Polizeidienststelle, sondern die Direktdurchwahl des zuständigen Dienststellenleiters beim BKA, Kriminaldirektor Möller – Leiter der Abteilung Schwerkriminalität. Ein hohes Tier also. Robert Kern hatte es offenbar weit gebracht seit seiner Festnahme.

Kevin Jülich hatte fassungslos den Kopf geschüttelt. Sein großer Sohn war inzwischen zwanzig und seit einem Jahr aus dem Haus, lebte mit seiner Freundin zusammen in einer kleinen Studentenbude.

Dennoch verursachte der Mann in Zelle fünf Jülich eine Gänsehaut.

Sich vorzustellen, wie jemand die Eltern des armen Mädchens selbst nach seiner Festnahme noch bewusst weiterquälte, indem er sie über das Schicksal ihres Kindes im Ungewissen ließ, das ließ die kalte Wut in Kevin Jülich aufsteigen. Hätte man ihn nur gelassen, er würde keine fünf Minuten brauchen, um die Wahrheit aus diesem Schwein herauszukriegen, da war er sicher.

Aber natürlich würde er sich auch diesmal professionell verhalten, mehr noch als sonst. Dem Arschloch sein Essen bringen, dabei lächeln. Ihn fragen, ob er sonst noch irgendetwas brauchte. Alles tun, um den Typen kooperativ zu stimmen.

Inzwischen war es sieben Uhr geworden und damit Zeit für das Frühstück. Der Kerl würde seines eine Viertelstunde vor allen anderen Insassen bekommen. Schon allein aufgrund dieser Sonderbehandlung hätte Jülich diesem Arschloch gern kräftig in den Kaffee gespuckt, aber auch das ließ er natürlich bleiben.

Als er die Zellentür von Nummer fünf erreicht hatte, straffte Kevin die Schultern und setzte ein mildes, nicht zu breites Lächeln auf. Dann gab er seinem Kollegen, der am Ende des Flurs in einem kleinen Glaskasten saß, ein Zeichen und rief ihm die Zellennummer durch den Gang zu, was dieser auf dieselbe Weise bestätigte.

Ein Summen ertönte, und die Tür schnappte mit einem Klacken auf. Kevin Jülich betrat, das Frühstückstablett auf der Hand balancierend, die Zelle.

Er kam genau zwei Schritte weit, dann fiel es ihm aus den Händen.

Die Kaffeetasse aus bruchsicherem Plastik knallte auf den Boden, ihr Inhalt spritzte in alle Richtungen, gefolgt von einer Portion Rührei und zwei Toastbrotscheiben. Ein Apfel rollte unter den festgeschraubten Tisch in der Ecke der Zelle.

»Oh Kacke«, flüsterte Kevin. Dann rief er: »Hierher, verdammt! Hilfe! Hilfe, sofort! Zelle fünf, Zelle fünf!«

Während die Sirene im Flur kreischend zum Leben erwachte, legte Kevin die wenigen Meter bis zu dem Doppelstockbett zurück, an dem der Gefangene in einer halb stehenden, halb kauernden Position mit entblößtem Oberkörper zu lehnen schien.

Allerdings lehnte er nicht aus eigener Kraft.

Was ihn hielt, war ein zu einem Strick gedrehtes T-Shirt. Sein eigenes – das, was er bei seiner Einlieferung getragen hatte. Er hatte das Ding zu einer Schlaufe geformt und sich so eine behelfsmäßige Schlinge gebastelt. Das obere Ende hatte er an einem Querbalken des Bettgestells festgeknotet, dann hatte er seinen Kopf hindurchgesteckt und sich einfach fallen lassen und sich dadurch mithilfe seines Körpergewichts erdrosselt. Nicht die schnelle Variante, bei der man versucht, aus möglichst großer Höhe zu fallen, damit einem die abrupte Bremsung durch die Schlinge das Genick bricht – das wäre in dieser Zelle auch gar nicht möglich gewesen. Der Gefangene Robert Kern hatte sich für die *langsame* Variante entschieden und das Seil schlicht dazu benutzt, seine eigene Luftzufuhr zu kappen, bis sein Gehirn aufgrund des Mangels an Sauerstoff in den Stand-by-Modus übergegangen war. Der Rest war lediglich eine Frage von wenigen Minuten, verbunden mit dem festen Willen, die Sache durchzuziehen.

Man wurde bewusstlos, und wenn niemand zu Hilfe kam, hörte man einfach irgendwann auf zu atmen.

Und dann: Exitus.

Kevin umfasste den Oberkörper des Gefangenen fest mit beiden Armen und hob ihn aus der Schlinge, was zu einem wackeligen Tanz der beiden Männer geriet. Obwohl der Gefangene deutlich leichter war als der kräftig gebaute Wärter, sah es für einen Moment aus, als legten zwei Betrunkene eine flotte Sohle aufs Parkett.

Draußen auf dem Gang waren jetzt die Laufschritte der herbeieilenden Wärter zu hören, aber auch die würden hier nichts mehr ausrichten können. Während Kevin den Gefangenen so vorsichtig wie möglich auf dem Linoleum des Bodens ablegte, bemerkte er, dass der Körper des Mannes bereits schlaff und kalt in seinen Armen hing.

Das Gesicht des Gefangenen war tiefrot angelaufen,

die Zunge hing wie ein schleimiger, dunkelvioletter Aal zwischen seinen Lippen hervor, die Augen waren weit aufgerissen, aus ihren Höhlen gequollen und voller geplatzter Äderchen.

Robert Kern war tot.

Facebook-Post auf dem Profil von Mareike Jaspers

MJ **MAREIKE JASPERS**

BITTE TEILEN!!! Wer hat unsere kleine Tochter gesehen? BITTE TEILEN!!!
Wiesbaden – Kind vermisst!
Unsere 12-jährige Tochter Anneke (s. Foto) verließ am 19. Oktober gegen Mitternacht unsere Wohnung in Wiesbaden-Kloppenheim mit unbekanntem Ziel.
ACHTUNG! Wir gehen davon aus, dass Anneke entführt wurde!
Die Polizei war bisher leider nicht in der Lage, uns zu helfen. Man sagte uns einfach, unsere Tochter sei freiwillig von zu Hause ausgerissen, aber wir, ihre Eltern, wissen, dass sie das niemals tun würde!
Bitte unterstützen Sie uns, indem Sie diesen Post mit dem Hashtag **#WoIstAnneke** versehen auf Ihrem Profil oder Ihrer Seite teilen. Bitte kommentieren Sie diesen Beitrag oder kontaktieren Sie uns per Privatnachricht, wenn Sie sachdienliche Hinweise haben! Wir sind völlig verzweifelt und dankbar für jeden noch so kleinen Hinweis.

Angaben zu Person:
Anneke ist 12 Jahre alt, sieht aber jünger aus (s. Foto). Sie ist schlank, hat lange blonde Haare, trägt eine schwarze Jeans, einen roten Pullover mit dem Aufdruck »Supreme« und eine dunkelblaue, gefütterte Jacke sowie weiße Sneakers der Marke Nike.
Wer kann Angaben zum Aufenthalt von Anneke machen? Wer hat unsere Tochter gesehen, möglicherweise in Begleitung eines Erwachsenen?

Mareike und Torsten Jaspers, die sich sorgenden Eltern

19

Wiesbaden, Sperlingsviertel

Etwas Feuchtes kitzelte Lisa an der Nase, während jemand immer wieder gegen ihre Schulter stieß. Mühsam öffnete sie die Lider und blickte in ein Paar schwarz glänzender Hundeaugen, umgeben von einem grinsenden schwarz-weiß gescheckten Hundegesicht.

Shady.

Die einen ziemlich üblen Mundgeruch hatte.

»Puh, Süße, du solltest es mal mit Zähneputzen

probieren«, schnaufte Lisa und richtete sich auf die Ellenbogen auf, während sie die Hündin sanft von sich herunterschob. Diese gab ein zustimmendes Bellen von sich und sprang vom Bett, trottete dann aus dem Schlafzimmer und hinunter in die Küche, wohl in Erwartung ihrer morgendlichen Gassirunde.

Ungläubig starrte Lisa auf die Digitalanzeige des Weckers auf dem Nachttisch. Unbegreiflicherweise hatte sie es an diesem Morgen offenbar geschafft, bis kurz nach zehn Uhr zu schlafen. Normalerweise erwachte sie jeden Tag von allein gegen sechs Uhr dreißig, schon seit Jahren. Ihr innerer Wecker funktionierte zuverlässig. Max, der gegen sieben Uhr zur Arbeit aus dem Haus ging, schaute dann noch einmal kurz im Schlafzimmer rein, bevor er das Haus verließ – manchmal auch mit einem frisch gebrühten Kaffee für sie in der Hand, den er unten in der Küche zubereitet hatte, während sie im Schlafzimmer ihre erste Runde Sport einläutete: Liegestütze, Kniebeuge, ein paar Dehnübungen. Den Kaffee trank sie nebenher, während sie sich im Bad vor dem Spiegel auf den Tag vorbereitete. Ihre Version eines gemeinsamen Frühstücks.

Heute jedoch nicht.

Ihr Blick fiel auf die Yogamatte, die in der Ecke des Schlafzimmers lag. Nein, kein Frühsport heute. Ihr war vielmehr nach einer heißen Dusche zumute, oder besser gleich ein ausgedehntes Schaumbad. Sich für die nächsten paar Stunden einweichen lassen, dazu bescheuerte Serien auf ihrem Tablet schauen oder vielleicht mal wieder ein Buch lesen. Alles einfach ausblenden und warten, dass der Tag vorüberschlich.

Schön wäre das.

Aber natürlich ging das nicht.

Stattdessen schlurfte sie die Treppe hinab in die Küche. Max musste schon vor Stunden zur Arbeit gegangen sein, und wenn sie sich das nächste Mal sahen, würde Lisa ein Gespräch der eher unangenehmen Sorte bevorstehen, fürchtete sie.

Shady saß vor der Glastür, die in den Garten hinter dem Haus hinausführte, und sandte ihr fragende Blicke über ihre Schulter.

»Klar darfst du«, sagte Lisa und öffnete der Hündin die Tür. Shady schoss hinaus wie ein geölter Blitz und begann sogleich, auf dem regenfeuchten Gras herumzutollen. Die würde auch ein Schaumbad nötig haben, bevor man sie wieder ins Haus lassen konnte.

Das mit Max würde sich schon wieder einrenken, dachte Lisa voller Zuversicht. Klar, sie hatte sich gestern Abend wie eine Irre aufgeführt, aber dazu hatte sie schließlich auch gute Gründe gehabt. Max würde es verstehen, früher oder später.

Dabei war eigentlich alles, was sie gestern Nacht gebraucht hatte, dass er sie wortlos in die Arme schloss.

Ohne Fragen, ohne Vorwürfe, ohne dass er ihr sagte, was für Sorgen er sich die halbe Nacht um sie gemacht hatte. Nur für eine Minute oder so, das hätte schon genügt.

Sie schaltete den Kaffeevollautomaten ein und ging unter die Dusche. Sie kreischte auf, als das eiskalte Wasser auf ihren Oberkörper herabprasselte, und stellte hastig eine mildere Temperatur ein.

Natürlich.

Max duschte morgens immer eiskalt, und manchmal ließ er den Temperaturhebel der Dusche dann in dieser Position. Wenigstens war sie nun wach, dachte sie grimmig, als sie unter den wärmenden Strahl der Dusche trat.

Schon besser.

Als sie zurück in die Küche kam, duftete es bereits nach Kaffee, und dann entdeckte sie die Papiertüte mitten auf dem Küchentisch und hätte beinahe zu heulen angefangen. Max. Er musste zum Bäcker am Ende der Straße gejoggt sein, während sie noch tief und fest geschlafen hatte. Sie öffnete die Tüte. Der verführerische Duft frischer Brötchen schlug ihr daraus entgegen.

Lisa schnitt ein Brötchen auf und bestrich es mit Butter und Marmelade. Durch das Küchenfenster fiel ein honiggelber Sonnenstrahl in das Zimmer, und Lisa blinzelte durch die Scheibe hinaus. Ja, tatsächlich, die Sonne gab sich eines ihrer seltenen Stelldicheins. Sie existierte also doch noch, wer hätte das gedacht. Draußen im feuchtglänzenden Gras jagte Shady ihren eigenen Schwanz. Sie schien die Rückkehr der Sonne ebenfalls zu zelebrieren.

Lisa goss sich Kaffee in einen Becher, dann

schnappte sie sich den Zettelblock und einen Stift, während sie in ihr Brötchen biss. Kauend schrieb sie:

Schatz, es tut mir unendlich leid wegen gestern. Lass uns …

Weiter kam sie nicht, denn in diesem Moment begann ihr Handy zu klingeln.

Es war Sayeds Nummer.

Nicht die aus dem Revier, sondern seine private, die er ihr gegeben hatte für den Fall, dass sie ihn sprechen wollte, wenn er gerade einmal nicht in seiner Abteilung hinter einem Computerbildschirm saß. Was zwar ausgesprochen selten vorkam, aber Lisa hatte die Nummer dennoch gern angenommen. Eine Direktdurchwahl zu einem der führenden Computerspezialisten des BKA konnte man immer gut gebrauchen.

Sie schluckte den Bissen hinter und nahm das Gespräch an. Genau in diesem Moment verschwand der honiggelbe Schimmer, als hätte jemand einen Schalter umgelegt. Die Sonne versteckte sich nach ihrem kurzen Gastspiel bereits wieder hinter neuen Wolken. Shady hatte aufgehört, herumzutollen, und trottete bereits zurück zum Haus.

Sie sah dabei irgendwie traurig aus.

»Lisa?«, ertönte Sayeds Stimme aus dem Hörer. Wie immer klang er etwas unsicher, aber diesmal machte er den Eindruck, sich überhaupt nicht wohl in seiner Haut zu fühlen. »Es ist wegen deinem Vater, Lisa.«

Alles Licht wich aus der Küche, als der Felsbrocken, den Lisa den ganzen Morgen so erfolgreich verdrängt hatte, nun mit vollem Gewicht auf sie herunterkrachte und sie unter sich begrub.

Und dann erzählte Sayed ihr, was passiert war.

20

15 Jahre zuvor

Lisa war bereits eine gute Stunde durch die Nacht gestapft, bevor sie sich endlich dazu durchgerungen hatte, ihren Vater anzurufen. Natürlich würde es schwer werden, ihm zu erklären, was sie hier mitten in der Nacht mitten im Nirgendwo machte und wo sie überhaupt war, aber ihr fiel einfach niemand sonst ein, den sie hätte anrufen können. Die Polizei? Was ist denn passiert, Frau Kern? Ach, nichts weiter. Mein Freund hat mich nur eine Fotze genannt und mich dann aus seinem Auto geschmissen. Die würden sich kaputtlachen über sie.

Und Tommy? Nein, ganz bestimmt nicht. Das war vorbei, ein für alle Mal. Sie hatte Glück gehabt, dass sie diesem Irren lebend entkommen war.

Blieb also nur ihr Vater, den sie mittlerweile schon zum sechsten Mal in den letzten zehn Minuten anrief. Sie hörte das Klingeln, zählte wieder mit, war schon bei zwölf angelangt, aber es nahm einfach niemand ab.

War er nicht zu Hause?

Unwahrscheinlich bis ausgeschlossen um diese Uhrzeit.

Es gab mehrere Anschlüsse im Haus, und jeder von ihnen klingelte laut genug, dass man es ein paar Zimmer weit hören konnte. Laut genug, um jeden zu wecken. Allein aus der Tatsache, dass der Anrufer nicht aufgab und seine Tochter trotz der späten Stunde immer noch nicht daheim war, hätte er auf jeden Fall schließen müssen, dass der Anruf wichtig war.

Aber es ging einfach niemand ran.

Lisa probierte es, bis der Akku ihres altersschwachen Klapphandys schließlich den Geist aufgab, er war ohnehin nur noch zu zehn Prozent geladen gewesen, als sie losgefahren waren, was sie jetzt natürlich bedauerte.

Also steckte sie das nun nutzlose Gerät ein und lief einfach weiter, am Rande der Landstraße, entlang der Stoppelfelder. Was blieb ihr sonst auch übrig?

Es dauerte weitere zwanzig Minuten, bis sie die ersten Anzeichen von menschlicher Zivilisation entdeckte. Der Nebel hatte sich inzwischen gelichtet, und es hatte auch nicht wieder zu regnen angefangen, wofür sie dankbar war. Wenigstens ein kleiner Trost. Sogar die Wolken waren aufgerissen, man konnte Sterne hindurchglitzern sehen. Es hätte eine schöne

Nacht sein können. Im Sommer, an einem Lagerfeuer, eingewickelt in eine dicke Wolldecke.

Aber nicht jetzt, im Spätherbst, mit nichts bekleidet als Jeans, einem Hoodie und einer abgewetzten Lederjacke, die mit jeder Menge provokanter Aufnäher bestückt war, was Lisa in ihrer jetzigen Situation jedoch herzlich wenig nützte. Sie fror erbärmlich, während sie sich weiter auf das kleine Dorf am Rand der Felder zuschleppte.

Sie sah auf die Digitaluhr an ihrem Handgelenk. Kurz nach drei. Der erste Bus würde vermutlich frühestens in zwei oder drei Stunden fahren. Bis dahin wäre sie aber wahrscheinlich schon zu einem Eisblock erstarrt. Vielleicht ließ sich irgendwo im Dorf ein Filialgebäude irgendeiner Bank finden, in deren Schalterhäuschen es wenigstens ein bisschen geheizt war und wo man notfalls auf dem Boden sitzen und ein bisschen dösen konnte. Vielleicht gab es ja sogar eine Sitzgelegenheit darin.

Sie verbot sich weitere Gedanken in diese Richtung. Wozu erst die Hoffnung wecken? Die Vorstellung war vollkommen illusorisch. In diesem Dörfchen würde es sowieso kein Bankgebäude geben. Es war ganz offensichtlich eins von der Sorte, wo man Bankgeschäfte einmal in der Woche in einem mobilen Container erledigte.

Beiderseits der Landstraße brannte in keinem der Häuschen Licht, abgesehen von den uralten Bogenlampen entlang der Straße war es stockdunkel und totenstill, und selbst von den Bogenlampen leuchteten nur manche und andere flackerten nur schwach.

Wie ausgestorben war es hier. Sie würde von Glück reden können, wenn es überhaupt eine Bushaltestelle gab.

Dann hörte sie die Geräusche.

Lachen, Stimmen, ganz in der Nähe.

Als sie hastig weiterging, um eine Häuserecke bog und das Licht sah, konnte sie ihr Glück kaum fassen. Eine winzige Kneipe, etwas abgesetzt vom Straßenrand, mit einem kleinen Parkplatz davor, auf dem ein paar Leute herumstanden, die sich in der Lautstärke von offensichtlich Betrunkenen unterhielten, angestrahlt von einem schmalen Lichtquadrat, das durch die offene Kneipentür auf den Parkplatz fiel. Allem Anschein nach hatte die Wirtschaft also noch geöffnet.

Gerettet.

Sie hatte noch ein bisschen Geld. Genug für einen Kaffee oder auch zwei oder was immer man dort drin für angemessen hielt, um sie nicht sofort wieder auf die Straße zu setzen. Vielleicht würde man sogar Kartenzahlung akzeptieren, vielleicht …

Lächelnd trat sie aus der Dunkelheit in das Licht vor der Kneipe. Urplötzlich verstummten die Gespräche der Betrunkenen, und alle Köpfe wandten sich in ihre Richtung.

Lisas Lächeln fiel in sich zusammen.

Erst da bemerkte sie, dass alle jungen Männer auf

dem Parkplatz kahl rasierte Schädel hatten. Abrupt blieb sie stehen, doch die Typen in den Bomberjacken hatten sie natürlich längst bemerkt. Hatten ihre zerfetzte Lederjacke gesehen, die löchrige Jeans, ihre bunt gefärbten Haare. Und sie waren sturzbetrunken.

Ohne ein weiteres Wort drehte Lisa sich um und rannte los, in die Richtung, aus der sie gekommen war.

»Ey, du Zecke!«, grölte eine Stimme ihr hinterher. »Bleib doch mal stehen!« Wieherndes Lachen gellte durch die Nacht. Dann hörte sie, wie sich die Meute in Bewegung setzte. Schwere Stiefeltritte auf dem Pflaster der verlassenen Dorfstraße.

Die Jagd war eröffnet.

Lisa rannte, so schnell sie konnte, die Typen hinterher. Ihr Rucksack schlug ihr bei jedem Schritt schmerzhaft gegen den Rücken, aber sie bemerkte es nicht mal.

Vergessen war das heimelige Licht der Kneipe oder die Aussicht auf Kaffee und eine Mütze Schlaf. Vielleicht wäre es schlauer gewesen, zu versuchen, in die Kneipe zu kommen, bevor die Typen sie schnappten. Vielleicht auch nicht. Vielleicht war der Wirt ja unter denen gewesen, die draußen gestanden hatten.

Egal.

All das spielte keine Rolle, denn Lisa rannte jetzt, als ginge es um ihr Leben. Und vielleicht war das ja auch so.

Sie kam nicht weit.

Eine Hand griff in ihren Pferdeschwanz und riss

sie mit voller Wucht daran zurück. Lisa schrie auf, es fühlte sich an, als würde ihr die Kopfhaut vom Schädel gerissen. Ihre Bewegung wurde abrupt gestoppt, und sie ging zu Boden, krachte auf den Rucksack, mit solcher Wucht, dass es ihr die Luft aus der Lunge trieb.

Dann lag sie auf dem Rücken, schnappte vergeblich nach Luft, wie ein Fisch auf dem Trockenen. Jemand stieß ein meckerndes Lachen aus.

Dann fielen sie über sie her.

21

Als Lisa später zu sich kam, waren die Schmerzen unerträglich. Ihr linker Arm hing schlaff herab. Ihr Brustkorb, wo sich später tellergroße Blutergüsse zeigen würden, schmerzte bei jedem Atemzug. Aus ihrer Nase quoll schaumiges Blut.

Sie hatten ihr den Rucksack und die Lederjacke abgenommen und Lisa dann in einem abgeernteten Feld liegen lassen, mitten im Nirgendwo.

Ihr Handy fehlte ebenfalls.

Von dem Dorf war nichts mehr zu sehen, kein Licht am Horizont, in welche Richtung Lisa auch den schmerzenden Kopf drehte. Sie mussten sie demnach mit dem Auto hierher gefahren haben, nachdem sie mit ihr fertig gewesen waren.

Hatten sie abgeladen wie Müll, einfach aus dem Auto gekippt, und waren weitergezogen.

Lisa konnte sich nicht daran erinnern. Dafür aber umso deutlicher an das, was vor ihrer Bewusstlosigkeit passiert war. Was sie ihr angetan hatten.

Es waren fünf gewesen.

Sie kroch los, in die Richtung, in der sie die Straße vermutete, denn zum Gehen war sie zu schwach. Jeder Quadratzentimeter ihres Körpers schmerzte, sie schmeckte Blut in ihrem Mund, spürte die klebrige Hitze zwischen ihren Beinen. Doch sie weinte nicht. Sie tat gar nichts, außer mit der Geschwindigkeit einer Schnecke vorwärts zu kriechen.

Bohrte die schmerzenden Finger in die weiche Erde, zog sich weiter voran, Stück für Stück, Zentimeter für Zentimeter. Nur dieses eine Ziel beherrschte all ihre Gedanken. Die Straße erreichen.

Die Straße erreichen.

Die Sonne dämmerte bereits am Horizont, als sie im Straßengraben erneut bewusstlos wurde.

Zwei Stunden nach Sonnenaufgang wurde sie von einem Bauern gefunden, der auf dem Weg in die Stadt gewesen war und sie am Straßenrand liegen sah. Der Mann bekam den Schreck seines Lebens, denn er hatte sie anfänglich für tot gehalten. Allzu weit daneben lag er mit seiner Einschätzung nicht. Ein paar Stunden später, so sagten ihr die Ärzte später, und er hätte recht behalten.

Doch Lisa überlebte.

Dank der Ärzte verheilten die meisten ihrer Wunden ohne größere Komplikationen, bis auf das mehrfach gebrochene Nasenbein. Seit dieser Zeit war ihr Gesicht ein wenig unsymmetrisch, und beim Einatmen durch die Nase bekam sie nur schlecht Luft. Nachts schnarchte sie leise, wenn sie auf dem Rücken schlief.

Die Täter wurden nie gefasst.

Lisas Vater schaffte es erst am späten Nachmittag ins Krankenhaus, nachdem er aus dem Nebel seines jüngsten Rausches erwacht war. Lisa drehte sich zur Wand, als er ins Zimmer trat, und wechselte kein einziges Wort mit ihm, während er sich in einem Schwall weinerlicher Entschuldigungen erging.

Nachdem er gegangen war, begann sie wieder zu weinen, stundenlang, bis es sich anfühlte, als wäre kein Wasser für weitere Tränen mehr in ihr.

Das tat sie fast jede Nacht in den folgenden zwei Wochen.

Ihr Vater besuchte sie in dieser Zeit nicht noch einmal. Stattdessen landete er selbst zweimal im Krankenhaus, jedes Mal mit einer schweren Alkoholvergiftung.

Am Abend des Tages, als Lisa aus dem Krankenhaus entlassen wurde, zog sie von zu Hause aus.

Für eine Weile kam sie bei einem Bekannten namens Doc unter, der irgendwo auf dem Land eine abgeschiedene Reparaturwerkstatt für Motorräder betrieb und sich auf schwere Maschinen und das dazugehörige Publikum spezialisiert hatte, in der Mehrzahl Biker und Motorradrocker. Doc nahm sie wortlos bei sich auf, nachdem sie ihm in groben Zügen ihre Geschichte erzählt hatte. Er versprach ihr, ihrem Vater nicht zu sagen, dass sie bei ihm war, aber wie sich zeigte, musste er dazu nicht einmal lügen, denn ihr Vater erkundigte sich kein einziges Mal bei Doc nach ihrem Verbleib. Oder bei irgendwem sonst.

Es gibt Leute, die sagen, man braucht ein Vorbild, dem man nacheifern kann, um sich selbst zu finden. Lisa hatte kein Vorbild, aber eine sehr klare Vorstellung davon, welche Art von Mensch sie niemals werden wollte: jemand, der andere im Stich ließ. Also half Lisa Doc eine Zeit lang in der Werkstatt aus, dann zog sie wieder in die Stadt und begann eine Ausbildung zur Polizistin.

Am Abend holte sie ihr Abi nach, und an drei Tagen in der Woche besuchte sie Selbstverteidigungskurse, später studierte sie Kriminologie.

Sie schloss als eine der Besten ihres Jahrgangs ab, weshalb man sie schließlich für eine Laufbahn beim Bundeskriminalamt vorschlug.

Mit ihrem Vater sprach sie in all der Zeit kein einziges Wort.

Fünfzehn Jahre lang.

22

Gegenwart
BKA-Hauptsitz Wiesbaden, Thaerstraße

An diesem Morgen fuhr Lisa mit dem Auto zum Büro, ihrem nachtschwarzen Volkswagen T5, den Max manchmal scherzhaft ihr Lisamobil nannte. Nach dem, was Sayed ihr am Telefon gesagt hatte, konnte sie unmöglich die S-Bahn nehmen. Im Gedränge zwischen all den anderen Menschen zur Arbeit zu fahren, als wäre dies ein ganz normaler Arbeitstag, das würde sie jetzt nicht verkraften.

Sie schaffte es kaum, sich auf den Verkehr zu konzentrieren, erledigte das Fahren rein aus dem Unterbewusstsein. Im bewussten Teil ihres Kopfes herrschte eine lähmende Leere, ein Vakuum.

Nichts.

Nach einer dreißigminütigen Fahrt, an die sie sich später beim besten Willen nicht erinnern konnte, steuerte sie den Kleinbus auf den Parkplatz, ließ ihn schräg in irgendeiner Lücke stehen, rannte dann auf das Gebäude zu. Zeigte ihren Ausweis, wurde durchgewinkt. Irgendwer sagte Guten Morgen, sie bekam es nicht mal mit.

Das Vakuum in ihrem Kopf hielt dem äußeren Druck immer noch stand, gerade so.

Aber nicht lange.

Wieder war es Sayed, der sie auf dem Flur abfing. Seinem Gesicht war deutlich anzusehen, wie ihres aussehen musste. Sie bekam auch das kaum mit. Er zerrte sie hastig in eins der Büros, das glücklicherweise gerade leer war, und erst dort zerplatzte endlich das Vakuum in Lisas Kopf. Nicht mit einem lauten Knall, wie sie gedacht hatte.

Eher mit einem leisen Plopp, wie eine Seifenblase.

Sie hatte Seifenblasen immer gemocht, fiel ihr unvermittelt ein, als kleines Mädchen. Als ihre Mutter noch gelebt hatte und ihr Vater sie manchmal mit in die Scheune genommen hatte, um … Sie verlor den Faden. Um dort was zu tun? Sie wusste es nicht mehr.

»Es tut mir so leid, Lisa«, sagte Sayed und strich ihr sanft über den Rücken, während er sie etwas ungelenk umarmte. Ein bisschen so, wie man das vielleicht bei einer fremden Katze tun würde, bei der man noch nicht sicher ist, ob sie das mag oder einen nicht vielleicht doch beißen oder kratzen wird, wenn man ihr zu nahe kommt. Lisas Körper bäumte sich auf, als sie sich an ihn drückte, dann brach es aus ihr hervor.

Rotz und Wasser, das volle Programm, die Schleusen gesprengt.

Sie war völlig machtlos dagegen.

»Ist ja gut«, behauptete Sayed. »Ist ja gut, das kommt schon wieder in Ordnung.«

Aber natürlich war das eine Lüge. Nichts würde in Ordnung kommen, jemals wieder. Sie hatte keine Eltern mehr, und das war in keinem ihr bekannten Universum ein reversibler Zustand oder auch nur annähernd so etwas wie *in Ordnung*.

Aber das war noch nicht mal das Schlimmste.

Viel schlimmer war, dass sie sich völlig außerstande fühlte, dieses Wissen an sich heranzulassen, es wirklich zu *begreifen*. Die Ungeheuerlichkeit dessen zu begreifen, was ihr Vater gewesen war und was er der Welt, die er zurückgelassen hatte, angetan hatte.

Was er ihr damit angetan hatte.

Nach ein paar Minuten bekam sie sich wieder einigermaßen in den Griff. Scheinbar aus dem Nichts zauberte Sayed eine Packung Papiertaschentücher hervor, hielt sie ihr hin. Sie nahm eines, trocknete ihre Tränen, wischte sich über die Wangen. Schnäuzte sich. Redete sich ein, dass das Schlimmste jetzt vorbei war.

Wusste, dass auch das eine Lüge war.

Als Sayed wieder sanft nach ihrer Schulter griff, sagte sie, immer noch mit bebender Stimme: »Ist schon okay, Sayed. Wirklich, es geht wieder. Danke, dass du dir das angetan hast. Und sorry dafür. Jetzt geht's mir besser.«

»Bist du sicher?«, fragte er und sah sie skeptisch durch die großen, rot umrandeten Brillengläser an. Dabei sah er aus, als würde er selbst gleich losheulen.

Lisa nickte.

Und fühlte sich absurderweise in den Wald zurückversetzt, in dem sie letzte Nacht in eisiger Kälte gestanden und darauf gewartet hatte, dass ihr der Verdächtige vor die Flinte lief.

Und dann war genau das passiert, und die Welt war auseinandergebrochen, von einem Moment auf den nächsten.

Einfach so.

»Hat er …«, begann sie und wischte den Rest ihrer Tränen fort, wobei sie, ohne es mitzubekommen, die Wimperntusche noch mehr auf ihren Wangen verteilte, »Hat er vorher noch gesagt, wo sie ist?«

Sayed sah sie mit verwirrtem Gesichtsausdruck an.

»Das Mädchen«, sagte Lisa mit tränenerstickter Stimme. »Anneke Jaspers. Hat er noch gesagt, wo sie ist? Hat er uns irgendeinen Hinweis gegeben, bevor er …«

Bevor er sich in seiner Zelle umgebracht hat. Was für ein feiger, erbärmlicher Abgang. Passend für einen feigen, erbärmlichen Menschen, dachte Lisa. Das half einigermaßen, damit die Tränen nicht gleich wiederkamen, die Wut eignete sich gut dafür. Zumindest für den Moment. Lange vorhalten würde es nicht.

Sayed schüttelte den Kopf. »Sie haben ihn bis heute Morgen gegen sieben Uhr verhört, aber er hat nicht ausgepackt. Im Grunde hat er immer nur dasselbe erzählt.«

»Dass er unschuldig ist.«

»Genau. Und dass er keine Ahnung hat, wo das

Mädchen ist und wovon wir überhaupt reden würden.«

»Und das Handy? Das war doch seins, oder?«

»Natürlich. Aber auch dazu hat er nichts gesagt. Nicht mal ›kein Kommentar‹. Hat einfach geschwiegen, so als ging ihn das alles jetzt nichts mehr an. Genauso bei der Frage, was er überhaupt in diesem Haus zu suchen hatte und wie Annekes DNS in den Kofferraum seines Wagens kommt. Nicht mal, als Möller persönlich ihm das Blaue vom Himmel versprochen hat, wenn er nur redet. Nicht mal, als er ihm einen Generalfreispruch angeboten hat. Er wisse es nicht, hat er gesagt, immer und immer wieder. Ich begreife nicht, wieso.«

»Es waren also tatsächlich Annekes Haare in seinem Auto«, sagte Lisa. Keine Frage, eine Feststellung. Selten war ein Fall so offensichtlich gewesen. Und gleichzeitig so enttäuschend ergebnislos verlaufen.

Sayed nickte.

»Haben sie ausschließlich ihre DNS in dem Auto gefunden?«, fragte Lisa. »Oder auch noch Hinweise auf weitere Opfer?«

Sayed schüttelte den Kopf. »Nur die DNS von Annekes Haaren bisher, sonst hat man nichts gefunden. Aber sie suchen weiter.«

»Und sein Haus?«, fragte Lisa. Musste schlucken. *Sein* Haus, das auch mal *ihr* Zuhause gewesen war, damals, vor fünfzehn Jahren. Vor Ewigkeiten, so schien es ihr. Schwarzen, längst vergessenen Äonen.

»Sie stellen seinen Bauernhof und die Umgebung seit den frühen Morgenstunden komplett auf den Kopf. Bis jetzt nichts. Keine Unterkellerung, keine denkbaren Verstecke. Sie haben dort alles auseinandergenommen, und zwar gründlich. Das Gelände mit Wärmebildkameras abgesucht. Vermutlich ist sie nie da gewesen, und er hat sie gleich in irgendein Versteck gebracht.«

»Oder Schlimmeres«, sagte Lisa leise.

»Oder Schlimmeres«, nickte Sayed, und in diesem Moment ging die Tür auf. Hartmann, einer der Polizisten, die gestern zum Team B gehört hatten, kam herein und sagte: »Lisa, der Chef will dich sprechen. Und zwar pronto.«

Lisa nickte und setzte sich in Bewegung.

Sayed trat ihr in den Weg und setzte nochmals zu einer Umarmung an. Lisa ließ es wortlos geschehen, doch diesmal war sie beinahe überrascht, wie gut ihr dieses kleine bisschen Menschlichkeit tat.

»An deiner Stelle würde ich vorher mal im Waschraum vorbeischauen«, sagte Hartmann ohne jede Spur von Sympathie in seiner Stimme. »Dein Gesicht sieht zum Fürchten aus.«

Als Lisa auf den Flur trat, hörte sie noch, wie Hartmann Sayed in demselben Geschäftston fragte, ob er heute Morgen den Kollegen Dietmar Böhm gesehen habe, den Einsatzleiter der gestrigen Vor-Ort-Truppe.

Sayed verneinte das.

23

BKA-Hauptsitz Wiesbaden, Thaerstraße
Büro von Kriminaldirektor Andreas Möller

Nachdem Lisa ihr Gesicht im Waschraum zumindest einigermaßen wiederhergestellt hatte, ging sie direkt zu Möllers Büro. Wieso aufschieben, was ohnehin unvermeidlich war?

Greta, seine Sekretärin, winkte sie mit einem verkniffenen Lächeln durch und wirkte dabei ungefähr so herzlich wie eben schon Kollege Hartmann.

Außer Kriminaldirektor Möller war noch Hauptkommissar Gero Steiger anwesend, ebenfalls ein Altgedienter, wenn seine Dienstjahre im Vergleich zu Möllers Karriere auch verblassten, aber das war ja bei den meisten hier so. Er war Mitte vierzig, mit Dreitagebart und wuscheligen Locken, deren mattes Braun von etlichen weißen Strähnen durchzogen war. Dazu trug er ständig dieselbe abgewetzte braune Lederjacke, unabhängig von Temperatur und Jahreszeit. Außerdem war er einer der wenigen noch verbliebenen Kettenraucher, die noch nicht zur Kirche des heiligen Verdampfers übergetreten waren. Für die Dinger hatte Steiger nur ein müdes Lächeln übrig, und die Sporttests schaffte er trotz seiner Leidenschaft für die Sargnägel jedes Mal spielend. Er war nach Sayed der Erste heute Morgen, der Lisa nicht mit einem Ausdruck schwer unterdrückten Ekels ansah. Stattdessen nickte er ihr ernst zu, was Lisa als so etwas wie eine Beileidsbekundung verstand. Sie schenkte ihm ein knappes Lächeln, dann wandte sie sich Möller zu.

Der beugte sich in seinem Rollstuhl vor und streckte ihr seine Rechte entgegen, die sie ergriff.

»Mein Beileid«, sagte er. »Und das meine ich vollkommen ernst, Lisa. Unabhängig von allem, worüber wir gleich sprechen müssen. Niemand sollte seine Eltern so jung zu Grabe tragen müssen. Schon gar nicht alle beide.«

»Ich werde drüber wegkommen«, sagte Lisa und war in diesem Moment sehr froh, dass sie sich bei Sayed zumindest ein bisschen ausgeheult hatte und ihr wenigstens von ihm so etwas wie menschliche Wärme entgegengeschlagen war. Sonst hätte sie das hier unmöglich durchstehen können.

»Verstehe«, sagte Möller und sank wieder in das Sitzpolster seines Rollstuhls zurück. Dann wandte er sich an Steiger und sagte: »Okay, Gero. Wenn er sich bis heute Nachmittag nicht gemeldet hat, schicken Sie mal zwei Leute bei ihm vorbei, ja?«

Gero Steiger nickte und verschwand aus dem Büro.

»Böhm«, sagte Möller, an Lisa gewandt. »Er ist heute Morgen nicht zum Dienst erschienen und geht nicht an sein Handy. Klar, er hatte auch Nachtschicht, wie wir alle, und ich habe gesagt, er soll sich mal ausschlafen, aber jetzt haben wir fast Mittag. Das ist sonst gar nicht seine Art.« Die letzten Worte sprach er nachdenklich aus, eher an sich selbst als an Lisa gerichtet, schien es.

»Okay«, sagte er dann, warf einen Blick auf das heillose Chaos der vor ihm auf dem Schreibtisch ausgebreiteten Akten und blickte zu Lisa hoch. »Wollen Sie sich nicht setzen, Lisa?« Er deutete auf einen der beiden Stühle, die seinem Schreibtisch gegenüberstanden.

Lisa setzte sich.

»Sie sind im Bilde, nehme ich an?«

Lisa nickte.

»Das ist Scheiße, Lisa, ganz große Scheiße.«

Lisa nickte wieder. Das war ihr auch selbst klar.

»Und nun?«, fragte sie.

»Und nun?«, wiederholte Möller und stieß ein humorloses Lachen aus. »Und nun haben wir einen *echten* Shitstorm am Hals, und der ist gerade erst dabei, so richtig auf uns zuzufliegen. Haben Sie schon mal in die heutige Zeitung geschaut?«

»Die Zeitung?«, fragte Lisa. »Nein, wieso denn?«

»Sie haben es auf die Titelseite geschafft, Lisa. Sie sind eine echte Berühmtheit geworden, über Nacht sozusagen.«

»Was?!«

»Ja, Ihr Vater übrigens ebenso. In der heutigen

Morgenausgabe, nur Stunden nach seiner Festnahme. Möchten Sie mir vielleicht verraten, wie das möglich ist?«

»Woher zum Teufel soll ich das wissen?«, platzte es aus Lisa heraus, gefolgt von einem leisen: »Entschuldigung«, als Möllers eine Augenbraue in die Höhe zog.

»Sie haben also nicht mir der Presse geredet?«,

Und plötzlich wurde Lisa alles klar.

»Oh, shit«, ächzte sie. »Da war dieser Kerl, Dahte oder so, hat mich auf meinem Nachhauseweg abgefangen. Er muss mir schon zur S-Bahn gefolgt sein, vermutlich von hier. Er hat sich als freier Journalist vorgestellt und … Aber ich habe dem Kerl kein Wort gesagt, das müssen Sie mir glauben!«

Möller schüttelte den Kopf, sein Blick senkte sich auf seine Akten hinab.

»Ich bin doch nicht bescheuert!«, brach es aus Lisa heraus. »Wofür halten Sie mich denn, für eine blutige Anfängerin?«

Möllers Kopf zuckte hoch und sie verstummte. »Im Moment benehmen Sie sich jedenfalls ziemlich unprofessionell, Lisa. Aber das spielt jetzt auch keine Rolle mehr. Man hat entschieden, Sie vorerst zu beurlauben. Bis diese Sache ausgestanden ist.«

»Wie bitte?«, schnappte Lisa. »Das können Sie nicht machen! Ich bin gerade erst seit drei Monaten hier und …«

»Lisa«, sagte Möller scharf. »Ich habe diese Sache

nicht entschieden, das geschah heute morgen im Eiltempo, und zwar ein paar Leiterstufen über mir, verstehen Sie? Der Innenminister betreibt hier gerade eine Notfall-Schadensbegrenzung, nach dem, was die Presse angerichtet hat. Spätestens morgen werden die Journalisten das Gebäude belagern und nur darauf warten, dass Sie aus einer der Türen auf die Straße treten. Die Polizistin, deren Vater ein Kindesentführer ist – ein Kinder*mörder*, vielleicht. Begreifen Sie, was das bedeutet?«

Sie begriff es, begriff es nicht. Begriff es, begriff es nicht, begriff gar nichts mehr. Wie bei diesem dämlichen Kinderspiel, bei dem man einer Blüte die Blätter einzeln ausreißt, bis keines mehr übrig ist.

»Ich habe mich bei denen für Sie starkgemacht, Lisa«, sagte Möller. »Ich weiß, dass Sie eine gute Polizistin sind, und deshalb habe ich versucht zu erklären, wie alles zusammenhängt, und dass nichts davon Ihre Schuld ist. Das ist der einzige Grund, aus dem man Sie nicht gleich vom Dienst suspendiert hat, sondern Sie lediglich beurlaubt. Ich …«

Lisa sprang auf, die Stuhllehne krachte hinter ihr auf den Boden. »*Sie* haben ihn ohne Aufsicht in eine Zelle gesteckt!«, rief sie und deutete mit ausgestrecktem Zeigefinger auf Möller. »*Sie* haben ihn stundenlang verhört und rein gar nichts aus ihm rausbekommen. Und jetzt soll *ich* den Sündenbock für diese ganze Scheiße spielen?«

Die Tür ging auf. Greta, die Sekretärin, steckte

den Kopf herein. »Alles in Ordnung hier, Herr Möller?«

Der nickte, mit einem traurigen Blick auf Lisa. Dann sagte er: »Ja, danke, Greta. Wir sind hier fertig.«

Chatverlauf im Onlineforum Websherlock.de

Thread: #WoIstAnneke – Neuigkeiten

Sherlocked74:
No way, dass sie die ganze Zeit nichts mitbekommen hat. Immerhin war sie seine Tochter!

Gumshoe:
Vielleicht hat der Kerl sie ja auch als Kind angefasst. Kann man nicht wissen, oder? Vielleicht hat sie deshalb nichts gesagt. Vielleicht ist die ja genauso gestört wie ihr Alter.

FreakaZoid_:
Mein Gott, und das als Polizistin.

Wonder-Woman-65:
Kein Wunder, dass die Cops nichts alleine auf die Reihe kriegen, bei solchen Mitarbeitern. Und dann bringt sich der Kerl auch noch um, vor ihren Augen. Wie kann so was denn passieren bitte? Komplett unfähig.

Gumshoe:
Stimmt. Diese Nummer ist echt mies. Ohne den Eltern zu sagen, wo das Mädchen ist. Was für ein mieses Schwein.

Sherlocked74:
Glaubt ihr, die Tochter könnte was wissen? Ich meine, wenn sie tatsächlich Bescheid wusste, weiß sie vielleicht auch, wo er die Mädchen hingebracht hat, oder?

FreakaZoid_:
Denkst du, er hat mehrere entführt?

Sherlocked74:
Ganz bestimmt. So ein Kerl macht das nicht nur einmal, sondern so oft, wie man ihn lässt. Sieht man doch an denen, die sie wieder rauslassen. Die werden zu über achtzig Prozent sofort wieder straffällig in der Richtung. Hab ich mal in irgendeiner Statistik gelesen. Die können nicht anders.

FreakaZoid_:
Scheiße. Glaubt ihr denn, die Kleine lebt noch?

Sherlocked74:
Ja, vielleicht schon. Aber frag noch mal in drei Tagen nach. So ein mieses Schwein.

Wonder-Woman-65:
Ich glaube auch, dass die Tochter was wissen muss. Kann doch kein Zufall sein, dass die ausgerechnet in dem Fall ermittelt hat. Jemand sollte sie mal danach fragen. Und damit meine ich nicht die Cops.

Gumshoe:
Gute Idee. Ich hab gehört, sie ist inzwischen suspendiert worden. Muss man sich mal vorstellen. Einfach nur suspendiert. Die Bullen scheinen gar nicht auf die Idee gekommen zu sein, dass die was wissen könnte. Wer sagt uns, dass die nicht genauso gestört ist?

FreakaZoid_:
Gruselige Vorstellung. Hab aber gehört, dass es das gibt. Ist sogar sehr wahrscheinlich, wenn er sie auch missbraucht hat als Kind. Opfer von so was werden häufig auch selbst zu Tätern. Was für eine abgefuckte Scheiße.

Wonder-Woman-65:
Wir sollten sie echt mal ausfindig machen und ein bisschen befragen.

Sherlocked74:
Ja, das sollten wir wirklich.

24

Bauernhof in Wiesbaden-Rambach

Lisa hatte den schwarzen T5 in einiger Entfernung vom Hof geparkt. Den Großteil des Tages hatte sie sich in Cafés im Stadtzentrum herumgedrückt, um nachzudenken. Und weil sie hatte warten müssen, bis die Kollegen von der Spurensicherung ihre Arbeit im Haus und auf dem Gelände ihres Vaters abgeschlossen hatten.

Sie hatte den Wagen so hingestellt, dass sie zu dem einzeln stehenden Gebäudekomplex hinübersehen und in aller Ruhe darüber nachdenken konnte, was sie sich eigentlich von dieser Aktion erhoffte. Warum zum Teufel sie überhaupt hier war.

Die simple Antwort lautete: Sie hatte keine Ahnung.

Schließlich war es seit fünfzehn Jahren das erste Mal, dass sie auch nur in die Nähe dieses Gebäudes gekommen war, eines U-förmigen Baus, der vor Urzeiten einmal ein Dreiseithof gewesen war, von dem aber inzwischen nur noch das links liegende Hauptgebäude einigermaßen bewohnbar aussah. Das war schon damals so gewesen. Jetzt vermittelte auch dieser Teil des Gebäudes kaum noch den Eindruck, dass Menschen hier lebten. Gelebt hatten, verbesserte sich Lisa, und nur ein Mensch, oder etwas, das sie für einen Menschen gehalten hatte.

Allein mit sich und dem Alkohol.

Das kannst du gar nicht wissen, ermahnte sie sich, während sie trotzig zu dem Gebäude hinüberstarrte. Immerhin hatte er mal jede Menge Freunde. Kollegen bei der Zeitung und außerhalb. Menschen, die er während seiner Reportagen viele Monate lang begleitet hat. Auf deren Schicksale er die Augen der Welt gerichtet hatte, damals, in seinen besseren Zeiten.

Vor Mutters Tod.

Sein Büro im Dachgeschoss war voll von Fotos dieser Art gewesen. Robert Kern, umringt von dreckstarrenden, aber grinsenden Grubenarbeitern, irgendwo in Südamerika. Robert Kern beim Händeschütteln mit irgendeinem Minister, der jetzt wahrscheinlich gerade alles tat, um die Existenz eben jenes Fotos zu leugnen. Robert Kern inmitten einer Truppe bärbeißig dreinblickender Biker, deren Boss ihm einen komplett tätowierten Arm freundschaftlich auf die Schulter legte.

Ja, ihr Vater war nicht immer ein versoffener Verlierer gewesen.

Er hatte damals sogar damit angefangen, den alten Hof wieder herzurichten, hatte in seiner Freizeit Maurerarbeiten an dem alten Gebäude erledigt, Strom verlegt, Solarpanels auf dem Dach installiert. Er war ein geschickter Handwerker gewesen und ein guter Vater, damals. Fast sechzehn Jahre lang. Ein bisschen mehr als die Hälfte ihres Lebens. Und dann war das alles zum Teufel gegangen – und er mit fliegenden Fahnen voran.

Lisa öffnete die Tür des T5, stieg aus und ging zu dem Dreiseithof hinüber.

Die Kollegen von der Spurensicherung waren hier gewesen, das sah man überdeutlich. Stundenlang hatten sie alle Gebäude und das gesamte Gelände nach

Spuren abgesucht und laut Sayed keinen einzigen verwertbaren Hinweis auf den Verbleib von Anneke gefunden.

Rings um den Hof gab es nur abgeerntete Felder, aber höchstwahrscheinlich hatte man auch diese einer eingehenden Suche unterzogen. Nur für den Fall, dass er Anneke gleich in der Nähe seines Wohnhauses verscharrt hatte.

Auch diese Suche war ergebnislos verlaufen.

Was Lisa wieder zu der Frage zurückbrachte, was *sie* dann eigentlich noch hier wollte – abgesehen von der Möglichkeit, ihren Job endgültig aufs Spiel zu setzen. Vielleicht Abschied nehmen von dem Mann, der vor langer Zeit ihr Vater gewesen war, bevor sie sich von ihm gelöst und ein selbstständiges Leben begonnen hatte?

Wut stieg in Lisa hoch.

Irgendwie hatte es ihr Vater schlussendlich geschafft, ihr auch das noch zu vermasseln. Das neue Leben, das sie sich aus eigener Kraft aufgebaut hatte. Einfach nur durch die Tatsache, dass er ihr Vater war. Man wurde ihn einfach nicht los, wie einen Kaugummi an der Schuhsohle oder wie …

Dann hatte sie den Eingang des Gebäudes erreicht.

Die Fenster waren alle geschlossen, natürlich, und die Haustür mit einem polizeilichen Siegel versehen, außerdem mit Flatterband, das man in der Form eines großen X an den Türrahmen geklebt hatte.

Lisa schüttelte den Kopf. Das würde keinen aufhalten, sobald die Presse erst einmal durchsickern ließ, wer der Täter im Fall Anneke gewesen war. Dank Internet würde es dann nur ein paar Minuten dauern, bis die ersten Sensationstouristen in ihre Autos stiegen, um hierher zu fahren, zur Höhle des Monsters. Dann würde hier kein Stein auf dem anderen bleiben, Absperrband oder nicht. Vielleicht würde sogar irgendwer aus Wut den gesamten Hof abfackeln – und vielleicht war das gar nicht mal die schlechteste Idee.

Lisa umrundete die Gebäudeansammlung und fand ihren Verdacht bestätigt.

Das mittlere und das rechte Gebäude waren inzwischen nur noch Ruinen, seit etlichen Jahren hatte dort niemand mehr einen Finger für ihre Erhaltung gerührt. Dort, wo einst Fenster gewesen waren, starrten ihr jetzt schwarze Löcher entgegen, wie die Augenhöhlen in einem Totenschädel. Der Dachfirst des rechten Gebäudes war eingesunken, die Beplankung hatte sich gelöst, sodass die Dachsparren in den anthrazitfarbenen Himmel spießten wie das Skelett eines gigantischen toten Urzeitwesens.

Lisa ging weiter über den von Schlaglöchern und Pfützen übersäten Hof, auf das links gelegene Wohngebäude zu.

Nach einer Weile erreichte sie die Rückseite des Gebäudes, welche auf ein Stoppelfeld hinausblickte, das sich bis zu den fernen Ausläufern eines Waldes erstreckte.

Hier gab es eine Reihe kleiner Fenster. Zu Lisas Zeiten hatte der Vater den Raum mit der niedrigen, gemauerten Decke als Ersatz für den nicht vorhandenen Keller und als Waschhaus genutzt. Als Kind hatte sich Lisa vor diesem Teil des Gebäudes immer ein wenig gegruselt, auch wenn sie das nie zugegeben hätte. Wenn sie hier runtergeschickt wurde, um die Wäsche abzunehmen, befürchtete sie jedes Mal, dass sich auf einem der gestärkten Laken unvermittelt die Umrisse eines menschlichen Körpers abzeichnen würden. Ein Gespenst, das sich auf sie stürzen würde, um sie mit sich fortzutragen in sein fernes Totenreich. Aber das war natürlich nie passiert.

Das wahre Monster hatte derweil die ganze Zeit oben auf dem Dachboden gehaust.

Systematisch schritt sie die Reihe der Fenster ab, drückte gegen jedes einzelne. Sie waren alle verschlossen. Lisa zog ihre Lederjacke aus, knüllte sie zu einem Ball zusammen und presste sie gegen eine der Scheiben. Dann schlug sie mit der anderen Hand kräftig auf das Lederknäuel. Mit einem leisen Klirren zersprang das Glas. Scherben regneten auf den Steinboden im Inneren des Raumes. Sie schüttelte ihre Jacke aus und zog sie wieder an.

Lisa verharrte und lauschte, aber in dem Gebäude blieb es stumm.

Leise zählte sie die Sekunden, bis sie eine volle Minute gewartet hatte, dann langte sie durch das Loch im Fenster nach drinnen, tastete nach dem Fenstergriff und öffnete ihn, drückte das Fenster ganz auf und zwängte sich durch die niedrige Öffnung.

Drinnen war es stockdunkel. Erinnerungen kamen hoch, an den Geruch von frisch gewaschenen Bettlaken. An die Angst vor den Gespenstern, immer noch.

Offenbar war der Raum auch in letzter Zeit noch zum Trocknen verwendet worden, die Leinen zogen sich kreuz und quer, aber jetzt hing nichts daran. Vielleicht hatten die Polizisten die Wäsche abgenommen, um sie auf Spuren zu untersuchen. Vielleicht hatte ihr Vater aber auch schon länger nicht mehr gewaschen. Lisa war geneigt, der letzteren Variante den Vorzug zu geben.

Sie knipste ihre Taschenlampe an.

Der umherzuckende Lichtkegel tat der gespenstischen Atmosphäre hier drinnen keinen Abbruch, doch wenigstens konnte sie nun ein bisschen was erkennen, als sie den Raum durchquerte und dann zur Treppe ging, wo knarrende Holzstufen nach oben in den Hausflur führten.

Im Vorbeigehen warf sie einen Blick in die Küche, die ihr kleiner vorkam, als sie sie in Erinnerung hatte. So, als sei der Raum irgendwie geschrumpft, seit sie ihn zum letzten Mal gesehen hatte.

Sie stutzte.

Sie hatte ein Chaos hier drin erwartet, oder genauer: zwei verschiedene Arten von Chaos. Eines, das von den Polizeieinheiten verursacht worden war, die hier alles auf den Kopf gestellt hatten. Das fand sie vor. Einige der Hängeschränke standen offen, man hatte das Geschirr herausgenommen und es auf den Boden gestellt, vermutlich, um die Schränke nach Verstecken abzusuchen.

Doch die andere Art von Chaos, die, welche das alkoholzersetzte Gehirn eines Süchtigen zu hinterlassen pflegt, fehlte. Keine schimmeligen Essensreste, keine schmutzigen Teller, die sich bis zur Decke stapeln. Keine Flaschen in allen Ecken, keine klebrige Flecken auf dem Boden. Keine Ausdünstungen oder andere unappetitliche Hinterlassenschaften. Alles machte einen aufgeräumten und sauberen Eindruck.

Lisa ging zurück in den Flur, stieg die Treppe hinauf ins nächste Stockwerk. Musste schlucken, als sie die Tür zu dem Zimmer erblickte, in dem sie ihre Kindheit und den Großteil ihrer Jugend verbracht hatte. Sie war nur angelehnt, aber dennoch wandte sich Lisa ab. Brachte es einfach nicht fertig reinzuschauen.

Was er wohl daraus gemacht hatte?

Vielleicht würde sie eine schmutzige Matratze hier finden, wo er seine Saufkumpane hatte übernachten lassen, die er anstatt von Freunden gehabt hatte. In ihrem Bett, in ihrem Zimmer?

Sie schüttelte sich bei der Vorstellung.

Sie wandte sich nach rechts, den anderen beiden Zimmern auf diesem Stockwerk zu. Das Schlafzimmer ihrer Eltern, zuletzt natürlich nur noch *sein* Schlafzimmer, und daneben das Wohnzimmer.

Sie stieß die Türen auf und sah hinein.

Auch hier prallte sie förmlich vor dem aufgeräumten und sauberen Idyll zurück, auch wenn die Kriminaltechnik hier oben ausgiebiger gewühlt hatte und man das den Zimmern auch deutlich ansah.

Aber eben nur das. Keine einzige Flasche, keine ozeangroßen Flecken auf dem Teppich oder der Matratze, keinerlei Zeichen von Verwahrlosung.

Blumentöpfe auf dem Fensterbrett, darin gepflegte Pflanzen. Orchideen, ausgerechnet! Orchideen waren die Lieblingsblumen ihrer Mutter gewesen.

Kein Tropfen Alkohol mehr, Lisa, im ganzen Haus nicht, hatte ihr Vater während des misslungenen Verhörs behauptet.

Hatte er die Wahrheit gesagt?

Lisa unterdrückte ein Schluchzen, dann zog sie die Tür leise wieder ins Schloss. Tappte dann doch über den Flur, zu ihrem Zimmer. Schärfte sich ein, es nicht mehr *ihr* Zimmer zu nennen, verdammt noch mal, denn das war es doch längst nicht mehr!

Nur irgendein Zimmer im Haus ihres toten Vaters.

Irgendeines Mannes, der jetzt tot war.

Als sie die Tür öffnete, versagten ihre Beine ihr den Dienst, und sie rutschte kraftlos im Türrahmen zu Boden.

Hier sah alles noch genauso aus, wie sie es zurückgelassen hatte. Die Poster an den Wänden, Iron Maiden und Metallica. Die Schränke, die er sie als kleines Mädchen auf ihr Bitten hin mit ungelenken, bunten

Blumen hatte bemalen lassen. Die Frisierkommode mit den Fotos ihrer Schulfreunde, die immer noch im Rahmen steckten. Ihr Bett und der wackelige Nachttisch daneben.

Er hatte nichts davon verändert oder entfernt.

Hatte ihr hier einen verdammten Schrein errichtet.

Hatte offenbar gehofft, dass sie eines Tages doch wieder zu ihm zurückkehren würde. Hatte hier Staub gewischt, damit alles bereit war für den fernen Tag, an dem sie das tun würde. Der Tag, an dem seine verlorene Tochter ihm endlich vergeben würde.

Der Tag, der nie gekommen war und nun auch nicht mehr kommen würde.

Niemals mehr.

Nach einer Weile wischte Lisa sich die Nässe von den heißen Wangen und stand auf, stand auf Knien wie aus Wackelpudding. Dann ging sie zu der Frisierkommode hinüber. Lächelte durch neue Tränen, beim Anblick der Schnappschüsse der paar Freunde, die sie an der Schule gehabt hatte. Suchte einen verzweifelten Moment lang nach einem Foto von Tommy, das gottlob aber nicht mehr hier war. Ihr Vater musste es entfernt haben, oder sie selbst, nach ihrer kurzen Rückkehr aus dem Krankenhaus, sie wusste es nicht mehr.

Dann fiel ihr Blick auf ein anderes Foto, das sie drei zeigte, ihre Mutter, ihren Vater und sie. In sehr viel glücklicheren Zeiten. Strahlend, vermutlich bei irgendeinem Wanderausflug in Naurod, im Hintergrund war jedenfalls jede Menge Wald zu sehen. Alle drei strahlten in die Kamera, als gäbe es dafür einen Preis zu gewinnen.

Sanft strichen ihre Finger über das Foto, dann zog sie es aus dem Rahmen des Spiegels und steckte es in die Innentasche ihrer Jacke. Schließlich ging sie wieder zurück in den Flur.

Nachdenklich bewältigte sie die schmale Holztreppe, die nach oben in das letzte Stockwerk führte, zum Dachboden. Sein Büro, das er in ihrer Erinnerung so ausgiebig und leidenschaftlich in Kleinholz verwandelt hatte. An seinen düsteren Tagen, von denen es jede Menge gegeben hatte nach Mamas Tod. Sie erinnerte sich wieder an das, was er ihr während der Vernehmung gesagt hatte, mit dieser seltsam eindringlichen Stimme, als hätte jedes Wort seiner Aussage besonderes Gewicht.

Ich habe aufgehört zu trinken, Lisa. Es gibt keinen Alkohol mehr im Haus, keinen einzigen Tropfen, schon seit Jahren nicht.

Sie hatte ihm nicht geglaubt. Sie hatte nur seine ausgezehrte Gestalt gesehen. Ihr Kopf war überschwemmt gewesen von üblen Erinnerungen an üble Zeiten. Aber was, wenn er nicht gelogen hatte? Was, wenn er tatsächlich den Absprung geschafft hatte, trocken gewesen war?

Änderte das irgendetwas?

Nein, dachte Lisa, vermutlich nicht, und wenn, dann sicher nicht zum Besseren.

Sie stieß die Tür zum Dachboden auf.

Auch hier keine Spur mehr von zerschlagenen Möbeln, sogar die Wände waren neu gestrichen worden, in einem hellen, angenehmen Fliederton, und Lisa erkannte sofort, dass der verwüstete Eindruck hier allein der Arbeit ihrer Kollegen geschuldet war. Herausgezogene Schubladen, verstreut herumliegende Dokumente und Papiere. Bücher, die aus den Regalen gerissen und auf dem Boden zu wüsten Haufen geschichtet worden waren. Man hatte offenbar gehofft, hier verwertbare Hinweise auf das Treiben ihres Vaters zu finden, irgendwelche Dokumente, wie vielleicht die Besitzurkunde eines Hauses, das ihm als heimliches Versteck für sein Opfer diente. Ein Fotoalbum mit früheren Opfern. Irgendwas.

Aber man hatte nichts gefunden.

Die meisten Möbel machten einen ziemlich neuen Eindruck. Das Einzige, an das sich Lisa noch aus ihrer Jugend erinnerte, war der gigantische Eichenholzschreibtisch, der unverrückbar an seinem Platz in der Mitte des Raumes stand. Vermutlich hätte man auch einen Kran gebraucht, um dieses wuchtige Ungetüm woandershin zu rücken, und eine mittelgroße Ladung TNT, um es in seine Einzelteile zu zerlegen. Nicht einmal die unbändige Zerstörungswut ihres Vaters hatte dem Möbelstück etwas anhaben können.

Auch hier waren alle Schubfächer und Schranktüren geöffnet worden, etwas abseits stand ein bequem aussehender Bürosessel. Auf der Tischplatte thronte ein gigantischer Flachbildschirm, dessen Kabel in der

Luft hingen – man hatte offenbar den dazugehörigen PC konfisziert, und vermutlich wühlte sich Sayed just in diesem Moment auf der Suche nach irgendwelchen digitalen Hinweisen durch dessen Festplatte.

Einem Impuls folgend, rollte Lisa den Bürosessel zurück an den Tisch und setzte sich hinein. Als Kind hatte ihr Vater sie manchmal auf den Schoß genommen, während er selbst darin gesessen hatte. Damals noch in einem anderen Sessel, der irgendwann ebenfalls ein Opfer einer seiner Wutanfälle geworden war. Dann hatte er ihr ein paar Schreibblätter hingelegt und Stifte, und sie hatte stundenlang irgendwelchen Kinderkram gekritzelt, ganz vertieft, und er hatte nichts getan, als ihr dabei schweigend über die Schulter zu schauen. Sie erinnerte sich daran, dass sein Atem sie dabei manchmal am Ohr gekitzelt hatte, und an den Geruch seines Aftershave.

Lisa wischte neue Tränen fort und ließ den Blick über den Schreibtisch gleiten. Über die davor auf dem Boden verstreuten Papiere, die man achtlos aus den Schubfächern gerissen hatte, offenbar mit zunehmender Panik, weil sich einfach nichts Verwertbares hatte finden lassen.

Ich habe aufgehört zu trinken, Lisa, hatte er gesagt. *Kein Alkohol mehr im Haus.*

Kein Alkohol mehr im Haus.

Sie stand auf, schob den Stuhl beiseite und kniete sich vor den Schreibtisch, dessen linke Schranktür weit offen stand. Damals war das Fach immer voller Aktenordner gewesen, Recherchen vermutlich, für seine Reportagen. Auch an jenem Abend, als er den Artikel über die japanischen Walfänger hatte schreiben wollen. Den er dann doch nicht geschrieben hatte.

Jetzt war das Schrankfach komplett leer, die Spurensicherung hatte es sehr gründlich ausgeräumt. Lisa steckte ihren Kopf und die Taschenlampe ins Innere des Schrankfachs und besah sich dessen Decke. Nichts, nur eine hölzerne Fläche. Kein Knopf, kein versteckter Hebel. Sie hob die Hand und drückte gegen das glatte Holz. Nichts passierte. Einfach nur massives Holz. Sie strich mit den Fingerspitzen drüber. Drückte wieder dagegen.

Und dann sah sie es.

Auf der Innenseite der Blende, die den Abschluss mit der Tür bildete, gab es einen haardünnen Spalt. Es hätte ein zufälliger Riss im Holz sein können, und man musste sich regelrecht den Hals verrenken, um ihn überhaupt entdecken zu können.

Aber er war da. Und zwar in einer Position, die für jemanden, der am Schreibtisch saß, leicht zu erreichen war – vorausgesetzt, derjenige wusste um diesen verborgenen Mechanismus. Ansonsten war es nahezu ausgeschlossen, ihn zu bemerken. Lisa tastete auch diese Fläche ab, drückte dann fester dagegen.

Im Inneren des Schrankes schnappte hörbar eine Verriegelung auf.

Aus diesem Geheimfach hatte er damals die Flasche Whisky geholt und Lisa gebeten, den Inhalt unten in der Küche in die Spüle zu schütten. Wie oft sie sich seitdem gewünscht hatte, genau das getan zu haben.

Sie kroch wieder aus dem Schrank, setzte sich auf den Stuhl und öffnete die Tür zum Geheimfach. Diesmal war keine Whiskyflasche drin, sondern eine kleine Blechschachtel.

Lisa nahm die Schachtel heraus und öffnete sie.

Darin lag ein einzelner schwarzer USB-Stick.

25

Wiesbaden-Westend

Hauptkommissar Gero Steiger nahm grundsätzlich nie den Aufzug, wenn sich das irgendwie vermeiden ließ. Bei seinem Arbeitspensum blieb ihm nur wenig Zeit für Freizeitsport, und so nutzte er jede sich ihm bietende Gelegenheit für körperliche Ertüchtigung – selbst wenn diese lediglich aus Treppensteigen bestand.

An diesem Abend befürchtete er außerdem, dass er während einer Aufzugfahrt in den dritten Stock vielleicht einfach im Stehen einschlafen würde, wenn er seinen Kreislauf nicht wenigstens ein bisschen in Schwung brachte. Er war seit etwas über neununddreißig Stunden auf den Beinen, und allem Anschein nach würde er auch heute frühestens um Mitternacht ein wenig Schlaf bekommen.

Der, so sagte er sich grimmig, würde aber wenigstens tief und fest sein, ungeachtet des Lärms der A 66, welche nur wenige Meter vor dem Fenster seiner Singlewohnung in Wiesbaden-Biebrich vorbeizog. Ihn störte der Autolärm nicht, und so hatte er erhebliche Mietkosten sparen können. Früher hatte er mal ein Haus besessen und fernab der geräuschvollen Landstraße gewohnt. Aber das war vor seiner Scheidung gewesen, und wie Steiger zu seinem Leidwesen viel zu spät bemerkt hatte, war sein Scheidungsanwalt ein kompletter Trottel. Oder Maria, seine Ex-Frau, hatte auch ihn bezirzt. Zuzutrauen wäre es ihr.

Als Steiger die Wohnungstür im dritten Stock erreicht hatte, zwang er seine Gedanken zurück ins Hier und Jetzt, in dem gerade eine Menge passierte, auch ohne wehleidige Erinnerungen. Gestern Nacht hatten sie gemeinsam mit Truppen des MEK den Entführer von Anneke Jaspers ausfindig gemacht und gestellt – einen völlig verwahrlosten Typen, der sich zu allem Überfluss als Vater einer Kollegin herausgestellt hatte, bevor er sich heute Morgen in der Zelle der U-Haft erhängt hatte. Und jetzt war auch noch Dietmar Böhm gefunden worden, der seit heute Morgen vermisste Kollege, der das gestrige Außenteam geleitet hatte.

Tot, in seiner Wohnung.

Ja, momentan konnte sich das Möllersche Team

beim BKA wirklich nicht über einen Mangel an Aufmerksamkeit seitens der Schicksalsgötter beschweren. Bloß war es die komplett falsche Art von Aufmerksamkeit.

Allmählich begann Steiger sich vorzukommen wie der Typ in einem dieser Witzbildchen, dem die Regenwolke über seinem Kopf überallhin folgt. Und er hatte natürlich nie einen Regenschirm dabei, ha ha.

Mit einem Nicken begrüßte Steiger die beiden Uniformierten, die vor der Wohnungstür herumlungerten, und unterdrückte dabei ein kräftiges Gähnen. Man kannte sich bereits vom Sehen, und die beiden sahen in etwa so munter und fröhlich aus, wie er sich fühlte. Einer hielt ihm die Überschuhe hin, und Steiger schlüpfte wortlos hinein, dann zog er ein Paar Latexhandschuhe über.

In der Wohnung erwartete ihn die übliche Szenerie eines Auffindeorts: Bauscheinwerfer, die alles in gleißendes Licht tauchten, dazwischen seltsam pummelig wirkende Gestalten in weißen Schutzanzügen, die sich in gemessenem Tempo durch die Gegend bewegten und hier und da Fähnchen verteilten, Fotos machten. Dazu ein Uniformierter, der im Flur an der Wand lehnte und dabei versuchte, den Kriminaltechnikern möglichst wenig im Weg zu stehen. Als er Steiger sah, verzog sich sein Gesicht zu einem amüsierten Grinsen.

»Na, Herr Hauptkommissar, alles fit im Schritt?«

Steiger musterte den Mann, aber es wollte ihm einfach nicht gelingen, dem Gesicht des Scherzbolds einen Namen zuzuordnen, und offen gestanden interessierte der ihn im Moment auch nicht die Bohne. Steiger brummte etwas, das man mit viel gutem Willen als »Guten Abend« auslegen konnte und reichte dem Mann die behandschuhte Rechte. Sie schüttelten sich die Hände, dann sagte der Typ mit gesenkter Stimme: »Also, was Sie gleich da drin sehen werden, ist ziemlich bizarr. Wie offenbar auch Ihr Kollege, wenn ich das mal sagen darf.« Er kicherte.

»Und das finden Sie lustig?«, knurrte Steiger. »Dass hier ein langjähriger BKA-Beamter tot in seiner Wohnung liegt?«

»Nee!«, beschwichtigte der andere hastig. »Nicht das. Ich meinte nur, also, die Art, wie er …«

Da Steiger nicht an einer weiteren Falleinschätzung dieses Vollidioten interessiert war, ging er einfach an ihm vorbei in das Zimmer, in dem momentan der Großteil der kriminaltechnischen Action stattfand. Es stellte sich heraus, dass dieser Raum das Schlafzimmer war.

Bizarr war durchaus zutreffend für den Anblick, der sich Steiger hier bot.

Die Wände waren komplett schwarz gestrichen und großflächig mit gerahmten Bildern geschmückt, die Menschen in Ganzkörperanzügen aus Latex zeigten – zumindest mochten es Menschen sein, die sich darunter verbargen. Junge Frauen in schwarzen Lackanzügen oder nackt an X-förmige Andreaskreuze geschnallt, mit gequälten Gesichtsausdrücken, sofern die Gesichter nicht hinter grotesken Latexmasken verborgen waren. Andere Fotos zeigten etwas, das Steiger an eingeschweißte Erdnüsse denken ließ. Eine Art Tisch oder Altar mit einem Gummiüberzug, unter dem sich die Silhouette einer Gestalt scharf abzeichnete. Offenbar hatte man aus dem Gummiüberzug jegliche Luft gesaugt und den Menschen darin quasi vakuumverpackt. Ein paar der anderen Bilder waren noch deutlich verstörender. Sie zeigten Nahaufnahmen von dunkelrot angelaufenen Gesichtern und herausquellenden Zungen von Frauen, die offenbar kurz vor dem Erstickungstod standen oder zumindest so taten als ob. Angewidert wandte Steiger den Blick ab.

»Das war wohl so 'ne Art Fetisch von ihm«, meldete sich der Uniformierte, der ihm offenbar gefolgt war, zu Wort. »Also, das mit dem Ersticken.« Er deutete auf einen Schlafzimmerschrank in der Ecke des Raumes. »Da drin hat er gelegen, eine Plastiktüte auf dem Kopf und seine Hand ... na ja, also, er war wohl gerade dabei, sich einen ... Sie wissen schon.«

Steiger schaute in die Richtung. Man hatte Böhms Leiche inzwischen abtransportiert. Dafür gab es aber jede Menge bunter Fähnchen der Spurensicherung. Autoerotische Asphyxie hieß dieser Fetisch, das wusste Steiger, denn dies war nicht sein erster Fall dieser Art. Menschen, die erotisches Vergnügen dabei empfanden, sich die Luftzufuhr künstlich zu verknappen. Üblicherweise benutzten sie dazu Aufbauten mit Seilen oder Gerätschaften, die dafür sorgten, dass dieses fragwürdige Vergnügen nicht tatsächlich tödlich endete. Es ging dabei wohl um den Kitzel der Gefahr und das berauschende Gefühl, wenn einem die Luft zurück in die Lunge strömte, wie bei einem Ertrinkenden, der im allerletzten Moment die Wasseroberfläche durchbricht. Manche sprachen auch vom Erlebnis einer zweiten Geburt. Was auch immer daran so toll sein sollte, entzog sich Steigers Verständnis.

Allerdings war es damit wie mit jedem anderen Rausch, und das begriff er sehr wohl. Man brauchte jedes Mal ein bisschen mehr Kitzel, ein bisschen mehr Gefahr, ein bisschen mehr von dem beängstigenden Gefühl, dabei tatsächlich zu sterben. Und einer von diesen Todessüchtigen war offenbar sein Kollege und Vorgesetzter Dietmar Böhm gewesen. Keiner von ihnen hatte auch nur etwas davon geahnt. Herrgott, der Mann war bereits als Nachfolger von Möller gehandelt worden, und nun so was.

»Scheiße«, stieß Steiger durch die Zähne aus, als er sah, was da noch auf dem Boden lag: Dort, wo die Beine des Toten bei seinem Auffinden gewesen sein mussten, den Fähnchen nach zu schließen. Großformatige Fotografien, diese allerdings ungerahmt und offenbar üblicherweise in einer kleinen Keksdose aus Blech versteckt, die mit offenem Deckel danebenlag. Aus gutem Grund, dachte Steiger, als er sich über die Fotos beugte. Diese zeigten keine Fetischmodels oder Frauen, die so taten, als erstickten sie gerade.

Dies waren Fotografien von Toten.

Allesamt weiblich, und allesamt waren sie im Leben attraktiv gewesen, auf den Fotos jedoch mit blassen Lippen, geschlossenen Augen, das Haar straff aus dem Gesicht gekämmt. Die Qualität der Fotos war nicht besonders, offenbar waren sie in aller Hast mit einer Handykamera gemacht worden.

»Scheiße«, sagte Steiger noch einmal, als er erkannte, dass ihm einige der toten Frauen bekannt waren. Opfer von Tötungsdelikten, in denen er ermittelt hatte. In denen auch Böhm ermittelt hatte. Er musste diese Fotos mit seinem privaten Handy in der Rechtsmedizin geschossen haben. Vielleicht unter dem Vorwand, sie für die Bearbeitung des Falles zu brauchen. Doch gebraucht hatte er sie für etwas ganz anderes.

Kopfschüttelnd wandte Steiger sich ab. Nicht sein Tag heute, ganz und gar nicht. Und wahrlich kein glorreicher Tag in der Geschichte des BKA.

»Noch was?«, fragte er den Uniformierten. Der nickte kräftig, und dabei verzog sich sein Gesicht zu einem derart breiten Grinsen, dass es Steiger nur mit Mühe gelang, den Impuls zu unterdrücken, es ihm aus der dümmlichen Visage zu schlagen.

26

Wiesbaden, Sperlingsviertel

Als Lisa sich der Tür ihres Häuschens näherte, war von drinnen ein aufgeregtes Bellen zu hören. Dann eiliges Tapsen von weichen Pfoten, die ihr entgegeneilten. Shit, dachte Lisa. Shady. Sie hatte die Hündin komplett vergessen. Kein Wunder, immerhin wohnte diese ja erst seit ein paar Stunden bei ihnen. Stunden, die Lisa allerdings jetzt schon wie Tage vorkamen. So vieles war in der Zwischenzeit passiert. So wenig davon ergab irgendeinen Sinn.

Sie schloss die Tür auf und schlüpfte eilig in die Wohnung, doch Shady versuchte gar nicht, sich an ihr vorbei hinaus ins Freie zu drängen. Sie sprang auch nicht an Lisa hoch, obwohl sie aussah, als hätte sie das gern getan. Sie war wirklich gut erzogen, da gab es nichts zu meckern.

»Max!«, rief Lisa in Richtung Küche.

Es war schon spät, mal wieder, aber sicher würde er noch wach sein. Immerhin hatte sie ihm eine Menge zu erzählen und ja, sie würde sich auch entschuldigen. Für alles.

»Max, bist du im Wohnzimmer?«, rief sie.

Keine Antwort.

In der Küche, wohin Shady ihr folgte, war er jedenfalls nicht. Shadys Fressnapf war leer, die Schüssel mit dem Wasser nur noch halb voll.

»Komm her, du Arme«, sagte Lisa, schüttete das alte Wasser weg, stellte ihr neues hin, füllte den Fressnapf auf. Shady stürzte sich gierig darauf. Klappt ja prima, dachte Lisa, wie wir uns gemeinsam um den Hund kümmern. Aber vermutlich würde sie ihm das durchgehen lassen müssen, dieses eine Mal.

Lisa ging nach oben, doch auch im Schlafzimmer war Max nicht. Blieb das Wohnzimmer, aber aus dem hatte sie keinerlei Geräusche gehört. Kein Fernseher, kein Geballer auf der Playstation. Vielleicht saß er ja auf der Couch, mit Kopfhörern, hörte klassische Musik und las ein Buch. Bei der Vorstellung musste Lisa grinsen. Nein, das war dann doch zu exotisch. Max hatte mit Klassik und Büchern nicht viel am Hut. Wenn er las, dann seine Fachliteratur. Ihres Wissens besaß er überhaupt nur ein einziges belletristisches Buch – irgendeinen der zahllosen Schocker des Thrillerautors Andreas Herzog, und in dem war er nie über die Seite 20 hinausgekommen.

Doch auch im Wohnzimmer war Max nicht.

Lisa ließ sich auf die Couch fallen, um nachzudenken. Sie versuchte, sich zu erinnern: Hatte er ihr gesagt, dass er heute noch irgendwo hinmusste? Hatte er ihr vielleicht eine Nachricht geschrieben? Sie zückte ihr Handy.

Nein, auch dort keine Nachricht.

Shady kam aus der Küche, stellte sich vor die Couch und sah sie mit fragendem Blick an.

»Na los, Süße«, sagte Lisa und klopfte auf den freien Platz neben sich. Mit einem freudigen Bellen sprang Shady auf die Polster, zog die Hinterbeine unter den Körper und legte Lisa die warme Schnauze auf den Oberschenkel.

»Das gefällt dir, wie?«, fragte Lisa und wuschelte der Hündin das Fell hinter den Ohren, was diese mit einem wohligen Seufzen quittierte. Ein Hund müsste man sein, dachte Lisa. Keine Sorgen, keine Nöte und immer jemand da, der einem das Fell krault.

Dann entdeckte sie den Briefumschlag auf dem Couchtisch.

Sie griff danach, öffnete ihn und erstarrte. Aus dem Umschlag war ein silbrig glänzender Gegenstand gerutscht, den sie mit der linken Hand auffing. Sie starrte darauf und brauchte etliche Sekunden, bis der gerade noch wache Teil ihres Verstands begriff, was sie da in der Hand hielt.

Es war der Schlüssel zu ihrem Häuschen.

Wie sich herausstellte, war der Brief von Max.

Lisa,

es tut mir leid, ich kann einfach nicht mehr.

Ja, ich weiß, wir hatten uns beide dafür entschieden, diesen Weg zu gehen. Ein Häuschen zu mieten. Eins, das groß genug für Kinder ist, wohlgemerkt.

Doch im Moment habe ich das Gefühl, wir hätten auch jeder in seiner eigenen Wohnung wohnen bleiben können, so selten, wie du zu Hause bist. Seit drei Monaten höre ich von dir die immer gleichen Ausreden. Nächste Woche wirst du einen Tag freinehmen oder früher nach Hause kommen. Weißt du, wie oft das in diesen drei Monaten passiert ist? Genau ein Mal. Das war gestern Nachmittag, erinnerst du dich? Ich habe Zimtschnecken gebacken. Nicht mal die hast du angerührt, weil du eine Stunde später schon wieder aus dem Haus gestürmt bist. Ohne mir zu sagen, warum oder wann du zurück sein würdest.

Und als du dann kamst, bist du ohne ein Wort an mir vorbei ins Schlafzimmer gestapft. Keine Erklärung, keine Entschuldigung, gar nichts. Und heute komme ich nach Hause, und du bist wieder nicht da. Natürlich nicht. Inzwischen weiß ich auch, wieso.

Und weißt du, woher ich das weiß?

Von Charlotte. Ja, meine Tochter wurde heute früher von der Schule nach Hause geschickt. Sie hat mich aus dem Zimmer des Direktors angerufen und die ganze Zeit über geheult, als ich sie da abgeholt habe. Und weißt du, wieso? Ihre Mitschüler hatten sie auf das Übelste gemobbt, weil sie auf ihrer Facebook-Seite ein Foto von dir und Charlotte gefunden haben. Dein Gesicht, Lisa, aber das weißt du ja sicher, ist inzwischen nämlich richtig berühmt! Dein Vater hat ein Mädchen entführt und wer weiß was mit ihr an-

gestellt, aber du hältst es natürlich nicht für nötig, mir das zu erzählen.

Oder mir irgendwas zu erzählen.

Ich kann echt nicht mehr, Lisa, tut mir leid, aber ich bin raus. Ich bin Vater und habe bereits eine Familie. Eine Tochter, die ich über alles liebe. Um die ich mich kümmern muss. Und wie es aussieht, kann ich das nicht, solange ich hier bin.

Nicht mit dir an meiner Seite.

Es tut mir wirklich leid, dass du es auf diese Weise erfahren musst, aber nachdem ich heute Abend wieder zwei Stunden vergeblich auf dich gewartet habe, bin ich mir vorgekommen wie der letzte Vollidiot. Ich frage mich nur, warum mir das nicht früher aufgefallen ist. Egal, das war meine Schuld, ich hätte das wohl kommen sehen müssen.

Meinen Mietanteil für die nächsten vier Monate überweise ich dir morgen. Das sollte genügen, um die Kündigungsfrist zu wahren, falls du ausziehen willst. Bitte ruf mich nicht an oder versuche, mich anderweitig zu erreichen. Es ist aus mit uns.

Ich habe mich entschieden, und zwar für meine Tochter.

Du hast mir keine andere Wahl gelassen.

Alles Liebe,

Max

27

Als es klingelte, fuhr Lisa so heftig zusammen, dass sie beinahe von der Couch gerutscht wäre. Sie hätte nicht sagen können, wie lange sie schon auf den Brief gestarrt hatte. Die Zeilen in Max' säuberlicher Handschrift verschwammen vor ihren Augen. An einigen Stellen waren aus der Tinte des Kugelschreibers schwarze Blumen erblüht. Dort, wo ihre Tränen das Papier getroffen hatten.

Es klingelte noch einmal.

Lisa stand auf, faltete den Brief sorgfältig zusammen und legte ihn dann auf dem Couchtisch ab. Mit dem Handrücken wischte sie sich die Tränen von den Wangen und ging durch den Flur zur Tür, ohne auch nur darüber nachzudenken, wer das um diese Zeit sein mochte.

In diesem Moment dachte sie überhaupt nichts, ihr Gehirn war immer noch im Schockzustand, sie war wie betäubt, das alles schien sie gar nicht wirklich zu betreffen.

Nun wummerte es auch noch gegen die Tür.

Drängend, unnachgiebig.

Lisa öffnete die Tür.

Und stolperte einen Schritt zurück ins Haus. Vor

ihr stand ein Kerl in einem Anzug und richtete ein Mikrofon auf sie. Schräg hinter ihm schwebte das gigantische Linsenauge einer Kamera, umgeben von einer Aura taghellen Lichts, das ihr schmerzhaft in die Augen stach.

Lisa hielt sich die Hand vor die blinzelnden Augen, versuchte zu erkennen, was das zu bedeuten hatte.

»Stimmt es, dass Sie die Tochter von Robert Kern sind?«, brüllte sie der Kerl an. Über der Schulter des Mannes mit dem Mikrofon erkannte sie jetzt weitere Gestalten auf dem Rasen vor ihrem Haus. Weiße Kleinbusse parkten, dicht an dicht gedrängt, auf der Straße vor dem Grundstück, einer davon mitten auf der Fahrbahn. Auf die Seiten der Fahrzeuge waren die Logos verschiedener TV-Sender gedruckt.

»Haben Sie etwas von den heimlichen Neigungen Ihres Vaters gewusst?«, tönte der Kerl weiter. Seine Stimme hatte einen geradezu fröhlichen Unterton, als wäre das hier irgendeine Fernsehshow und er der Quizmaster, der ihr mitteilen durfte, dass sie soeben eine Weltreise gewonnen hatte oder den Kühlschrank mit dem extragroßen Gefrierfach.

»Was?« Lisas Kopf ruckte herum, das Licht blendete sie wieder. Irgendwo hinter ihr im Haus begann Shady, aufgeregt zu bellen. Der Kerl machte einen Schritt auf sie zu, versuchte offenbar, sich an ihr vorbei ins Haus zu drängen.

Lisa stieß ihn zurück.

»Hoppla!«, rief der Kerl und stolperte rückwärts,

wobei er theatralisch mit den Armen ruderte. Einen Moment später kapierte Lisa auch, wieso. Sein Kollege mit der Kamera nahm das alles auf, das würde prima Bilder in den Nachrichten geben. Seht her, die ist genauso gestört wie ihr Vater, und die haben sie beim BKA arbeiten lassen – kann man sich das vorstellen! Der Kerl mit dem Mikrofon beugte sich vornüber und hielt sich die Brust, als habe sie ihm gerade ein paar Rippen gebrochen. Und amüsierte sich offenbar prächtig dabei.

Als Lisa rief: »Verschwinden Sie von meinem Grundstück, sonst rufe ich die Polizei!«, kam selbst ihr das wie ein schlechter Witz vor. Dann schlug sie den Reportern die Tür vor der Nase zu.

Sollten sie *das* in den Nachrichten zeigen.

NOCH 6 TAGE BIS ZUM SPRUNG

28

Autobahn in der Nähe von Mainz

Lisa setzte den Blinker und fuhr auf die Ausfahrt. Der Zeiger der Tankanzeige des T5 bewegte sich schon seit geraumer Zeit auf den Buchstaben »R« zu, das Lämpchen mit dem Tanksäulen-Symbol leuchtete seit etwa dreißig Kilometern.

In der Nacht hatte sie immer wieder durch die Jalousien in der Küche gelinst und bemerkt, dass die Kleinbusse der Reporter immer noch dastanden, wenn nun auch einigermaßen gesittet auf dem Bürgersteig, wo sie sich zwischen die dort parkenden Autos gequetscht hatten. Die Anwohner des Sperlingswegs würden sich herzlich bedanken.

Gegen drei Uhr morgens war ihr schließlich klar geworden, dass sie in dieser Nacht – und vermutlich auch in den kommenden Nächten – sowieso keinen Schlaf mehr finden würde. Nicht in diesem Haus, das sie nun ganz allein bewohnte. Beziehungsweise mit Shady, die Max zurückgelassen hatte – der reine Hohn, und doch war sie für die Gesellschaft der Hündin dankbar. Vielleicht, weil diese sie nicht verurteilte, sondern immer mit dem gleichen treu ergebenen Blick ansah. Es stimmte wohl, das mit dem besten Freund des Menschen.

Ein paar Minuten nach drei Uhr war sie, einen Rucksack mit Klamotten und Hundefutter auf dem Rücken, durch die Hintertür des Wohnzimmers hinaus in den Garten geschlüpft und hatte sie von außen leise zugedrückt. Dann war sie an der Seite ihres Hauses entlanggeschlichen und hatte in Richtung Straße gespäht. Shady war dabei nicht von ihrer Seite gewichen, ein gefleckter Schatten, geräuschlos und flink. Offenbar hatte auch die Hündin den Ernst der Lage begriffen.

Auf der Straße hatte sich nichts geregt, aber die Typen waren vermutlich wie eine Horde Zombies. Beim leisesten Geräusch würden sie aus ihrem Schlummer erwachen, um wieder Jagd auf sie zu machen. Nach der Sache mit der zugeschlagenen Haustür hatten sie anscheinend erst so richtig Blut geleckt.

Im Schutze einer mehr als dürftigen Dunkelheit – die Gärten der Häuser entlang des Sperlingsweg waren bestens von diversen Straßenlampen ausgeleuchtet – war Lisa zu ihrem T5 gehuscht, Shady dicht zu ihren Füßen.

Ohne das Licht anzuschalten, war der Kleinbus Sekunden später aus der Einfahrt geschossen, bevor noch einer der Belagerer die Situation begriffen hatte. Im Höchsttempo war sie den menschenleeren Sperlingsweg entlanggehämmert und ein paar Minuten später im nächtlichen Stadtverkehr von Wiesbaden verschwunden.

Niemand war ihr gefolgt.

Eine Stunde lang war sie einfach ziellos herumgefahren, war im Kopf alle möglichen Szenarien durchgegangen, wobei sich die wesentliche Idee ihrer Zukunftsplanung darum gedreht hatte, in einem Erdloch zu verschwinden und frühestens in ein paar hundert Jahren wieder aufzutauchen.

Dann war ihr die zweitbeste Lösung eingefallen, und seitdem war sie auf dem Weg zu Doc.

Kein Erdloch zwar, aber ein fast ebenso gutes Versteck. Das war es zumindest gewesen, als sie das letzte Mal zu ihm geflüchtet war, damals mit sechzehn, als ihre Welt schon einmal in Trümmern gelegen hatte. Außerdem war Doc ein Typ, der notfalls auch mit diesen Reportern fertigwerden würde – selbst wenn das ein paar Anzeigen wegen Körperverletzung nach sich ziehen würde.

Lisa fuhr an eine der Zapfsäulen und stellte den Motor ab. Für einen Moment überlegte sie, ob sie sich vielleicht eine Sonnenbrille und eine Baseballkappe kaufen und diese künftig aufsetzen sollte, wenn sie sich in der Öffentlichkeit bewegte – fraglos schmückte ihr Gesicht mittlerweile die Titelseite so manchen Boulevardblatts. Der Vorfall gestern Abend hatte dies mehr als deutlich gemacht.

Sie stieg aus, blickte sich um, aber niemand schien sich für sie zu interessieren, also verwarf sie den Gedanken an eine Verkleidung zunächst wieder. Sie tankte, ließ den Diesel in die Tanköffnung laufen, bis die Anzeige auf der Zapfsäule einen erschreckend hohen Betrag anzeigte und der Füllstutzen endlich klickte. Shady beobachtete sie dabei aufmerksam durch die Fensterscheibe, und Lisa versprach ihr in Gedanken ein ganz besonderes Leckerli, falls es in der Tankstelle so was geben sollte.

Dann ging sie rein, um zu bezahlen.

Wie sich herausstellte, gab es überhaupt keine Leckerlis, zumindest nicht für Hunde. Stattdessen jede Menge ungesunden Zuckerkram und zwei verloren wirkende Bockwürste in einem Glastopf, die aussahen, als harrten sie schon mindestens eine Woche so tapfer wie vergeblich in ihrem Dampfbad aus.

Lisa beglich ihre Rechnung, ja, nur Säule drei, und nein danke, sie wünschte keine Rabattpunkte, Gutscheine oder die Chance, einen Kaffee aufs Haus zu gewinnen, wenn sie der Frau an der Kasse ihr Geburtsdatum und ihre aktuelle Wohnadresse verriet.

Sie drehte sich um, um den Shop zu verlassen, als es passierte.

»He, sind Sie nicht diese Polizistin? Diese Lisa Kern?«, rief ein Kerl quer durch die frühmorgendliche Tankstelle. Lisa sah gar nicht hin, sondern ging einfach weiter, aber es war schon zu spät.

»Hey, das ist Lisa Kern, Leute, die Tochter von dem Kinderficker!«, rief der Kerl mit erhobener Stimme. Köpfe drehten sich in ihre Richtung. Müde, stumpfe Gesichter. Doch in einigen regte sich bereits so etwas wie Erkennen. Offenbar waren das diejenigen, die gelegentlich Nachrichten schauten oder eine Zeitung lasen.

Dann war der Typ bei ihr. Packte sie am Arm und rief: »Das sind Sie doch, oder? Sie sind die Tochter von diesem Irren! Ja, Leute, sie ist es wirklich, ich bin sicher!«

Lisa versuchte, sich loszumachen, aber der Kerl hatte einen starken Griff. Dazu einen Atem, der gleich aus drei Duftnoten bestand: Minzbonbons, abgestandenem Kaffee und einem wirklich üblen Mundgeruch. Er trug eine abgewetzte Jeansjacke und dazu Cordhosen, die unförmig um seine Beine schlackerten. Als Lisa ihm ins freudig erregte Antlitz blickte, hatte sie den Eindruck, in das Gesicht eines Kindes zu schauen, das gerade einen besonders schwierigen Level in seinem Lieblings-Computerspiel geknackt hatte. Ja, genau das war das für den Kerl hier, das wurde ihr in diesem Moment klar.

Ein Spiel.

Jemand hatte ihr eine Zielscheibe an den Rücken gepinnt, und jetzt ballerten alle drauflos, einfach so.

Nur zum Spaß.

Da der Kerl sie immer noch festhielt, gab Lisa ein bisschen nach und kam ihm ein Stück entgegen. Vom plötzlichen Nachlassen des Widerstands überrascht, stolperte der Mann einen kleinen Schritt zurück. Der Griff um ihren Arm löste sich, und Lisa bekam ihn endlich frei.

Blitzschnell packte sie den Unterarm des Mannes

mit beiden Händen. Ein fester Griff um sein Handgelenk, den Ballen der anderen Hand gegen seinen Ellenbogen. Eine kurze Drehung, und der Mann schrie auf, während er dem Schwung seiner eigenen Bewegung folgte, ohne noch etwas dagegen tun zu können.

Er krachte mitten in ein Süßigkeitenregal, was einen farbenfrohen Regen aus Schokoriegeln und Bonbontüten nach sich zog, während Mann und Regal gleichermaßen zu Boden gingen.

Lisa stieß die Tür auf und rannte zu ihrem Auto, doch da schoss ein weißer Golf heran und bremste mit quietschenden Reifen ab, sodass er schräg vor der Motorhaube des T5 zum Stehen kam. Beinahe wie Polizisten das tun würden, schoss es Lisa durch den Kopf.

Aber eben nur beinahe.

Die beiden vorderen Türen des Golfs flogen auf, und ein Mann und eine Frau sprangen aus dem Auto.

»Stehen bleiben!«, riefen sie durcheinander, und dann irgendwas von einer zivilen Festnahme. Beinahe hätte Lisa laut aufgelacht. Eine zivile Festnahme durfte theoretisch jeder Bürger vornehmen, der eine Straftat beobachtete und den Täter zweifelsfrei identifizieren konnte. Um ihn an der Flucht zu hindern, war es sogar erlaubt, den Verdächtigen bis zum Eintreffen der Polizei aktiv festzusetzen und dabei auch auf ein gewisses Maß an körperlicher Gewalt zurückzugreifen, ohne später wegen Freiheitsberaubung oder Körperverletzung angezeigt zu werden.

Wie der Passant, der dem Handtaschenräuber ein Bein stellt.

Man konnte sich leicht vorstellen, wie oft so etwas in der Praxis tatsächlich vorkam, in einer Welt, in der Handtaschenräuber nicht selten bewaffnet und mit einer gewissen Wahrscheinlichkeit auf irgendwelchen Drogen waren.

Aber nun hatten sich offenbar ein paar aufgebrachte Bürger dazu entschlossen, Polizei zu spielen, und zwar mit einer Polizistin. Und das, obwohl sich Lisa nicht der geringsten Schuld bewusst war – sah man davon ab, dass sie ein Monster zum Vater hatte.

Lisa erreichte die Fahrertür des T5, riss sie auf – und konnte gerade noch dem herausschießenden Fellknäuel ausweichen, das mit einem lauten Kläffen auf die Motorhaube des weißen Golf sprang und begann, Lisas Verfolger mit gefletschten Zähnen anzuknurren.

Guter Hund, dachte Lisa, als sie hinter den Sitz schlüpfte und den Motor anließ.

Shady bellte noch einmal, und die beiden Möchtegern-Vigilanten wichen ein wenig zurück. Nun sahen sie nicht mehr ganz so entschlossen aus.

Ein Blick in den Rückspiegel verriet Lisa, dass sie nicht zurücksetzen konnte. Hinter ihr stand ein gigantischer Camper mit niederländischem Kennzeichen. Dessen Fahrerkabine war leer – offenbar war der Fahrer gerade dabei zu bezahlen.

Lisa stieß einen Pfiff aus, und Shady legte eine 180-Grad-Drehung auf der weißen Motorhaube hin, sprang hinunter auf die Straße und war mit einem Satz wieder im T5.

Lisa zog die Tür hinter ihr zu, dann trat sie aufs Gas.

Wären ihre beiden Verfolger echte Polizisten gewesen, hätten sie ihren Wagen direkt vor Lisas Bus geparkt und nicht schräg daneben. Doch diese beiden hatten ihr halbherziges Manöver nicht zu Ende geführt und dadurch eine große Lücke zur Betonumrandung der Zapfsäule gelassen.

Eine *ausreichend* große Lücke, wie Lisa hoffte.

Als die Stoßstange von Lisas zwei Tonnen schwerem Kleinbus auf den vorderen rechten Kotflügel des Pkw krachte, schob sie das kleinere Fahrzeug einfach beiseite. Blech bog sich quietschend, Plastik splitterte und verteilte sich in einem bunt schillernden Regen in alle Richtungen, als die Scheinwerferabdeckung des Golfs barst – und dann war sie durch, wie ein Eisbrecher durch eine meterdicke Eisscholle.

Lisa trat aufs Gas.

Ein letzter Blick in den Rückspiegel zeigte ihr, dass das Pärchen, das aus dem Golf gesprungen war, nun dabei war, kopflos um das verschobene Gefährt herumzurennen – unentschlossen, ob sie zunächst den Schaden evaluieren oder vielleicht doch versuchen sollten, ihrer Beute trotz eingedelltem Kotflügel nachzusetzen.

Dann gesellte sich der Typ mit der Jeansjacke dazu, der sich wohl inzwischen aus der Umklammerung des Süßigkeitenregals befreit hatte. Auch er schaute mit ungläubig aufgerissenen Augen zwischen seinen Gefährten und dem sich schnell entfernenden schwarzen Kleinbus hin und her.

Lisa jagte den T5 über den Parkplatz, schoss auf die Auffahrt und verschmolz dann wieder mit der rasenden Blechschlange auf der Autobahn. Bis zu Docs Werkstatt würde sie es ohne einen weiteren Zwischenstopp schaffen, hoffte sie.

29

BKA-Hauptsitz Wiesbaden, Thaerstraße
Büro von Kriminaldirektor Andreas Möller

»Das ist eine verdammte Katastrophe, Gero!«, tobte Möller.

Wobei sich der körperliche Anteil seines Tobens rollstuhlbedingt in Grenzen hielt, aber jeder, der ihn etwas besser kannte, wusste, dass es nicht gut um die Laune des Abteilungsleiters bestellt war, wenn er die Worte zwischen fast geschlossenen Zähnen hervorpresste.

Steiger musste sich bisweilen zu ihm herunterbeugen, um überhaupt etwas zu verstehen. Dabei starrte Möller die ganze Zeit auf die Bürotür gegenüber seinem Schreibtisch, als wolle er versuchen, sie allein durch die Intensität seines Blickes aus den Angeln zu sprengen.

Während er weitersprach, sah er Hauptkommissar Gero Steiger nicht ein einziges Mal an, und im Grunde war das diesem auch am liebsten so. Man wollte diesem Blick nicht direkt ausgesetzt sein. Und schon gar nicht wollte man die Ursache für diesen Blick sein, aber zumindest in dieser Hinsicht hatte Steiger sich im Moment nichts vorzuwerfen.

In der Wohnung des jüngst verstorbenen Kollegen Dietmar Böhm hatte man außer einigen recht eindeutigen Beweisen für die sexuellen Neigungen des Kollegen noch etwas entdeckt, das die Sache sozusagen auf die Spitze trieb.

Als der Rechtsmediziner bei seiner Untersuchung die von der Leichenstarre geballte Faust des Toten geöffnet hatte, hatte er darin drei blonde Haare gefunden. Einer Eingebung folgend, oder auch schlicht aus jahrelanger Erfahrung mit allen möglichen abseitigen Varianten sexuellen Vergnügens, hatte er einen DNS-Abgleich mit den Haaren veranlasst, die man der Haarbürste von Anneke Jaspers entnommen hatte. Dieselben Haare, die auch im Kofferraum von Robert Kerns Wagen gelegen hatten.

Das Ergebnis war eindeutig gewesen, die Haare stammten von Anneke Jaspers.

Unterm Strich legte das nahe, dass ihr Kollege und Möllers potenzieller Nachfolger Dietmar Böhm neben seiner Vorliebe für sexuell motivierte Atemregulierung, während er die Bilder toter Menschen betrachtete, auch noch wichtiges Beweismaterial vom Tatort entfernt hatte – schlicht, um damit seine sexuelle Lust zu steigern. Ob er die Haare aus der Bürste entfernt oder ein paar aus dem Kofferraum von Kerns Wagen hatte mitgehen lassen, konnte man nicht sagen, aber letztlich spielte das auch keine Rolle.

»Sich das vorzustellen«, knurrte Möller. »Da hat man so einen Menschen jahrelang unter sich. Hält ihn für einen zuverlässigen Polizisten. Einen von den Guten, verstehen Sie, Gero? Einer von den *Aufrechten*!«

Steiger nickte. Er verstand. Nur zu gut.

»Und dann so was«, fuhr Möller kopfschüttelnd fort. Schwieg. Starrte hasserfüllt den Türknauf an. Schließlich hob er den Kopf. »Der Kerl war ein völlig kaputter Typ, Gero.«

Wieder nickte Steiger. »Das muss wohl schon seit Jahren so gegangen sein«, wiederholte er die Vermutung, die der Rechtsmediziner heute Morgen ihm gegenüber geäußert hatte. »Man steigert sich in so was rein, braucht den immer größeren Kick …«

»Ich will's gar nicht wissen«, unterbrach ihn Möller, und Steiger verstummte. »Verdammt, ich kann das doch verstehen. Dass man mal über die Stränge schlägt, mit dem Alkohol, von mir aus, oder den Weibern. Das macht das Adrenalin, du kommst dir an drei Abenden im Jahr vor wie ein Held, und die restlichen dreihundertzweiundsechzig fühlst du dich wie der letzte Dreck. Ich meine, gucken Sie sich das doch mal an. Wie viele von uns haben eine Scheidung hinter sich oder stehen kurz davor, hm? Es macht einen fertig, dieser ewige Kampf gegen Windmühlen.«

»Windmühlen?«, fragte Steiger.

»Ist doch so«, schnaubte Möller. »Da ermittelst du jahrelang, völlig unterbesetzt und die Technik von vorgestern auf deiner Seite, hurra! Und dann, mit ganz viel Glück, erwischst du einen der wirklich üblen Burschen. Und dann? Dann haben sie die besseren Anwälte, ein ganzes Dutzend davon, wenn es sein muss, Geld spielt ja keine Rolle für die Burschen. Und wenn du sie, trotz allem, tatsächlich mal für ein paar Jährchen hinter Gitter steckst, ist am nächsten Tag sofort wieder jemand da, der ihren Platz einnimmt. Ich meine, wozu das Ganze? Sagen Sie mir das mal, Gero.«

Gero konnte es ihm nicht sagen. Aus Prinzip vielleicht? Um wenigstens ein *bisschen* Ordnung ins Chaos zu bringen, damit die Welt nicht komplett in Scheiße versank? Was aber, wenn Möller recht hatte und das schon längst passiert war?

»Jedenfalls haben wir jetzt ein ausgewachsenes Debakel am Hals«, wechselte Möller das Thema. »Und das ausgerechnet nach dem Reinfall mit diesem Kern. Dass wir den Typen aus dem Verkehr gezogen haben, wird uns auch nicht den Arsch retten in den Augen der Öffentlichkeit. Nicht jedenfalls, bis wir dieses Mädchen gefunden haben, Anneke.«

Steiger nickte. Genau wie Möller war er schon lange genug Polizist, um sich in dieser Hinsicht keine allzu großen Illusionen mehr zu machen. Vermutlich würden sie das Mädchen tatsächlich irgendwann finden. Aber dass sie dann noch lebte, war jetzt schon äußerst unwahrscheinlich. Vermutlich hatte Kern sie einfach irgendwo verscharrt, und das vielleicht schon Tage, bevor sie seiner habhaft geworden waren. Statistisch gesehen wurden Entführungsopfer innerhalb der ersten vierundzwanzig Stunden umgebracht, danach sanken ihre Überlebenschancen mit jeder weiteren Stunde, die verging, rapide.

Das erklärte vermutlich auch den Suizid des Entführers. Kern war klar gewesen, dass er keinerlei Trümpfe mehr in den Händen hielt. Und er musste eine Vorstellung davon gehabt haben, was ihm als pädophilen Mörder im Knast geblüht hätte.

Er hatte den einfachen Ausweg gewählt.

»Unsere Pressestelle setzt gerade eine Kondolenzbotschaft auf«, sagte Möller. »Wir werden Böhm als großen Helden feiern. Einer plötzlichen Krankheit erlegen, niemand hat das kommen sehen. Vorzüglicher Polizist, mitten aus dem Leben gerissen und so weiter. Etwas in der Richtung.«

»Wie bitte?«, fragte Steiger. Er traute seinen Ohren nicht.

»Na, was schlagen Sie denn vor, das wir stattdessen schreiben sollen, hm?«, entgegnete Möller. »Etwa die Wahrheit? Wir verabschieden uns in Trauer von unserem Kollegen, der sich an Tatorttrophäen und den Bildern von Toten aufgegeilt hat und dann dumm genug war, sich während eines seiner Sadomaso-Spielchen selbst umzubringen?«

Steiger schwieg.

»Aber damit enden unsere Probleme noch lange nicht«, sagte Möller. »Ich begreife einfach nicht, wie die Presse so schnell Wind von Kerns Verhaftung bekommen konnte. Herrgott, die haben sogar seine Tochter mit reingezogen. Lisa, ein anständiges Mädel. Gute Polizistin, mit Potenzial.«

Auch darauf wusste Steiger keine Antwort.

»Ich musste sie jetzt natürlich beurlauben«, sagte Möller und atmete geräuschvoll aus. »Die Politik geht mal wieder vor. Public Relations und der ganze Mist, die Wahrnehmung des BKA in der Öffentlichkeit, habe ich mir alles in den letzten paar Stunden zigmal von allen möglichen Leuten anhören dürfen, bis rauf zum Minister. Hat aber nichts genützt, die Zeitungsfritzen sind trotzdem über Lisa hergefallen wie eine Meute hungriger Wölfe. Durfte ich mir heute Morgen alles brühwarm im Fernsehen anschauen. Der Minister hat getobt, Gero. Der hat mir am Telefon die Ohren vollgebrüllt wegen dieser Sache. Ich hab noch nie erlebt, dass der Mann derart ausgerastet ist.«

Steiger pfiff leise durch die Zähne. »Aber woher wussten die das überhaupt?«, fragte er dann. »Die Presse, meine ich.«

»Ja, eben!«, rief Möller und schlug mit der flachen Hand auf den Tisch. »Irgendwer muss denen was gesteckt haben, ist doch klar.«

»Sie glauben, wir haben ein Loch?«, fragte Steiger ungläubig. »Eine undichte Stelle, hier, in der Abteilung?«

»Ja, Gero, das haben wir, ein Riesenloch, und zwar eins mit einem großen A vorn dran«, brummte Möller. »Wenn das so weiter geht, werden uns diese Schmierfinken noch komplett demontieren. Die lassen uns ja jetzt schon wie Idioten aussehen, und natürlich waren sie sich nicht zu fein, bei der Gelegenheit diesen ganzen NSU-Mist auch gleich wieder auszugraben. ›Ist das BKA ein Haufen von Verschwörern oder doch nur eine Ansammlung völlig inkompetenter Schwachköpfe?‹ Das ist so ungefähr der Grundtenor der heutigen Presseschau.«

»Oh Mann«, stieß Steiger hervor. Er brauchte eine Zigarette, und zwar dringend.

»Aber keine Angst, ich kriege schon raus, wer da geredet hat, lassen Sie das mal ruhig meine Sorge sein.« Ein Glitzern war in Möllers Augen aufgetaucht, das nichts Gutes für denjenigen verhieß, der seine Klappe nicht hatte halten können. »Aber Sie schärfen bitte allen ein, dass in der Sache Böhm kein Wort an irgendwen geht, absolutes Schweigen ist das Gebot der Stunde. Wenn uns das auch noch um die Ohren fliegt, können wir hier einpacken, dann machen sie die ganze Abteilung dicht!«

Steiger sah seinen Chef entgeistert an. »Ist das Ihr Ernst?«

»Komme ich Ihnen vielleicht so vor«, entgegnete

Möller mit bedrohlich leiser Stimme, »als würde ich Witze machen, Gero?«

30

Doc's Bike Shop, irgendwo auf dem Land in der Nähe von Mainz

Nach einer gut zwanzigminütigen Fahrt über eine Buckelpiste, die nur mit sehr viel gutem Willen die Bezeichnung Straße verdiente, hatte Lisa schließlich den flachen Ziegelbau erreicht, in dem sich die Motorradwerkstatt von Doc befand. Das Gelände um die Werkstatt war mit einem übermannshohen Zaun versehen, an dessen oberem Ende sich gerollter Stacheldraht entlangzog, und alle paar Meter hingen Schilder, deren Inhalt im Wesentlichen auf die Empfehlung hinauslief, sich schleunigst zu verpissen.

Wenn man das lang gestreckte Gebäude von außen sah, drängte sich einem kaum der Gedanke auf, dass es sich hierbei um so etwas wie ein Ladengeschäft handeln könnte. Abgesehen von einem verbeulten Blechschild, das für die Motorradmarke Harley Davidson warb, hätte es genauso gut ein Kuhstall oder – aufgrund der martialisch wirkenden Umgrenzung – vielleicht auch ein geheimer Militärstützpunkt sein können. Lisa bezweifelte jedoch, dass sich überhaupt viele Leute vor das große metallene Rolltor verirrten, vor dem sie jetzt stand.

Sie hupte ein paarmal, dann stieg sie aus und ging zum Tor, um von dort in die Kamera zu winken, die über dem linken Pfosten angebracht war, wie sie wusste. Shady folgte ihr und besah sich dabei mit großem Interesse die karge Umgebung. Docs Werkstatt stand auf einer etwa zwei Hektar großen Brachfläche, dahinter begann schon der Waldrand.

Richtig idyllisch war es hier. Zumindest, wenn man auf absolute Abgeschiedenheit stand. Und im Moment tat Lisa das durchaus.

Der Schaden an der Stoßstange des T5 war kaum der Rede wert, stellte sie mit grimmiger Befriedigung fest. Der Golf in ihrem Rückspiegel hatte deutlich übler ausgesehen, auch wenn ihr das jetzt möglicherweise eine Anzeige wegen Verursachung eines Sachschadens mit anschließender Fahrerflucht einbringen mochte. Und wenn schon. Immerhin war sie nicht diejenige gewesen, die ihr Auto so dämlich geparkt hatte.

Aus Richtung des Hauses, wo sich eine Stahltür geöffnet hatte, kam jetzt ein wahrer Bär von Mann auf sie zugehumpelt. Seit einem schweren Motorradunfall wurde Docs rechtes Bein hauptsächlich von drei Metallschienen aus Chirurgenstahl und einem guten Dutzend Schrauben zusammengehalten – und dabei hatte er noch Glück gehabt.

Seitdem fuhr er zwar nicht mehr aktiv mit seinen Bikerkumpels von den *Flaming Skulls*, aber diese schauten dennoch häufig bei ihm vorbei. Etwas zu reparieren gab es schließlich immer, und Doc war einer der besten Bastler, die je ein Getriebe zerlegt hatten. Sein Kühlschrank war außerdem stets mit reichlich Bier bestückt, und er war im Allgemeinen ein Kerl, mit dem sich gut auskommen ließ, wenn man ihm nicht auf die Nerven ging.

Insofern war Doc nicht wirklich ein Mann, der die Einsamkeit liebte, das hatte er Lisa vor vielen Jahren einmal gesagt. Er legte lediglich Wert darauf, sich ausschließlich mit den *richtigen* Leuten zu umgeben.

»Bist du das wirklich, Gör?«, wummerte seine Stimme über den Hof, während er im Eiltempo auf das Tor zu humpelte. Unter seinem Vollbart blitzte ein breites Grinsen auf.

Lisa nickte lächelnd. Ja, sie war es wirklich. Kaum zu fassen, dass sich ausnahmsweise auch mal jemand über diesen Umstand freute, aber definitiv eine schöne Abwechslung zu den Ereignissen der letzten Tage.

Doc holte ein kleines Plastikkästchen aus der Tasche seines Blaumanns, fuchtelte damit herum, und schließlich begann das Tor, sich rasselnd auf seinen Schienen zu öffnen.

Doc trat hindurch, und Lisa lief ihm entgegen, um ihm weitere Schritte zu ersparen. Er ließ es sich nicht anmerken, aber jeder Schritt verursachte ihm noch heute höllische Schmerzen. Damals hatte sie ihn manchmal nachts vor Schmerzen leise wimmern hören. Und es gehörte einiges dazu, Doc zum Wimmern zu bringen.

Sie umarmten sich, und als sie in seinen gewaltigen Armen verschwand, schloss sie die Augen und lehnte sich an ihn.

War für einen Moment wieder Lisa, die Ausreißerin, das *Gör*, fast noch ein Kind, beinahe schon eine junge Frau, und doch schon zerschlagen und kaputt vom Leben. Doc war einer der wesentlichen Gründe dafür gewesen, dass es ihr damals gelungen war, sich Schritt für Schritt wieder zusammenzubauen. Weiter zu kämpfen gegen die sichtbaren und unsichtbaren Windmühlen des Lebens.

Sein Bart kitzelte sie am Ohr, er roch nach Motoröl, Schweiß und Zigarettenrauch. In diesem Moment fand Lisa, dass es der beste Duft war, den man sich vorstellen konnte.

Besser als jedes Deo oder Eau de Toilette.

Ruhe breitete sich in ihr aus. Die Gewissheit, dass alles gut werden würde. Genau wie damals, als er sie, ohne ein unnötiges Wort zu verlieren oder ihr irgendwelche Fragen zu stellen, einfach hereingebeten und ihr die Couch gezeigt hatte, wo sie schlafen konnte. Bleib, so lange du willst, hatte er gesagt. Bier und was zu essen ist im Kühlschrank.

Einfach so.

Sie war fast drei Jahre bei ihm geblieben und hatte ihn auch später oft besucht, wenn ihre Zeit das zuließ.

Und sich gelegentlich gefragt, warum sie nicht einen Mann wie Doc als Vater hatte haben können.

Als Docs Arme sie schließlich wieder freigaben, sah sie etwas in dem Augenwinkel des riesenhaften Mannes glitzern, während er unter seinem gewaltigen schwarzen Vollbart auf sie heruntergrinste. Mit einer beiläufigen Bewegung seiner Pranke wischte er es weg.

»Mensch, freu ich mich, dich mal wieder zu sehen, Gör«, brummte er. Auch dieser Spitzname stammte aus der Zeit, als sie ihm in der Werkstatt ausgeholfen hatte, und sie hatte es nie als ein Schimpfwort empfunden, eher als ein Zeichen seiner Anerkennung.

»Geht mir ähnlich, du alter Brummbär«, sagte Lisa und grinste zurück. Shady gab ein kurzes Bellen von sich. Docs Blick wandte sich ihr zu.

»Wen hast du denn da mitgebracht, hm?«, fragte er die Hündin, die sich sichtlich über seine Aufmerksamkeit freute. Sie kläffte den Riesen an und wedelte fröhlich mit dem Schwanz.

»Sie heißt Shady«, sagte Lisa, während Doc sich vorbeugte und dem Tier seine Hand zum Schnuppern hinhielt, was die Hündin auch sogleich ausgiebig tat.

»Scheiße«, sagte Doc. »Was ist nur mit meinen Manieren los? Komm rein, Lisa. Stell deine Karre auf dem Hof ab, und dann setzen wir uns hin und du erzählst mir alles.«

»Alles?«, fragte Lisa mit hochgezogener Augenbraue.

Doc zuckte mit den Schultern. »Alles, was du mir erzählen willst, Gör. Deshalb bist du doch hier, oder?«

Sie nickte. Dann fragte sie: »Sag mal, kann ich den Bus vielleicht lieber in die Garage fahren? Nur für den Fall.«

Jeder andere hätte vermutlich wissen wollen, was für einen Fall genau sie damit meinte. Warum sie es für besser hielt, wenn man ihren Wagen von der Straße aus nicht sehen konnte, hier in dieser gottverlassenen Gegend. Doc hingegen zuckte nur mit den Schultern und sagte: »Klar. Fahr ihn schon mal vors Tor, ich mach dir gleich von innen auf.«

31

Lisa hatte Kaffee aufgesetzt, in Doc-Stärke – das hieß, mit zwei gut gehäuften Dosierlöffeln pro Tasse –, und sich dann an den Tisch gesetzt, wo Doc derweil frisches Brot aufschnitt. Dazu gab es Käse und Schinken vom Stück. Nichts davon sah aus, als stamme es aus einem Supermarkt. »Hab ich von einem Bauern, der hier um die Ecke wohnt«, erklärte Doc, als er Lisas anerkennenden Blick bemerkte. »Hab seinen Traktor wieder flottgemacht, seitdem überhäuft er mich mit dem Zeug. Lang zu, Lisa.«

Und das tat sie.

Erst jetzt fiel ihr auf, wie hungrig sie war; sie hatte seit dem gestrigen Mittagessen nichts mehr gegessen. Eine Weile kauten sie schweigend, und als der Kaffee durchgelaufen war, stand Lisa auf und schenkte zwei große Emaillebecher voll, auf welchen sich leicht bekleidete Damen im Pin-up-Look an überdimensionale Zündkerzen schmiegten.

Sie stießen an und tranken von dem heißen Gebräu, dann begann Lisa zu erzählen. Doc hörte zu und unterbrach sie kein einziges Mal, während sie sich alles von der Seele redete, das ihr in den letzten achtundvierzig Stunden zugestoßen war.

Eine steile Talfahrt, die mit der Festnahme ihres Vaters als Hauptverdächtigem einer Kindesentführung begonnen und schließlich in ihrer eigenen Flucht vor einem aufgebrachten Mob geendet hatte.

Als sie fertig war, schüttelte Doc bedächtig seinen mächtigen Kopf. Seine langen Haare wurden wie immer von einer schwarzen Baseballkappe im Zaum gehalten, die er sich mit dem Schirm nach hinten aufgesetzt hatte.

»Glaub ich nicht«, sagte er.

»Was?«, fragte Lisa und hätte sich beinahe an ihrem Kaffee verschluckt. »Was davon glaubst du mir nicht?«

»Nein, nicht dir, Lisa, das hab ich nicht gesagt. Ich glaube aber nicht, dass dein Vater das getan hat, was sie ihm vorwerfen. Und ich hab auch so meine Mühe, mir vorzustellen, dass er sich im Knast den Strick genommen haben soll, dafür war er einfach nicht der Typ, meiner Meinung nach. Er ist immerhin ein halbes Jahr mit uns gefahren, für seine Reportage damals. Herrgott, Lenny hat ihm die Kutte der Flaming Skulls überreicht, ehrenhalber. Glaubst du vielleicht, die drücken wir jedem dahergelaufenen Spinner in die Hand?«

»Das war alles, bevor Mama gestorben ist, Doc. Du weißt, was danach aus ihm geworden ist.«

Doc schien zu überlegen.

Er nahm einen großen Schluck aus seiner Tasse, vielmehr: Schüttete deren kochend heißen Inhalt in seine Kehle, als hätte er da drin zentimeterdicke Hornhaut.

Dann sagte er: »Ja, Lisa, das weiß ich. Er ist über die Klippe gegangen. Der verdammte Alk. Und er hat dich sitzen lassen, das war unverzeihlich, keine Frage. Ich hab ihm damals ordentlich die Meinung gegeigt, das kannst du mir glauben. Hab mich extra von einem der Jungs nach Wiesbaden fahren lassen dafür. Ich hab gesehen, wie er da aussah. Wie seine Bude aussah. Heilige Scheiße, und bis dahin hatte ich geglaubt, bei mir wäre es chaotisch. Der hat richtig im Dreck gelebt, Lisa, war vollkommen abgestürzt. Hat sich meinen Vortrag angehört und dabei so erbärmlich gezittert, dass ich dachte, der Kerl hat keine drei Monate mehr vor sich.«

Lisas Augen füllten sich mit Tränen.

»Scheiße«, brummte Doc und griff nach ihrer

Hand. »Das hab ich nicht gewollt, tut mir leid, Kleines.«

»Nein«, sagte sie und wischte die Tränen weg. »Du hast ja recht. Ich … ich wusste nur nicht, was ich noch tun sollte. Er kam einfach nicht los von dem Scheißzeug. Nichts war ihm wichtiger als das. Nicht mal ich. Besonders nicht ich.«

»Ja«, sagte Doc. »Ich weiß. Und was das betrifft, hast du das in meinen Augen einzig Vernünftige getan: Du bist abgehauen, bevor er dich da auch noch reinziehen konnte. Aber genau deshalb glaub ich diesen Unsinn nicht, von wegen Kindesentführung.«

»Wie kannst du dir da so sicher sein, Doc?«, fragte Lisa. »Nachdem du gesehen hast, wie es bei uns zu Hause aussah. Was der Alkohol aus ihm gemacht hatte.«

»Ja«, sagte Doc. »Aber das war vor über zehn Jahren. Er war hier, weißt du? Muss jetzt drei Wochen her sein, ungefähr.«

»Was?«

Doc nickte. »Er hatte mich angerufen. Hat gefragt, ob wir uns treffen können. Das fand ich reichlich seltsam, nach all den Jahren. Aber er hatte ja noch die Kutte, war offiziell einer von uns, ein *Skull.* Und ich hab mich irgendwie ja auch gefreut, mal wieder von ihm zu hören. Dass er überhaupt noch lebte. Außerdem sprach er da vollkommen klar. Vernünftig. Sagte, er sei jetzt trocken, und es klang, als wäre es wahr. Also hab ich gesagt, klar, komm her. Das war ich ihm schuldig, verstehst du, als ein *Skull*-Bruder. Trotz allem.«

»Und worüber wollte er mit dir reden?«

»Na ja, das war merkwürdig«, sagte Doc kopfschüttelnd. »Er fragte mich, rein hypothetisch natürlich, was man unternehmen müsste, um einen Menschen verschwinden zu lassen. Also komplett, für immer.«

»Was?«, fragte Lisa stirnrunzelnd. »Machst du Scherze? Er wollte, dass du jemanden …«

»Nein«, sagte Doc hastig. »Nicht so was, er wollte keinen umbringen! Ich glaube, er wollte vielmehr wissen, ob es heutzutage noch realistisch möglich ist, vom Radar zu verschwinden, in den Untergrund zu gehen. Im Zeitalter von Überwachungskameras überall und Smartphones und diesem ganzen Scheiß.«

»Und?«

»Ich hab ihm gesagt, das geht schon. Und dass man dazu am besten erst mal den eigenen Tod vortäuscht. Was keiner sucht, kann keiner finden, verstehst du?«

»Was?« Nun kapierte Lisa gar nichts mehr, denn vorgetäuscht war am Tod ihres Vaters mit Sicherheit gar nichts. »Und wozu wollte er das wissen?«

»Keine Ahnung«, sagte Doc und zuckte mit den massigen Schultern. »Da war er ganz geheimnisvoll. Ich nehme an, für irgendeine Recherche.«

»Und?«

»Na, ich hab ihm gesagt, das ist nicht so einfach. Natürlich braucht man eine Leiche, ist ja klar. Denn ohne Leiche wird man auch nicht für tot erklärt, jedenfalls nicht gleich, das kann Jahre dauern. Dann muss man dafür sorgen, dass niemand den Schwindel merkt, und da gibt's so einiges zu beachten. Größe und Statur müssen stimmen, und man müsste dafür sorgen, dass keiner mehr das Zahnprofil abgleichen kann, ganz zu schweigen von Fingerabdrücken und so weiter. Also am besten ein Brand, aber der müsste schon sehr heiß sein. Oder eine Explosion. Außerdem braucht man Papiere, eine neue Identität …«

»Woher weißt du so was, Doc?«, fragte Lisa.

»Ist ein Hobby von mir. Ich bin ein True-Crime-Freak, schon seit Jahren. Habe mir alles über die großen Serienkiller besorgt. Jeffrey Dahmer, Ed Gein, Harold Shipman und so. Aber noch mehr interessieren mich ungelöste Fälle. Na ja, da lernt man eine Menge über so was.«

»Und meinem Va…, ich meine Robert – konntest du ihm damit helfen?«

»Keine Ahnung. Er hat nur in sein Notizbuch gekritzelt wie ein Verrückter, hat geschrieben und geschrieben. Weißt du, was ich glaube?«

»Was denn?«

»Ich denke, er war seinem eigenen True-Crime-Fall auf der Spur. Irgendein großes Ding, er war richtig aus dem Häuschen deswegen. Wollte mir aber nicht sagen, worum es ging.«

Lisa schüttelte den Kopf. Für sie ergab das alles keinen Sinn.

»Und weißt du, was mir noch aufgefallen ist?«, fragte Doc. »Er war wie ausgewechselt. Schien sich wirklich gefangen zu haben. Klar, man hat ihm das Saufen immer noch deutlich angesehen, so sehr, wie er es damals übertrieben hat, war das ja auch kein Wunder. Aber er war trocken, hat es irgendwie gepackt. Keinen Tropfen Alkohol im Haus, meinte er. Nicht mal Hustensaft. Und ich hab ihm das geglaubt. Er hatte seine Sachen in Ordnung gebracht. Das merkte man einfach.«

»Ich war da«, flüsterte Lisa. »In unserem alten Haus, gestern.«

Doc nickte. »Und? Hattest du das Gefühl, dort lebte ein Schwerstalkoholiker?«

Lisa schüttelte den Kopf. Besonders dann nicht, wenn man das durch die Polizeidurchsuchung verursachte Chaos von der Gleichung abzog. Es war gemütlich dort gewesen, aufgeräumt, heimelig.

»Und, Lisa, ich muss dich noch was fragen. Ich weiß, dein Alter hat sich dir gegenüber verhalten wie der letzte Arsch, als du damals abgehauen bist – vollkommen zu Recht, brauchen wir nicht drüber reden. Aber hattest du jemals auch nur ansatzweise das Gefühl, dass er sich für kleine Kinder interessiert? Du weißt schon. Mädchen wie das, das er entführt haben soll? Hat er dich auch nur ein Mal … ich meine, hat er dich mal komisch angefasst oder so?«

Lisa schüttelte langsam den Kopf, blickte zu Boden. Spürte die Hitze in ihren Wangen aufflammen. Ihr

Blick verschwamm. Als sie zwölf gewesen war, so alt wie Anneke Jaspers, hatte Mama noch gelebt, und ihr Vater war die Liebe in Person gewesen. Er hätte alles getan für sie und ihre Mutter. Sie mit seinem Leben beschützt, wenn es hätte sein müssen. Ohne auch nur zweimal drüber nachzudenken.

Aber das war alles so verdammt lange her. Wer konnte schon sagen, was in der Zwischenzeit aus ihm geworden war?

32

Institut für Rechtsmedizin der Universitätsmedizin Mainz

Gero Steiger sog nachdenklich an seiner Zigarette, verbrannte sich die Finger und warf sie hastig fort. Er hatte nicht bemerkt, dass die Zigarette schon bis zum Filter runtergebrannt war. Mürrisch trat er die Kippe aus, und einmal mehr ging ihm durch den Kopf, was für eine dämliche Angewohnheit das Rauchen doch letztlich war. Half aber nichts, er brauchte das Nikotin nun mal zum Nachdenken, und zu Lebzeiten würde er sich sicher nicht mit einem dieser dämlichen Dampfdinger in der Hand erwischen lassen.

Er hatte sich vor ein paar Minuten auf den Innenhof hinter dem rechtsmedizinischen Institut verdrückt. Angeblich, um einen wichtigen Anruf entgegenzunehmen, in Wahrheit jedoch, weil er den Gestank im Sektionsraum immer nur bis zu einem bestimmten Punkt ertrug.

Steiger schaute selten Krimis im Fernsehen, aber wenn doch, war die Darstellung eines essenden Rechtsmediziners meist die Stelle, an der er das Gerät frustriert abschaltete. Einfache Logik: Wer bei diesem Gestank essen konnte, musste über keinerlei Geruchssinn verfügen. Wer jedoch über keinerlei Geruchssinn verfügte, war denkbar schlecht für die Arbeit als Rechtsmediziner geeignet.

Quod erat demonstrandum, was zu beweisen war.

Demnach war das alles ein einziger Unfug, der nur dem verblödeten Gehirn irgendeines Fernsehfritzen entspringen konnte, den man vielleicht mal zwingen sollte, selbst ein Leberwurstbrot zu verspeisen, während in seiner unmittelbaren Nähe eine Wasserleiche geöffnet wurde.

Steiger ging zurück zur Hintertür, deren Schließmechanismus er am Verrichten seiner Aufgabe mittels eines Holzkeils gehindert hatte, der nun unter der Tür klemmte. Das Ding hatte dort schon bei seinem ersten Besuch hier vor vielen Jahren gelegen. Damals hatte er es im Sektionssaal ungefähr zwei Minuten ausgehalten, bis er unter irgendeinem Vorwand in den Innenhof verschwunden war. Die olfaktorische Erinnerung an dieses Ereignis hatte er noch Wochen später in der Nase gehabt und war sie seitdem eigentlich nie wieder richtig losgeworden.

Die Brandschutztür fiel hinter ihm ins Schloss, und als er den von grellen Leuchtstoffröhren erhellten Gang in Richtung Sektionssaal zurückging, wünschte er sich sofort die nächste Zigarettenpause herbei.

Aber immerhin war das Gröbste nun geschafft.

Der Rest der Besprechung würde in Professor Bischoffs Büro stattfinden, der hier den Dienst als Rechtsmediziner schon versehen hatte, als Steiger noch ein blutiger Berufsanfänger gewesen war.

Er klopfte an der Tür, dann betrat er das Büro. Bischoff hob den Kopf, grinste ihn schief an und fragte: »Na, waren Sie erfolgreich?«

»Hä?«, machte Steiger.

»Mit Ihrem Telefonat, meine ich. Gab es neue Hinweise in einem wichtigen Fall, Herr Hauptkommissar?«

»Ja, klar«, sagte Steiger, nun ebenfalls grinsend. Wem wollte er was vormachen? Bischoff wusste sehr wohl, dass er nur einen Vorwand vorgeschoben hatte, um sich in den Innenhof zu verdrücken. »Fall gelöst, das Böse ist besiegt. Wir können alle früher Feierabend machen.«

»Wie schön für Sie«, sagte Bischoff und lehnte sich in seinem Stuhl zurück, faltete die Hände auf dem kleinen Wohlstandbäuchlein. »Darf ich Ihnen dann vielleicht Ihre restliche heutige Dienstzeit mit meinen bisherigen Erkenntnissen versüßen?«

»Klar«, sagte Steiger. »Nur zu. Immer her mit den schlechten Nachrichten.«

Übergangslos wurde Bischoff wieder ernst. »Mein herzliches Beileid wegen Ihres Kollegen, er war ein tüchtiger Ermittler. Versuchen Sie am besten, über die Art seines Ablebens hinwegzusehen. Ich habe in meiner Zeit schon weit exzentrischere Neigungen gesehen als …«

»Böhm hat Fotos von Leichen gemacht und sich darauf einen runtergeholt«, sagte Steiger kopfschüttelnd. »Was zur Hölle haben Sie gesehen, das noch abartiger ist?«

»Wollen Sie das wirklich wissen?«, fragte Bischoff.

»Nein, vermutlich nicht.«

»Also, lassen wir die psychologische Komponente einmal außer Acht. Was seinen Suizid betrifft, so kann ich Ihnen sagen, dass ich Ihren ersten Eindruck bestätigen kann. Der Tod war definitiv selbstverschuldet, ich habe keine Anzeichen von Fremdeinwirkung nachweisen können.«

»Das ist gut«, sagte Steiger und verdrehte die Augen zur Decke, während er sich in seinem Stuhl zurücklehnte. »Nehme ich jedenfalls an.«

»Allerdings hat Herr Böhm noch versucht, die Plastiktüte, die er sich aufgesetzt hatte, aus eigener Kraft wieder herunterzuziehen, aber vermutlich war er da schon zu desorientiert und zu geschwächt, um es noch zu schaffen.«

»Aus eigener Kraft?«

»Ja, das ist recht häufig in solchen Fällen. Der Betreffende merkt, dass irgendetwas schiefgegangen ist, und versucht im letzten Moment, es zu verhindern. Allerdings genügt dann oft die Körperkraft nicht mehr.«

»Und wenn ihm jemand die Tüte übergezogen hat? Dann würde er doch auch versuchen, sie vom Kopf zu bekommen.«

»Durchaus, ja. Dann wären allerdings Abwehrspuren wahrscheinlich. Fremde Haut oder Blut unter seinen Fingernägeln. Aber dergleichen habe ich nicht gefunden.«

»Scheiße«, sagte Steiger und versuchte das Bild seines Kollegen zu verdrängen, der, umgeben von nekrophilen Pornobildchen, verzweifelt versuchte, eine Plastiktüte vom Kopf zu bekommen, die er sich selbst aufgesetzt hatte. Es klappte ungefähr so gut wie bei dem psychologischen Experiment, bei dem man sich *keinen* rosa Elefanten vorstellen sollte. »Aber dann kann ich diese Akte jetzt wenigstens schließen.«

»Eins noch, Herr Steiger. Die Haare, die ich in seiner Hand gefunden habe, sind also tatsächlich Spuren von einem anderen Tatort gewesen?«

»Ja«, sagte Steiger. »Haare von einem Entführungsopfer. Vielleicht hat es ihn angeturnt, dass die Kleine inzwischen so was wie eine Berühmtheit ist und – unter uns – aller Voraussicht nach tot. Wie krank ist das bitte?«

»Glücklicherweise liegt es nicht bei mir, das einzuschätzen.«

»Da sagen Sie was Wahres.«

»Sie klingen dennoch noch nicht gänzlich überzeugt.«

»Nein, Professor, alles in Ordnung«, sagte Steiger und stand auf. »Vielen Dank, dass Sie die Sache beschleunigt haben.«

Bischoff erhob sich ebenfalls, streckte die Hand aus und sagte: »Ich spare mir die Floskel von wegen, dass es mir ein Vergnügen war, einverstanden?«

»Sehr«, sagte Steiger und schüttelte Bischoffs Hand. »Und ich spare mir zu sagen: Wir sehen uns.«

Mit diesen Worten verließ er den grinsenden Rechtsmediziner.

33

Auf dem Weg zu seinem Wagen ging Steiger die Sache noch einmal durch. Bischoff hatte recht gehabt, es gab tatsächlich etwas, das ihm noch im Magen lag.

Er hatte sich mit Böhms interner Akte befasst, aus reiner Routine vermutlich. Er hatte bei Möllers potenziellem Nachfolger nicht wirklich mit Flecken auf der weißen Weste gerechnet.

Allerdings hatte es da eine Sache gegeben, auch wenn die schon über zehn Jahre zurücklag.

Böhms Name war im Zusammenhang mit internen

Untersuchungen aufgetaucht, die entsprechende Akte war jedoch inzwischen geschlossen worden. Der Fall war offenbar im Sande verlaufen, denn man hatte den Verdachtsmomenten damals keinerlei Beweise folgen lassen können, und die Untersuchungen waren daraufhin schnell wieder eingestellt worden.

Ein simples Missverständnis, hatte es den Anschein.

So etwas kam vor und warf für sich genommen auch kein allzu zweifelhaftes Licht auf Böhms Akte.

Interessant daran waren jedoch zwei Dinge, welche beide innerhalb von zwei Monaten nach Abschluss der internen Untersuchung geschehen waren. Erstens hatte sich Böhms Frau von ihm scheiden lassen, und nach dem, was sie in der Wohnung vorgefunden hatten, hatte Steiger nicht den Eindruck, dass Böhm seitdem wieder eine Partnerin gefunden hatte.

Zweitens war Böhm kurze Zeit später vom gehobenen in den höheren Dienst befördert worden.

34

Doc's Bike Shop

In den Regalen des Büros von Docs Werkstatt stapelten sich ölglänzende Motorrad-Ersatzteile und armdicke Zubehörkataloge. An der Wand fehlten nicht die obligatorischen Pin-up-Kalender, auf denen sich Frauen mit falschen Brüsten auf Motorradsätteln aus echtem Leder rekelten.

Lächelnd schüttelte Lisa den Kopf, als sie eine verschmierte Brille auf dem Tisch neben Docs Laptop liegen sah. Offenbar hatte auch der bärbeißige alte Rocker so seine eitlen Momente. Außerhalb des Büros trug er seine Sehhilfe nie, vermutlich hatte das wohl irgendwas mit einem in Lisas Augen leicht überholten Männlichkeitsbegriff zu tun.

Zögernd steckte Lisa den Stick, den sie im Haus ihres Vaters gefunden hatte, in den Laptop. Der Rechner starrte vor Schmutz, was eine unausweichliche Folge von Docs ewig ölverschmierten Fingern war, die suchend wie Raubvögel über der Tastatur zu kreisen pflegten, während er mit zusammengekniffenen Augen nach dem richtigen Buchstaben Ausschau hielt.

Sekundenbruchteile, nachdem der Stick in den USB-Slot eingerastet war, erschien das Symbol für ein neues Laufwerk auf dem Desktop des Rechners. Lisa bewegte den Mauszeiger und klickte darauf. Ein Fenster poppte auf und zeigte Lisa ein Verzeichnis mit dem Inhalt des Sticks.

Es befand sich nur eine Datei darauf, allem Anschein nach eine ausführbare.

Lisa zögerte. Wenn ihnen Sayed während seiner Schulungen zum Thema Cybersecurity etwas immer und immer wieder eingeschärft hatte, dann war es, niemals, aber auch wirklich niemals auf irgendwelche ausführbaren Mailanhänge zu klicken, insbesondere, wenn die von einem fremden Absender stammten. Selbst in einer unscheinbaren Folienpräsentation konnte sich gefährliche Schadsoftware verbergen, die sich auf sämtlichen Computern des Netzwerks verbreitete, während sich der Empfänger der ersten Mail noch an scheinbar unschuldigen Katzenbildchen erfreute.

Nun, dann würde sie im Zweifelsfall eben diejenige sein, die Docs neuen Rechner bezahlte. Auf jeden Fall musste sie jetzt wissen, was auf diesem Stick war, zu dem ihr Vater sie geführt hatte – zumindest nahm sie mittlerweile an, dass das der Grund für seine eindringlichen Worte während der kurzen Vernehmung gewesen war, bevor er für immer geschwiegen hatte.

Lisa klickte auf die Datei.

Nichts passierte.

Als sie den Mauszeiger an den Bildschirmrand bewegen wollte, um das USB-Laufwerk wieder auszuwerfen und es noch mal zu versuchen, öffnete sich ein schwarzes Fenster, das sich rasch mit kleinen Zeichen und Buchstaben in einer schmucklosen, grünen Schrift füllte. Offenbar wurden irgendwelche Programme im Hintergrund ausgeführt, und dabei stellte das Programm allem Anschein nach eine Verbindung zum Internet her.

»Shit!«, zischte Lisa und riss den Stick aus dem Rechner.

Das Programm arbeitete völlig unbeirrt davon weiter. Also doch ein Virus? Hastig suchte Lisa nach dem Ausschalter des Geräts. Aber würde das bei einem Laptop überhaupt funktionieren? Sollte sie ihn nicht besser schleunigst vom Internet trennen? Den Stecker ziehen? Die Batterie entfernen?

Ein weiteres Fenster öffnete sich, und Lisa war augenblicklich so gebannt von dessen Inhalt, dass sie keinen Gedanken mehr an das Ausschalten des Geräts verschwendete. Stattdessen starrte sie mit ungläubigen Augen auf den Bildschirm. Eine halbe Minute später wünschte sie sich, sie hätte den Stick nie gefunden.

35

»Glaubst du jetzt immer noch, dass er unschuldig war?«, fragte sie Doc, der sich einen zweiten Stuhl herangezogen hatte, auf den er sich mit schmerzverzerrtem Gesicht niederließ. »Denn weißt du, ich habe inzwischen keine Ahnung mehr, was ich glauben soll. Mir ist klar, er ist für seine Recherchen mit ein paar wirklich gruseligen Dingen in Berührung gekommen, aber …«

Doc nickte. »Aber?«

»Aber das hier … ehrlich, so allmählich muss ich mich fragen, ob er dabei nicht vielleicht doch selbst auf den Geschmack gekommen ist. Ach, verdammt …«

Doc hatte sich die Brille mit den verschmierten Gläsern vom Tisch gegriffen und verfolgte nun schweigend das Geschehen auf dem Bildschirm, während Lisa langsam weiterscrollte, um dessen ganzen schockierenden Inhalt zu präsentieren.

Sie hätte Doc und vor allem sich selbst diesen Anblick liebend gern erspart, aber irgendwie fand sie, dass sie für das hier einen Zeugen brauchte.

Das seltsame Programm auf dem Stick hatte eine Verbindung zu einer Website hergestellt, bloß war es keine, wie Lisa sie kannte. Diese sah aus, als stamme sie aus den Frühzeiten des Internets. Statt stylischer Grafiken, großformatiger Fotos und irgendwelcher Firmenlogos bestand das Ganze nur aus Klartext, aber der war schlimm genug.

Die Website trug den Namen *Candyland*.

Was auf den ersten Blick nach einem Onlineshop für Süßigkeiten klingen mochte, war in Wirklichkeit jedoch etwas gänzlich anderes. Im weitesten Sinne war diese Website ein sogenanntes Messageboard – ein Platz, an dem sich Nutzer über die verschiedensten Themen austauschen konnten, doch ein zweiter Blick enthüllte, dass es sich in diesem Fall um sehr spezielle Themen handelte.

Wie auch in anderen Diskussionsforen im Internet üblich, blieben die Teilnehmer von Candyland anonym und versteckten sich hinter Kürzeln, den sogenannten Nicknames – Spitznamen. Bei diesen hier konnte einem angesichts der Diskussionsinhalte regelrecht schlecht werden. Da war von *BigDaddy_666* über *LoneWolf88* bis hin zu *GirlyhunterXXL* alles vorhanden.

Doc sog scharf die Luft ein, während er sich nun ebenfalls einen Überblick über die Diskussionsbeiträge verschaffte. »Was zur Hölle ist das, Lisa?«, knurrte er kopfschüttelnd.

In den Texten tauschten sich die Nutzer offen über Fantasien aus, die meisten davon eindeutig sexueller Natur. Allerdings suchte man hier vergeblich nach eher unschuldigen Beiträgen der Marke »Ich bin heimlich verliebt in meine Arbeitskollegin«. Vielmehr drehte sich das meiste um die eher extremen Spielarten der Lust, streng geordnet nach speziellen Vorlieben, für die es sogar Kürzel gab, deren Bedeutung Lisa – so hoffte sie zumindest – nie erfahren würde.

Besonders schockierend wirkte der lockere, ungezwungene Ton, den die Verfasser der Beiträge anschlugen. Teilnehmer beglückwünschten sich gegenseitig zu ihrem Einfallsreichtum, man fühlte sich offenbar wohl und unter Gleichgesinnten. Als sei es das Normalste der Welt, dass sich einige dieser Fantasien auch um Minderjährige drehten. Minderjährige wie Anneke Jaspers.

Lisa scrollte weiter. Es gab keinen Grund, sich noch eingehender mit den Gedanken dieser Gestörten zu beschäftigen, dachte sie.

Sie fand jedoch auch andere Diskussionsgruppen, die sich nicht mit expliziten Sexfantasien befassten, aber im Zusammenhang beinahe noch schlimmer waren. Wie man es schaffte, Kinder auf der Straße oder auf Spielplätzen anzusprechen, ohne dabei verdächtig zu wirken. Wie man das wahre Alter seines Gegenübers mithilfe der sozialen Medien herausfinden konnte. In welchen Singlebörsen besonders viele alleinstehende Mütter angemeldet waren. Welche Musik gerade bei Teenagern angesagt war. Tipps zur korrekten Verwendung der Jugendsprache. Die Überschriften der Beiträge allein füllten mehr Seiten, als Lisa Lust hatte, sich anzuschauen.

Dies hier war offenbar ein wahrer Tummelplatz für Pädophile und solche, die es werden wollten. Riesige Mengen an Informationen und Ideen, und alles kostenlos und frei verfügbar.

Angewidert bewegte Lisa den Mauspfeil zu einem Kreuz rechts oben in der Ecke des Fensters und schloss es. Es kam ihr vor, als schlösse sich damit ein schwarzes Loch auf dem Bildschirm, durch das sie für eine Weile in eine furchtbare Paralleldimension geblickt hatte. Ein Blick, den sie nie wieder aus ihrem Kopf bekommen würde.

»Also noch mal, Doc«, sagte sie leise. »Glaubst du jetzt immer noch an seine Unschuld? Sag's mir bitte, denn ich weiß es nicht mehr, ehrlich. Ich habe den Stick«, sie deutete darauf, »in seinem Haus gefunden, in einem Versteck in seinem Schreibtisch, wo er früher seinen Whisky versteckt hat. Ich glaube nicht, dass irgendwer außer mir und meinem Vater davon wusste und den Stick da platziert haben könnte, also erspar mir bitte diesen Erklärungsversuch. Sag mir einfach nur, was du denkst, nachdem du dir das hier angeschaut hast.«

»Er könnte das Zeug für einen Artikel recherchiert haben«, sagte Doc.

Dieser Gedanke war Lisa schon früher gekommen. Einiges sprach dafür, besonders die Tatsache, dass jeder ihren Vater als aufrechten Kerl beschrieb, der sich nie im Leben an unschuldigen Kindern vergreifen würde. Andererseits war das derselbe Mann, der sich lieber um den Verstand gesoffen hatte, als seine eigene Tochter im Krankenhaus zu besuchen.

Und da war noch etwas.

»Doc«, sagte Lisa leise. »Mein Vater hat seit Jahren keinen Artikel mehr veröffentlicht. Ich hab's überprüft.«

Doc blickte sie ernst über den Rand seiner Brille hinweg an. Dann stand er ächzend auf und ging, so leise es sein steifes Bein zuließ, aus dem Büro. Der riesige Mann ließ dabei die Schultern hängen wie ein ausgescholtenes Kind.

Das war Lisa Antwort genug.

36

Der Raum

Die Grundfläche ihres Gefängnisses maß ungefähr zwei mal zwei Meter.

Immer wieder drohte sie wegzudösen, während ihr Blick über die nackten Wände aus grobem, unverputzten Beton streifte. Wieder und wieder, in kreiselnder Idiotie. Sie versuchte sich zu konzentrieren, ihre Gedanken zu fokussieren, sie in eine sinnvolle Richtung zu lenken, aber der kahle Raum war dabei keine große Hilfe. Kein Fenster, nur eine schirmlose Lampe an der Decke, geschützt durch ein Drahtgitter. Sie begann, die Maschen zu zählen, verlor den Faden.

Versuchte es noch mal, vergeblich.

Kaltes Kunstlicht erfüllte den winzigen Raum. Es brannte die ganze Zeit, was es ihr unmöglich machte, richtig einzuschlafen. Wenn der Schlaf sie dann doch einmal überwältigte, brachte er keine Erholung. Nach kurzer Zeit schreckte sie hoch, döste wieder weg, bis es kaum noch einen Unterschied zwischen den einzelnen Phasen gab. Jegliches Zeitgefühl war ihr abhandengekommen. Tag oder Nacht, es war ihr egal. Welchen Unterschied hätte es auch gemacht?

Abwesend strichen ihre Fingerspitzen über die stinkende, durchgelegene Matratze, auf der sie saß, in eine viel zu dünne Wolldecke gewickelt. Die Kälte kroch immer wieder zurück in ihren Körper, aber auch das fand irgendwie nur ganz am Rande ihrer Wahrnehmung statt.

In der gegenüberliegenden Ecke der Zelle gab es einen Plastikeimer, und nicht immer schaffte sie es, rechtzeitig hinzukriechen. Manchmal nässte sie sich ein. Der Stoff der schmutzstarrenden grauen Jogginghose und des dazu passenden Sweatshirts kratzte an ihrer Haut. Sie hatte keine Unterwäsche an. Die, die sie getragen hatte, bevor sie hier gelandet war, musste man ihr weggenommen haben, aber daran hatte sie keine Erinnerung.

Alles, was vor ihrem Aufwachen in der Zelle passiert war, schien ihr unwirklich wie ein ferner Traum. Ihre Eltern. Ihre Freunde. Alltag, Geborgenheit, Zuhause. Hatte irgendetwas davon tatsächlich existiert?

Dann war da der Mann, der vor ihr gestanden hatte, in der Dunkelheit, und sie so nett angelächelt hatte. Sie hatte zurückgelächelt, und plötzlich war ein Lappen in seiner Hand aufgetaucht, wie bei einem Trick eines Zauberers. Dann der beißende chemische Geruch in ihrer Nase, ihrer Lunge. Und dieses Lächeln, das immer breiter wurde, zerfloss und sich dabei auflöste, wie bei der Grinsekatze von *Alice im Wunderland*.

Dann nichts mehr, nur Dunkelheit.

Und schließlich der Raum.

Manchmal, wenn sie erwachte, stand eine Schüssel auf dem Tablett bei der Tür, und eine Plastikflasche mit Wasser. Der Brei in der Schüssel schmeckte furchtbar salzig, und danach hatte sie immer großen Durst, aber sie schlang ihre Ration dennoch jedes Mal gierig herunter. Der Hunger war einfach zu groß, und inzwischen sehnte sie die gefühllose Benommenheit förmlich herbei, die sie nach den Mahlzeiten übermannte.

So wenig spüren wie möglich. Das war das einzig Tröstliche, das ihr an diesem Ort geblieben war.

Sie versuchte, ihre Gedanken in eine Richtung zu lenken, was ihr nur mit Mühe gelang. Versuchte, sich zu erinnern. Wann hatte man ihr zum letzten Mal etwas zu essen gegeben, wann war die Wasserflasche das letzte Mal gefüllt gewesen, wann hatte sie das letzte Mal den Eimer benutzt? Warum schmerzte ihre Kehle so?

Sie wusste es nicht.

Schlafen.

Ja, schlafen war gut.

Schlaf war der einzige Ort außerhalb dieser Zelle, an den sie jetzt noch konnte.

Ihr letzter Rückzugsort.

NOCH 5 TAGE BIS ZUM SPRUNG

37

Doc's Bike Shop

Frustriert klappte Lisa den Laptop zu.

Sie hatte den Großteil der Nacht und die frühen Morgenstunden damit verbracht, sich durch die Abgründe des Pädophilenforums zu graben, und diese Arbeit hatte ihr ungefähr so viel Spaß gemacht wie Herkules das Ausmisten der Ställe des Augias. Mit dem entscheidenden Unterschied, dass dieser es geschafft hatte, den Unrat der Tiere in einem einzigen Tag loszuwerden. Im Gegensatz dazu schien dieser Mist immer mehr zu werden, je länger sich Lisa damit beschäftigte.

Und doch waren auch in dieser Online-Kloake gewisse Muster zu erkennen, wenn es sie auch einige Überwindung gekostet hatte, lange genug in den Nietzscheschen Abgrund zu schauen, um diese zu erkennen.

Es schien einen unausgesprochenen Kodex zu geben, an den sich alle Mitglieder des Forums hielten. Fantasien wurden ausführlich und in allen Einzelheiten beschrieben und kommentiert, doch – so abgründig diese auch sein mochten – es blieb immer nur bei Fantasien, man fand keinerlei Schilderungen von realen Taten oder Bezügen, womit das Ganze per se nicht strafbar war.

Selbst wenn es gelänge, herauszufinden, wer sich hinter dem jeweiligen Nickname verbarg, würde man diese Menschen nur schwer eines tatsächlichen Verbrechens bezichtigen können.

Man konnte niemanden für seine Gedanken verhaften.

Ähnlich verhielt es sich mit den Tipps, die eigentlich eher vage Andeutungen waren. Dieser hatte gehört, dass es da einen Kindersportverein gäbe, welcher ein öffentliches Instagram-Profil betrieb, jener behauptete zu wissen, dass sich alleinstehende Mütter bevorzugt bei ganz bestimmten akademischen Singlebörsen anmeldeten und warum diese ganz besonders lohnende Ziele waren, wenn man in Wahrheit hinter ihren Kindern her war. Ein anderer Nutzer gab Auskunft über die beliebtesten Musikgruppen für Kinder jeden Alters, und hier, bitte schön, eine Liste der aktuell angesagten Stars und Sternchen in der Welt der Frühpubertierenden.

Für sich genommen mochten dies völlig harmlos wirkende Kommentare sein, doch in Summe ergab sich ein schreckliches und absolut eindeutiges Bild.

Ein regelrechtes Mosaik der Widerwärtigkeiten.

Lisa hatte die Beiträge stundenlang nach Hinweisen auf Anneke Jaspers durchforstet, aber auch das war vergeblich gewesen, was sie inzwischen kaum noch wunderte. Wenn die Forenmitglieder derart geschickt darauf achteten, sich in der Grauzone der Legalität zu bewegen, würden sie sich kaum einen solchen Patzer leisten.

Der Fall Anneke musste auch in ihren Kreisen hohe Wellen geschlagen haben.

Abgesehen von einem Blick in einen Schlund des Grauens hatte sich der Stick demnach als komplette Sackgasse entpuppt, und Lisa hatte keine Idee, was sie als Nächstes unternehmen sollte, um das Mädchen jetzt noch finden zu können.

Frustriert stand Lisa auf und streckte sich.

Aber das war nur eines ihrer momentanen Probleme. Das andere betraf ihr eigenes Leben – oder was davon jetzt noch übrig war. Lisa hasste sich dafür, aber sie konnte einfach nicht anders. Nachdem sie bereits seit einer guten Stunde ergebnislos das Für und Wider abgewogen hatte, griff sie jetzt entschlossen nach ihrem Handy. Entsperrte es, öffnete die Kontaktliste, scrollte bis zur Nummer von Max – und rief ihn an.

Es tutete.

Lisas Herzschlag beschleunigte sich.

Um diese Zeit würde er im Büro sein. Vielleicht bei seinem zweiten Cappuccino, und hoffentlich in keinem Meeting oder so. Und überhaupt machte sie sich schon wieder viel zu viele Gedanken, schließlich hatte er sich einfach so davongestohlen. Sich aus ihrem gemeinsamen Leben gestohlen, er hatte …

Das Handy tutete insgesamt drei Mal, dann knackte es, und ein leises Rauschen war zu hören.

»Max?«, sprach Lisa atemlos ins Telefon. Hasste sich dafür, dass ihr die Aufregung so deutlich anzuhören war. Die Machtlosigkeit, die Verzweiflung. »Max, bist du …«

Doch es war nicht Max. Die neutrale Stimme einer Frau teilte ihr mit, dass der gewünschte Teilnehmer zurzeit nicht verfügbar sei. Eine Bandansage.

Dann flog sie aus der Leitung.

Was?

Lisa starrte das Telefon in ihrer Hand an wie ein giftiges Insekt. Nicht verfügbar, was sollte das bitte bedeuten? Die Leitung war nicht besetzt gewesen, also telefonierte Max im Moment nicht. Und wenn er tatsächlich in einem Meeting war und das Handy auf lautlos gestellt hatte, hätte es einfach weiterklingeln müssen.

Da Max ein stolzes Mitglied der Gemeinde der absoluten Smartphone-Zombies war, die immer das neueste Modell besitzen mussten und jede freie Sekunde auf den winzigen Bildschirm des Geräts starrten, hatte er es ganz sicher auch nicht abgeschaltet.

War vielleicht der Akku leer?

Lächerlich.

Max besaß eine Vielzahl an Ladebänken, zwei davon allein in seinem Büro. Vermutlich für den absolut unwahrscheinlichen Fall, dass das Gebäude von einem mehrtägigen Stromausfall heimgesucht wurde. Selbst dann würde er nicht auf die Dienste seines Smartphones verzichten müssen.

Keine dieser Möglichkeiten erschien Lisa auch nur ansatzweise plausibel. Was zur Hölle hatte das also zu bedeuten?

Sie versuchte es noch einmal.

Dreimaliges Tuten, dann wieder die Stimme der Frau, und sie wurde erneut rausgeworfen. Kraftlos sank sie zurück auf den Stuhl, das Handy in den zitternden Händen. Starrte auf den zugeklappten Laptop. Bis sie sich schließlich die einzige vernünftige Erklärung eingestand.

Max hatte ihre Nummer blockiert.

38

Jemand wummerte von außen gegen die Bürotür. Lisa steckte das Handy weg, wischte über ihre Wangen und wandte sich der Tür zu.

»Ja?«, rief sie fragend. Immerhin war das ja nicht mal ihr Büro.

Die Tür ging auf und Doc steckte seinen Kopf herein. Starrte sie mit einem schiefen Grinsen an, das zum Großteil unter seinem gigantischen Bart versteckt lag. Durch den offenen Türspalt schoss Shady in den Raum und auf Lisa zu, die sofort begann, die Hündin hingebungsvoll zu kraulen. Als ihre Fingerspitzen dabei das pinkfarbene Halsband mit dem

Ortungschip berührten, zuckte sie zusammen. Max und sein ewiger Fimmel für Technologie.

Welche ihm offenbar sogar wichtiger war als sie.

»Alles klar, Gör?«, fragte Doc mit gerunzelter Stirn.

Lisa zwang sich zu einem Lächeln. Max hatte sie blockiert, einfach so. Wie einen nervigen Vertreter. Was für ein Arsch. »Ja«, sagte sie. »Alles klar.«

Doc brummte etwas Unverständliches, das nicht so klang, als nähme er ihr die offensichtliche Lüge ab, und streckte ihr dann einen Becher entgegen, aus dem Dampf aufstieg.

»Danke«, sagte sie, nahm den Becher entgegen und legte beide Hände darum. Wohltuende Wärme erfüllte ihre Handinnenflächen. »Das kann ich jetzt echt gebrauchen, Doc.«

»Ich hab auch 'nen Kühlschrank, weißt du?«, sagte Doc, humpelte durch das Zimmer und ließ sich mit einem schmerzerfüllten Ächzen auf die Couch fallen, auf der Lisa genächtigt hatte.

»Ja, und?«, fragte Lisa grinsend.

»Na, da ist zu essen drin. Für den Fall, dass dir das Kaffeetrinken mal zu langweilig wird, du Klappergestell.«

»Danke«, sagte Lisa grinsend. »Ich melde mich bei dir, wenn ich Diättipps brauche, Dicker.«

Doc brummte etwas Unverständliches und machte sich über seinen Kaffee her – wie üblich leerte er die Tasse in wenigen großen Schlucken.

»Nein, wirklich«, sagte Lisa. »Danke, Doc. Für alles.«

Doc zuckte nur mit den Schultern. Shady wandte sich von Lisa ab, sprang ebenfalls auf die Couch und rollte sich neben ihm ein, woraufhin er begann, sie gedankenverloren mit seiner riesigen Pranke zu tätscheln. Wenigstens bekommt eine von uns hier jede Menge Liebe, dachte Lisa.

»Sag mal, wieso falle ich eigentlich immer wieder auf dieselben Arschlöcher rein?«, fragte Lisa.

Doc zuckte mit den Schultern. »Keine Ahnung«, sagte er dann. Grinste sie an. »Karma?«

»Blödmann!«, sagte Lisa, und dann lachten sie beide ein bisschen. Aber ihr eigenes Lachen kam Lisa dabei seltsam spröde vor.

»Hast du noch was rausgefunden?«, fragte Doc mit besorgtem Gesicht. »Über das Mädchen? Oder was zur Hölle Robert auf dieser üblen Website getrieben haben könnte?«

Außer dem Offensichtlichen, meinst du?

Lisa schüttelte den Kopf und klammerte sich an ihren Kaffee. Als ihr Handy zu klingeln begann, zuckte sie so heftig zusammen, dass etwas Kaffee aus ihrer Tasse und auf ihre Jeans schwappte.

»Shit!«, rief sie, stellte die Tasse auf dem Bürotisch ab und stürzte aus dem Raum in Richtung Werkstatt, wo sie ungestört zu telefonieren hoffte, während sie ihr Handy aus der Tasche fummelte.

Auf dem Display stand eine ihr unbekannte Nummer, aber sie nahm das Gespräch trotzdem sofort entgegen. Vielleicht war der Akku von Max' Smartphone ja doch leer gewesen und jetzt telefonierte er vom Handy eines Kollegen aus, um sie wissen zu lassen, dass alles nur ein Missverständnis gewesen war und …

»Hallo?«, keuchte sie atemlos in den Hörer.

»Hallo, Lisa Kern«, sagte eine tonlose Stimme.

Es war nicht Max.

39

Der Raum

Als sie diesmal erwachte, war sie etwas klarer im Kopf als beim letzten Mal. Das verwirrende Karussell der träge ineinanderfließenden Eindrücke um sie herum war zu einem vorläufigen Stillstand gekommen.

Sie musste lange geschlafen haben, denn sie fühlte sich nicht mehr ganz so müde und verwirrt wie während ihrer letzten Wachphase.

Sie befand sich immer noch in dem winzigen Raum, stellte sie fest. Schmucklose Betonwände, die Lampe hinter dem Drahtgitter, die stinkende Matratze, auf der sie geschlafen hatte, und der Eimer. Alles war noch an seinem gewohnten Platz, doch nun ergaben diese Gegenstände beinahe so etwas wie einen Sinn.

Insofern irgendetwas hier drin Sinn ergab.

Als sie schluckte, verursachte das reißende Schmerzen in ihrem Hals. Ihre Kehle fühlte sich staubtrocken an.

Sie rollte sich von der Matratze, landete auf den Knien. Stützte sich mühsam auf alle viere.

Sah zur Tür.

Dort stand das Blechtablett mit der Schüssel darauf, daneben eine große Colaflasche, in der sich üblicherweise Wasser befand. Jetzt nicht, natürlich nicht, sie hatte den letzten Rest getrunken, bevor sie wieder eingeschlafen war.

Zumindest glaubte sie sich daran zu erinnern.

Die Schüssel war bis auf den darin liegenden Löffel leer. Sie war so hungrig gewesen, dass sie sie bis auf den letzten Rest ausgeleckt hatte.

Wie jedes Mal.

Trotz ihrer Benommenheit begann sie zu begreifen, dass in dem Wasser Drogen gewesen sein mussten. Drogen, die ihren Verstand benebelt und ihren Willen geschwächt hatten, bis sie kaum noch die Kraft gehabt hatte, sich von ihrer stinkenden Bettstatt zu erheben und zu dem Eimer in der Ecke zu kriechen, um sich dort zu erleichtern.

Der Brei sollte sie ernähren, gerade so – und das Salz darin sorgte dafür, dass sie einen solchen Durst bekam, dass sie gar nicht anders konnte, als das Wasser bis zum letzten Tropfen auszutrinken. Daher das Reißen in ihrer Kehle. Und dann schlief sie, diesen unruhigen, rauschvernebelten Schlaf, bis sie wieder erwachte, und dann begann alles von vorn.

Wie viele Tage schon?

Manchmal kam der Mann auch mit dem Stock, das waren die schlimmsten Tage – noch schlimmer als der Hunger, der Durst und der ekelhaft salzige Brei, den sie dennoch gierig heruntergeschlungen hatte. Sie sah an sich herab, betastete die alten und neuen Blutergüsse auf ihren Armen. Wie lange ging das schon so? Wann war er das letzte Mal bei ihr gewesen?

Sie wusste es nicht.

Spielte es überhaupt noch eine Rolle?

Stöhnend vor Anstrengung und Schmerzen setzte sie sich hin.

Sie sah wieder zur Tür.

Weder die Flasche noch die Schüssel waren aufgefüllt worden.

Vorsichtig versuchte sie aufzustehen, wobei der schmutzstarrende graue Jogginganzug um ihren ausgezehrten Körper schlackerte wie ein schlaffes Segel.

Kaum hatte sie es in eine halbwegs aufrechte Position geschafft, musste sie sich an der Wand abstützen, um nicht gleich wieder lang hinzuschlagen. So stand sie, minutenlang, bis ihr winziges Gefängnis aufgehört hatte, sich wie ein Kreisel um sie herum zu drehen.

Zwei mühsame Schritte auf wackeligen Beinen, und sie hatte die Tür erreicht.

Dort blieb sie erneut stehen und sah auf die leere Schüssel und die Plastikflasche hinab. Beides stand noch genauso auf dem Tablett, wie sie es nach ihrer letzten Mahlzeit zurückgelassen hatte.

Hätte der Mann ihr nicht längst neue Nahrung bringen müssen? Warum hatte er das noch nicht getan?

Für einen langen Moment erwog sie, wieder zur Matratze zurückzugehen, sich hinzulegen und abzuwarten, bis es vorbei war. Wenn der Mann ihr nichts zu trinken gab, würde sie verdursten. Das ging schneller als Verhungern, hatte sie gehört.

Vielleicht bekam man es gar nicht richtig mit? Schlief einfach ein und wachte nicht mehr auf. Wie Dornröschen im Märchen.

Wie schön das wäre.

Und dann würde ein Prinz kommen, sich durch die Dornenhecke kämpfen und sie wach küssen, und all das hier würde vergessen sein.

Aber natürlich war das Unsinn.

Niemand war unterwegs, niemand würde sie retten. Niemand konnte auch nur ahnen, wo sie war. Sie wusste es ja nicht einmal selbst.

Sie beugte sich vor und versuchte, durch das Schlüsselloch der Stahltür hindurch hinaus auf den Gang zu schauen. Das hatte sie schon früher ein paarmal probiert und dabei immer die gleiche Aussicht auf ein matt beleuchtetes, winziges Stück einer Wand gehabt – allem Anschein nach aus demselben, grobporigen Beton, aus dem auch die Wände ihrer Zelle bestanden, in dasselbe kalte Kunstlicht getaucht wie ihr Gefängnis.

Diesmal nicht.

Sie konnte nicht hindurchschauen, da war nur Schwärze.

Merkwürdig.

Es war das erste Mal, dass das passierte. Brannte das Licht draußen vor der Tür etwa nicht mehr? Wie lange war das schon so? Sie versuchte es erneut. Nein, man konnte wirklich überhaupt nichts erkennen.

Schließlich begriff sie ihren Denkfehler.

Das Problem war nicht das fehlende Licht vor der Tür, sondern die Tatsache, dass das Schlüsselloch versperrt war. Der Schlüssel musste also noch in dem Loch stecken. Natürlich. Er steckte von außen drin, mit dem Bart nach unten, sodass er das Schlüsselloch komplett ausfüllte. Es hatte in etwa die Form einer Acht, kein … Wie hießen diese Dinger noch? Sicherheitsschloss, genau.

Dies war kein Sicherheitsschloss, sondern ein normales.

Und ein Schlüssel, der darin steckte.

Langsam begann sich ein Gedanke in ihrem erschöpften Verstand zu formen. Ein Gedanke, der sich beinahe wie Hoffnung anfühlte.

Sie beugte sich hinab und griff sich den blankgeleckten Löffel aus der leeren Schüssel. Nachdem sie ihn eine Weile angestarrt hatte, fiel ihr wieder ein, was sie damit hatte tun wollen.

Vorsichtig begann sie, mit dem Löffelstiel im Schlüsselloch der Stahltür herumzufummeln. Nach einer Weile ertönte ein leises Klicken, und der Widerstand im Inneren des Schlüssellochs gab ein bisschen nach.

Sie fummelte weiter.

Wieder ein Klicken, und beinahe hätte sie den Schlüssel aus dem Schlüsselloch gedrückt.

Nein, so brachte das doch nichts. Beinahe hätte sie über ihre eigene Gedankenlosigkeit gekichert.

Vorsichtig zog sie den Löffel zurück, nahm Schüssel und Flasche von dem Blechtablett, stellte sie daneben auf den Betonboden ihrer Zelle und schob das flache Blechtablett so leise wie möglich durch den Spalt unter der Tür durch.

Dann schob sie den Stiel des Löffels wieder in das Schlüsselloch.

40

Doc's Bike Shop

»Okay«, sagte Lisa. »Wer sind Sie, und woher zum Teufel haben Sie meine Nummer?«

Sie nahm das Telefon vom Ohr und schielte auf das Display. Die Nummer war ihr völlig unbekannt, aber ziemlich lang. Offenbar ein Anruf aus dem Ausland. Sie griff sich einen Kugelschreiber, der in einer Tasse auf der Werkbank steckte, und begann die Nummer auf die Rückseite eines Ersatzteilkatalogs zu kritzeln.

»Mein Name ist Ray«, schnarrte die seltsam monotone Stimme. Sie sprach den Namen Räh-ie aus.

»Okay, Ray«, sagte Lisa. »Und weiter?«

»Einfach nur Ray, Lisa. Und du kannst dir auch sparen, diese Nummer aufzuschreiben. Bei meinem nächsten Anruf wird es eine völlig andere sein.«

Aha. Der Typ war also höchstwahrscheinlich ein Paparazzo, dem es irgendwie gelungen war, an ihre Privatnummer zu gelangen. Oh, was freute sie sich drauf, dem die Meinung zu geigen. Und gleich im Anschluss dem Redakteur des bescheuerten Käseblatts, für das der Kerl arbeitete. Es würde ein Fest für deren Datenschutzbeauftragte werden.

»Ich kenne keinen Ray«, sagte sie schroff. »Also noch mal: Woher haben Sie meine Telefonnummer? Von wo aus rufen Sie an? Was wollen Sie von mir? Und seit wann duzen wir uns, hm?«

Ein kurzes Schweigen, dann: »Zu viele Fragen auf einmal, Lisa.«

Wirklich merkwürdig, diese Stimme. Irgendwie geschlechtslos, bar jeder Emotion. Und jedes Mal diese kurze Pause, bevor sie ihr antwortete. Es musste sich um einen Sprachcomputer handeln, dachte Lisa, und ihr Gesprächspartner redete nicht wirklich mit ihr. Er tippte das, was er zu sagen hatte, ein und ließ es dann den Computer vorlesen. Die Stimme erinnerte Lisa ein wenig an den Physiker Stephen Hawking, der aufgrund seiner ALS-Erkrankung an einen Rollstuhl gefesselt gewesen war und auch nur auf diese Weise hatte kommunizieren können. Allerdings konnte man die Stimme am Telefon beinahe für die eines Menschen halten. Vermutlich gab es inzwischen bessere Technologie für Sprachsynthese.

»Okay, geheimnisvoller Unbekannter«, sprach sie in das Telefon. »Sie wissen also, wer ich bin. Fein. Und Sie hatten jetzt Ihren Spaß. Aber Sie wissen hoffentlich auch, dass das, was Sie hier tun, eine schwere Straftat darstellt. Und ich befürchte, Sie haben sich für Ihre Spielchen die Falsche ausgesucht. Sobald wir unser kleines Gespräch hier beendet haben, werde ich meine Kollegen beim BKA anrufen, und wir werden uns einen höllischen Spaß draus machen, Sie zu finden. Und ich verspreche Ihnen, danach werden Sie keine Lust mehr auf irgendwelche Spaßanrufe haben.«

»Nein, Lisa«, sagte die Stimme. »Das wirst du nicht tun. Es wäre ohnehin sinnlos. Ich möchte den guten Willen deiner Kollegen nicht in Abrede stellen, aber ich hatte bereits mehrfach die Gelegenheit, die Fähigkeiten der Abteilung Cybercrime des BKA in der Praxis zu testen.«

»Ach was«, sagte Lisa und verdrehte die Augen. »Aus welchem Anlass denn?«

»Sagen wir, beim BKA wüsste man zum Beispiel immer noch gern, wie es gelungen ist, vor etwa drei Monaten diverse Offshore-Konten einiger führender deutscher Manager aus der Automobilindustrie zu knacken und offenzulegen. Du erinnerst dich? Es gab ein gewisses Echo in der Presse.«

»Ah, verstehe, das waren also Sie. Sicher doch. Und weiter?«

»Nun, trotz aller Bemühungen sind deine Kollegen in dieser Sache nicht vorangekommen, und ich bin immer noch aktiv.« Jetzt klang die computergenerierte Stimme regelrecht amüsiert. Was vielleicht das Gruseligste an ihr war.

»Okay, Sie großer Hacker, wie schön für Sie. Und wieso noch mal höre *ich* mir Ihr Gelaber an?« Lisas Daumen schwebte über dem roten Auflegen-Symbol.

»Weil du die Wahrheit wissen möchtest, Lisa.«

Lisa hielt inne. »Ach, möchte ich das?«, fragte sie. »Und welche Wahrheit soll das bitte sein?«

»Die Wahrheit über deinen Vater, Lisa. Wir wissen, dass er tot ist. Und dass du den Link zum Candyland aktiviert hast.« *Can-die-lahnd.*

Lisas Hand krampfte sich um das Handy an ihrem Ohr, und für einen Moment befürchtete sie, sie würde das Kunststoffgehäuse einfach zerdrücken. »Woher wissen Sie das?«, fragte sie. Ihre Stimme war zu einem Flüstern herabgesunken.

»Du hast die Datei auf dem Stick aktiviert, Lisa.« Keine Frage, sondern eine Feststellung. »Dein Vater wollte eine Reportage über Pädophile im Internet schreiben«, sagte die Stimme. »Deshalb hat er uns gebeten, ihm eine Möglichkeit zu geben, sich anonym in einschlägigen Foren umschauen zu können, was wir ihm ermöglicht haben. Er wollte Kontakt zu Pädophilen knüpfen.«

»Er wollte *was*?«

»Die Mitglieder solcher Foren sind ein geschlossener Zirkel, aus offensichtlichen Gründen. Man gelangt nur auf persönliche Empfehlung in ihre Kreise.«

»Und Sie bestimmen, wer da reindarf, oder was?«, fragte Lisa barsch.

»Nein«, sagte die Stimme. »Wir haben Robert Kern lediglich eine Software zur Verfügung gestellt, mit der er das Profil eines bereits etablierten Nutzers übernehmen konnte. Man nennt das einen Hijack. So gelangte er unbemerkt hinein, konnte sich umsehen. Kontakte knüpfen, Informationen gewinnen.«

»Ja«, sagte Lisa und spürte Bitterkeit in sich aufsteigen. »Informationen, die ihm verrieten, wie man kleine Mädchen entführt. Herzlichen Dank auch!«

»Nein«, sagte die Stimme am anderen Ende.

»Nein? Was, nein? Wie meinen Sie das?«

»Ich wiederhole mich: Dein Vater war kein Pädophiler, Lisa. Wir haben ihn ausgiebig überprüft, seine Vergangenheit durchleuchtet, und glaub mir, dein Vater war ein aufrechter Mensch und ein gründlicher Journalist. Einer, der den Dingen auf den Grund gegangen ist. Bis er die Wahrheit findet.«

Lisa starrte blicklos auf die hingekritzelte Nummer auf der Werkbank. Von Doc hatte sie vor ein paar Stunden einen sehr ähnlichen Vortrag über ihren Vater gehört. Ein Trinker? Ja, sicher. Ein schlechter Vater? Ganz bestimmt! Aber ein pädophiler Mädchenentführer? Nie und nimmer.

Und nun hielt diese unbekannte Stimme am Telefon ebenfalls Lobreden auf Robert Kern, den Gralsritter der Wahrheit und des ethischen Journalismus.

Allmählich bekam sie das Gefühl, dass jeder ihren Vater besser gekannt hatte als sie selbst. Und das Blöde daran war, dass die Behauptung, er habe sich auf dieser Seite wegen Recherchen für einen Artikel umgesehen, verdammt plausibel klang.

Verdammt nach ihrem Vater klang, nach Robert Kern, dem unerschrockenen Enthüllungsjournalisten, der er einmal gewesen war.

Allerdings war das inzwischen fast zwei Jahrzehnte her.

»Nur deshalb haben wir ihm den Zugang verschafft«, fuhr die Stimme fort. »Wir haben ihm vertraut und gehofft, er würde die Öffentlichkeit über die wahre Natur unseres Kampfes aufklären.«

»Kampf? Was für ein Kampf?«

»Unser Kampf gegen die wirklichen kriminellen Umtriebe im Internet. Identitätsdiebstahl, Menschenhandel, Zwangsprostitution, Handel mit Drogen und Waffen. Mord. Pädophile Kriminelle.«

»Als ich das letzte Mal geschaut habe, war die Polizei für so etwas zuständig«, sagte Lisa kühl. Für wen hielt sich dieser Typ, eine Art maskierten Rächer des Internets?

»Die Polizei verfügt nicht über die richtigen Mittel, um diesen Kampf zu führen«, sagte die Computerstimme. »Geschweige denn ihn zu gewinnen.«

»Ah, verstehe. Aber Sie tun das oder wie?«

»Ja.«

»Weil Sie sich selbst krimineller Mittel bedienen, nehme ich an? Wie zum Beispiel, sich in fremde Computer zu hacken? Soweit ich weiß, ist auch das kein Kavaliersdelikt.«

»Leider haben wir keine andere Wahl, wenn wir wirklich etwas bewegen wollen.«

»Okay«, sagte sie. »Dann darf ich wohl annehmen, dass Sie zu den Guten gehören und von mir erwarten, dass ich Ihnen das einfach so glaube. Obwohl Sie mir bisher noch nicht mal Ihren richtigen Namen genannt haben.«

»Mein Name ist Ray.«

»Schon klar. Und ich bin absolut überzeugt davon, dass das auch genau so in Ihrem Ausweis steht. Ohne Nachname, selbstverständlich.«

»Ich besitze keine Ausweisdokumente, Lisa.«

»Natürlich nicht. Was für sich genommen schon ausgesprochen vertrauenerweckend ist. Aber Sie sprachen vorhin in der Mehrzahl. Heißt das, Sie arbeiten für eine Organisation oder so was? Oder haben Sie nur einen Fimmel für den Majestätsplural, Sie Aushilfs-Batman?«

»Ich arbeite für niemanden, Lisa, aber gelegentlich mit anderen Gleichgesinnten zusammen. Vielleicht hast du schon von uns gehört. Wir sind *FORTRESS.*«

Lisa stieß ein verächtliches Lachen aus. »Natürlich. Die anonymen Robin Hoods des Internets. Hätte ich mir ja denken können. Jetzt ist mir auch klar, wieso Sie keinen Ausweis haben, schließlich kriegt man den erst mit sechzehn. Sag mal, musst du dich eigentlich schon rasieren, mein Junge?«

Die Stimme am anderen Ende schwieg, aber Lisa kam jetzt erst so richtig in Fahrt. »Ich verstehe das ja. Ihr Kids wollt der Welt beweisen, wie toll ihr mit Computern umgehen könnt und das alles. Zeigen, dass die Polizei bloß aus einem Haufen Deppen besteht, die noch nicht mal eine Textverarbeitungssoftware korrekt bedienen können. Ein bisschen Revolution spielen, klar. Ein paar E-Mails von korrupten Politikern leaken und der Welt erklären, in was für einem krassen Überwachungsstaat wir doch alle leben. Aber weißt du was, Ray?« Sie spuckte den Namen förmlich aus. »Im Moment fühle ich mich gerade von *dir* überwacht, und darauf habe ich echt überhaupt keinen Bock! Genauso wenig wie auf euren ganzen kindischen Hackerverein.«

»Bist du dann fertig?«, fragte die Stimme mit geradezu spöttischer Neutralität.

»Noch nicht mal ansatzweise!«, gab Lisa zurück. »Und ich habe ganz bestimmt nicht vor, mich noch eine Sekunde länger von einer Bande narzisstischer Computerkids belästigen zu lassen.«

»Wir möchten dich nicht belästigen, Lisa.«
»Ach nein? Und was wollt ihr dann von mir?«
»Wir möchten dir helfen.«

Von der Website WeAreFORTRESS.net

Wir sind FORTRESS.
Wir sind die letzte Bastion der freien Menschen.
Wir sind viele, wir sind unerkannt.
Rechnet mit uns.

Wir sind FORTRESS. Wir sind keine Organisation, kein Verband und keine Firma. Wir haben keinen Anführer und keine feste Struktur, aber gemeinsame Ziele. Dies sind unsere Ziele. Dies ist unser Kodex:

1. Information muss frei und frei verfügbar sein.
2. Der Zugang zu Computern, die diese Informationen beinhalten, muss für alle Menschen unbegrenzt und vollständig sein – keine Zensur!
3. Misstraue Autoritäten und willkürlichen Gesetzen! Misstraue Recht, das ausschließlich vom Stärkeren beschlossen wird. Misstraue Regierungen, Behörden und Geheimdiensten! Fördere Dezentralisierung und Stabilität, entziehe dich Kategorisierung, Nummerierung, Klassifizierung.
4. Beurteile einen Menschen nach seinem Tun und seinen Fähigkeiten und nicht nach dem, was er sagt, oder nach Kriterien wie Aussehen, Alter, Herkunft, Spezies, Geschlecht oder gesellschaftliche Stellung.

5. Anonymität ist ein Grundrecht des Menschen. Respektiere die Privatsphäre anderer Leute, es sei denn, diese Leute schaden dir oder den Zielen des Kodex. Private Daten schützen, kriminelle Schädlinge ans Licht zerren!
6. Recht für die Entrechteten! Auch wenn wir in den Augen diverser staatlicher Behörden Kriminelle sind, werden wir nicht aufhören, für unsere Sache zu kämpfen. Kein staatliches Recht darf über dem Recht freier Menschen stehen. FORTRESS setzt sich für Verfolgte, Rechtlose, Schwache und Arme ein. Wir gehen aktiv gegen Verbrechen vor, die im Internet stattfinden oder durch das Internet ermöglicht werden. Dazu zählen Menschenhandel, Entführung, Mord, Zwangsprostitution, Betrug und Korruption – egal, ob von staatlicher oder privater Seite. Wir sind die Stimme derjenigen, die mundtot gemacht werden sollen.

Wir sind FORTRESS.
Wir sind die letzte Bastion der freien Menschen.
Wir sind viele, wir sind unerkannt.
Rechnet mit uns.

41

Lennebergwald bei Mainz

Der rothaarige Mann warf einen Blick in den Rückspiegel seines Jeeps. Sein Passagier auf der Rückbank machte keinerlei Anstalten, den blickdichten Sack von seinem Kopf zu ziehen oder auch nur daran herumzufummeln.

Gut.

Der rothaarige Mann musste grinsen. Wenn man sich ein Paar angenähte Knopfaugen und einen Mund dazu dachte, erinnerte dieser Sack ein bisschen an den Kopf einer überdimensionalen Stoffpuppe. Eine von den billigen, selbst gemachten. Seine Großmutter hatte solche für ihre Enkel gebastelt, manchmal war das Gesicht auch nur ein bemalter hölzerner Kochlöffel gewesen, mit ein paar drangeklebten Bindfäden oben, die Haare sein sollten. Seine Schwester hatte die Dinger dennoch abgöttisch geliebt. Hatte sie zum Tee versammelt, um ihren kleinen Kindertisch.

Hatte Familie mit ihnen gespielt.

Seine Schwester lebte nicht mehr, ebenso wenig wie seine Eltern, auch die Großmutter war längst nicht mehr da. Die jedoch hatte Glück gehabt, denn sie war als Einzige im Dorf eines natürlichen Todes gestorben. Im Bett ihrer kleinen Hütte, wo er sie, damals selbst gerade erst zwölf Jahre alt, gefunden hatte. Er hatte nichts gespürt beim Anblick seiner toten Großmutter. Keine Trauer, keinen Schmerz, schon damals nicht.

Nur die Leere.

Später war der Tod ein häufiger Besucher im Dorf gewesen, man hatte sich irgendwann regelrecht daran gewöhnt. Und als der Tod schließlich auch seine Eltern und seine Schwester geholt hatte – und mit ihnen den kläglichen Rest der Dorfbewohner –, da war er nicht mal in der Nähe gewesen. Er hatte sich davongestohlen, in jener Nacht, allein. Damals hatte er kapiert, dass man mit dem Tod einen Pakt schließen musste, wenn man überleben wollte.

Und dass Gott nichts so sehr hasste wie Feiglinge.

Man musste das Schicksal in die eigenen Hände nehmen, wenn man sich Respekt verdienen wollte. Musste clever sein. Unnachgiebig und rücksichtlos.

Wie ein Wolf.

Seine Kunden waren Leute mit zu viel Geld, zu viel Hass und einem viel zu kleinen Selbstwertgefühl. Man mochte gar nicht glauben, wie viele es von denen gab, sie waren praktisch überall. Fielen nicht auf. Durchschnittliche Bürger, die in der Menge untergingen. Deren Neid und Hass und Ohnmachtsgefühle im Verborgenen schwelten und dabei wuchsen wie ein Krebsgeschwür.

Bis ihnen jemand endlich die Möglichkeit gab, sich für ein paar Stunden der verhassten Maske zu entledigen, hinter der sie sich tagein, tagaus verstecken mussten.

Jemand wie er.

Er steuerte den Jeep auf einen holprigen Waldweg, blickte wieder in den Rückspiegel. Amüsierte sich insgeheim darüber, wie sein Passagier durchgeschüttelt wurde, der jetzt wieder den teuren Armani-Anzug trug, mit dem er gestern Abend angekommen war.

Der rothaarige Mann hatte ihn hinab in den Keller geführt und ihm vor der Tür zum Raum einen Ganzkörperschutzanzug in die Hand gedrückt. Das gehörte alles zum Service. Der Kunde hatte gefragt, ob es in Ordnung wäre, wenn er unter dem Schutzanzug nackt bliebe.

Der rothaarige Mann hatte nur mit den Schultern gezuckt.

Die Schutzanzüge wurden anschließend ohnehin entsorgt, und es war nicht seine Aufgabe, über die Vorlieben seiner Kunden zu urteilen. Es war ihm von ganzem Herzen gleichgültig, was diese in dem Raum trieben, sobald die Tür hinter ihnen ins Schloss gefallen war. Dann konnten sie tun und lassen, was sie wollten, denn schließlich bezahlten sie ja gutes Geld für dieses Privileg.

Der rothaarige Mann stoppte den Wagen.

Dann stieg er aus, ging um das Auto herum und öffnete die Tür des Passagierbereichs. Wortlos fasste er den Mann am Unterarm, wobei er Latexhandschuhe trug, die er schon vor Fahrtantritt angezogen hatte.

Nur zur Sicherheit.

Der Kunde stieg vorsichtig aus, noch immer blind wegen des Sacks auf seinem Kopf. Der rothaarige Mann führte ihn ein paar Meter den Straßenrand entlang, bis zu einer Haltebucht, wo der Mercedes des Kunden stand.

Routinemäßig warf der rothaarige Mann einen Blick auf das Kennzeichen des Wagens und prägte es sich ein.

Nur zur Sicherheit.

Dann sagte er: »Sie zählen bis hundert. Dann Sie nehmen den Sack ab.« Vermutlich hörte man ihm seinen Akzent deutlich an, aber er war sicher, dass sein Kunde diesen nicht mal ansatzweise einordnen konnte.

Der Kunde nickte, zum Zeichen, dass er verstanden hatte.

Wieder musste der rothaarige Mann ein Grinsen unterdrücken. Er hätte vielleicht doch ein lustiges Gesicht auf den schwarzen Sack malen sollen. Der Kerl im Armani-Anzug, der, die Arme an beiden Seiten ausgestreckt, jetzt blind durch die Gegend tappte, wie ein Kind beim Topfschlagen. Und dazu der Puppenkopf.

Einfach zu komisch.

Aber das waren Späße, die man lieber für sich behielt, wenn man weiter im Geschäft bleiben wollte.

Plötzlich begann der Kerl mit dem Sack über dem

Kopf zu sprechen: »Danke! Das hat mir …« Er räusperte sich. »Es hat mir sehr viel bedeutet, wirklich. Danke, dass Sie mir diese Erfahrung ermöglicht haben.«

Der rothaarige Mann schüttelte grinsend den Kopf. Dieser Idiot sprach genauso geschwollen daher, wie sein Bankkonto es war, und offenbar hatte er in ihm soeben einen neuen Stammkunden gewonnen. Der würde zurückkommen, jede Wette.

Wortlos drehte der rothaarige Mann sich um und lief zu seinem Jeep zurück.

Als er einstieg, warf er einen Blick in Richtung des parkenden Mercedes. Der Kerl im Anzug stand immer noch neben seinem Wagen, hatte den Sack auf dem Kopf, sah aus wie ein Trottel und zählte brav die Schäfchen. Gut so.

Der rothaarige Mann trat aufs Gas, wendete den Jeep und brauste davon.

42

Doc's Bike Shop

Nachdenklich starrte Lisa auf das Telefon in ihrer Hand und kaute auf ihrer Unterlippe herum, während sie zurück zu Docs Werkstattbüro ging. Die seltsame

Roboterstimme behauptete also, dass ihr Vater das Candyland-Messageboard lediglich besucht hatte, um dort über die Aktivitäten von Internetpädophilen zu recherchieren.

Falls das tatsächlich stimmte, hatte Robert Kern sich fraglos an der richtigen Stelle umgesehen.

Und sie war mittlerweile fast geneigt, dieser Stimme zu glauben. Vielleicht, weil sie ihr hatte glauben wollen? Vielleicht, weil sie liebend gern alles geglaubt hätte, das diese furchtbare Anschuldigung von ihrem Vater nahm?

Sie wusste es nicht.

Das Telefonat ließ Lisa mit mehr Fragen als Antworten zurück. Der Anrufer namens Ray hatte behauptet, dass er und seine Gruppe von virtuellen Guerillakämpfern ihrem Vater den Zugang zum Candyland ermöglicht hatten, damit er ihre Version der Wahrheit ans Licht brachte, was immer das genau bedeuten sollte.

Unser Kampf gegen die wirklichen kriminellen Umtriebe im Internet. Identitätsdiebstahl, Menschenhandel, Zwangsprostitution, Handel mit Drogen und Waffen. Mord. Pädophile Kriminelle.

Wenn Ray tatsächlich ein Teil des sagenumwobenen FORTRESS-Netzwerks war, warum hatten diese angeblichen Hacker für die gute Sache die Existenz des Candyland-Forums nicht einfach der Polizei gemeldet oder die wahren Identitäten der Nutzer und Betreiber des Messageboards offengelegt, wie sie das auch mit den Offshore-Konten gieriger Manager und korrupter Politiker zu tun pflegten? Überstieg dies vielleicht sogar die Fähigkeiten dieser selbst ernannten Hackerelite?

Doch dann beantwortete Lisa sich die Frage selbst.

Weil es nichts gebracht hätte, lautete die einfache wie offensichtliche Lösung des Rätsels. Ihr war ja selbst schon aufgefallen, dass die Forenbeiträge im Candyland sich streng im Rahmen gewisser rechtlicher Grauzonen bewegten, und das musste wohl auch FORTRESS klar sein.

Die Hacker würden sich mit einer solchen Aktion höchstens selbst ins Fadenkreuz der Internetermittler manövrieren, und am nächsten Tag würde das Forum samt der Nutzer einfach unter neuem Namen auf eine andere Webadresse umgezogen sein.

Blieb die Frage, was genau die Hacker sich dann von einem Journalisten wie ihrem Vater erwartet hatten, noch dazu, da dieser Journalist seit Ewigkeiten keinen Artikel mehr veröffentlicht hatte.

Darauf hatte Lisa im Moment nun wirklich keine Antwort, ebenso wenig wie auf die Frage, wie weit sie einer körperlosen Stimme aus den Weiten des virtuellen Äthers überhaupt trauen konnte.

Oder wollte.

Wir wollen dir helfen, Lisa, hatte Ray gesagt und ihr praktischerweise auch gleich eine Möglichkeit eröffnet, wie sie sich dieser Hilfe bedienen konnte. Wenn sie mit ihm oder FORTRESS Kontakt aufnehmen wollte, sollte sie sich eine Wegwerf-Mailadresse von einem der zahllosen Services einrichten, die so etwas anboten, und eine Mail an eine von Ray genannte Mailadresse schicken, in welcher nichts außer einer Kombination aus sechs Zahlen stand, die er ihr ebenfalls genannt hatte. So würde Ray erkennen, dass die Mail tatsächlich von ihr stammte, und bei nächster Gelegenheit telefonisch Kontakt mit ihr aufnehmen. Eine ausgesprochen geheimnisvolle Art der Kommunikation, und darüber hinaus eine verdammt einseitige.

Andererseits, welche Möglichkeiten hatte sie denn sonst noch?

Zum Verbleib von Anneke fehlte ihr nach wie vor jeder Anhaltspunkt, und was die Wahrheit über ihren Vater betraf, war sie auch noch keinen Schritt weiter – bis auf die Tatsache, dass sich die Suche nach dessen wahren Motiven mit jedem Schritt verwirrender gestaltete.

Von welchem Blickwinkel aus man es auch betrachtete, ihr Vater war und blieb der Dreh- und Angelpunkt im Fall Anneke Jaspers.

Aber war er auch der Täter?

Als Lisa ins Büro zurückkehrte, war Doc nicht mehr da, aber Shady hob den Kopf und hechelte sie an. »Okay, okay, ist ja gut«, sagte Lisa lächelnd. »Gehen wir eine Runde, meine Süße. Vielleicht fällt mir dann etwas ein, wie …« Sie verstummte mitten im Satz.

Dann hastete sie zum Schreibtisch hinüber und klappte Docs Laptop auf.

43

Der Bildschirm erwachte augenblicklich zum Leben.

Sie war offenbar immer noch im Candyland eingeloggt. Was hatte Ray gesagt? Das Programm, das sie für ihren Vater geschrieben hatten, funktionierte so, dass man damit unbemerkt in den Account eines anderen, bereits etablierten Nutzers schlüpfen konnte. Nur so schöpfte niemand Verdacht über einen Neuankömmling, der seltsame Fragen stellte.

Und genau das musste ihr Vater getan haben, wenn er hier wirklich eine Recherche betrieben hatte: den anderen Nutzern Fragen stellen. Und diese Fragen waren ziemlich sicher solche, die die Nutzer unter keinen Umständen in der öffentlichen Diskussion auf dem Messageboard besprochen hätten, da war sich Lisa sicher.

Vielleicht aber im kleinen Kreis.

Lisa klickte auf das Bildchen, das den Avatar für ihr eigenes Profil darstellte, ganz ähnlich dem Profilbild eines Facebook-Profils, bloß zeigte dieses hier lediglich die gesichtslosen Umrisse einer stilisierten Person vor grauem Hintergrund.

Lisa klickte sich bis zu dem Archiv der privaten Chatgespräche, welche ihr Vater unter dem Nickname *Hagbard* mit anderen Teilnehmern des Forums geführt hatte. Sie musste nicht lange suchen, bis sie auf die folgende Kommunikation zwischen Hagbard und einem Nutzer namens *Traveller* stieß.

Trav3113r: *Hey, auch mal wieder hier?*

Hagbard Celine: *Musste geschäftlich verreisen. Viel zu tun. ;-)*

Trav3113r: *Verstehe. ;-) Bist du denn fündig geworden?*

Hagbard Celine: *?*

Trav3113r: *Na, das Zeug, nach dem du gesucht hast, du weißt schon. War es das, was du dir erwartet hattest?*

Hagbard Celine: *Ja, danke.*

Und damit endete der Chatverlauf.

Lisas Magen krampfte sich zusammen. *Zeug*, nach dem ihr Vater gesucht haben sollte? Zeug, von dem man auch in einem Treffpunkt von Perversen wie dem Candyland nur unter vorgehaltener Hand sprach?

Lisas ungutes Gefühl verstärkte sich.

Diese nebulösen Andeutungen konnten alles Mögliche bedeuten und bezogen sich offenbar auf ein früheres Chatgespräch, bei dem Hagbard seinen Chatpartner um weitere Informationen zu einem bestimmten Thema gebeten hatte.

Hastig scrollte Lisa sich durch den Rest der archivierten Chatverläufe, doch sie fand kein weiteres Gespräch mit Traveller, lediglich ein paar vorsichtige Versuche ihres Vaters, ein Chatgespräch mit anderen Nutzern zu beginnen.

Diese hatten jedoch allesamt sehr zurückhaltend reagiert, sodass keine längere Unterhaltung zustande gekommen war. Es gab auch keine Chatverläufe, die älter als eine Woche waren, dafür sorgte vermutlich die Website selbst, um die Anonymität ihrer Nutzer zusätzlich zu schützen.

Traveller war demnach der einzige Nutzer dieses Forums, der sich in letzter Zeit mit ihrem Vater unterhalten und ihn damit offenbar in noch tiefere Abgründe des Internets geführt hatte.

Und damit in den Tod.

44

Lennebergwald bei Mainz

Der rothaarige Mann öffnete die Tür zu dem Raum, den der Kerl mit dem Armani-Anzug und dem Mercedes am Vorabend von ihm gemietet hatte. Er ließ den Blick schweifen. Dieser Typ hatte gewütet wie ein echter Psycho, überall war Blut. Die Wände waren damit bespritzt bis fast zur Decke hinauf, auf dem Boden hatten sich etliche große Lachen ausgebreitet. Das Zeug hatte inzwischen zu gerinnen begonnen, entsprechend intensiv war der Geruch.

Mit einem seufzenden Kopfschütteln setzte der Mann eine Atemschutzmaske aus Gummi auf. Er war nun selbst in einen Ganzkörperanzug gekleidet, den des Kerls entdeckte er in einer Ecke – absurderweise zu einem ordentlichen, kleinen Stapel zusammengefaltet, neben dem Gestell mit dem leblosen Körper. Als er diesen eingehender betrachtete, pfiff er leise durch die Zähne.

Ein echter Psycho, keine Frage.

Der Kunde hatte er sich offenbar immer weiter reingesteigert, auch nachdem sein Opfer schon längst tot gewesen war. Der rothaarige Mann sah so etwas öfter. Viele, die so angefangen hatten, waren inzwischen Stammkunden. Verfielen dem Tod wie einer Droge, und das war in den Augen des rothaarigen Mannes vor allem eines: gut fürs Geschäft.

Der rothaarige Mann zuckte mit den Schultern, dann machte er sich an die Arbeit.

Er hob den Schutzanzug vom Boden auf und warf ihn draußen auf dem Gang in eine Schubkarre. Anschließend schnitt er die Kabelbinder durch, die die Leiche des Opfers auf ihrem Gestell hielten, und schleppte den Körper dann ebenfalls zur Schubkarre. Er würde beides später getrennt entsorgen. Die Klamotten würde er in einer großen Blechtonne in Rauch aufgehen lassen und die Überreste anschließend vergraben.

Die Leiche selbst würde er dorthin bringen, wo sie niemand je finden würde.

Dann begann er mit der sorgfältigen Reinigung des Raumes. Ihm war klar, dass er das Blut nicht völlig rückstandslos aus dem Steinfußboden und dem Mauerwerk des fensterlosen Raumes bekommen würde, aber darauf kam es auch gar nicht an. Es ging vor allem darum, dass der nächste Kunde diesen Raum in einem aufgeräumten und zumindest für das menschliche Auge makellosen Zustand vorfand.

Wenn man aufhörte, auf solche Details zu achten, war man ganz schnell aus dem Geschäft. Immerhin wollte jeder seiner Kunden das Gefühl haben, eine exklusive und speziell auf seine Bedürfnisse angepasste Erfahrung zu machen, etwas Besonderes zu sein.

Das wollten sie alle, deshalb kamen sie zu ihm.

Er spritzte den Raum mit einem harten Wasserstrahl aus, womit er die meisten Hinterlassenschaften wegspülte. Blutrot kreiselte das Wasser um den Abfluss, dann wurde es allmählich klarer, bis es nur noch einen roten Schimmer enthielt.

Anschließend kam die Reinigungslösung dran, mit welcher der Mann sorgsam die Wände und den Boden säuberte, mithilfe eines langstieligen Schrubbers, Bahn für Bahn, dann noch einmal das Wasser.

Eine halbe Stunde später verschwand das letzte Rinnsal plätschernd im Abfluss, und der Mann sprühte noch ein paar Stöße eines dezenten Raumsprays in das Zimmer, dann sah er sich zufrieden um.

Alles war bereit für seinen nächsten Kunden.

Zeit also, sich nach der Ware umzusehen, die dieser Kunde schon vor etlichen Tagen bestellt hatte. Er hatte kurzfristig beruflich nach Übersee reisen müssen und den rothaarigen Mann gefragt, ob er nicht ausnahmsweise ein paar Tage auf die Ware aufpassen könne, gegen entsprechende Vergütung, versteht sich. Kein Problem, hatte der rothaarige Mann gesagt, überhaupt kein Problem, und dem Kunden dann eine völlig utopische Zahl für diesen kleinen Dienst genannt, die dieser sofort akzeptiert hatte.

Der rothaarige Mann bedauerte beinahe, dass er ihm nicht einen doppelt so hohen Betrag in Rechnung gestellt hatte. Andererseits blieb man auch nicht lange im Geschäft, wenn man allzu gierig war.

Der rothaarige Mann schlenderte den Gang entlang, bis er die nächste Tür erreicht hatte. Rostiger Stahl, von dem die hellgraue Farbe einer uralten Lackierung abblätterte. Der Raum dahinter war deutlich kleiner als der, den er gerade gesäubert hatte, etwa zwei mal zwei Meter. Aber das genügte vollauf, um die Matratze und den Eimer darin verstauen zu können.

Und die Ware, natürlich.

Grinsend griff der Mann nach dem Schlüssel, um die Tür aufzuschließen, und – erstarrte. Der Schlüssel war nicht mehr im Schloss. Hastig klopfte er die Taschen seiner Jacke ab, dann die Hosentaschen.

Nein, da war er auch nicht.

Panik stieg in ihm auf. Wie zur Hölle konnte das passiert sein, wo war der verdammte Schlüssel? Er war sich sicher, ihn nach dem Abschließen im Schloss stecken gelassen zu haben wie jedes Mal, in der festen Annahme, dass die Ware sich in einem Zustand befand, auf dem sie es noch nicht mal bis zur Tür schaffte, geschweige denn auf die Idee kam, daran herumzufummeln. Und falls doch, befand sich der Schlüssel dann ja immer noch auf der falschen Seite der Tür.

Bloß steckte er da jetzt nicht mehr.

Der rothaarige Mann zog einen Teleskop-Schlagstock aus seiner Jackentasche und schüttelte ihn mit einer routinierten Bewegung, um ihn zur vollen Länge auszufahren, etwa ein halber Meter.

Als er die Klinke an der Außenseite der Stahltür niederdrückte, beschlich ihn ein mulmiges Gefühl. Was, wenn sie doch …?

Er riss die Tür auf und blickte – in einen leeren Raum.

Die Ware war fort!

Der Mann machte einen Schritt vorwärts und stieß mit seiner Stiefelspitze an einen Gegenstand, der mit einem metallischen Kratzen über den Boden bis in die Mitte des Raumes schlitterte. Das Blechtablett, auf dem er der Ware das mit den Drogen versetzte Wasser und den versalzenen Brei gebracht hatte.

Darauf, wie zum Hohn, lag jetzt der Schlüssel.

Sie musste ihn also tatsächlich irgendwie aus dem Schloss gefummelt und auf das Tablett fallen gelassen haben, das sie zuvor durch den Spalt unter der Tür durchgeschoben hatte. Cleveres Mädchen.

Beschissenes cleveres Mädchen!

Beinahe hätte der Mann laut aufgelacht. Die Idee war so simpel, dass er sie nicht mal ansatzweise in Betracht gezogen hatte. Doch für Selbstvorwürfe war jetzt keine Zeit.

Er wirbelte auf dem Absatz herum und rannte den Gang entlang, bis er den Ausgang des unterirdischen Bunkers erreicht hatte. Er kletterte die Sprossen hinauf, dann verschloss er die Metallklappe von außen und häufte Laub und Zweige darüber, um sie vor unerwünschten Blicken zu verbergen.

Donner krachte über seinem Kopf, und einen Augenblick später setzte Starkregen ein, prasselte auf ihn herab, als hätte jemand die Armatur einer Brause aufgedreht.

Dessen ungeachtet richtete der Mann den Blick zu Boden, dann folgte er den Spuren der Ware in den Wald.

Er grinste. Immerhin hatte er noch gut vier Stunden bis zur Ankunft des Kunden, und wie weit konnte ein mit Drogen zugedröhntes und völlig entkräftetes Mädchen mitten in diesem riesigen Waldgebiet schon kommen?

Der rothaarige Mann war guter Dinge.

45

Doc's Bike Shop

Nachdem sie Ray auf die von ihm erklärte Weise kontaktiert und ihm in aller Kürze den Inhalt der merkwürdigen Kommunikation zwischen ihrem Vater und dem Nutzer namens Traveller mitgeteilt hatte, war es lange Zeit verdächtig ruhig in der Leitung geblieben. Nach sekundenlangem Schweigen hatte die tonlose Stimme gefragt: »Wie weit bist du bereit zu gehen, Lisa?«

»Zu gehen? Wobei?«

»Bei der Suche nach der Wahrheit.«

Lisa hatte geschwiegen. Die Wahrheit, von der Ray sprach, bedeutete möglicherweise die einzige Chance, die ihr jetzt noch blieb, Anneke Jaspers zu finden – unabhängig davon, ob ihr Vater sie nun tatsächlich eigenhändig entführt hatte oder nicht.

Fest stand, dass sie keinerlei andere Hinweise hatte, denen sie hätte nachgehen können. Die offizielle Strafverfolgung durch die Behörden hätte sich der Methoden, die sie im Moment benutzte, gar nicht bedienen dürfen – oder wenigstens einen langwierigen Prozess um eine richterliche Erlaubnis darum führen müssen.

Eine Kooperation mit einer anonymen Person, die sich als Mitglied einer cyberkriminellen Vereinigung ausgab, war für einen aktiven Mitarbeiter des BKA natürlich ebenfalls vollkommen ausgeschlossen.

Aber vielleicht nicht für sie.

»So weit, wie es nötig ist, um Anneke Jaspers zu finden«, hatte sie schließlich gesagt.

»Gut«, hatte die Stimme getönt und ihr dann versprochen, sich bei ihr zu melden, sobald sie mehr über den Candyland-Nutzer namens Traveller herausgefunden hatte.

Dann hatte Ray aufgelegt.

Das war vor über drei Stunden gewesen, und seitdem hatte sie nichts mehr von ihm gehört. Frustriert streckte Lisa sich auf Docs unbequemem Bürostuhl, dann stand sie auf, um eine neue Kanne Kaffee anzusetzen.

Während das nachtschwarze Wasser zischend und brodelnd wie ein alchemistisches Gebräu durch den Filter rann, ging Lisa wieder an den Laptop. Sie brauchte ganze fünf Minuten, um durch ein paar einfache Suchanfragen herauszufinden, wie man ein Handy orten konnte, sofern dessen Nutzer online war.

Noch mal fünf Minuten brauchte sie, um einen Ortungsdienst zu finden, der es mit der Einverständniserklärung seiner Nutzer nicht ganz so genau nahm, besonders dann, wenn man am Telefon das in Tränen aufgelöste Dummchen spielte, das soeben sein Handy verloren hatte. Das tat sie, und der nette junge Mann von der Service-Hotline half ihr nur allzu gern weiter.

Weitere fünf Minuten später saß sie, mit einer Thermoskanne frischen Kaffees bewaffnet, in ihrem T5, Shady neben sich auf dem Beifahrersitz, und war unterwegs zur Autobahn in Richtung Mainz.

46

Im Leimen, Mainz-Weisenau

Sie hatte keine zwei Stunden gebraucht, um das Haus im östlichen Stadtteil von Mainz zu erreichen, das ihr der freundliche Mitarbeiter des Ortungsservice als aktuellen Standort ihres – angeblich verlorenen – Handys genannt hatte.

Bloß war es freilich nicht ihr Handy, nach dem sie gesucht hatte, sondern das von Max. Sie hatte damit gerechnet, dass er online sein würde, denn das war er ja praktisch ständig.

Das hatte die Sache noch zusätzlich erleichtert.

Als sie den Wagen im Schutze der einsetzenden Dunkelheit ein paar Straßen entfernt parkte und die Scheibenwischer ausschaltete, begann sich sofort eine dünne Schicht Nieselregen auf der Windschutzscheibe zu bilden. Ein kräftiger Wind schlug ihr entgegen, als sie aus dem Auto stieg. Sie schloss den Reißverschluss ihrer Lederjacke bis oben hin und setzte die Kapuze ihres Sweatshirts auf. Shady musterte sie mit einem fragenden Blick.

»Du bleibst hier, Süße«, sagte Lisa und deutete auf den Sitz, auf dem sich Shady sofort wieder brav zusammenrollte. »Es genügt, wenn sich eine von uns zur Idiotin macht.«

Was der Sache wohl ziemlich nahe kam. Was wollte sie überhaupt hier, wieso spionierte sie Max nach? Er hatte sehr deutlich gemacht, dass ihre Beziehung aus seiner Perspektive vorüber war und er keinen weiteren Kontakt mit Lisa wünschte. Mehr noch, er hatte seine Tochter Charlotte vorgeschoben, um sich aus dem Staub zu machen, einfach so, von einem Tag auf den nächsten. In dem Moment, als sie ihn am meisten gebraucht hatte.

Er hatte sie im Stich gelassen.

Und dennoch ging sie jetzt in Richtung des Hauses, bewegte sich wie eine Marionette an den Schnüren eines unsichtbaren Puppenspielers, und wozu das Ganze? Um mit ihm zu sprechen, redete sie sich ein. Die Dinge zu klären, die zwischen ihnen unausgesprochen geblieben waren.

Bloß war auch das eine Lüge.

Sie war hier, weil sie es nicht länger ertrug ohne ihn. Weil sie ihn hasste für die Art, wie er so mir nichts, dir nichts aus ihrem Leben verschwunden war. Und dann diese Sache mit der blockierten Nummer. Das war doch absoluter Kindergarten!

Gleichzeitig wusste sie, dass diese Wut ihren Ursprung in der schlichten Tatsache hatte, dass sie ihn noch immer liebte. Ihn zurückwollte, um jeden Preis. Herrgott, sie waren fast ein Jahr zusammen gewesen. Sie hatte ihn in ihr Leben gelassen, in ihr Herz, unter ihre Haut – und er wusste genau, wie schwer ihr so etwas fiel.

Dann hatte sie die Haustür erreicht.

Für eine Weile stand sie davor, sah sich um. Wägte die Möglichkeiten ab. Kam sich dabei vor wie ein Einbrecher. Ein zweistöckiges Gebäude, gar nicht so viel anders als das Reihenhaus, das sie erst vor Kurzem gemeinsam bezogen hatten. Was, wenn er vorübergehend ins Haus seiner Eltern zurückgekehrt war? Was, wenn ihr seine Mutter die Tür öffnete – wie sollte sie dann erklären, was sie hier überhaupt verloren hatte?

Sie sollte umdrehen, das sollte sie wirklich. Auf der Stelle.

Es einfach gut sein lassen.

Als sie sich dem Zaun näherte, der das Haus umgab, bemerkte sie ein hell erleuchtetes Fenster im Erdgeschoss, durch das man in die Küche sehen konnte. Rustikal und sehr gemütlich. Kerzen standen auf dem Tisch, Teller und Schüsseln mit dampfendem Essen, was Lisa schmerzhaft daran erinnerte, dass sie seit einem kleinen Snack zur Mittagszeit heute noch nichts gegessen hatte.

Dann sah sie Max.

Er zog einen Stuhl unter dem Tisch heraus, dann kam Charlotte, seine Tochter, ins Bild gehüpft, setzte sich fröhlich lachend auf den Stuhl, während Max, ganz der Gentleman, ihn wieder an den Tisch schob und dabei eine kleine Verbeugung andeutete.

Lisa musste lächeln, das war so typisch Max.

Charlotte sagte irgendwas, und Lachen war zu hören, sogar durch die Fensterscheibe, schließlich setzte sich auch Max. Eine Frau, die eine Suppenschüssel in der einen und einen Kochlöffel in der anderen Hand hielt, beugte sich zu Max, küsste ihn auf den Mund und löffelte ihm etwas aus der Schüssel auf den Teller, vermutlich irgendeine Soße.

Als sie den Kopf hob, erkannte Lisa sie.

Erkannte das ganze Ausmaß dessen, das sich ihr hier abspielte. Das ganze Ausmaß von Max' Verrat.

Die Frau war Saskia, Max' Ex-Frau und Charlottes Mutter. Er hatte also gerade mal zwei Tage gebraucht, um wieder bei ihr einzuziehen. Respekt, dachte Lisa, während ihr die Tränen in die Augen schossen. Wirklich eine reife Leistung, Max! Offenbar hatte er sie nicht nur auf dem Telefon blockiert, nein, es war, als hätte sie nie in seinem Leben existiert, und jetzt spielte er heile Familie, als hätte er sich nie von seiner Frau getrennt – und alle machten mit. Lachten und scherzten am Abendbrottisch, und sie stand draußen im Regen. Schaute durch die Scheibe herein, auf ein Leben, das ihres hätte sein können.

Sie wandte sich ab, um zu gehen, als grelles Licht über der Haustür aufflammte. Ein Bewegungssensor!

Hastig vollführte Lisa die Drehbewegung zu Ende, während sie gleichzeitig nach ihrer Kapuze griff und sie tiefer ins Gesicht zog.

Dann rannte sie, bis sie den T5 erreicht hatte, riss die Tür auf, sprang hinein. Hinter dem Steuer brach sie weinend zusammen, während sie Shady an sich presste, das Einzige, das ihr jetzt noch geblieben war.

Oder beinahe.

47

Lennebergwald bei Mainz

Sie musste stundenlang durch den Wald geirrt sein.

Kaum fähig, sich auf den Beinen zu halten, war sie trotzdem einfach immer weiter vorwärts gestolpert. Hatte sich aufgerafft, wenn sie hinfiel, ohne einen bewussten Gedanken daran zu verschwenden, warum sie sich überhaupt noch die Mühe machte.

Ohne ein Ziel war sie weitergetaumelt, außer dem einen: sich mit jedem Schritt weiter von dem schrecklichen Zimmer mit der Matratze und dem Eimer zu entfernen.

Von dem Mann mit dem Schlagstock.

Der vielleicht gar kein richtiger Mann war, sondern ein Dämon. Ein Teufel, ausgesandt aus der Hölle, um sie zu quälen, und das hier, ihre Flucht, war vielleicht nur eine weitere seiner perfiden Foltermethoden. Hoffnung, die er ihr vorgaukelte, um sie ihr einen Moment später wieder zu entreißen. Ein Kreis der Hölle, in dem sie dazu verdammt war, bis in alle Ewigkeit durch den Wald zu irren.

Ihre Gedanken begannen wieder, sich zu verknoten, drifteten ab in die surrealistischen Gefilde, wo die Fieberträume wohnten.

Sie berührte ihre Stirn, dann die Wangen. Ihr Gesicht schien zu glühen, und gleichzeitig war ihr eiskalt.

Der dünne Stoff ihres Jogginganzugs triefte vor Nässe. Die ursprüngliche graue Farbe des Stoffes war nur noch zu erahnen, jeder Quadratzentimeter war jetzt dunkel von Wasser und Schlamm.

Sie stolperte weiter.

Irgendwann stieß sie auf einen Bach, an dessen morastigem Ufer warf sie sich auf die Knie. Schlürfte gierig das Wasser aus der Innenfläche ihrer Hand. Viel zu gierig, denn gleich darauf musste sie sich übergeben.

Entkräftet brach sie im Schlamm zusammen, minutenlang war sie nicht fähig, sich wieder aufzurichten oder auch nur zu bewegen. Immerhin war das Wasser des Bachs klar gewesen und frei von Drogen, aber das hatte ihren Zustand kaum verbessert. In einem ihrer klareren Momente vermutete sie, dass das daran lag, dass ihr Körper inzwischen süchtig nach dem Zeug war, das der Mann ihr ins Essen tat. Sie brauchte die Drogen und hatte jetzt keine Möglichkeit mehr, diesen Bedarf zu decken.

War zu einem Junkie auf Entzug geworden.

Dann driftete auch dieser Gedanke weg, hinein in die Schwärze.

Irgendwann erwachte sie wieder.

Kämpfte sich aus dem Schlamm und auf ihre wackeligen Beine, stolperte weiter.

Tiefer hinein in den Wald, in die Dunkelheit zwischen den mächtigen Stämmen der Bäume, tiefer hinein in den Wahnsinn.

Irgendwann stellte sie fest, dass sie einen ihrer Schuhe verloren hatte – sie bemerkte es erst, als sie an sich hinunterblickte und das nackte Fleisch sah, die helle Haut, die zwischen den Schlammbrocken hervorstach. Die blutigen Stellen zwischen den Zehen, die sie sich beim Laufen geholt hatte.

Sie hatte den Schmerz nicht mal gespürt.

Und noch immer lief sie, einfach immer weiter, einen Fuß vor den anderen setzend. Weil es die grausame Hoffnung ist, die zuletzt stirbt. Erst, nachdem jeder vernünftige Gedanke gedacht und wieder vergessen worden ist.

Inzwischen war der Regen zu einem feuchten Sprühnebel geworden, doch die Dunkelheit hatte sich längst über die Wipfel der Bäume gelegt, jede Orientierung war nur mehr eine Illusion.

Vielleicht war sie ja stundenlang im Kreis gelaufen oder jetzt gerade auf dem direkten Weg zurück in die Arme des Mannes. Zurück auf dem Weg zu dem Raum mit der Matratze und dem Eimer. Er, der Mann, würde sie töten, wenn er sie erwischte, daran hatte sie nicht mehr den geringsten Zweifel, und er würde sich Zeit lassen dabei.

Aber auch das interessierte sie jetzt kaum noch.

Unvermittelt trat sie zwischen den Bäumen hervor auf eine freie Fläche, die sie zuvor nicht bemerkt hatte. Ihre Fußsohlen berührten etwas Hartes, Unnachgiebiges. Ein starker Kontrast zu dem weichen, matschigen Waldboden, über den sie gerade noch gestolpert war.

Dann begriff sie es.

Asphalt.

Sie war auf eine Straße gelaufen.

Ihre Gedanken begannen seit langer Zeit erstmals wieder, sich in eine Richtung zu bewegen. Hoffnung regte sich.

Eine Straße. Genau.

Straßen verbanden Dörfer miteinander, und Städte.

Was bedeutete, dass man zwangsläufig auf eine menschliche Behausung stoßen musste, wenn man einer Straße nur lange genug folgte. Egal in welche Richtung, man musste nur einen Fuß vor den anderen setzen, und hatte sie nicht genau das getan in den letzten Stunden?

Immer nur einen Fuß vor den anderen. Bloß nicht umkehren, nicht zurückblicken.

Einfach nur …

Ein Blitz tauchte alles in gleißende Helligkeit. Etwas brüllte hinter ihr auf. Ein Raubtier, oder ein Dämon, der sich auf sie stürzen würde. Den *er* geschickt hatte, um sie zurückzuholen, in die Hölle.

Sie fuhr herum.

Zwei riesige, grell leuchtende Augen schossen in mörderischem Tempo auf sie zu.

Sie riss die Arme vors Gesicht, und das Brüllen des Dämons verwandelte sich in ein hohes Kreischen, dann versetzte ihr das Ding einen ungeheuren Schlag, der sie von den Füßen riss und durch die Luft schleuderte.

Etwas Dunkles kam rasend schnell auf sie zugeflogen.

Dann der Aufprall.

Dann nichts mehr.

NOCH 4 TAGE BIS ZUM SPRUNG

48

Ein Rastplatz nahe Mainz

Lisa erwachte vom nervtötenden Klingelton ihres Handys.

Sie empfand ihn deshalb als besonders störend, weil sie gestern Abend nach dem missglückten Besuch bei ihrem Ex-Verlobten noch zur nächsten Tankstelle gefahren, sich eine Flasche Rotwein besorgt und diese anschließend auf ex geleert hatte.

Zum ersten Mal in ihrem Leben kam sie nun in den Genuss des berüchtigten Morgens danach, inklusive des Brummschädels und des intensiven Brechreizes.

Sie verspürte wenig Lust auf eine Wiederholung.

Nervtötend auch deshalb, weil das Handy auf dem Beifahrersitz ihres VWs lag, zu dem sie sich nun vorarbeiten musste. Sie hatte auf der ausklappbaren Rückbank des Autos genächtigt. Auch so ein Relikt. Sie und Max hatten es damals in ihren T5 einbauen lassen, weil sie sich vorgestellt hatten, dass es schön sein würde, mit dem Kleinbus irgendwo im Süden Urlaub zu machen. Frei und ungebunden, in Frankreich, oder vielleicht Italien, Spanien. Dann einfach an irgendeinem Strand halten, sich im Schein der untergehenden Sonne lieben und nachts im Auto auf der aufgeklappten Rückbank schlafen.

Natürlich war nichts davon je passiert.

Lisas Handy schrillte erneut.

Sie unterdrückte einen Fluch und griff danach. Eine ellenlange Nummer mit einer ihr unbekannten Vorwahl zierte das Display. Ray. Lisa drückte auf den grünen Hörer.

»Ja«, fragte sie mit müder Stimme. »Was gibt's denn?«

Wie es sich herausstellte, hatte Ray – während Lisa ihren Kummer und große Teile ihres Verstands in billigem Rotwein ertränkt hatte – es inzwischen geschafft, mehr über den Chatteilnehmer namens Traveller, geschrieben Trav3113r, bisweilen auch Trav_31, herauszufinden.

Dieser war offenbar kein besonders helles Licht, was die Geheimhaltung seiner wahren Identität betraf, oder außergewöhnlich stolz auf seinen Nickname, denn er war mit ähnlichen Kürzeln auch in einigen mehr oder weniger »normalen« Diskussionsforen im Internet aufgetaucht, was Ray schnell auf die richtige Spur geführt hatte.

Unter Zuhilfenahme einer sogenannten Crawler-Software, die in der Lage war, das Internet nach bestimmten Spezifika zu durchsuchen, war es ihm schließlich gelungen, mehr über die Person herauszufinden, die sich hinter dem Pseudonym verbarg. Die Software hatte sich dabei wie eine Spinne durch alle möglichen Foren und öffentlichen Chatrooms im Internet gehangelt, immer auf der Suche nach Hinweisen auf den Traveller. Dazu hatte die Software sogar den Schreibstil, Ausdruck und typische Redewendungen des Nutzers analysiert. Mit jeder Zeile Text, die der Traveller irgendwo hinterlassen hatte, gelang es dem virtuellen Krabbler besser, sich auf sein Ziel einzuschießen.

Ray hatte auf diese Weise herausgefunden, dass der Teilnehmer höchstwahrscheinlich männlich, zwischen vierzig und fünfzig Jahre alt war, finanziell unabhängig und vermutlich unter einer mittelschweren Zwangsneurose litt. Zumindest war der Crawler bei der Erstellung des psychologischen Profils des Traveller zu diesem Schluss gelangt.

Das, und natürlich seine schon bekannte Vorliebe für Fantasien mit minderjährigen Jungen und Mädchen, welche durch ein breites Feld an mehr oder weniger düsteren Interessensgebieten ergänzt wurde, über die sich der Traveller in den lichtlosen Weiten des Internets regelmäßig zu informieren pflegte. Und zwar – so hatte es den Anschein, den Großteil seiner wachen Zeit über. Stundenlang, Tag für Tag.

So interessant Lisa das alles auch fand, bat sie Ray doch, zur Sache zu kommen – für Anneke konnte jede Verzögerung lebensbedrohlich sein.

Ray stimmte ihr zu.

49

Hanau-Hohe Tanne, nahe Frankfurt am Main

Simon Fischer erhob sich ächzend von der gigantischen weißen Ledercouch. Der übergewichtige Mann pflegte zu jeder Mahlzeit eine neue Folge einer Netflix-Serie zu schauen, mit Vorliebe auf harten Thrillern und True-Crime-Reportagen.

Jeden Tag um Punkt acht Uhr dreißig frühstückte er, Punkt dreizehn Uhr war für das Mittagessen reserviert, mit der Vorhersehbarkeit und Präzision eines Schweizer Uhrwerks.

Er hätte nicht genau sagen können, was ihn so an diesen Berichten über grausame Serientäter und deren unglückliche Opfer faszinierte und warum er sich so etwas unbedingt beim Essen reinziehen musste. Vielleicht aus Langeweile, vielleicht auch nur zur Ablenkung von seiner eigentlichen Lieblingsbeschäftigung, mit welcher er den Rest des Tages und nicht selten große Teile der Nacht zubrachte.

Mit dem, was unten im Keller war.

Diesen Raum exakt nach seinen Vorstellungen einzurichten, hatte Fischer beinahe fünfzigtausend Euro gekostet – die Technik, die da unten stand, noch einmal das Doppelte – für Fischer waren das kaum mehr als Peanuts.

Er hatte Glück gehabt im Leben, und schon immer den richtigen Riecher. Zumindest, als es noch darauf angekommen war. Damals, in den Neunzigern, hatte er als DJ und Produzent ein paar Charthits gelandet, als die Kunst in diesem Geschäft noch hauptsächlich darin bestanden hatte, ein paar geklaute Samples aneinanderzureihen und irgendein hübsches Mädel aufzutun, das im Takt der Musik die Hüften schwang und ein bisschen mit dem Hintern wackelte, fertig war der Megahit des Sommers.

Zeiten waren das gewesen.

Goldene Zeiten für Simon Fischer alias *DJ Exx-Eeel*. In den frühen Nullerjahren hatte er dann, durch den Tipp eines Freundes angeregt, begonnen, sich mit Day-Trading, dem spekulativen Handel mit schwankenden Aktienkursen, zu befassen, als das praktisch noch niemand außer professionellen Aktienbrokern getan hatte. Damit war es ihm innerhalb von ein paar Jahren gelungen, sein damals schon nicht eben unbeträchtliches Vermögen zu verzehnfachen. Danach war er *wirklich* reich gewesen.

Anschließend hatte er die einzig vernünftige Entscheidung getroffen, nämlich die, auf dem Höhepunkt der Kurse seiner Aktien aus dem Geschäft auszusteigen. Er hatte sich praktisch über Nacht komplett zurückgezogen und fortan von den üppigen Zinsen seines Vermögens gelebt.

Ja, auf den richtigen Riecher kam es an, davon war Simon Fischer auch heute noch überzeugt. Auch wenn er seinen Riecher derzeit nur noch gelegentlich dazu benutzte, eine Line bestes kolumbianisches Koks zu schniefen. Aber natürlich alles in Maßen.

Obschon Mitte vierzig, war Fischer single und kinderlos. Nicht, dass es an Angeboten gemangelt hätte. Wenn man über eine gewisse finanzielle Unabhängigkeit verfügte, war man vor den Offerten »wohlmeinender Freunde« und schockverliebter It-Girls kaum noch sicher. Zumindest dann, wenn man blöd genug war, mit seinem Reichtum öffentlich herumzuprotzen. Ein weiterer Grund, warum Fischer die Zurückgezogenheit so schätzte. Die Villa am See in der Nähe von Frankfurt war genau richtig dafür, weil der nächste Nachbar fünf Kilometer entfernt war und sich kein Mensch für das interessierte, was er hier trieb.

Das mochte er.

Und er mochte den Keller.

Die heutige Episode von *The Ted Bundy Tapes* ging zu Ende. Fischer schaltete den riesigen Flachbildfernseher aus, schnappte sich den Teller vom Tisch, trug ihn in die Küche, kratzte die Essensreste sorgfältig in den dafür vorgesehenen Mülleimer.

Dann spülte er den Teller ab und stellte ihn in den Geschirrspüler. Eigentlich mindestens ein überflüssiger Arbeitsgang, aber Fischer hasste den Geruch verdorbener Speisen, der ihm sonst aus dem

Geschirrspüler entgegenschlagen würde. Er bediente das Ding natürlich nicht selbst. Dies war Eva-Marias Job. Seine Haushaltshilfe, die jeden Morgen das Haus putzte, ihm Frühstück machte und das Mittagessen vorgekocht in einer Tupperware-Dose in den Kühlschrank stellte. Das Beste an Eva-Maria war jedoch, dass sie dafür nur exakt anderthalb Stunden brauchte, bevor sie ihn für den Rest des Tages wieder in Ruhe ließ. Auch neigte sie nicht zum Plappern wie die meisten anderen Reinigungskräfte, die er davor beschäftigt hatte. Wenn diese ihn mit ihren langweiligen Geschichten belaberten, lächelte Fischer sein zurückhaltendes Lächeln, nickte und betete, sie mochten endlich die Klappe halten und sich alsbald aus dem Staub machen. Sobald sie gegangen waren, hatte er jedes Mal in der Vermittlungsagentur angerufen und dafür gesorgt, dass diese Frauen nie wieder einen Fuß in sein Haus setzten.

Einmal hatte eine von ihnen ihn sogar mit Fotos ihrer potthässlichen Enkelkinder belästigt – und das an ihrem zweiten Arbeitstag! – und ihm als Krönung sogar empfohlen, sich auch bald welche anzuschaffen. Fröhliches Kinderlachen gegen die Einsamkeit in dem großen Haus, hatte sie gesagt und sich dabei aufgeführt, als wäre sie seine Mutter und er ein großes Kind. Fischer hatte kurz davor gestanden, die Frau eigenhändig aus dem Haus zu werfen.

Nicht so Eva-Maria. Er war sehr froh, dass er sie hatte.

Fischer trottete durch die geräumige Küche zum Kaffeevollautomaten und drückte auf den Startknopf, woraufhin die Maschine ratternd und klickend zum Leben erwachte. Das Mahlwerk brüllte auf, als eine Portion frischer »Jamaica Blue Mountain«-Bohnen in kleinste Partikel zerrieben wurde.

Kurze Zeit später erfüllte Kaffeeduft die Küche. Während die Flüssigkeit als dunkelbrauner Strahl in die Espressotasse schoss, wischte Fischer mit dem Spüllappen Kaffeestaub, der sich beim Mahlen gebildet hatte, weg und wusch den Lappen mit heißem Wasser aus. Dann nahm er die Tasse aus der Maschine, rieb mit seinem Finger beiläufig über deren Rand, um etwaige mikroskopische Schmutzpartikel zu entfernen, und führte sie vorsichtig an die Lippen.

Als es klingelte, fuhr Fischer zusammen und verbrannte sich prompt die Lippen an dem heißen Getränk. Kaffee rann ihm übers Kinn und tropfte auf sein weißes Hemd. Fluchend stellte Fischer die Tasse ab und watschelte in den Flur.

Wer zur Hölle konnte das sein? Wer war bescheuert genug, ihn hier ohne einen Termin zu stören? Nicht, dass Fischer viele Termine vergab. Außer seinem Steuerberater, seinem Arzt und eben Eva-Maria kam eigentlich niemand hierher, schon gar keine unangekündigten Besucher.

Und das war genau so, wie es sein sollte.

Auf dem Display neben der Tür konnte man sehen, was die Linse der Überwachungskamera vor dem Tor beobachtete, die Server im Keller speicherten die Aufnahme zusätzlich ab – und im Moment war das eine junge Frau, die direkt in die Kamera starrte und dabei ein ausgesprochen dämliches Gesicht machte.

Augenblicklich begann Fischers Laune, auf einen weiteren Tiefpunkt zuzusteuern. Da half es auch nichts, dass die Fischaugenlinse der Kamera den Kopf der Frau überproportional vergrößerte, sodass es aussah, als sei sie geradewegs einem Comicheft entsprungen. Fischer war nicht nach Lachen zumute.

Schlimmer noch, sie war hübsch. Vielleicht eins von diesen verdammten Groupies, die von seinem Reichtum gehört hatten und nun glaubten, ihn damit beeindrucken zu können, dass sie eins seiner Frühwerke in der CD-Kiste ihrer Mutter gefunden hatten. Zwar tat er alles, um geheim zu halten, dass der ehemals als DJ Exx-Eeel bekannte Simon Fischer jetzt hier wohnte oder dass dieser überhaupt noch existierte, aber er gab sich keinen Illusionen hin. Heutzutage, im Zeitalter des Internets, konnte man in Sekundenschnelle an nahezu jede Information gelangen, und es gab immer wieder Menschen, die meinten, reiche Leute fühlten sich irgendwie dazu verpflichtet, den anderen Trotteln etwas von ihrem Reichtum abzugeben – vorzugsweise arbeitsfaulen Schmarotzern, die sie ohnehin schon mit ihren Steuern durchfütterten.

Missmutig drückte er auf den Knopf an der Gegensprechanlage. »Was wollen Sie?«

»Ähm«, sagte die junge Frau nicht besonders geistreich, und dann: »Gehört Ihnen zufällig der silberne Mercedes?« Sie deutete hinter sich, auf eine Stelle außerhalb des Sichtbereichs der Kamera.

Fischer runzelte die Stirn.

Verdammt, er hatte den Wagen nach seiner gestrigen Fahrt nach Frankfurt nicht wieder in die Garage gestellt, weil er Eva-Maria heute Morgen hatte bitten wollen, diese zu putzen, auch wenn das bedeutete, dass sie ihm eine weitere Stunde seiner Zeit stahl.

Und dann hatte er es komplett vergessen.

Verdammt.

Fischer bohrte den Nagel des rechten Zeigefingers in das empfindliche Fleisch des linken Handrückens. Diese Methode, sich selbst zu bestrafen, stammte aus seinen Kindertagen. Strafe war der wesentliche Bestandteil seiner väterlichen Erziehung gewesen. Strafe und das andere. Das, was noch viel schlimmer gewesen war und von dem die Mutter auf keinen Fall wissen durfte.

»Ja«, sagte er schließlich, nachdem er der jungen Frau lang genug und mit angewidertem Gesichtsausdruck dabei zugesehen hatte, wie sie ihre dämlichen Grimassen in seine Kamera schnitt. »Das ist meiner.« Wessen auch sonst? Das nächste Haus war fünf Kilometer entfernt. »Was ist denn damit?«

Ihn beschlich ein ungutes Gefühl.

»Es tut mir furchtbar leid«, sagte die Frau, »aber ich glaube, ich bin ein klein bisschen dagegengebumst.«

»Was?«, blaffte Fischer. *Dagegengebumst?* »Wie zur Hölle haben Sie das denn geschafft?«

»Ach, das tut mir wirklich leid, ist auch nur ein kleiner Kratzer, glaube ich. Aber ich war so hin und weg vom Anblick des Sees, da hab ich ihn erst im allerletzten Moment gesehen.«

Du blöde Kuh, dachte Fischer. Den Benz sieht man doch aus einem Kilometer Entfernung! Und wie sie die Sache herunterspielte! Ein Kratzer, herrje. Ein Kratzer bedeutete im besten Fall ein großflächiges Abschleifen des Lacks und Nachbessern der Stelle mit Originalfarbe. Schlimmstenfalls, und das war wesentlich wahrscheinlicher, war das entsprechende Blechteil verbogen und musste komplett ausgewechselt werden. Fischer hasste es, wenn irgendetwas an seinem Wagen nicht picobello war. Er fuhr ihn lächerlich oft in die Werkstatt, und ihm war bewusst, dass sich die Servicemechaniker hinter seinem Rücken über ihn lustig machten. Aber natürlich hielten auch diese ölverschmierten Affen die Klappe, schließlich war er ein Premiumkunde und bezahlte pünktlich, da hatte er wohl auch ein Anrecht auf erstklassige Wartung seines Besitzes.

»Also, was soll ich denn nur tun?«, quengelte die Frau auf dem Bildschirm. »Ich muss doch auch weiter, also … ich meine, was machen wir denn jetzt?«

»Sie sind hoffentlich versichert?«, bellte Fischer. Diese dumme Kuh hatte es tatsächlich geschafft, ihm den Tag komplett zu versauen, dabei war es noch nicht mal Mittag. Die Kuh nickte, und ihrem Blick nach zu urteilen, besaß sie eine dieser Billigversicherungen mit einem hohen Eigenanteil im Schadensfall, aber das war ja nun ganz und gar nicht sein Problem. Er hoffte, dass ihre Versicherungsprämie anschließend derart hochgestuft wurde, dass sie die verdammten Wolken mit den Fingerspitzen berühren konnte.

»Okay«, sagte er. »Ich komme raus.«

»Oh, gut«, sagte sie und starrte weiter bedröppelt in die Kamera. »Danke!«

Angewidert drückte Fischer auf den Knopf, der den Bildschirm der Klingelanlage wieder erlöschen ließ, dann riss er unwirsch ein Taschentuch aus seiner Hosentasche und wischte damit über den Knopf, den er gerade berührt hatte. Er fuhr in ein paar leichte Wildleder-Mokassins, öffnete die Haustür und ging nach draußen, um sich den Schaden zu besehen.

Vor dem Tor zappelte die junge Frau unglücklich herum. Wie sich herausstellte, fuhr sie einen schwarzen VW-Bus neueren Fabrikats. Immerhin, dachte Fischer verdrießlich. Er hätte eher mit einem rostigen Kleinwagen gerechnet.

»Hallo«, sagte die Frau, »Herr …?«

»Fischer«, knurrte Fischer und deutete auf das Klingelschild aus Messing, auf dem sein Name in großen, leicht lesbaren Buchstaben eingraviert war. Kein Vorname, keine Initialen, mit Absicht. Gottlob hatte er einen solchen Allerweltsnachnamen, ansonsten hätte er vermutlich ganz auf das Schild verzichtet.

»Ach ja, natürlich«, kicherte die Frau. Fischer hasste sie sekündlich mehr.

»Also«, sagte er. »Zeigen Sie mir mal die Stelle, und dann lassen Sie uns die Daten austauschen. Ich habe zu tun.«

»Ja, klar«, sagte sie unsicher. »Es tut mir auch wirklich leid, ich hätte wirklich besser aufpassen sollen.«

»Ja, ja. Nun ist es ohnehin zu spät«, blaffte Fischer. Er spürte Kopfschmerzen heraufziehen wie eine Schlechtwetterfront am Horizont.

Sie führte ihn um seinen Mercedes herum und deutete auf die Fahrertür. Fischer beugte sich vor und stützte seine fleischigen Hände auf die Knie, wobei sein mächtiger Bauch über den Gürtel seiner Segeltuchhose quoll.

»Ich sehe nichts«, sagte er. Die Tür war völlig makellos. Er trat einen Schritt zurück, um den Blickwinkel darauf zu verändern, aber immer noch war an der Tür nicht mal der Anflug eines Kratzers zu erkennen.

Als er sich ächzend aufrichtete, um der Frau gehörig die Meinung zu geigen, spürte er, wie etwas gegen seinen Nacken gedrückt wurde. Rund und kühl, und es fühlte sich metallisch an.

»Traveller, nehme ich an?«, sagte die Frau, nun mit völlig anderer Stimme, aus der plötzlich jede Naivität verflogen war.

Fischer reagierte nicht.

»Das in Ihrem Nacken ist eine Heckler & Koch

P7, Herr Fischer«, sagte die Frau mit eisiger Stimme. »Ich rate Ihnen dazu, sich sehr genau zu überlegen, was Sie als Nächstes sagen oder tun. Die Pistole ist entsichert, im Magazin befinden sich neun Neunzehn-Millimeter-Parabellum-Geschosse, auch wenn ich in unserer momentanen Situation kaum mehr als einen einzigen Schuss benötigen werde. Können Sie mir so weit folgen?«

»Was wollen Sie?«, keuchte Fischer. »Geld? Ich habe Geld. Ich kann Ihnen …«

»Zunächst möchte ich, dass Sie den Mund halten und mir zuhören. Kriegen Sie das hin?«

Langsam nickte Fischer. Der Lauf der Waffe in seinem Genick schien plötzlich nicht mehr kühl, sondern glühend heiß zu sein.

»Also noch mal«, sagte die Frau. »Sind Sie gelegentlich unter dem Nickname Traveller bekannt?«

»Ja«, presste Fischer hervor.

»Gut«, sagte die Frau. »Sehr gut. Wir machen gewaltige Fortschritte. Nächste Frage: Wollen Sie den heutigen Tag überleben, Herr Fischer?«

Fischers Körper versteifte sich. Das Metall in seinem Genick schien sich jetzt tatsächlich in seine Haut hineinzubrennen, durch das darunterliegende Fleisch zu gleiten wie ein heißes Messer durch weiche Butter. Er konnte förmlich den Geruch verkohlten Fleisches riechen. Seines eigenen Fleisches.

»Ja«, ächzte er wieder. Sein Puls raste, das Herz wummerte ihm schmerzhaft gegen seinen Brustkorb.

Er hätte auf Doktor Severs hören sollen. Hätte weniger essen, mehr Sport treiben und mit dem Koks kürzertreten sollen. Er hätte …

»Sind Sie allein zu Haus, Herr Fischer?«

»Ja.«

»Super!«, sagte die Frau »Das ist wirklich sehr gut. Dann schlage ich jetzt vor, dass wir wieder reingehen, Sie und ich. Na los, auf geht's!«

Sie verstärkte den Druck der Pistolenmündung in seinem Genick, und Fischer setzte sich in Richtung seiner Villa in Bewegung. »Wer sind Sie?«, flüsterte er, während er den Kiesweg entlangstolperte.

»Ich bin die Frau, die Ihnen eine geladene Waffe an den C4-Wirbel Ihrer Halswirbelsäule hält«, sagte die Frau und stieß ihn unsanft weiter vorwärts. »Und im Moment habe ich einen verdammt unruhigen Zeigefinger.«

50

Villa von Simon Fischer

Lisa presste Fischer den Metallzylinder gegen das Genick und stieß ihn vorwärts. Der Radmutternschlüssel aus dem Notfallset ihres T5 leistete ihr gute Dienste. Zumindest solange Fischer ihn für die Mündung einer geladenen Pistole hielt. Und falls nicht, konnte sie das Ding vermutlich immer noch als Schlagwerkzeug einsetzen, wobei sie hoffte, dass es nicht dazu kommen würde.

Immerhin hatte sie den Mann soeben gegen seinen Willen in ihre Gewalt gebracht und ihn gezwungen, sie in seine Behausung einzulassen – seinem Verhalten war zu entnehmen gewesen, dass er das niemals freiwillig getan hätte. Mit anderen Worten, sie verstieß gerade gegen eine ganze Reihe von Gesetzen, und wenn davon irgendetwas je bekannt wurde, wäre eine temporäre Beurlaubung vom Dienst beim BKA ihr kleinstes Problem. In diesem Fall würde sie mindestens mit sofortiger Suspendierung zu rechnen haben, nebst eines gesalzenen Disziplinarverfahrens mit anschließendem Rauswurf, gefolgt von einem hübschen zivilrechtlichen Strafverfahren, falls Fischer Anzeige erstattete – was sie jedoch angesichts von dessen speziellen Interessen stark bezweifelte.

Aber nichts davon war jetzt wirklich wichtig. Sie hatte eine konkrete Spur, die sie vielleicht zu Anneke führen würde, und das war mehr, als die versammelten Kräfte des BKA bis zum jetzigen Zeitpunkt erreicht hatten.

Als sie die Eingangstür der beeindruckenden Villa passiert hatten, sagte Lisa: »Stehen bleiben!«, und Fischer tat sofort, wie ihm geheißen.

Der Kerl war fett und alles andere als ansehnlich, daran änderten auch der fraglos teure Freizeitanzug, die dicke Hublot am Handgelenk und der durch die Villa zur Schau gestellte Prunk nichts. Aber das war nicht der Grund, aus dem Lisa den Mann durch und durch abstoßend fand.

Sie schloss die Tür und warf einen Blick auf die Alarmanlage an der Wand daneben. Kein einziges Lämpchen blinkte. Ausgeschaltet, natürlich. Wie die meisten Besitzer solcher Anlagen hatte vermutlich auch Fischer mindestens einmal die Erfahrung gemacht, was passierte, wenn das Ding versehentlich losging, und seitdem beschlossen, sie nur noch nachts und wenn er tatsächlich außer Haus war anzustellen, falls überhaupt. Sie hatte den Eindruck, dass ein Haufen Polizisten, die mit Blaulicht und quietschenden Reifen vor seiner Villa parkten, weil sie glaubten, ein Einbrecher sei gerade hier zugange, so ziemlich das Letzte waren, das Simon Fischer sich unter einem gelungenen Abend vorstellte. Ganz besonders in Anbetracht seines speziellen Hobbys.

Sie drückte Fischer den Radmutternschlüssel ins speckige Genick. »Also los, weiter«, sagte sie. »Nicht stehen bleiben!«

Fischer watschelte in Richtung Küche, von wo Lisa Kaffeeduft wahrnahm, offenbar hatte Fischer gerade frischen aufgesetzt. Nun, der würde wohl noch ein wenig warten müssen.

Auf dem Echtholztisch in der Mitte des Raumes stand lediglich eine leere Obstschale, und durch die Durchreiche konnte Lisa den Großteil des dahinterliegenden Wohnzimmers erkennen. Außer einer geradezu peniblen Ordnung und dem Fehlen jeglicher für das bloße Auge erkennbarer Spuren von Staub oder Unordnung gab es nichts Ungewöhnliches zu sehen. Abgesehen vielleicht von der Zurschaustellung von minimalistisch-kaltem Luxus, der hier, im Inneren des Hauses, seine nahtlose Fortführung der äußeren Erscheinung des Gebäudes fand. Die Möbel waren stilvoll ausgewählt, alles passte perfekt zueinander und sah auf eine unterkühlte Weise ausgesprochen teuer aus. Ein Metalltisch auf gläsernen Füßen, davor eine weiße Ledercouch, die vermutlich mindestens so viel gekostet hatte wie Lisas T5. Bücherregale, in denen sich ledergebundene Wälzer aneinanderreihten, die jedem Museumskurator die Freudentränen in die Augen getrieben hätten – die in diesem Haushalt jedoch ganz bestimmt niemand las. Reine Zierde.

»Was wollen Sie?«, fragte Fischer nochmals mit tonloser Stimme. »Ich habe Geld, das können Sie haben. Nicht viel Bares hier im Haus, aber …«

»Da wäre ich nie drauf gekommen, Herr Fischer«, unterbrach ihn Lisa. »Aber nein, ich bin nicht hinter Ihrem Geld her, sondern hinter Ihrem Computer. Wo ist der?«

»Computer?«, fragte Fischer. Er tat unwissend, aber in seine Stimme hatte sich jetzt wieder das altbekannte Zittern geschlichen. Lisa, die immer noch hinter ihm stand, versetzte ihm mit dem Radschlüssel einen leichten Schlag auf den Hinterkopf. Fischer stöhnte auf, als litte er unerträgliche Schmerzen, dabei würde der sanfte Schlag nicht mal eine Beule zurücklassen.

»Halten Sie mich für so vergesslich, Herr Fischer?«, fragte Lisa. »Ich hatte Sie vorhin gefragt, ob Sie der Traveller sind, und klugerweise haben Sie das bereits zugegeben. Wo also ist der Computer, von dem aus Sie sich ins Darknet einloggen?«

»Oh«, machte Fischer. »Der.«

»Ja, der. Also, wo?«

»Im …« Fischers Stimme versagte, er musste sich räuspern. »Der ist, äh … im Keller. Müssen wir wirklich … also?« Er klang jetzt, als sei er den Tränen nah. Wie ein Kind, dem man damit droht, ihm sein Lieblingsspielzeug wegzunehmen.

Und genau das hatte Lisa vor.

»Ja, Herr Fischer«, sagte sie. »Das müssen wir. Gehen Sie voran. Immer schön langsam, dann kommen wir auch weiterhin gut miteinander aus. Und vergessen Sie nicht: vierter Halswirbel. Neunzehn Millimeter Parabellum. Ganz schlechte Kombination.«

Fischer nickte und setzte sich dann leise schluchzend in Bewegung.

51

Das, was Fischer schlicht als Keller bezeichnet hatte, wirkte auf Lisa wie die Mischung aus dem feuchten Traum eines Computernerds und der Kulisse eines düsteren Science-Fiction-Films. Der Raum war komplett fensterlos und mit schwarzem Stoff ausgekleidet, dezente Spots tauchten alles in ein schummeriges Halbdunkel. Dazwischen blinkten die Lämpchen diverser Serverterminals, rot und grün.

Alles andere war komplett in Schwarz gehalten, inklusive des gigantischen Schreibtischs, auf dem drei riesige Flachbildschirme thronten, die im Moment ebenfalls schwarz waren. Irgendwo surrte eine kaum hörbare Lüftung und sorgte für frische Luft.

Für einen Moment rätselte Lisa über den Zweck des schwarzen Samtstoffs, mit dem Decke und Wände ausgekleidet waren, dann streckte sie die Hand aus und drückte dagegen. Weich. Vermutlich waren die Wände komplett mit einem schaumgummiartigen Material ausgekleidet. Geräuschdämmung, falls es hier unten mal etwas lauter wurde.

Lisa schüttelte den Kopf. Der Kerl war derart übervorsichtig, dass es schon an Paranoia grenzte, aber vermutlich war er das aus gutem Grund. Und er war dämlich, auf den ältesten Trick der Welt hereingefallen, und im Moment benässte er sich fast, weil sie ihm das Ende eines Mutternschlüssels ins Genick drückte.

»Okay«, sagte Lisa. »Unterhalten wir uns. Setzen Sie sich auf den Stuhl dort drüben«, sie deutete auf den Drehstuhl, der vor dem Schreibtisch mit den Computermonitoren stand. Er erinnerte an den Schalensitz eines Rennautos und war ebenfalls komplett mit schwarzem Leder überzogen. »Ich habe den Eindruck, hier unten müssen wir auch nicht mehr flüstern. Also schreien Sie ruhig, wenn Sie das erleichtert, ja?«

Sie sagte es mit einer Stimme, als gehöre es bei ihr zum Tagesgeschäft, Leute zum Schreien zu bringen. Zumindest hoffte sie, dass Fischer es so auffassen würde. Sein Blick sprach Bände, offenbar schluckte er den Köder samt Haken und Senkblei.

Gut.

»Sie werden mir aber nicht wehtun?«, fragte er mit zitternder Stimme, während er sich in den Drehstuhl fallen ließ wie ein nasser Sack. Tränen rannen über seine wabbeligen Wangen. Ein Anblick, bei dem in Lisa ein unbestimmter Ekel aufstieg. Sie zog es vor, auf seine Frage nicht zu antworten. Sollte er ruhig glauben, was er wollte. Und bei einem Typen wie ihm war das wahrscheinlich *immer* der Worst Case. Irgendetwas, das vielleicht mit einer Geflügelschere und seinen Fingern zu tun hatte, danach seinen Zehen, und dann seinem mickrigen, kleinen ... Lisa nahm eine Rolle stabiles Klebeband aus ihrer Jackentasche, die sie unterwegs in einem Baumarkt besorgt hatte.

»Strecken Sie die Hände an der Lehne vorbei nach hinten«, sagte sie.

Er tat es anstandslos. Sie wickelte ein paar Lagen Klebeband um seine überkreuzten Handgelenke und verband sie auf diese Weise hinter der Stuhllehne miteinander. Wenn er jetzt versuchte aufzustehen, würde er den schweren Bürosessel bei jeder Bewegung mit sich schleppen müssen. Nur um sicherzugehen, fesselte sie auch noch seine Fußgelenke an den Stuhl, was Fischer ebenso widerspruchslos geschehen ließ.

Dann legte sie mit einem demonstrativen Grinsen den Radschlüssel auf die Tischplatte, wo Fischer ihn gut sehen konnte.

Er starrte darauf. Kapierte, dass sie ihn mit einem billigen Trick hereingelegt hatte. Darüber war er natürlich nicht gerade erfreut, das war seinem Gesicht deutlich anzusehen. Aber er war schlau genug, sich jeden Kommentar zu verkneifen. Für einen an einen Bürostuhl gefesselten Mann kann ein Mutternschlüssel ebenso viele Unannehmlichkeiten bedeuten wie eine Pistole, wenn nicht mehr.

»Ich will nur eines wissen«, sagte Lisa. »Und wenn Sie mir das sagen, werde ich Sie in Ruhe lassen und einfach wieder von hier verschwinden. Dann können Sie hier unten wieder treiben, was immer sie hier treiben, und Sie werden nie wieder von mir hören. Wie würde Ihnen das gefallen, hm?«

Fischer nickte und zog geräuschvoll die Nase hoch.

Das genügte Lisa als Antwort. Natürlich hatte sie nicht ansatzweise vor, Fischer anschließend vom Haken zu lassen. Sie würde in jedem Fall dafür sorgen, dass Fischer demnächst Besuch von der Polizei erhielt. Sie musste lediglich noch an dem Teil des Plans feilen, der verhinderte, dass auch sie dabei mächtig Ärger bekam.

»Also«, wandte sie sich an Fischer. »Was ich wissen will, ist Folgendes: Wo ist Anneke Jaspers?«

Fischer starrte sie aus großen Augen an. »Wer?«

»Okay«, sagte Lisa, nun wieder mit Eisstimme. »Offenbar haben wir uns doch noch nicht richtig verstanden. Schade.«

Sie holte mit dem Mutternschlüssel aus und ließ ihn in den linken der drei Monitore krachen. Das Glas zersplitterte, es gab ein leises Puffen, dann kippte das Ding hintüber. Etwas blitzte knisternd in seinem Inneren, ein Rauchwölkchen stieg zur Decke auf.

»Hey!«, rief Fischer. »Warum haben Sie das getan?«

Sie warf ihm einen Blick zu und er beruhigte sich augenblicklich wieder. »Weil ich von Ihnen keinen Bullshit hören will«, sagte sie, »sondern die Wahrheit. So wie ich das sehe, haben wir jetzt noch zwei Monitore vor uns. Wenn ich mit denen fertig bin, werde ich mir etwas anderes zum Draufschlagen suchen müssen.

Kleiner Tipp: Das wird dann nichts Elektronisches mehr sein. Wie wäre es zum Beispiel mit Ihren Kniescheiben? Wenn man die zertrümmert, soll das sehr schmerzhaft für den Besitzer sein, was man so hört.«

»Nein«, wimmerte Fischer. »Bitte nicht! Ich weiß nicht, was Sie von mir wollen, wirklich!« Lisa hob drohend den Radmutternschlüssel. Fischers Stimme schraubte sich eine Oktave in die Höhe, während er quäkte: »Ich kenne keine Anneke, wirklich. Ich habe keine Ahnung, wer das sein soll!«

Ein weiterer Schlag, und der nächste Monitor segnete das Zeitliche. Diesmal ganz ohne Rauchwölkchen.

Blieb noch der in der Mitte übrig.

Lisa sah Fischer aus zu Schlitzen verengten Augen an. Der Mann hatte Angst vor ihr, das war offensichtlich. Der geborene Hosenscheißer. Draußen hatte er noch den starken Mann markiert, doch all das war augenblicklich in sich zusammengefallen, als er begriffen hatte, dass sie ihn mit einer Waffe bedrohte.

So unwahrscheinlich das sein mochte, aber der Mann schien tatsächlich die Wahrheit zu sagen und wirklich nicht zu wissen, wovon sie sprach oder wer Anneke Jaspers war.

Las der Kerl denn keine Zeitung?

»Okay«, sagte Lisa. »Dann fangen wir mal anders an. Was treiben Sie hier unten? Und sagen Sie mir nicht, dass sie die Rechner benutzen, um irgendwelche Online-Games zu zocken.«

»Online-Games!«, schnaubte Fischer verächtlich, der sich nun offenbar trotz der Begleitumstände gehörig in seiner Ehre als Computernerd gekränkt fühlte. »Nein, das ganz bestimmt nicht. Es ist eher … ich weiß nicht, schwer zu beschreiben. Ich bin wohl so was wie ein Forscher, würde ich sagen, ein Entdecker.«

»Ein Forscher also«, sagte Lisa, zuckte mit den Schultern und ließ den Schraubenschlüssel in den mittleren Monitor krachen. »Na klar.«

»Aufhören!«, schrie Fischer mit bleichem Gesicht, seine Augen quollen ihm fast aus den Höhlen. »Ich meinte das ernst! Das Darknet … ich erforsche das Darknet!«

Lisa nickte, und dann begann sie, es zu begreifen.

Ein Forscher, ganz recht. Einer, der sich, während er in einer sicheren Taucherglocke saß, auf den finsteren Grund eines den meisten Menschen unbekannten Ozeans herabließ. Sich mit einem Suchscheinwerfer in der lichtlosen Tiefe umsah, zwischen all den schrecklichen Gebilden und Kreaturen, die es nur hier unten gab – und dem gefiel, was er da erblickte.

»Herr Fischer«, sagte sie. »Was sagt Ihnen der Nickname Hagbard?«

Fischer wurde blass, das heißt, noch ein bisschen blasser, als er das ohnehin schon gewesen war. Man konnte es sogar im schummerigen Licht des Kellers gut erkennen.

»Oh, Mist«, ächzte er.

»Ganz recht, Herr Fischer. Ich weiß über das Candyland Bescheid. Sie haben sich dort mit einem Nutzer namens Hagbard unterhalten, erinnern Sie sich? Sie haben ihn gefragt, ob er fündig geworden sei, und wie er ›das Zeug‹ so fand. Ob es seinen Erwartungen entsprach.«

»Oh, Scheiße ...«, murmelte er tonlos. »Hat Sie etwa der Ghost geschickt?«

Wer zur Hölle soll das nun wieder sein?, dachte Lisa, sagte aber schlicht: »Nein.«

»Das war doch nur ...«, stammelte Fischer von sich aus weiter. Lisa ließ ihn. »Ich meine ... Sie sind doch nicht von der Polizei oder so was?«

Ups, dachte Lisa, dieser Schuss ins Blaue hatte gesessen. »Um was für ein *Zeug* ging es da, Herr Fischer?«, knurrte sie, ohne auf seine Frage einzugehen.

»Aber ... wenn Sie Hagbard kennen, dann wissen Sie doch schon, worum es ging. Ich meine, ich habe doch nur ... also ich habe ihm doch nur gesagt, wie man reinkommt. Ich habe nichts damit zu tun, was auf dieser Website abgeht, ich schwöre es!«

»*Womit* haben Sie nichts zu tun, Fischer?«

»Na, mit *SnuffWorld*. Das ist die Seite, nach der mich Hagbard gefragt hat. Wir haben uns über den Ghost unterhalten, und ich meinte, dass ich mir ziemlich sicher bin, dass der auch hinter SnuffWorld steckt. Also hat mich Hagbard gefragt, ob ich ihm einen Login besorgen könnte.«

»Zu dieser Website namens SnuffWorld?«

»Genau.«

»Und was finde ich da? Snuff-Filme? Pornos der besonders üblen Sorte?«

Fischer nickte zögernd.

Davon hatte Lisa schon gehört. Snuff-Filme waren Videoaufnahmen von echten Verbrechen, an denen sich diejenigen Gestörten ergötzten, denen es irgendwann nicht mehr reichte, dass das Kunstblut in Strömen über den Bildschirm floss. Diese Freaks wollten die echte, harte Realität. Schwere Autounfälle, Enthauptungen, Polizeiaufnahmen von Tatorten, Entführungen, Folterungen, Morde, alles hautnah und echt. Wirklichen Menschen dabei zusehen, wie sie gequält und getötet wurden, und das Ganze von der Sicherheit ihres gemütlichen Fernsehsessels aus. Ekelhaft. Doch natürlich wusste Fischer, der große Erforscher des digitalen Unterbewusstseins der Menschheit, bestens über derlei Abgründe Bescheid.

»Aber es ist mehr als das«, sagte Fischer. »Da gibt es richtig gestörtes Zeug, für das die Leute ein Heidengeld bezahlen. Ich meine ... so was würde nicht mal ich mir ansehen, geschweige denn dafür bezahlen.«

Natürlich nicht, dachte Lisa angeekelt. »Können Sie mir diese SnuffWorld-Seite zeigen?«

»Na ja, jetzt nicht mehr«, sagte Fischer mit einem Anflug von Trotz und nickte in Richtung der zerstörten Bildschirme auf dem Schreibtisch.

»Oh«, sagte Lisa. »Aber sicher haben Sie die Information noch irgendwo gespeichert, nicht? Wo man die Seite findet. Wie man reinkommt.«

Fischer wirkte wie ein Luftballon, in den man eine Nadel gestochen hat, als er sagte: »Oberes linkes Schubfach. Da finden Sie die Domain und den Login, ich habe sie auf einen Zettel geschrieben. Schien mir sicherer so, als es auf der Festplatte zu speichern.«

Lisa öffnete das bezeichnete Schubfach. Darin lagen zwei Dinge: ein Zettelblock und ein Kugelschreiber. Sonst nichts, vermutlich nicht mal ein Körnchen Staub. Auf dem obersten Blatt des Zettels hatte Fischer in einer säuberlichen Handschrift drei Zeilen Text geschrieben, jede davon eine scheinbar willkürlich zusammengewürfelte Zeichenfolge, die für sich gesehen überhaupt keinen Sinn zu ergeben schien.

Für Lisa inzwischen jedoch schon.

»Es war Hagbard!«, krächzte Fischer. »Er wollte wissen, wo man so was herbekommt. Ich selbst würde nie … Ich meine, ich habe auch meine Fantasien, klar, und vielleicht poste ich auch hin und wieder was auf Candyland, um eben … na ja, ein bisschen in Kontakt zu bleiben. Fantasien hat doch jeder, aber … aber das Zeug, nein! Das müssen Sie mir glauben!«

Lisa warf ihm einen vernichtenden Blick zu. »Die Fantasien der meisten Leute drehen sich nicht um Minderjährige, Fischer.«

Erneut stieß Fischer ein verächtliches Schnauben aus, besann sich dann aber schnell eines Besseren, als Lisa wie zufällig in Richtung des Mutternschlüssels blickte, und bemühte sich wieder um einen möglichst bedröppelten Gesichtsausdruck. »Sie haben ja keine Ahnung«, sagte er leise. »Ich bin doch völlig harmlos, wirklich. Wenn Sie wüssten, was da drin so alles abgeht.«

»Im Darknet?«, fragte Lisa, und er nickte. »Das Sie, großer Forscher, der Sie nun mal sind, jeden Tag stundenlang erkunden, aus der Sicherheit Ihres Hobbykellers heraus?«

Fischer sah zu Boden.

»Hören Sie zu«, wandte sie sich an Fischer. »Betrachten Sie das, was heute hier passiert ist, als Ihre erste und einzige Warnung, als den finalen Schuss vor den Bug. Ab sofort stehen Sie unter ständiger Beobachtung, klar? Ich finde Sie, und wenn ich das das nächste Mal tun muss, werde ich mich nicht erst mit Ihren Computermonitoren aufhalten. Ab sofort haben Sie absolutes Darknet-Verbot, auf Lebenszeit, so sehr es Ihnen auch in den Fingern jucken mag. Es hat sich für immer ausgeforscht für Sie, verstanden?«

Fischer nickte und sackte kraftlos in seinem Stuhl zusammen.

»Ich empfehle Ihnen, vielleicht doch auf Onlinespiele umzusteigen, oder noch besser: sich gleich ein ganz neues Hobby zu suchen. Eines, bei dem sie gar nicht erst in Versuchung geraten. Gehen Sie mal raus, schaffen Sie sich einen Hund an, oder Freunde. Werden Sie mal ein bisschen schmutzig an den Fingerspitzen!«

Simon Fischer verzog angewidert das Gesicht.

»Aber vor allem, kriegen Sie Ihr Leben auf die Reihe, Fischer! Sollten uns jemals wieder Aktivitäten von Ihnen auffallen, bekommen Sie richtig Ärger. Verstanden?«

Fischer nickte heftig. Tränen der Erleichterung liefen über seine zitternden, fetten Wangen. Vorsichtig blickte er zu Lisa auf. »Uns?«, fragte er leise.

»Wir sind viele«, sagte Lisa, ohne so recht zu wissen, wo das nun plötzlich herkam. »Wir sind unerkannt. Rechnen Sie mit uns.«

Fischer riss die Augen auf. »FORTRESS? Sie sind von FORTRESS?« Plötzlich schien er vor Begeisterung ganz aus dem Häuschen zu sein, ja regelrecht vergessen zu haben, weswegen sie eigentlich hier war und auf welche Weise ihre kleine Unterhaltung überhaupt erst zustande gekommen war.

Der Kerl war ein verdammter *Fan*.

Aber vielleicht, dachte Lisa, war es wirklich nicht das Schlechteste, wenn er glaubte, dass sie zu FORTRESS gehörte. Das würde vermutlich dafür sorgen, dass er sich in Zukunft tatsächlich an ihre Abmachung hielt. Wer konnte schon sagen, wer sich hinter der Maske eines Hackers von FORTRESS verbarg? Jeder konnte behaupten dazuzugehören. Das war ja sozusagen der Witz an dem Konzept.

Sie steckte den Zettel ein und ging wortlos zur Tür des schalldichten Raumes, von wo eine Treppe nach oben führte.

»Hey!«, rief Fischer ihr hinterher. »Machen Sie

mich los! Sie können mich doch nicht hier so sitzen lassen! Hey, kommen Sie zurück ...«

Dann fiel die Tür hinter ihr zu, und die Geräusche aus dem Keller verstummten.

52

Institut für Rechtsmedizin der Universitätsmedizin Mainz

»Schön, Sie wiederzusehen«, behauptete Professor Bischoff, als Hauptkommissar Gero Steiger ihm die Hand schüttelte.

»Oh Mann«, erwiderte Steiger mit einem schiefen Grinsen. »Ich wünschte wirklich, ich könnte dasselbe sagen.«

Für einen Moment lachten beide Männer verhalten über den Scherz, dann gingen sie unvermittelt wieder zum Tagesgeschehen über.

Der Grund, aus dem Steiger heute hier war, war die junge Frau, die in der letzten Nacht mitten im Lennebergwald auf die Straße und vor ein Auto gelaufen war – mit nahezu unverzüglicher Todesfolge. Das Mädchen war seinen schweren Verletzungen noch am Unfallort erlegen. Inzwischen hatte man sie anhand ihres Zahnprofils als Natalie Weber identifiziert, eine einundzwanzigjährige Studentin aus Kassel.

Nach Aussagen des völlig schockierten Fahrers am Unfallort musste sie schon tot gewesen sein, bevor er noch aussteigen und sich über ihren reglosen Körper beugen konnte, der mit verdrehten und in seltsamen Winkeln abstehenden Gliedmaßen am Straßenrand gelegen hatte.

Nach Aussage des Mannes hatte sie urplötzlich mitten auf der Straße gestanden, sodass er keine Zeit zum Bremsen gehabt hatte, bevor er sie mit den zulässigen siebzig Stundenkilometern voll frontal erwischt hatte. Ihr Körper war meterweit durch die Luft geschleudert worden und dann gegen einen Baum geprallt, was große Teile ihrer Wirbelsäule zertrümmert hatte.

Sie war tot gewesen, bevor ihr Körper noch auf dem Boden aufschlug.

Der Mann, ein fünfzigjähriger Vertreter aus Mainz, hatte sofort die Polizei verständigt und mit seinem Notruf medizinische Hilfe angefordert, auch wenn jedem, der den Körper sah, sofort klar sein musste, dass es da nichts mehr zu retten gab.

Als die Polizei am Unfallort eingetroffen war, hatte der Mann das Mädchen in eine Decke gehüllt und war die ganze Zeit keinen Zentimeter von ihrem leblosen Körper gewichen. Die Decke war blutgetränkt gewesen, vollgesogen wie ein Schwamm.

Als man das Mädchen kurz darauf fortgetragen hatte, war ein großer scharlachroter Fleck auf dem Asphalt zurückgeblieben.

Später fand man Blutspritzer, Hautfetzen und sogar Knochensplitter in der Rinde des Baumes, gegen den sie geschleudert worden war, und eine gewaltige Delle im Blech der Motorhaube des Wagens, ebenfalls blutbespritzt.

Dem Mann hatten die Hände gezittert, während er eine Zigarette nach der anderen geraucht hatte und die ganze Zeit behauptete, er sei in Ordnung. Der Notarzt, der den Tod des Mädchens festgestellt hatte, hatte ihm dennoch eine Spritze mit einem starken Beruhigungsmittel verabreicht und ihn in dem Krankenwagen, den der Mann eigentlich für das Mädchen bestellt hatte, in ein Krankenhaus bringen lassen.

Inzwischen hatte man aufgrund der Bremsspuren ermittelt, dass der Vertreter statt der angegebenen siebzig Stundenkilometer eher an die einhundert draufgehabt hatte, aber das war nicht der Grund, aus dem Professor Bischoff als der zuständige Rechtsmediziner den leitenden Ermittler Gero Steiger herbestellt hatte.

Steiger sehnte sich seinerseits schon wieder nach der nächsten Zigarette, und dem matten Grinsen Bischoffs entnahm er, dass dieser ahnte, dass er sich am liebsten sofort wieder in Richtung Innenhof verdrückt hätte.

»Wir müssen sie uns nicht ansehen, Herr Steiger«, sagte Bischoff. »Ich habe alles Wichtige schon fotografisch festgehalten, der Rest wird in meinem Bericht stehen. Wollen wir in mein Büro gehen?«

»Darf ich da rauchen?«, fragte Steiger.

»Genauso wenig wie in irgendeinem anderen Teil des Gebäudes, Herr Steiger«, sagte Bischoff mit hochgezogener Augenbraue. »Einschließlich des Innenhofs.«

»Sie gönnen einem aber auch gar nichts«, sagte Steiger mürrisch und folgte dem Rechtsmediziner in dessen Büro.

Dort nahm er gegenüber dem Schreibtisch in einem Besuchersessel Platz und arbeitete sich langsam durch den Stapel Fotos, die Bischoff ihm hinhielt. Der schwieg, bis Steiger seine erste Inaugenscheinnahme beendet hatte.

»Blaue Flecken«, brummte der Kommissar. »Jede Menge davon. Und?«

»Hämatome, richtig«, sagte Bischoff.

»Ist das denn nicht normal – bei einem solchen Aufprall?«

»Natürlich. Wie auch die insgesamt einunddreißig schweren Knochenfrakturen, diverse innere Verletzungen und das schwere Schädeltrauma, das die junge Frau erlitten hat, in diesem Fall nicht ungewöhnlich sind. Die Fotos, die das belegen, sind auf einem anderen Stapel. Wollen Sie?«

»Ich gehe davon aus, dass ich das alles ausführlich in Ihrem Bericht erläutert finden werde?«

»Natürlich, Herr Steiger.«

»Dann nicht unbedingt, danke. Aber diese Blutergüsse …«

»Hämatome«, verbesserte Bischoff.

»Diese *Hämatome* sehen nicht frisch aus.«

»Sehr gut, Herr Steiger, und absolut korrekt. Sie waren bereits dabei zu verheilen.«

»Sie wurden ihr *vor* dem Unfall zugefügt?«

»Das ist anzunehmen, ja. Vermutlich mutwillig, und mit einem stumpfen Gegenstand. Und an Positionen, die nahelegen, dass sie das nicht selbst getan hat.«

»Man hatte sie also geschlagen, bevor sie auf diese Straße lief«, überlegte Steiger. »Mitten in der Nacht. Und sie kam aus Kassel, war eine Studentin. Ich habe heute Morgen schon mit der dortigen Polizei telefoniert. Man hatte sie seit einer knappen Woche nicht bei irgendwelchen Vorlesungen gesehen, sich aber nichts dabei gedacht. Studenten halt.«

»Wissen ihre Eltern schon Bescheid?«

»Nein.« Steiger verzog das Gesicht. »Dieser Anruf steht mir noch bevor. Aber angesichts der Umstände ... Wie alt sind diese Hämatome Ihrer Meinung nach?«

»Keinesfalls älter als ein paar Tage, jedoch gibt es auch frischere, was nahelegt, dass sie über einen längeren Zeitraum immer wieder geschlagen wurde, mehrere Tage lang, vielleicht eine ganze Woche. Auffällig ist außerdem, dass man in ihrem Gesicht, auf den Armen und dem Oberkörper keine Spuren von Gewalteinwirkung findet. So, als hätte man diese Stellen bewusst ausgespart. Um sie nicht zu verschandeln, wenn Sie mir den Ausdruck gestatten.«

»Scheiße«, ächzte Steiger. »Und noch ältere Spuren von Gewalteinwirkung gibt es nicht?«

Bischoff schüttelte den Kopf. »Zumindest habe ich keine Hinweise darauf gefunden. Aber es geht noch weiter. Sie war stark unterernährt, in ihrem Magen und Verdauungstrakt habe ich lediglich die Reste irgendeines mit übermäßig Salz versetzten Getreidebreis gefunden. Nichts sonst.«

»Wie bitte?«, fragte Steiger. »Und wieso, glauben Sie, war der Brei versalzen?«

»Vermutlich, damit sie Durst bekommt.«

»Durst? Wozu?«

»Um ihr die Beruhigungsmittel zu verabreichen, die ich in ihrem Blut gefunden habe. Ich nehme an, man hat ihr diese über ein Getränk eingeflößt, in welchem man die Medikamente vorher aufgelöst hat, allem Anschein nach Wasser.«

»Man hat sie tagelang gefoltert und dabei unter Drogen gesetzt?«

»So sieht es aus, ja«, bestätigte Bischoff.

Steiger ließ sich in die Lehne des Sessels zurückfallen, schwieg und starrte auf die Kante von Bischoffs Schreibtisch. Beiden Männern stand jetzt das gleiche, schreckliche Bild vor Augen, unterstützt von der Tatsache, dass man bei Natalie nichts gefunden hatte außer dem völlig verschmutzten und durchnässten Jogginganzug, den sie getragen hatte, und einem einzelnen, durchgelaufenen Turnschuh. Keinen Ausweis, keine Geldbörse, gar nichts.

Nicht mal Unterwäsche hatte sie getragen.

»Bleibt immer noch die Frage, wie sie auf diese Straße geriet«, sagte Bischoff nach einer Weile leise.

»Stimmt.« Steiger nickte. »Aber vielleicht habe ich da schon eine Idee.«

53

Autobahn A 3, in der Nähe von Bad Camberg

Nachdenklich starrte Lisa auf den Zettel mit den kryptischen Zeichen in ihren Händen. Nach ihrem Besuch bei Traveller alias Simon Fischer hatte sie sich wieder auf den Weg zurück zu Docs Werkstatt gemacht, bis sie irgendwann, vom Hunger überwältigt, an einer Tankstelle angehalten hatte, um für sich und Shady etwas zu essen zu besorgen.

Dankenswerterweise war ihr Einkauf diesmal ohne jegliche Komplikationen verlaufen – offenbar hatten die übereifrigen Hobbydetektive fürs Erste ihre Spur verloren.

Vielleicht lag es aber auch an der tief in die Stirn gezogenen Baseballkappe und der bei diesem Wetter völlig grotesk wirkenden Sonnenbrille, die sie sich inzwischen besorgt und beim Verlassen ihres Wagens aufgesetzt hatte. Damit kam sie sich nun wirklich vor wie ein B-Promi auf der Flucht vor den Paparazzi.

Anschließend war sie auf den nahen Parkplatz gefahren, wo sie gierig einen Cheeseburger mit Fritten heruntergeschlungen hatte, während Shady mit dem Hundefutter, das sie ihr in ihren Napf geschüttet hatte, dasselbe getan hatte. Nun, einigermaßen gesättigt – wenn auch kaum kulinarisch befriedigt –, dachte sie über ihre nächsten Schritte nach.

Das, was da vor ihr auf dem Zettel stand, lautete:

[illegible]

Es hätten völlig zufällige Zeichenkombinationen sein können, doch seit Lisa die Candyland-Seite besucht hatte, die unter einer ähnlichen Adresse zu finden gewesen war, erkannte sie das Muster in diesem scheinbaren Wirrwarr von Zahlen und Buchstaben. Das Erste war die Darknet-Domain einer Website, die zweite und dritte Zeile Nutzername und Passwort.

Sie wollte gar nicht wissen, auf welche Weise Fischer an diese Informationen gelangt war.

Vermutlich war es nicht allzu clever, wenn sie jetzt versuchen würde, die Website, die sich hinter der kryptischen Zahlenfolge verbarg, auf dem nächstbesten Laptop – in ihrem Fall dem in Docs Büro – zu besuchen, falls das überhaupt möglich war. Höchstwahrscheinlich handelte es sich um ein Sammelsurium abartigsten, schwerkriminellen Materials, und Lisa war sich des Umstands durchaus bewusst, dass Besucher solcher Seiten von jeder Menge wachsamer Augen beobachtet wurden.

Da waren zum einen die Betreiber selbst, die natürlich dafür sorgen wollten, dass niemand diese Seite sah, der sie nicht sehen sollte, was ja eben der Grund war, aus dem sie sich im Darknet befand.

Doch auch polizeiliche Behörden behielten die dunkle Seite des Internets im Auge, so gut ihnen das möglich war – mithilfe von Crawler-Software und verdeckter Ermittler, die sich auf der Suche nach Hinweisen hier herumtrieben und jeden Neuankömmling skeptisch beobachteten.

Selbstverständlich war das BKA dabei nicht die einzige Behörde, die sich mit dieser Art von Überwachung des kriminellen Milieus beschäftigte – im Weltmaßstab war die Abteilung Cybercrime der deutschen Bundesbehörde alles andere als ein Big Player der Verbrechensbekämpfung. In einem von Sayeds Workshops hatte sie erfahren, dass die Behörden sämtlicher Industrienationen ganze Schwadronen an verdeckten Ermittlern beschäftigten, die das Darknet auf der Suche nach geleakten Daten und verbrecherischen Aktivitäten durchforsteten. Lisa verspürte wenig Lust, einem Haufen FBI-Agenten erklären zu müssen, was sie, zumal als momentan vom Dienst freigestellte Polizistin, auf einer Seite trieb, auf welcher der Handel mit illegalen Drogen vermutlich noch das kleinste aller Übel war. Auch das organisierte Verbrechen in all seinen Spielarten hatte das Internet natürlich längst für sich entdeckt.

In der Dunkelheit des Darknets lauerten Tausende Augen.

Und damit war es ganz bestimmt nicht die Umgebung, in die sich Lisa schutzlos und ohne die Hilfe eines kompetenten Führers begeben wollte. Eines Führers wie Ray, der in ihr Leben getreten war, nachdem sie die Software auf dem Stick gestartet hatte. Ray, der eine Menge behauptet und bisher nichts davon bewiesen hatte. Der sie jedoch in den grotesken Hobbykeller dieses fetten Kerls geführt hatte, um einen Zettel voller seltsamer Zeichenfolgen zu besorgen.

Was, wenn er das nur deshalb getan hatte, weil er selbst nicht in der Lage war, an diese Information zu gelangen? Er hatte Lisa gegenüber angedeutet, an einem Ort weit außerhalb Deutschlands zu sitzen, in das er keinen Fuß setzen konnte, weil er von diversen Strafverfolgungsbehörden gesucht wurde.

Außerdem hatte er behauptet, keinen Ausweis zu haben. Das geradezu typische Verhalten eines untergetauchten Schwerkriminellen.

Und sie, Ermittlerin des BKA, saß seelenruhig in ihrem Auto, nachdem sie sich widerrechtlich Zugang zum Haus eines Mannes verschafft, diesen bedroht, gefesselt und verhört hatte, während sie – nur so zum Spaß – seine Einrichtung zerdeppert hatte. Einbruch,

Freiheitsberaubung und schwere Sachbeschädigung. Nichts, was mit einem Dienstaufsichtsverfahren getan sein würde. Dies waren schwere Straftaten, Gefängnisstrafe nicht ausgeschlossen.

Blieb mal wieder die Frage, wie weit sie Ray vertrauen konnte. Lisa hatte ihm versprochen, ihn zu kontaktieren, sobald sie etwas Neues herausgefunden hatte. Sollte sie das jetzt tun – oder doch lieber den Zettel verbrennen, zurück nach Wiesbaden fahren, in ihr kleines Häuschen, und es einfach aussitzen? Warten, bis der Sturm vorübergezogen war?

Doch würde dieser Sturm je wirklich an ihr vorüberziehen? Würde sie sich je vergeben können, die vielleicht einzige Chance vertan zu haben, Anneke Jaspers zu finden?

Das gab den Ausschlag.

Lisa griff zum Handy, aktivierte ihr mobiles Internet, loggte sich auf einer Website für temporäre E-Mail-Adressen ein und schickte eine Mail an die Adresse, die Ray ihr genannt hatte. Ohne Betreff, der einzige Inhalt ihrer Mail war die Zahlenfolge *4 8 15 16 23 42*.

Keine zehn Sekunden später klingelte ihr Telefon.

54

BKA-Hauptsitz Wiesbaden, Thaerstraße

Nachdenklich starrte Hauptkommissar Gero Steiger auf den Monitor seines Computers, wo er zum gefühlt zehnten Mal die letzten Zeilen seines Abschlussberichts »Unfall mit Todesfolge zum Nachteil Dietmar Böhm« las, ohne deren Inhalt wirklich aufzunehmen. Sobald er ihn ausdruckte und unterschrieben hatte, würde er auf direktem Weg zu Möller gehen und von dort zur Abteilung Interne Ermittlungen, wie das bei Fällen, die Polizeibeamte betrafen, üblich war.

Weder der eine noch die anderen würden auch nur ansatzweise Lust verspüren, diese Sache unnötig in die Länge zu ziehen, das war ihm klar. Laut Möller würde es eine kurze Pressemitteilung geben, in der das bedauerliche Dahinscheiden des Kollegen Böhm aufgrund einer plötzlichen Krankheit bekannt gegeben wurde, mit den üblichen Ehren und gebührendem Tamtam für einen altgedienten Kollegen, aber natürlich so unpräzise wie möglich formuliert, und damit würde die Sache abgeschlossen sein.

Doch Steiger war ein gründlicher Ermittler, und deshalb hatte ihm die Sache mit der Internen Ermittlung keine Ruhe gelassen. Also hatte er einen alten Kumpel angerufen, der schon seit Jahren bei der Internen Abteilung tätig war, Michael Brandner, und ihm ein paar eigentlich vertrauliche Informationen abgeschwatzt – unter Zuhilfenahme all seines Charmes sowie dem Versprechen auf eine Flasche Mortlach Blue Seal, die Steiger so um die zweihundert Euro kosten würde.

Aber was tat man nicht alles.

Brandner hatte ihm gesagt, dass der damalige Vorwurf der Unterschlagung von Beweismaterial mit einem Fall zusammenhing, bei dem es um den angeblichen Betreiber eines Darknet-Marktplatzes namens *Salt Road* ging – den man sich laut Brandner ungefähr wie eine frühe Version von eBay vorstellen konnte, bloß mit einer extrem laxen Auffassung davon, was die Legitimität und Legalität der angebotenen Artikel betraf. Das Geschäft war schließlich aufgeflogen, weil einer der Erfinder von Salt Road alle anderen Betreiber verraten hatte. Im Darknet war der Kerl unter dem Pseudonym Ghost bekannt, den richtigen Namen konnte auch Brandner nicht herausfinden, da – wie in solchen Fällen üblich – diesbezügliche Teile der Akte geschwärzt worden waren, um die Anonymität von Informanten zu wahren.

Also das alte Spiel, hatte Steiger gedacht. Wer zuerst redet, bekommt die Sonderbehandlung. In der Akte hatte Böhm es dann so dargestellt, als wäre dieser Ghost lediglich aufgrund einer Verwechslung verhaftet worden, doch seltsamerweise waren – natürlich nur rein zufällig – keine achtundvierzig Stunden später drei weitere Betreiber der virtuellen Schwarzmarkt-Plattform festgenommen worden, und die Salt-Road-Website selbst hatte man gelöscht. Böhm musste demnach einen Deal mit diesem Ghost gemacht haben, damit dieser seine Mitbetreiber verpfiff – im Gegenzug hatten sie ihn laufen lassen. Möller, der schon damals Böhms direkter Vorgesetzter gewesen war, musste ebenfalls von dem Deal gewusst und ihn abgesegnet haben, auch wenn sich dafür natürlich keinerlei schriftliche Beweise finden lassen würden.

Steiger war zwar nicht sonderlich angetan von dem Bild, das dieses Verhalten auf Böhm warf, aber andererseits lebte auch Steiger nicht in einer Traumwelt: Manchmal waren solche Methoden einfach ein notwendiges Mittel zum Zweck, wenn man an ein paar der großen Fische herankommen wollte. Es war vielleicht nicht einhundertprozentig legal und ganz bestimmt moralisch fragwürdig, aber in Fällen wie diesen war es oft der einzige Weg, der Gerechtigkeit überhaupt einen Weg zu bahnen.

Das musste auch den damaligen Ermittlern bei der internen Untersuchung bewusst gewesen sein, daher war man der Sache später wohl nicht weiter nachgegangen und hatte die Akte geschlossen. Immerhin konnte man ja einen erfolgreichen Schlag gegen eine kleine Handvoll cyberkriminelle Drahtzieher und die endgültige Zerschlagung einer gefährlichen Internetplattform verbuchen, was kam es da schon auf einen Verhafteten mehr oder weniger an.

Erleichtert wurden die Umstände zusätzlich dadurch, dass sich die ganze Angelegenheit zwei Wochen später ohnehin erledigt hatte. Eines Morgens war die Leiche des Informanten mit dem Pseudonym Ghost aus einem Fluss gefischt worden, in dem er etwa eine Woche lang gelegen haben musste. Jemand hatte ihm zwei Pistolenschüsse aus nächster Nähe in den Hinterkopf verpasst, und damit war der Ghost tatsächlich zum Geist geworden. Allem Anschein nach hatten sich seine ehemaligen Kollegen aus dem Knast heraus gerächt. Böhm hatte es wohl nicht allzu genau genommen mit dem Zeugenschutz, oder die beauftragten Killer waren einfach cleverer gewesen. Wie auch immer, nach der offensichtlichen Hinrichtung des Ghost gab es nun wirklich keinen Grund mehr, die Akte nochmals aufzumachen – jedenfalls nicht von Seiten der internen Ermittler.

Niemand machte sich ernsthaft Hoffnungen darauf, den gedungenen Mörder des Ghost jemals zu finden, und somit war die Sache erledigt gewesen.

Steiger hatte sich bedankt, aufgelegt und begonnen, die letzten Zeilen seines Berichts zu überfliegen, während er die Sache ein letztes Mal im Kopf durchging.

Scheiß drauf, dachte er schließlich, das ist schon mehr Aufwand, als mir Böhm wert ist nach dieser Nummer in seiner Wohnung, Kollege hin oder her, der Typ war ein Gestörter, wenn vermutlich auch ein eher harmloser. Und er, Steiger, hatte nun wirklich alle Hände voll mit aktuellen Fällen zu tun, die nicht in irgendeinem fernen Abgrund des Internets stattfanden, sondern gleich hier, direkt vor seiner Nase.

Er klickte auf das »Drucken«-Symbol in der Textverarbeitung, und der Drucker begann loszurattern.

In diesem Moment öffnete sich die Tür zu Steigers Büro, und ein vollbärtiger Uniformierter trat ein. »Die Hundestaffel ist so weit«, meldete der Mann. »Es kann losgehen, Gero.«

55

Ein Fast-Food-Restaurant in der Nähe von Wiesbaden

Lisas T5 parkte wieder einmal vor der Filiale eines bekannten Fast-Food-Riesen, aber diesmal war sie nicht hier, um zu essen. Sie hatte die letzte Stunde genutzt, um zum nächsten Elektromarkt zu fahren, wo sie sich einen modernen Laptop besorgt hatte.

Das Ding war rasend schnell und verfügte über die neueste Generation kabelloser Internetübertragung – was der eigentliche Grund war, aus dem sie zurück zu dem Parkplatz in der Nähe der Fast-Food-Kette gefahren war, denn hier konnte sie das kostenlose WLAN nutzen, das der Betreiber zur Verfügung stellte. Man hatte sich sogar um eine breitbandige und erstaunlich schnelle Verbindung bemüht, wohl in dem Ansinnen, damit vor allem viele jüngere Kunden anzulocken. Ein Blick durch die Fenster des Restaurants bestätigte Lisa, dass dieser Plan voll aufgegangen war. An den meisten Tischen im Inneren des zweckmäßigen Gebäudes saßen Jugendliche in kleinen Grüppchen zusammen, starrten wie gebannt auf die Displays ihrer Handys, während sie Burger und Pommes in sich hineinschaufelten und kein Wort miteinander sprachen.

Schöne neue Welt.

Kopfschüttelnd wandte sich Lisa wieder dem Bildschirm ihres Computers zu. Die letzten Minuten hatte sie damit verbracht, ihren Laptop mit Rays Hilfe auf ihre speziellen Bedürfnisse einzurichten.

Eine wichtige Rolle hatte dabei die Installation eines Browsers namens TOR gespielt, der versprach, keinerlei Nutzerdaten zu speichern und darüber hinaus dafür sorgte, dass man nur über eine verschlüsselte Verbindung ins Internet gelangen konnte. Das sollte es erheblich erschweren, die Informationen, die Lisa dem Internet entlockte, zu ihrem Rechner zurückzuverfolgen – zumindest in der Theorie.

Nicht gerade beruhigend, fand Lisa, die zunehmend den Eindruck bekam, dass im Internet nichts weniger als ein Krieg tobte – wenn dies auch ein Krieg des Geistes war, in dem sich alle möglichen Interessengruppen in ihren Fähigkeiten gegenseitig zu übertrumpfen versuchten.

Das Ziel aller Beteiligten in diesem Schattenkrieg war etwas, das in der ursprünglichen Idee des Internets offenbar ganz selbstverständlich gewesen war, jedoch in Zeiten von Massenüberwachung und bestens koordinierten Angriffen auf Nutzerdaten durch ganze Armeen von Hackern zu einer begehrten Mangelware geworden war: *Anonymität.*

Nun nahm offenbar auch sie an diesem Krieg teil und würde vermutlich schon bald herausfinden, ob die Fähigkeiten ihres unbekannten Mentors Ray tatsächlich so gut waren, wie er es behauptete.

Sie tippte die Adresse von dem Zettel in die Browserzeile von TOR.

Eine Website öffnete sich.

Zwei Sekunden später starrte Lisa fassungslos auf den Bildschirm ihres Laptops. Der Traveller hatte nicht zu viel versprochen.

56

Lennebergwald bei Mainz

Sie waren nun schon über eine Stunde im Wald unterwegs, und Steiger stand kurz davor, die Sache abzublasen. Letztlich war es sowieso eine Schnapsidee gewesen, die Hundestaffel einzuschalten.

Ein Griff nach einem Strohhalm, mehr nicht.

Vor ein paar Minuten hatte es zu regnen begonnen, und den Gesichtern der Hundeführer konnte Steiger nur allzu deutlich entnehmen, wie diese mittlerweile die Erfolgsaussichten ihres Unternehmens einschätzten.

Dabei war es anfangs nicht mal schlecht gelaufen. Die Hunde hatten direkt an der Unfallstelle die Witterung aufgenommen und waren ihr – mit einigen Pausen zur Neuorientierung – bis zu einem Bach gefolgt, an dessen schlammigem Ufer sie einen Schuh gefunden hatten. Einen, der zu dem passte, den das Unfallopfer, Natalie Weber, getragen hatte. Der Schäferhundrüde hatte sich sein Leckerli redlich verdient, und Steiger hatte sich gefreut, mit seiner Vermutung doch nicht ganz danebengelegen zu haben.

Das Mädchen war demnach tatsächlich querfeldein durch den Wald gestolpert, bevor es völlig entkräftet auf die Straße getaumelt und dort seinem Schicksal in Form von einer Tonne heranrasendem Stahlblech begegnet war.

Das Problem daran, ihre Spur weiter zu verfolgen, lag Steigers Meinung nach in zwei Punkten begründet.

Erstens hatte er sich zu viel Zeit gelassen, um auf diese ziemlich naheliegende Idee zu kommen. Natürlich hatte ihn erst der Rechtsmediziner Professor Bischoff auf den Sachverhalt der älteren Blutergüsse aufmerksam machen müssen. Das hätte er unmöglich selbst herausfinden können, angesichts des Gesamtzustands des Opfers. Steiger war dennoch mit sich unzufrieden, dieser Groschen hätte trotzdem früher fallen können. Inzwischen war der Boden vom Regen überspült worden, Wildtiere hatten vermutlich den Pfad des Opfers gekreuzt und verwirrten nun die empfindlichen Nasen der Hunde noch zusätzlich.

Zweitens, aber auch das konnte Steiger nur vermuten, hatte das Opfer ihnen die Suche unwillkürlich ebenfalls erschwert. Völlig entkräftet und vermutlich auf irgendwelchen Drogen, wie die junge Frau laut Professor Bischoff gewesen war, würde sie kaum in der Lage gewesen sein, auf geradem Wege von ihrem Ausgangspunkt bis zur Straße zu gelangen. Sie konnte stunden- oder gar tagelang im Kreis herumgeirrt sein, war vermutlich in Zickzack- oder Schlangenlinien gelaufen.

All das hatte zur Verwirrung der Hunde beigetragen oder, wie in diesem Fall, dazu, dass sie die Spur komplett verloren.

Steiger stieß einen kurzen Pfiff aus, und alle drehten sich zu ihm um – die Hunde eingeschlossen. »Also, Torsten. Bringt das hier noch was, was meinst du?«, wandte er sich an den Führer der Hundestaffel.

Der schüttelte zögernd den Kopf. »Na ja. Die Hunde haben seit zehn Minuten keine Spur mehr«, sagte er dann. »Nicht mal Neo.«

»Wer?«

»Unser Bester«, erklärte der Staffelführer. »Neo ist der Rüde, der vorhin den Schuh gefunden hat.«

»Scheiße«, zischte Steiger. »Okay, macht mal 'ne Fünf, Jungs. Zigarettenpause. Ich will nur mal noch auf den Hügel dort drüben und mir einen Überblick verschaffen. Vielleicht seh ich ja was. Falls nicht, ist dann Abmarsch.«

Auch wenn er selbst nicht mehr recht daran glaubte, dass das etwas ändern würde, ging er zu einer nahen Erdverwerfung, um raufzuklettern. Als er sie erklommen hatte, brach der Regen mit Macht los. Dem betont genervten Ächzen und Stöhnen hinter sich konnte er entnehmen, dass die Hundeführer genauso begeistert von diesem Umstand waren wie er.

Er kniff die Augen zusammen und spähte durch den Regen in den Wald, der sich zu seinen Füßen erstreckte.

War es da nicht etwas heller zwischen den Bäumen? Steiger machte sich daran, den Hügel auf der anderen Seite herabzusteigen, rutschte prompt aus und legte den Rest des Weges auf dem Hosenboden zurück.

Unten angekommen, stand er fluchend auf und wischte sich die schlammverkrusteten Handflächen an den Seiten seiner Jeans ab. Die er damit vollends versaute.

Wundervoll.

Er drehte sich um und blickte zum Hügel hinauf, aber niemand war ihm gefolgt, die Hunde und ihre menschlichen Führer waren nun außer Sicht. Wenigstens war ihm somit deren Schadenfreude über seine Tollpatschigkeit erspart geblieben.

Trotzig stapfte Steiger auf die Stelle zu, wo sich die Bäume ein wenig zu lichten schienen. Er hatte sich nicht geirrt, da wurde es tatsächlich etwas heller zwischen den Bäumen.

Er ging weiter, setzte über ein Gebüsch – diesmal sogar ohne auszugleiten, hurra! – und fand sich auf einer kleinen Lichtung wieder. Hier wuchsen ein paar niedrige Gebüsche und junge Bäume, auch wenn sich offenbar niemand die Mühe gemacht hatte, in den Wildwuchs einzugreifen.

Dann sah er etwas anderes, das nicht wirklich in einen Wald gehörte. Betonpfosten, vielleicht zweieinhalb Meter hoch, schief und krumm, welche die Lichtung begrenzten, daran noch die rostigen Reste eines Maschendrahtzauns.

Interessant.

Ein Zaun bedeutete, dass hier einmal etwas gestanden haben musste, das zu umzäunen irgendwem lohnend erschienen war, und im Allgemeinen diente ein Zaun dazu, andere Menschen davon abzuhalten, dieses Etwas näher zu betrachten oder gar zu betreten. Während er sich noch zu dieser scharfsinnigen Feststellung beglückwünschte, sah er es.

Ein kleiner, grauer Pilz aus Blech, der, halb von einem Gebüsch verdeckt, in der Mitte der Lichtung aus dem Boden ragte. Ein Rohr, etwa armdick, mit einem kleinen Dach obendrauf, damit es nicht reinregnete.

Sehr interessant.

Als er darauf zuging, fiel ihm auch auf, was seinen Blick zuerst zu diesem Gebüsch gezogen hatte. Im Gegensatz zu allen anderen auf der Lichtung war es verdorrt.

Er lief, nun im Laufschritt, weiter darauf zu.

Als er angekommen war, griff er danach. Das Gebüsch ließ sich ganz leicht anheben. Das war der Grund für seinen Zustand gewesen – es hatte keine Wurzeln mehr im Boden, und als Steiger es beiseitewarf, sah er auch, wieso.

Darunter befand sich kein Waldboden, sondern eine ehemals grau lackierte, jetzt eher rostfarbene Klappe. Kreisrund, etwa ein Meter im Durchmesser, und allem Anschein nach uralt. Der Lack war abgeplatzt, die Scharniere komplett verrostet. Aber es gab blanke Stellen, wo sie kürzlich bewegt worden waren.

Und ein Bügelschloss, das durch eine Öse geführt worden war, welche durch einen Schlitz in der Platte herausragte.

Und dieses Bügelschloss war brandneu.

57

Ein Fast-Food-Restaurant in der Nähe von Wiesbaden

Lisa wusste nicht, was sie mehr schockierte: das, was auf den aneinandergereihten Vorschaufenstern vom Inhalt der Videos zu erkennen war – wenn auch nur als verpixelte Standbilder –, oder dass sie aufgrund des Titels der Website mit exakt dieser Art von Inhalten gerechnet hatte.

Dass sie in einer Zeit lebte, wo etwas derartig Krankes schon zum allgemeinen Wissensschatz gehörte. Einer Zeit, in der vermutlich jeder Schüler wusste, was Snuff-Videos waren und dass sie in den Weiten des Internets existierten.

Wo man sich vielleicht auf Schulhöfen über solche Videos unterhielt, sie untereinander austauschte, wie sie das damals mit raubkopierten Computerspielen getan hatten. Damals hatten sie verpixelte Nazisoldaten durch ein Labyrinth gejagt.

Heute solche Videos.

Aber war das zugrunde liegende *Bedürfnis* nicht schon immer dasselbe gewesen? Einen Blick in die Hölle zu werfen, die Menschen sich gegenseitig schaffen konnten? Herauszufinden, was es am Boden des

Abgrunds namens menschliches Verlangen zu sehen gab?

Wie tief dieser Abgrund reichte?

Nach dem Besuch des eher schmucklos gehaltenen Candyland-Diskussionsforums hatte Lisa hier einen ähnlichen Seitenaufbau erwartet, aber das ganze Gegenteil war der Fall. Die Videobilder reihten sich großformatig aneinander, auf einer weißen Seite mit knalligen Akzenten.

Hätte man über die Inhalte hinweggesehen, hätte man dies für eine Youtube-Abart oder sogar die Mediathek eines Kinderkanals halten können.

Besonders grausam fand sie jedoch das höhnische Zusammenspiel aus den lakonischen Überschriften und dem, was die verpixelten Vorschaubilder gerade so vom Inhalt der Videos erahnen ließen.

Hochzeitsreise einmal anders – hieß ein Video, in dem es offenbar um ein junges Paar ging, dessen Auto am Straßenrand stand. Dahinter parkte ein Polizeiauto, das war zu erkennen. Allerdings eines ohne Nummernschild. Lisa wollte sich gar nicht ausmalen, wie das Video weiterging.

In der Hoffnung, dass Ray recht behalten würde und wirklich niemand ihr Tun hier nachvollziehen konnte, klickte sie auf eines der Videos. Nicht wirklich, weil sie es ansehen wollte – das ganz sicher nicht – sondern, um zu schauen, was dann passierte.

Es passierte … gar nichts.

Auf dem Video erschien stattdessen eine lapidare

Mitteilung. In einer fröhlich wirkenden Schrifttype stand dort:

Projekt wurde bereits erfolgreich realisiert, vielen Dank!

Vielen Dank, dachte Lisa. Vielen Dank wofür?

Dann erkannte sie ein Plus-Symbol, welches einen Erklärungstext ausklappte, als sie draufklickte.

Projekt: Auf, auf zum fröhlichen Jagen!

Inhalt: Eine spezielle Idee für alle Tierfreunde und Naturliebhaber! Unser Team findet einen Förster oder Hobbyjäger und setzt ihn mit verbundenen Augen in einem Waldstück aus. Drei Kampfhunde, die drei Tage lang nichts zu fressen bekommen haben, dürfen ihn jagen. Der Delinquent erhält dabei zehn Minuten Vorsprung, schließlich soll es ja fair zugehen. ;-)

Mindesteinsatz: 1 Bitcoin

Rewards:

- Für 1 Bitcoin oder mehr erhältst du das komplette Video der Jagd. Zusammenschnitt aus mindestens drei Blickwinkeln.
- Ab 1.5 Bitcoins oder mehr erhältst du das komplette Video der Jagd und außerdem ein Stück von der Uniform des Jägersmanns.

- Ab 2 Bitcoins oder mehr erhältst du das komplette Video der Jagd und ein Stück von der Uniform des Jägersmanns. Alle Blickwinkel aller Kameras ungeschnitten inklusive, außerdem die Videoaufzeichnung der Hunde-Cams. Außerdem einen persönlichen Videogruß unseres Teams an den Unterstützer.

Weidmannsheil!

Mindestziel zur Realisierung des Projekts:
5 Bitcoins

Bisher erreicht: 134 %. Ziel erreicht, vielen Dank an alle Unterstützer!

Auch das erkannte Lisa nun.

Was hier betrieben wurde, war Crowdfunding. Jemand dachte sich eine Projektidee aus, stellte sie vor, legte einen Preis fest, und wenn genug Menschen das Projekt finanziell unterstützten, wurde es realisiert.

Eine Pervertierung eines eigentlich nützlichen und fortschrittlichen Gedankens, der auf unzähligen ähnlich strukturierten Webseiten im ganzen Internet umgesetzt wurde.

Bloß eben nicht mit dieser Art von Projekten.

Sie entdeckte ein weiteres Projekt, das jedoch bisher nur zu fünfzig Prozent finanziell gedeckt war und dessen Bewerbungsphase in zwei Wochen endete. Ein zufälliger Passant sollte auf offener Straße angerempelt und dann zusammengeschlagen werden, das Ganze würde von mindestens drei Kameras gefilmt werden. Wenn man das Projekt durch den Erwerb des Premiumpakets buchte, konnte man außerdem bestimmte äußere Merkmale des Passanten festlegen. Sollte er dick oder dünn sein, ein muskulöser Fitnessfreak oder ein Student, alt oder jung, bis hin zur Haar- und Hautfarbe, alles war möglich.

Außerdem konnte man Trophäen vom Tatort ersteigern, welche dem Opfer entwendet und dem Unterstützer zugeschickt wurden. Zusätzlich würde sich der »Mann fürs Grobe« während der Aufnahmen namentlich bei den Premium-Unterstützern bedanken.

Und so ging es weiter und weiter, eine Spirale endloser und sinnloser Gewalt mit einem einzigen Ziel: Unterhaltung.

Ja, darum ging es hier, dies war nichts weiter als Entertainment mit einem Kitzel der besonderen Art für Menschen, die von allem übersättigt waren, das ein einigermaßen normales Leben zu bieten hatte. Abstoßend und ekelhaft, zweifellos, aber auch nicht wirklich überraschend.

Und, da war sich Lisa sicher, ganz bestimmt noch nicht das Ende des Abgrunds.

Lisa hatte mal jemanden sagen hören, dass das Darknet nichts weiter sei als ein ungefilterter Spiegel auf die wahre Seele der Menschen. Ungefiltert deshalb, weil hier jeder anonym war und – zumindest theoretisch – keiner Repressalien aufgrund seiner Neigungen zu befürchten hatte.

War das hier denn wirklich so weit entfernt von öffentlichen Hinrichtungen, zu denen die Leute im Mittelalter in Scharen gepilgert waren – mit Kind und Kegel und der damaligen Entsprechung einer Tüte Popcorn in der Hand?

War dies hier etwas anderes als Gladiatorenkämpfe im alten Rom, als öffentliche Kreuzigungen und Kämpfe gegen Tiger und Löwen?

Stellte das Darknet nicht letztlich nur mit einem sarkastischen Grinsen die Frage, was sich unter dem hauchdünnen Mantel der Zivilisation, mit dem wir uns so gern schmückten, *tatsächlich* verbarg?

Ein monströser Gedanke, und dazu einer, der Lisa jetzt nicht weiterbrachte, deshalb wischte sie ihn fort, für den Moment. Kämpfte ihn nieder wie einen seelischen Brechreiz. Zwang sich, den Blick erneut auf den Inhalt der Website zu richten.

In der rechten oberen Ecke entdeckte sie ein Symbol.

Ein golden schimmernder Ährenkranz um ein stilisiertes Fadenkreuz, in dessen Mitte der Buchstabe T prangte, darüber stand in goldenen Blockbuchstaben:

T A R G E T

Darunter ein Schriftzug in einer geschwungenen Schrift, die wohl edel wirken sollte:

Für das besondere Premium-Erlebnis …

Für einen Augenblick rang Lisa mit sich. Irgendwie bezweifelte sie stark, dass sie nach dem, was sich ihr hier bot und von den Betreibern offenbar als die »harmlose Einstiegsvariante« angesehen wurde, tatsächlich wissen wollte, was sich auf einer solchen Website im Premiumbereich verbarg.

Target – Ziel – und dazu das Fadenkreuz.

Das ließen Übles erahnen. Sie klickte trotzdem darauf.

Was blieb ihr denn übrig?

58

Lennebergwald bei Mainz

Inzwischen wusste Steiger, dass der Deckel zu einem unterirdischen Bunker gehörte. Das Ganze, inklusive des Maschendrahtzauns, war Teil eines seit Langem verlassenen ehemaligen Truppenübungsplatzes der Bundeswehr aus den frühen Siebzigern, kaum einer wusste heute noch von dessen Existenz.

Mindestens eine Person hatte aber offenbar davon gewusst.

Als Steiger das unterdrückte Keuchen hinter sich vernahm, dreht er sich um. Ein jüngerer Uniformierter kehrte soeben von den Autos zurück, in der Hand eine Brechstange. Da hätten sie auch früher dran denken können, dachte Steiger verdrießlich. Hatten sie aber nicht, also war dem jungen Mann die zweifelhafte Ehre zuteilgeworden, die bisher zurückgelegte Strecke im Laufschritt zwei weitere Male zurückzulegen, während sich die meisten anderen Kollegen der Hundestaffel in gemächlicherem Tempo auf den Rückweg gemacht hatten, nachdem Steiger in der Zentrale Verstärkung angefordert hatte.

Inzwischen war er sich sicher, den Ausgangspunkt von Natalie Webers drogenbenebelter Odyssee durch den Lennebergwald gefunden zu haben.

Letztlich war sie gar nicht weit gekommen, hatte sich aber – vermutlich aufgrund fehlender Ortskenntnisse und ihres Allgemeinzustands – für einen weitläufigen und verschlungenen Weg entschieden.

Eine wagemutige Flucht aus einem unterirdischen Gefängnis, die in ihrem Unfalltod geendet hatte. Und da gab es doch tatsächlich Leute, die an so etwas wie Schicksal glaubten.

Der junge Uniformierte reichte Steiger mit gerötetem Gesicht die Brechstange. Schweiß lief unter seiner Uniformmütze hervor, das konnte aber auch frischer Regen sein. Dennoch grinste er erwartungsvoll.

Guter Mann, dachte Steiger, dann setzte er die

Brechstange am Bügel des Schlosses an und knackte es mit einer kräftigen Bewegung. Der Uniformierte beugte sich vor, um die Bruchstücke aufzuheben, doch Steiger erinnerte ihn mit einem Grunzlaut daran, sich vorher Handschuhe überzuziehen.

Was der Junge sofort kapierte. »Hab keine mit«, sagte er zu Steiger, der ihm ein zusätzliches Paar reichte, das er aus der Tasche seines zerknautschten Sakkos gezogen hatte. Die Überzieher für die Schuhe, von denen er ebenfalls immer ein Paar in der anderen Außentasche seines Jacketts mit sich führte, zog Steiger nun ebenfalls hervor und über seine schlammverkrusteten Schuhe. Dann beugte er sich vor und öffnete die Luke, wuchtete sie nach oben und ließ sie schließlich vollends aufklappen.

Sie fiel mit einem dumpfen Geräusch auf den feuchten Grasboden.

Vor Steigers Füßen gähnte ein schwarzer Abgrund. Sprossen, eingelassen in die runde Betonmauer, die von hier nach unten führten, hinab in lichtlose Tiefen. Steiger zog eine Taschenlampe hervor und knipste sie an. Leuchtete hinab in die Finsternis, aber da war nichts Spektakuläres zu sehen außer dem Ende der Betonröhre und den Sprossen in der Wand.

»Na dann«, sagte Steiger und machte sich daran, hinunterzusteigen.

»Äh«, der Uniformierte, »darf ich mitkommen?«

Steiger musterte ihn mit einem skeptischen Blick. »Sicher, dass du das wirklich willst?«

Der Junge nickte.

Prima, dachte Steiger, da hat er mir was voraus. Ich würde lieber nicht da runtersteigen, denn ich habe ein verdammt mulmiges Gefühl, wenn ich mir ausmale, was wir da vielleicht gleich finden werden. Unmittelbare Gefahr schien jedoch nicht zu bestehen, dafür sprach das Schloss an der Außenseite. Der oder die Täter mussten inzwischen bemerkt haben, dass ihnen Natalie entwischt war, und hatten höchstwahrscheinlich die Zelte abgebrochen, nachdem sie in der Zeitung von dem Unfall gelesen hatten – zumindest vorläufig und wohl in der Hoffnung, dass die Polizei das Versteck nie finden würde.

Und um ein Haar hätten sie dabei auch Recht behalten.

»Okay«, sagte Steiger. »Schon Leichenfunde gehabt?«

»Drei«, behauptete der Uniformierte und wurde ein wenig blass, was er jedoch mit einem zuversichtlichen Lächeln zu überspielen versuchte.

Ächzend griff Steiger in die Innentasche seines Jacketts, förderte eine undurchsichtige Plastiktüte hervor und reichte sie dem jungen Mann. »Damit du mir nicht den Tatort versaust, verstehen wir uns?«

Der Junge nickte.

Dann stiegen sie hinab.

Unten angekommen, stellte Steiger fest, dass es hier einen Lichtschalter gab, und als er draufdrückte, erwachten flackernd ein paar Leuchtstoffröhren zum

Leben, die einen Gang erhellten, auf welchem zu beiden Seiten jeweils drei Türen abgingen, dann endete der Gang abrupt an einer kahlen Wand.

Es roch nach Mörtel und chemischer Reinigung, der Boden glänzte an manchen Stellen noch feucht. Natürlich, dachte Steiger, die haben hier sauber gemacht, bevor sie ausgeflogen sind. Und das ist noch nicht lange her. Wäre interessant zu wissen, wer den Strom bezahlt hat, damit es hier unten immer noch Licht gibt. Vermutlich haben sie irgendein öffentliches Netz angezapft, vielleicht hatte man auch nur versäumt, ihn abzustellen, als der Truppenübungsplatz aufgegeben worden war.

Steiger konnte deutlich hören, dass der Atem des jungen Mannes jetzt schneller ging. Er löste den Druckknopf am Verschluss des Holsters seiner Dienstwaffe.

Was sie vorfanden, war auf den ersten Blick enttäuschend.

Vier der sechs Räume waren komplett leer und machten nicht den Eindruck, in letzter Zeit überhaupt benutzt worden zu sein. In ihnen roch es auch weniger stark nach den chemischen Reinigungsmitteln, die man in den übrigen zwei Räumen und im Flur offenbar ausgiebig benutzt hatte. Feucht waren sie jedoch auch.

Im mittleren Raum auf der linken Seite fanden sie ein Stahlgestell, grob aus irgendwelchen Trägern zusammengeschweißt. Ein leicht nach hinten gekipptes

Andreaskreuz in Form eines großen X, wie man es in Sadomasostudios zu finden pflegte, was Steiger für einen Moment angewidert an die Auffindesituation des Kollegen Böhm denken ließ. An den Wänden seines Schlafzimmers hatten Bilder von Mädchen gehangen, die auf eben solche Kreuze geschnallt worden waren.

Dieses hier war jedoch nicht gepolstert, wie das solche Kreuze normalerweise waren, sondern es bestand nur aus dem Stahlgerüst, das stellenweise Rost angesetzt hatte. Die Schweißnähte sahen nicht besonders professionell aus, was Steiger zu der Annahme verleitete, dass man es hier unten zusammengebaut und errichtet hatte.

Bei der Flucht hatte es sich wohl als zu schwer und sperrig herausgestellt, um es nach draußen zu wuchten, also hatte man es einfach stehen lassen. Spuren waren auf den ersten Blick keine darauf zu sehen. Dafür gab es jedoch Bohrungen an den Stellen, wo allem Anschein nach die Hand- beziehungsweise Fußgelenke einer Person mit Handschellen oder etwas Ähnlichem fixiert worden waren. Vermutlich nicht, um sie dann mit einer Gutenachtgeschichte zu Tode zu langweilen.

Steiger hockte sich hin und ließ seinen Blick über den Boden schweifen, dann deutete er auf einen abgesenkten Abfluss in der Mitte des Raumes, der durch ein rostiges Metallgitter verschlossen war.

»Scheiße«, flüsterte der junge Polizist, als er den

Fingerzeig Steigers kapierte. Ein Abfluss, ganz recht. Für Flüssigkeiten jeder Art.

In dem Raum rechts daneben fanden die beiden Polizisten die verkohlten Überreste einer Federkernmatratze. Offenbar hatte man die Mühen gescheut, das Ding durch die Luke wieder hinaus ins Freie zu wuchten.

Steiger hatte keinen Zweifel mehr daran, dass sie sich nun an dem Ort befanden, an dem Natalie Weber die letzten Tage und Nächte ihres Lebens verbracht hatte. Kalt, feucht, lichtlos. Eingesperrt, geschlagen, unter Drogen gesetzt. Von jemandem, der für sich ebenfalls das Privileg beanspruchte, sich Mensch nennen zu dürfen.

Steiger versuchte vergeblich, sich das Ausmaß des Martyriums des Mädchens vorzustellen. Einen Grund, den es dafür gegeben haben mochte, doch ihm fiel keiner ein. Dann war ihr – durch eine seltsame Laune des Schicksals – die Flucht aus diesem Albtraum gelungen, nur um schließlich mit einem heranrasenden Stahlkoloss zu kollidieren.

Wie sinnlos dies alles schien, dachte Steiger, aber vielleicht war es besser so gewesen. Besser – auch wenn dies eine sehr gewagte These war – als das, was man ihr hier angetan hatte, für den Rest ihres Lebens mit sich herumzuschleppen. Steiger kannte Fälle von Opfern, die Entführungen und Folter überlebt hatten. Dass die meisten von ihnen es nur schwer schafften, jemals wieder in ein halbwegs geordnetes Leben zurückzufinden, war eine krasse Untertreibung. In Wahrheit waren sie gezeichnet für den Rest ihres Lebens. Allein die Suizidrate unter Menschen, die so etwas hatten erdulden müssen, sprach Bände.

Schlecht hingegen war es für sie, die Ermittler. Ihren einzigen Zeugen hatten sie bereits verloren, bevor der Fall überhaupt in die Gänge gekommen war, und nun das hier. Ein komplett chemisch gereinigter Bunker. Vielleicht würde sich die zurückgelassene verkohlte Matratze doch noch als schwerwiegender Fehler der Täter herausstellen und ihnen irgendwelche verwertbaren Spuren liefern, aber auch das bezweifelte Steiger angesichts der allgemeinen Professionalität, die hier herrschte. Und eben diese Professionalität überzeugte Steiger davon, dass Natalie Weber nicht das einzige Opfer gewesen sein konnte.

Ausgeschlossen.

Wer immer sich dieses Versteck ausgesucht hatte, und was immer er hier unten getrieben hatte, er wusste, was er tat.

Und er hatte höchstwahrscheinlich vor, damit weiterzumachen.

Als Steiger dem jungen Polizisten mit einer Kopfbewegung bedeutete, wieder nach oben zu gehen, war dieser sichtlich erleichtert darüber. Steiger konnte es ihm nicht verdenken, die Luft verursachte auch ihm Kopfschmerzen und Übelkeit, ganz zu schweigen von der Vorstellung dessen, was hier unten geschehen sein mochte.

Wie sich etwa dreißig Minuten später durch die eingetroffenen Mitarbeiter der Kriminaltechnik herausstellte, übertraf die Realität Steigers Befürchtungen jedoch bei Weitem.

In den Wänden fand man keine sichtbaren Spuren irgendwelcher Körperflüssigkeiten mehr, jedoch ergab sich ein völlig anderes Bild, als die Spurensicherer die Wände mit einer Mischung von Luminol in Natronlauge und verdünnter Wasserstoffperoxid-Lösung großflächig besprühten und das Licht ausschalteten. Im Schein ihrer Schwarzlichtlampen offenbarte sich die grausame Wahrheit in Gänze. Die Wände des mittleren Raumes waren stellenweise bis zur Decke mit Blutspritzern bedeckt, der Boden nahezu vollständig.

Aus eingehender Untersuchung des Gemäuers ergab sich das Bild mehrerer sich überlagernder Schichten von Blut.

Ein bizarres Gemälde des Grauens.

59

Ein Fast-Food-Restaurant in der Nähe von Wiesbaden

Auf einen weiteren Klick Lisas hin öffnete sich eine neue Website namens Target. Im Gegensatz zu Snuff-World, von wo aus sie hierhergelangt war, war diese

Seite jedoch ausgesprochen übersichtlich. Sie bestand lediglich aus wenigen Zeilen Text – in denselben goldglänzenden Lettern wie das Symbol mit dem Fadenkreuz.

Willkommen zu Target – der intensivsten Erfahrung, die du jemals machen wirst!

Unter dieser Überschrift wurde erklärt, was sich die Betreiber unter einer solchen Erfahrung vorstellten, und Lisa kam schnell zu dem Schluss, dass sie damit tatsächlich nicht zu viel versprochen hatten – falls die ganze Angelegenheit nicht bloß ein groß angelegter Schwindel war.

Angesichts der Abgründe, die sich hier vor ihr auftaten, war sie immer noch einigermaßen versucht, dieser Ansicht den Vorzug zu geben. Ja, nur ein schlechter Scherz, den sich ein Haufen Computerkids ausgedacht hatten, um die Welt zu schocken. Das war auf jeden Fall eine Lösung, mit der sich leben ließ, wollte man nicht jeden Glauben an das Gute im Menschen verlieren.

Doch ihr war bewusst, dass sie sich selbst belog.

In diesem Fall wäre die Website nicht so gut versteckt gewesen, und allmählich bezweifelte sie, dass jemanden, der eine Weile im Darknet unterwegs gewesen war, überhaupt noch irgendetwas schockieren konnte.

Gladiatoren und Löwen.

Im Grunde wurden auf Target nur zwei Services angeboten, aber beide waren überaus kostspielig.

Nutzer konnten die Entführung bestimmter Personen zum Festpreis in Auftrag geben, und es bestand wenig Zweifel daran, dass die entführte Person anschließend getötet wurde oder – wie der Werbetext es ausdrückte – auf mysteriöse Weise verschwand.

Einfach so, weil jemand Geld dafür zahlte.

Vom Nutzer dieses Service wurde lediglich gefordert, eindeutige Identifikationsmerkmale der Zielperson beizubringen – ein paar Fotos, zusammen mit Namen und Wohnadresse, oder ein Link zur Facebook-Seite genügten. Schließlich wollte man nicht versehentlich die falsche Person töten.

Außerdem durfte die Zielperson nicht über persönlichen Wachschutz verfügen, wie beispielsweise Politiker oder manche Prominente, und sie durfte keiner kriminellen Vereinigung angehören. Offenbar waren dem Betreiber von Target derartige Aufträge dann doch zu heikel, wohl aber kaum aufgrund etwaiger moralischer Bedenken, sondern schlicht aus praktischen Gründen. Die Betreiber wollten anscheinend ihr Risiko minimieren und sich gleichzeitig die eigene Marktnische sichern, indem sie sich von einfachen Auftragskillern distanzierten, von denen es nach Lisas Informationen im Darknet ebenfalls wimmelte.

Lisa begriff, dass sich dieser Service vor allem an Menschen richtete, die selbst keinen schwerkriminellen Hintergrund hatten, sondern eher einen privaten Groll gegen einen Mitmenschen hegten. Gegen einen missgünstigen Chef, zum Beispiel, oder die Ex-Frau, die zu hohe Alimente fordert, oder den Kerl, mit dem sie durchgebrannt war, solche Sachen eben. Alltägliche Probleme, deren Lösung hier mit demselben kaltschnäuzigen Humor verpackt wurde, der ihr auch schon auf SnuffWorld aufgefallen war.

Du magst einen bestimmten Menschen nicht? Dann gönn dir doch mal was und lass ihn einfach verschwinden, keine große Sache.

Und niemand würde je auf den Gedanken kommen, der tatsächliche Auftraggeber könnte hinter dem Verschwinden dieses Menschen stecken. Zur Tatzeit konnte dieser sich kilometerweit entfernt vom Tatort befinden, und in vielen Fällen wäre auch kein offensichtliches Motiv erkennbar, besonders dann nicht, wenn dieses in einem tief sitzenden, schwelenden Hass begründet lag, der nie offen geäußert worden war.

Es war das gleiche simple Prinzip, aufgrund dessen kriminelle Vereinigungen mit Vorliebe Auftragskiller beschäftigten. Man entkoppelte das Motiv durch ein bombensicheres Alibi vom Auftraggeber, der, falls die Ermittlungen sich tatsächlich in seine Richtung bewegten, einfach die Hände heben und den Ahnungslosen mimen konnte. Der Killer selbst hatte keinerlei Verbindung zu dem Opfer und wurde nur in Ausnahmefällen überhaupt je ausfindig gemacht. Und nun hatte jemand die Idee gehabt, diesen exklusiven Service der Allgemeinheit anzubieten.

Bei aller Abartigkeit musste Lisa zugeben, dass es

eine ziemlich clevere Geschäftsidee war. Wer hatte sich denn nicht schon den Tod irgendeines verhassten Menschen zumindest in seiner Fantasie ausgemalt? Wie weit war es noch von da bis zu dem Schritt, diesen Menschen tatsächlich verschwinden zu lassen, insbesondere dann, wenn irgendjemand völlig anonym die Drecksarbeit erledigte?

Man hätte den Auftraggeber – falls man seiner tatsächlich habhaft wurde – sogar an einen Lügendetektor anschließen und ihm ein Foto des Killers zeigen können – er hätte ihn nicht erkannt, aus dem einfachen Grund, dass er ihn noch nie zuvor gesehen hatte.

Es war so brillant wie diabolisch.

Inzwischen hatte Lisa den aktuellen Tauschwert der Kryptowährung Bitcoin herausgefunden – und auch diese Erkenntnis war ein kleiner Schock gewesen. Somit übersetzte sie den Preis eines solchen Target-Service zu etwas über 50 000 Euro. Ein stattlicher Betrag, aber vermutlich gab es Menschen, die mehr Geld in ihre Modelleisenbahn oder Sammlung seltener Porzellantassen steckten. Und es gab Menschen, für die waren solche Beträge nicht der Rede wert. Immerhin handelte es sich hier um einen Premiumservice.

Lisa scrollte weiter zum zweiten Angebot der Seite. Im Grunde war es dasselbe, bloß mit zwei wesentlichen Unterschieden.

Einer war der deutlich höhere Preis.

Außerdem bot der Betreiber an, den Auftraggeber mit dem entführten Opfer *persönlich* zusammenzubringen.

Dafür stünden spezielle »Räume« zur Verfügung, die stundenweise zu bezahlen seien. Außerdem wurde ein »reichhaltiges Angebot an Werkzeugen« angepriesen, anschließende Säuberung und Entsorgung waren im Service inbegriffen. Solch ein »Spaß« kostete den Nutzer umgerechnet satte 150 000 Euro Mindesteinsatz. Der Preis für ein beliebiges Menschenleben nach Wahl und das Erlebnis, es von eigener Hand auszulöschen. Aufpreise ab der zweiten Stunde, und vermutlich gab es ab drei Aufträgen Rabattstempel wie in der Dönerbude.

Angeekelt klappte Lisa den Laptop zu.

Ihre Kopfschmerzen waren zu einem dröhnenden Wummern geworden, das sich bis in ihre Wirbelsäule fortpflanzte. Nietzsche hatte recht gehabt. Sie hätte nie in diesen Abgrund blicken dürfen, denn nun blickte dieser Abgrund auch in sie, und was ihr aus dessen finsteren Tiefen entgegenstarrte, würde sie im Leben nie wieder vergessen können.

Wenn sie sich vor Augen hielt, dass die Spur eines zwölfjährigen Mädchens sie hierhergeführt hatte, war sie versucht, den Kopf einfach ganz tief in den Sand zu stecken und am besten nie wieder aufzutauchen.

Sie würde die Welt, in der sie lebte, nie wieder mit denselben Augen sehen können.

War ihrem Vater dasselbe passiert? Hatte er, wie

sie jetzt oder der Traveller zuvor, zu lange in die Schwärze geschaut? Hatte ihn fasziniert, was er da gesehen hatte? So sehr, dass er es hatte ausprobieren müssen? Hatte er sich deshalb, von Reue überwältigt, das Leben genommen, bevor ihm jemand in diesen Abgrund hatte folgen können?

Nein, dachte Lisa. Das ergab keinen Sinn.

Sie hatten die Haare des Mädchens im Auto ihres Vaters gefunden, und er selbst war derjenige gewesen, der mit Anneke online gechattet hatte – zumindest legte das bei ihm gefundene Handy dies nahe. Demzufolge war er kein Kunde dieses Target-Service gewesen.

Außerdem hatte ihr Vater nicht einmal über ausreichend Darknet-Know-how verfügt, um sich ohne die Hilfe von FORTRESS in dem Candyland-Forum einzuloggen, und auch auf SnuffWorld war er nur mithilfe des Traveller gestoßen. Aber er hatte diese Seiten gesehen, musste auch Target gefunden haben, genau wie sie.

Und ein paar Tage später war er tot gewesen.

Lisa schickte eine neue Mail an Ray, mit derselben Zahlenfolge wie zuvor. *4 8 15 16 23 42.*

Dann rief sie Sayed auf dessen Privathandy an.

NOCH 3 TAGE BIS ZUM SPRUNG

60

Mainzer Volkspark

Der rothaarige Mann lugte zwischen den Bäumen hervor auf den Weg, der sich durch den Park schlängelte. Wenn sein Kunde richtiglag, würde sein heutiger Auftrag jeden Moment hier entlangkommen. Joggend, höchstwahrscheinlich mit Kopfhörern auf den Ohren, versunken in irgendein hirnloses Lalala oder ein Hörbuch, das einem verriet, wie man durch mehr Mediation zu einem produktiveren Arbeitsalltag kam oder irgend so ein Scheiß.

Der Ort war optimal gewählt, durch die Büsche waren es vielleicht zehn Meter bis zu seinem Jeep, der einsam in einer menschenleeren Seitenstraße parkte, nicht mal Laternen gab es da.

Optimal.

Kein besonders anspruchsvoller Auftrag also, zumal der Kunde sich für die günstigere Variante entschieden hatte, doch der rothaarige Mann konnte das Geld im Moment gut gebrauchen. Weil ihm diese verdammte Studentin ausgebüxt war, hatte er den gesamten Bunker reinigen müssen, und das war eine Heidenarbeit gewesen, ihm schmerzte jetzt noch der Rücken von der Arbeit mit dem Schrubber über Kopf.

Aber das eigentliche Problem war natürlich der Kunde gewesen, und dieser *hatte* das Premiumpaket gebucht, hatte selbst Hand anlegen wollen an das Mädchen, und wie in solchen Fällen üblich, hatte er die ganze Nacht dafür gebucht und war ohne Weiteres bereit gewesen, die Kohle dafür hinzublättern, umgerechnet etwas über eine Viertelmillion Euro. Hinzu kam das Extrageld dafür, dass der rothaarige Mann ein paar Tage auf sie aufpasste, weil der Kunde kurzfristig auf irgendeine Geschäftsreise hatte gehen müssen – und das wäre noch mal ein hübsches Sümmchen gewesen.

Doch dann war die dumme Kuh abgehauen und vor ein Auto gelaufen, und somit hatte der Kunde selbstverständlich Anspruch auf eine vollumfängliche Erstattung, und ihm selbst blieb – gar nichts.

Natürlich war der Kunde nicht gerade begeistert davon gewesen, wie die Dinge abgelaufen waren, schon gar nicht, als er aus der Zeitung erfahren hatte, dass das Mädchen vor ein Auto gerannt war und er sich damit jeder Chance geraubt sah, sie sich persönlich vorzunehmen.

Was ein Pech.

Es hatte den rothaarigen Mann eine Menge Überredungskunst gekostet, den Kunden davon abzuhalten, die ganze Sache dem Ghost zu melden. Der Ghost war überaus pingelig, was die Kundenbindung und erstklassigen Service auf seiner Plattform betraf. Blieb zu hoffen, dass er nie von dieser Sache erfuhr und der Kunde sich nicht doch noch dazu entschloss, ihm das bisher einzige Missgeschick des rothaarigen Mannes mitzuteilen oder – noch schlimmer – eine negative Bewertung auf der Plattform zu hinterlassen, sichtbar für alle potenziellen Kunden und natürlich auch für den Ghost. Was das für die Bitcoin-Blockchain des Unternehmens bedeuten würde, wollte sich der rothaarige Mann lieber gar nicht erst ausmalen.

Fünf von fünf Sternen. Immer, unter allen Umständen, das war die Devise, wie der Ghost nicht müde wurde zu betonen.

Nun, es half nichts, den Kopf hoch und die Brust raus und den Blick nach vorn gerichtet, ermahnte sich der rothaarige Mann. Würde er eben auf einen anderen Standort ausweichen müssen – die Gefahr war einfach zu groß, dass die Bullen trotz ihrer üblichen Beschränktheit nun doch mal ein Korn – also den Bunker – finden würden, und er hatte bestimmt nicht vor, ihnen dort in die Arme zu laufen. Er hatte ein finanzielles Loch zu stopfen, denn der Ghost erwartete seinen Anteil, auch für den schiefgelaufenen Auftrag.

Der Mann trat ein wenig auf der Stelle und atmete geräuschlos in seine Handflächen. Schaute auf seine Uhr, dann wieder zu dem Weg hinüber.

Hörte Schritte, die näher kamen.

Und dann sah er sie.

Endlich.

Genau, wie der Auftraggeber gesagt hatte. Eng anliegende Joggingklamotten, die ihren knackigen Po und die schlanken Beine betonten. Hübsches Ding, dachte der Rothaarige mit einem flüchtigen Anflug von Anerkennung – der Kunde hatte jedenfalls Geschmack.

Offenbar war sie an diesem Abend schon ein Weilchen unterwegs, sie klang ein wenig aus der Puste, als sie an dem Gebüsch vorbeilief, hinter dem er sich versteckte.

Gut, dachte er.

Sie hatte ein Paar dieser riesigen Kopfhörer auf, die aussahen wie Ohrenschützer und die komplette Ohrmuschel umschlossen. Noch besser. Einfach lächerlich, für welchen Scheiß Menschen in Zeiten wie diesen ihre ureigensten Instinkte aufgaben und jegliche Vorsicht über Bord warfen – glaubten sie doch tatsächlich, in einer sicheren Welt zu leben. Nun, zumindest diese junge Frau würde bald die Erfahrung machen, dass diese Sicherheit eine ausgesprochen trügerische war. Eine Gutenachtgeschichte, die sich die erbärmlichen Menschenkinder gegenseitig erzählten in der Hoffnung, dass der große, böse Wolf sie auch dieses Mal verschonen würde.

Nun, heute nicht.

Der rothaarige Mann, selbst in einen Jogginganzug gekleidet, trat zwischen den Bäumen hervor auf den beleuchteten Weg. Hier standen noch alle paar Meter Laternen, aber weiter hinten – in der Richtung, in welche die junge Frau unterwegs war – würden sie sich deutlich lichten. Dort gab es jede Menge Dunkelheit.

Er blickte in beide Richtungen den Weg entlang.

Niemand sonst war zu sehen.

Es gab nur noch ihn und das Ziel.

Dann setzte er sich selbst in Bewegung, mit gleichmäßigen Laufschritten, die er so abpasste, dass er die Zielperson ungefähr dort einholen würde, wo die Lampen weniger dicht standen, dort, wo die Dunkelheit zwischen ihnen am tiefsten war.

Wo heute Nacht die Wölfe lauerten.

61

Mainzer Volkspark

Lisa hatte nur eine Frage an Ray gehabt, als sie seinen Anruf entgegengenommen hatte. Ob er ihr den Gegenwert von 60 000 Euro in einer Kryptowährung besorgen konnte, vorzugsweise Bitcoin.

Er konnte.

Kein Problem, einfach so.

Er hatte sie nicht mal gefragt, wozu sie das Geld brauchte. Sie hatte es ihm dennoch erklärt, und daraufhin hatte er beziehungsweise seine Computerstimme eine ganze Weile lang geschwiegen.

»Bist du dir sicher, dass du das wirklich tun willst?«, hatte die furchtbar neutrale Stimme aus dem Telefon geklungen.

»Nein«, hatte Lisa gesagt. »Von Wollen kann überhaupt keine Rede sein.«

»Verstehe«, hatte die neutrale Stimme behauptet, und vielleicht war das ja tatsächlich der Fall gewesen. Wieder einmal war sich Lisa wie eine Billardkugel vorgekommen, hilflos den Stößen der Ereignisse um sie herum ausgesetzt. Ein Typ, von dem sie überhaupt nichts wusste, bezahlte ihre Darknet-Schulden mit Geld, dessen Ursprung bestenfalls dubios war.

Auf was hatte sie sich hier eingelassen?

Andererseits, das fühlte sie deutlich, war der Punkt, an dem sie hätte aussteigen können, längst überschritten, sie steckte selbst schon viel zu tief drin. Sie war in ein Haus eingebrochen, hatte einen Menschen gefesselt und gegen seinen Willen festgehalten, und außerdem vermutlich zahlreiche Cyberverbrechen begangen, deren Strafbestand so komplex war, dass sie ihn nicht mal selbst verstand.

Ab diesem Punkt würden ihr Erklärungen nicht mehr weiterhelfen, nur noch Fakten. Ergebnisse. Und das war der Grund, aus dem ihr nächster Anruf Sayed gegolten hatte.

Dieser war noch viel weniger begeistert von dem Wenigen gewesen, das sie am Telefon hatte durchklingen lassen. Und das war nur ein Bruchteil ihres tatsächlichen Plans gewesen – unter großflächiger

Auslassung der meisten Straftaten, die sie bisher begangen hatte.

Sie bekam allmählich einen ziemlich guten Eindruck davon, was Ray gemeint hatte, als er von den Schwierigkeiten sprach, welche seine Art von Gerechtigkeitssinn mit sich brachte.

Um *diese* spezielle Art von Dunkelheit zu besiegen, musste man zwangsläufig ganz in sie eintauchen. Das war vielleicht das Schrecklichste daran.

Nun joggte sie schon seit einer knappen halben Stunde durch den Volkspark und kam sich dabei allmählich vor wie eine Idiotin. Wer rannte auch schon bei solch einem ungemütlichen Wetter nach Einbruch der Dunkelheit allein durch den Park? Vermutlich nur Leute, die ihr Schicksal herausforderten.

So wie sie jetzt.

Ein Blick auf ihre Armbanduhr verriet ihr, dass es mittlerweile schon über zehn Minuten her war, seit sie den letzten Menschen begegnet war – einem joggenden Pärchen; sie zierlich wie eine Elfe, er ein vollbärtiger Baumriese von einem Mann. Die beiden hatten sie gar nicht beachtet, sondern die ganze Zeit auf ihre Pulsuhren gestarrt.

Was vermutlich ein Vorteil war.

Aufgrund der Kopfhörer, die sie trug, hörte sie die Schritte erst, als der Mann sie schon beinahe eingeholt hatte. Lisa fuhr unwillkürlich zusammen. Spürte, wie ihr Herzschlag sich beschleunigte.

Tap, tap machten seine Laufschuhe.

Sie drehte sich um.

Nur ein weiterer Jogger. Durchschnittlicher Typ mit kupferfarbenem Haar, der ihr freundlich zunickte, während er sich jetzt offenbar in einem kurzen Sprint versuchte. Er musste schon eine ganze Weile hinter ihr hergelaufen sein – aber warum hatte sie ihn dann nicht schon früher bemerkt? Ihr war keine Abzweigung des Weges aufgefallen, von der aus er hätte auf den Hauptweg laufen können.

Er holte rasch auf.

Tap, tap, tap.

Noch kein Sprint, aber fast.

Lisa sah wieder nach vorn, hielt auf die nächste Laterne zu. Dort lief sie locker aus und blieb stehen, ging dann in die Hocke, um ein Schuhband festzuziehen, das gar nicht locker war. Dieser grinsende Sprinter musste aus dem Bild verschwinden. Wenn er weiterhin in ihrer Nähe blieb, würde er alles vermasseln.

Der andere blieb ebenfalls stehen.

Sprach sie an.

Lisa streifte die Kopfhörer von den Ohren. Schaute zu ihm auf, und plötzlich wusste sie es. Mit einhundertprozentiger Gewissheit.

»Lisa Kern?«, fragte der Typ freundlich.

Lächelte. Nicht zu breit, nicht zu schmal. Wie ein netter Nachbar, den man flüchtig kennt, weil man sich ab und zu im Hausflur begegnet.

»Was?«, fragte sie verblüfft.

»Sie sind doch Lisa Kern?«, fragte der Mann,

immer noch lächelnd, und nun bemerkte Lisa auch den fremden Akzent in seiner Stimme. Der Mann griff in die Tasche seiner Sportjacke. »Ich würde gern kurz mit Ihnen reden, Frau Kern. Dauert auch nicht lange.«

»Ach so?«, spielte Lisa weiter die Verblüffte, während sich jeder Muskel in ihrem Körper spannte. »Worum geht's denn?«

Mit einer blitzschnellen Bewegung zog der Mann eine kleine Spraydose aus seiner Jacke, richtete sie auf Lisa und drückte ab. Das Ding stieß zischend einen Sprühnebel aus, dem Lisa nur entging, indem sie sich zur Seite fallen ließ und abrollte.

Innerhalb eines Sekundenbruchteils war sie wieder auf den Beinen, aber immer noch im Nachteil, denn ihr Gegner hatte im Gegensatz zu ihr von Anfang an einen aufrechten Stand gehabt.

Sein Fuß erwischte sie in der Magengegend, doch Lisa hatte seinen Tritt kommen sehen. Blitzschnell spannte sie ihre Bauchmuskeln an, aber der Kerl war verdammt schnell. Schon zog er den Fuß wieder zurück, tänzelte einen weiteren Schritt auf Lisa zu und hob wieder die Spraydose.

Grinste dabei.

Nun riss Lisa ihrerseits das Knie hoch und landete einen kräftigen Tritt in seiner linken Seite, ungefähr auf Hüfthöhe. Offenbar hatte der Mann nicht mit Gegenwehr gerechnet, und schon gar nicht von jemandem, der langjährige Erfahrung in Selbstverteidigung hatte. Er taumelte getroffen nach rechts, betätigte aber noch in der Bewegung den Sprühknopf erneut. Diesmal erwischte Lisa ein Großteil der Ladung mitten im Gesicht, und die Welt versank in tobenden Schmerzen.

Pfefferspray.

Ihre Sicht war schlagartig nicht mehr vorhanden, alles wirbelte in einem wilden Taumel aus Licht und Schatten durcheinander, sie bekam kaum Luft, musste kräftig niesen. Der nächste Schlag des Kerls erwischte sie völlig unvorbereitet mitten im Gesicht.

Etwas knackte.

Sie taumelte zurück, kämpfte verzweifelt um ihr Gleichgewicht.

Da setzte er schon nach, packte sie an den Haaren, die sie zu einem Pferdeschwanz gebunden hatte, und riss kräftig daran.

Lisa brüllte auf vor Schmerzen, doch der Kerl sagte: »Kein Wort, sonst gibt es eine neue Ladung von dem Spray.« Wie, um ihr zu demonstrieren, dass er seine Drohung ernst meinte, drückte er ihr die Spraydose ins Gesicht. Lisa spürte warmes Blut aus ihrer Nase über ihre Oberlippe laufen. Noch immer schnappte sie nach Luft, noch immer konnte sie nichts sehen außer ein paar verschwommenen Lichtpunkten in einer wirbelnden Finsternis.

Der Kerl hatte gewonnen.

Er hatte sie.

»Fallen lassen!«, tönte eine andere, Lisa wohlbekannte Stimme, irgendwo rechts von ihr. Die Stimme bemühte sich um eine klare Aussprache, aber Lisa entging das leichte Zittern darin nicht. »Hände hoch und langsam umdrehen. Ich bin bewaffnet, und ich werde schießen, wenn Sie meinen Anweisungen nicht augenblicklich Folge leisten.«

Sayed, dachte Lisa erleichtert. Nur ein Mensch auf diesem Planeten würde es fertigbekommen, in einer solchen Situation derart korrektes Beamtendeutsch zu benutzen.

Sie hörte, dass die Spraydose mit einem blechernen Klappern zu Boden fiel, und da wusste sie, dass ihr Plan funktioniert hatte, wenn auch im allerletzten Moment. Ihre Nase schmerzte wie die Hölle, das heiße Blut schoss förmlich über ihre Lippen, tropfte ihr vom Kinn.

Aber sie hatten ihn.

Jetzt kam der schwierige Teil.

62

Nahe des Mainzer Volksparks

Lisa, die ein Taschentuch gegen ihre blutende Nase drückte, öffnete die hintere Tür ihres T5, dann sagte sie dem Mann, er solle einsteigen und dass er dazu eine Stufe erklettern müsse. Das konnte er wegen des Sacks nicht sehen, den sie ihm über den Kopf gezogen hatten.

Der Mann tat, wie ihm geheißen, ohne den geringsten Protest oder ein Zeichen von Widerstand – oder Verwunderung.

Oder gar Angst.

Vermutlich kein Wunder, denn in der Welt, in der er lebte, war eine solche Behandlung ja vollkommen normal. Wie oft hatte er sie schon völlig unschuldigen Opfern angedeihen lassen, aus keinem anderen Grund als schnödem Gewinnstreben? Diese Menschen hatten im Gegensatz zu ihm Angst gehabt, da war sich Lisa sicher.

Hatten vielleicht um ihr Leben gebettelt.

Und waren doch alle auf taube Ohren gestoßen.

Fast wünschte Lisa, der Kerl würde ebenfalls betteln, um sein erbärmliches Leben winseln, ihr Geld anbieten, Informationen, die Namen seiner Mitwisser. Aber er tat nichts dergleichen.

Er war vollkommen ruhig.

Als er im Wagen war, bugsierte Lisa ihn zu einer der beiden Sitzbänke, auf die er sich folgsam niederließ. Shady war von ihrem Platz auf dem Beifahrersitz aufgestanden und musterte Lisa mit einem fragenden Blick, während sie gebannt das Geschehen im hinteren Teil des Wagens verfolgte.

Sayed beugte sich zu Lisa herüber, mit aufgerissenen Augen flüsterte er ihr zu: »Verdammt, Lisa. Ich hoffe, du weißt wirklich, was du tust. Der Mann hat unsere Gesichter gesehen, der könnte …«

»Ich glaube nicht, dass unser Gast irgendwelche Ambitionen hegt, in Zukunft irgendwem etwas davon zu erzählen, was heute hier passiert ist«, sagte Lisa, dem Fremden zugewandt. »Nicht bei dem, was er sonst so auf dem Kerbholz hat. Oder irre ich mich, Herr …?«

Keine Antwort von dem Mann mit dem Sack auf dem Kopf.

Mit einer Kopfbewegung bedeutete Lisa Sayed, die Tür zu schließen, was dieser widerstrebend tat. Dann waren sie unter sich. Lisa betätigte die Taschenlampen-App an ihrem Handy und legte es neben sich auf den Sitz, dann zog sie dem Mann die Kapuze vom Kopf.

Dieser lächelte wieder sein neutrales Lächeln, während er Lisa eingehend betrachtete. So, als wolle er sich ihr Gesicht ganz genau einprägen. Er lächelte leicht angesichts des blutigen Taschentuchs, das Lisa immer noch gegen ihre Nase drückte. Ja, dieser Schlag hatte gesessen, da konnte er zufrieden mit sich sein.

Der Akzent des Rothaarigen war nun stärker als vorhin, als er sagte: »Ich nehme an, Sie selbst sind der Auftraggeber?«

Lisa nickte, Sayed starrte sie verständnislos an. Diesen Teil der Geschichte kannte er noch nicht, Lisa würde es ihm später erklären. Falls sich das nicht vermeiden ließ.

»Clever«, sagte der Mann und nickte anerkennend. »Ihr Geld kriegen Sie aber nicht zurück.«

Lisa ging nicht auf die Bemerkung ein, stattdessen langte sie nach ihrem Handy und wischte darauf herum, bis sie das Foto gefunden hatte. Es zeigte Anneke Jaspers, die ein wenig schüchtern in die Kamera lächelte. Dem Hintergrund nach zu schließen, war es in irgendeinem Park nicht unähnlich diesem aufgenommen, an dessen Rand sie sich jetzt befanden. Allerdings im vergangenen Sommer. Es war das aktuellste Foto, das ihre Eltern von ihr besaßen.

Sie hielt es dem Mann vors Gesicht. »Erkennen Sie das Mädchen?«

Zu ihrem Erstaunen machte der Kerl sich nicht mal die Mühe, zu lügen oder irgendetwas abzustreiten. »Die ist in der Zeitung gewesen«, stellte er fest. »Suchen die Bullen etwa immer noch nach ihr?«

Lisa antwortete nicht. »Also, wo ist sie?«

»Ihr seid jedenfalls keine Bullen«, stellte der Mann fest, und damit schien er jedes Interesse an der Unterhaltung verloren zu haben.

Lisa bemühte sich, es durch eine kräftige Ohrfeige wieder zu erwecken. Alles, was sie damit erreichte, war jedoch, dass der Kerl sie mit einer Mischung aus Verwunderung und leichtem Amüsement anschaute. Sie las nicht mal einen Anflug von Schmerz in seinen Augen, er wirkte vielmehr leicht betäubt, so als hätte er Schmerzmittel zu sich genommen. Seine Augenlider flatterten, dann sah er sie wieder an.

»Noch mal!«, sagte Lisa scharf. »Wo ist das Mädchen, was haben Sie mit ihr gemacht?«

»Scheiße«, sagte der Mann mit leicht verwaschener Stimme und stieß ein humorloses Lachen aus. »Ich hätte wissen müssen, dass mit der Sache was faul war. Hätte die Finger davon lassen sollen.«

»Was meinen Sie damit?«, herrschte Lisa ihn an. Sie konnte nicht glauben, was der Kerl da von sich gab. Wenn das, was er andeutete, stimmte und er der Entführer Annekes war, bedeutete dies, dass ihr Vater definitiv unschuldig war. »Was war an der Sache faul?«

»Na, der Kunde, ja?«, sagte der Rothaarige. »Der wollte nur, dass die Kleine verschwindet. Kein Video, kein Extra-Service, gar nichts. Nicht mal ein Andenken. Das wollen die meisten, wissen Sie, also so ein Andenken. Ihren Slip, ein paar Haare oder ein Ohr.« Er begann zu kichern. »Ein Ohr, ist das zu glauben? Ich frag mich, was diese Spinner damit machen.«

Er schaute sie aus trüben Augen an, und Lisa drängte sich der Verdacht auf, dass der Kerl unter dem Einfluss irgendeiner Droge stand oder wenigstens stark betrunken war, auch wenn er vorhin noch völlig nüchtern gewirkt hatte. Sie widerstand nur mit Mühe dem Impuls, ihm erneut kräftig ins Gesicht zu schlagen, hauptsächlich, weil sie ahnte, dass das nicht viel bringen würde.

»Sie haben sie getötet«, sagte Lisa. Keine Frage, sondern eine Feststellung, weil irgendetwas tief in ihr bereits *wusste*, dass es stimmte. Es immer gewusst hatte.

»Wo ist sie, Sie Schwein?«, fuhr sie den Mann an, den das genauso wenig beeindruckte wie irgendetwas sonst, seit er in den Wagen gestiegen war. Wenn überhaupt, dann wirkte er jetzt höchstens noch abwesender als vor ein paar Minuten schon. »Wo ist Anneke Jaspers?«

Der Mann zuckte mit den Schultern, dann fragte er, während er Lisa aus müden Augen anstarrte: »Lassen Sie mich laufen, wenn ich es Ihnen verrate?«

»Vielleicht«, sagte Lisa.

Er lachte auf, durchschaute ihre Lüge sofort.

»Na ja«, sagte er dann. »Das dachte ich mir schon.«

Dann fielen ihm die Augen zu. Lisa konnte es nicht fassen, wie konnte der Kerl in einer solchen Situation einfach einschlafen? Sie rüttelte ihn an der Schulter, doch sein Kopf schlenkerte kraftlos an seinem Körper herum wie der einer Marionette mit durchschnittenen Fäden.

»Hey!«, rief Lisa, und versetzte ihm eine weitere Ohrfeige. »Aufwachen, wir sind noch nicht fertig!«

Der Kopf des Mannes beschrieb eine Halbdrehung, dann knallte er ungebremst gegen die Blechwand des T5. Sein Mund klaffte auf und ein Schwall einer rosafarbenen, schaumigen Flüssigkeit ergoss sich daraus, lief über sein Kinn und tropfte auf seine Sportjacke.

Er stieß ein Husten aus, und das Zeug spritzte aus seinem Mund hervor, erwischte Lisa im Gesicht und auf der Jacke, sogar Sayed bekam etwas ab. Der blutverschmierte Mund des Kerls verzog sich zu einem

Grinsen, als er lallend hervorkeuchte: »Ihr Idioten ...«, unterbrochen von einem weiteren Husten, »ihr Idioten habt keine Ahnung ... mit wem ... ihr euch da angelegt habt.«

»Was?«, brüllte Lisa ihn an. »Wovon reden Sie?«

Doch da sackte der Mann in sich zusammen, rutschte von der Sitzbank und kam auf dem Boden des T5 zu liegen. Lisa war entsetzt aufgesprungen, als das Zeug aus seinem Mund sie benetzt hatte, doch Sayed kniete bereits neben dem Kerl, öffnete dessen Mund und wühlte mit zwei Fingern darin herum, dann zog er etwas daraus hervor und hielt es in die Höhe. Reste eines kleinen Behälters aus Kunststoff.

»Gift«, sagte er dann und starrte entsetzt zu Lisa empor. »Der Kerl hatte eine Kapsel im Mund, vielleicht in einem falschen Zahn oder so. Er muss draufgebissen haben und ...«

»Und jetzt ist er tot«, sagte Lisa.

Sayed nickte.

»Scheiße!«, rief Lisa und trat schwungvoll gegen die Wand des T5, was eine sichtbare Delle darin hinterließ.

»Hey, Lisa!«, rief Sayed. »Hör auf!«

Sie ließ sich wieder auf das Polster fallen und stützte den Kopf in ihre Handinnenflächen. All dieser Aufwand, und nun hatte sich dieses Arschloch einfach davongestohlen, auf eine Weise, die in keinem Verhältnis zu dem stand, was er seinen Opfern angetan hatte. Oder was er seinen Kunden erlaubt hatte, seinen Opfern anzutun. Am liebsten hätte sie die Information aus dem Toten herausgeprügelt, der sie im letzten Moment doch noch ausgetrickst hatte.

»Wir müssen einen Krankenwagen rufen, Lisa«, sagte Sayed leise. »Und die Polizei.«

Lisa schwieg für eine lange Zeit. Schließlich antwortete sie: »Der Typ hätte uns zu Anneke führen können. Er war der Einzige, der das gekonnt hätte. Das wollte er uns klarmachen, bevor er sich davongestohlen hat, nur deshalb hat er uns von dem Deal mit seinem Kunden erzählt. Damit wir wissen, dass er Bescheid weiß. Ein letzter grausamer Scherz von diesem Arschloch. Und dann hat er …«

»Das Geheimnis mit ins Grab genommen?«, sagte Sayed und versuchte ein zögerndes Lächeln.

Lisa nickte.

»Vielleicht nicht«, sagte Sayed und begann, die Sportjacke des Toten abzutasten.

63

BKA-Hauptsitz Wiesbaden, Thaerstraße

Steiger starrte kopfschüttelnd auf den Bericht in seinen Händen. Im Laufe des Nachmittags hatten die Jungs und Mädels von der Kriminaltechnik mehrere verschiedene Blutgruppen an den Wänden des Bunkers identifiziert. Das bedeutete, dass außer Natalie Weber noch weitere Menschen in dem Bunker gefoltert und sehr wahrscheinlich auch getötet worden waren.

Und damit war nun doch das Ende einer anderen Fahnenstange erreicht, nämlich die der Fähigkeiten einer kriminaltechnischen Untersuchung. Eine präzisere DNS-Analyse würde mit dem wenigen Material, das man bisher sichergestellt hatte, vermutlich nicht möglich sein. Auch wenn die Luminoluntersuchung gezeigt hatte, dass in dem Raum mit dem stählernen Andreaskreuz mehr Blut als in einem drittklassigen Horrorfilm geflossen war, so waren das doch nur noch mikroskopisch kleine Spuren, die sich tieferer Analysemethoden größtenteils entzogen.

Aber es gab noch mehr.

Am Rand der von Steiger entdeckten Lichtung hatten die Kriminaltechniker einen flachen Erdhügel entdeckt. Vorsichtiges Graben hatte eine Menge Asche sowie angekohlte Stofffetzen enthüllt – offenbar die Kleidungsstücke und den persönlichen Besitz der Opfer, die man mit einem Brandbeschleuniger übergossen, verbrannt und anschließend verbuddelt hatte, doch nicht einmal mit allzu großer Sorgfalt. Den Tätern war es offenbar völlig egal gewesen, wenn das Zeug nachher jemand fand.

Ein Experte für derlei Ausgrabungen hatte Steiger versichert, dass auch hier mehrere Schichten aus verschiedenen Zeiten übereinanderlagen. Außerdem hatte man verklumpte und zerschmolzene Plastikteile und Elektronikschrott gefunden, der offenbar von den Handys der Entführungsopfer stammte und aufgrund seines Zustands ebenfalls nicht mehr analysierbar war. Momentan versuchten Spezialisten, in den grotesk zerschmolzenen Überresten die Seriennummern irgendwelcher elektronischer Bauteile ausfindig zu machen in dem Bemühen, die Geräte – und damit ihre Besitzer – auf diese Weise zu identifizieren. Ein langwieriges, ausgesprochen mühsames Verfahren, aber momentan die einzige Möglichkeit, wenigstens ein paar der Hinterbliebenen jener Opfer Gewissheit über das Schicksal ihrer Lieben zu schenken. Steiger sah den entsprechenden Anrufen mit eher verhaltener Begeisterung entgegen.

Das Bild dessen, was in dem verlassenen Militärbunker unter der Lichtung geschehen war, offenbarte sich nun allmählich in all seiner grausamen Deutlichkeit: Der oder die Täter hatten ihre Opfer demnach entkleidet und an dieses widerliche stählerne Kreuz gefesselt. Kleidung und persönliche Besitztümer hatten sie verbrannt und einfach vergraben.

Angestachelt durch den Fund der verbrannten Kleidung waren Suchtrupps sternförmig von der Lichtung ausgehend in alle Richtungen in den Wald ausgeschwärmt und hatten – überhaupt nichts gefunden. Keine Gräber, keine Spuren, kein einziger Hinweis auf den Verbleib der Opfer, die in der finsteren unterirdischen Hölle unter der Lichtung gestorben sein mussten.

Offenbar hatten der oder die Täter den Schauplatz ihres grausamen Treibens mit großer Sorgfalt ausgewählt und auch bei ihrer Flucht keine nennenswerten Dummheiten begangen. Demnach mussten es Profis sein. Leute mit Erfahrung in derlei Dingen, und das offenbarte ein Bild, das sich Steiger nicht mal ansatzweise vorstellen wollte.

Wie viele solcher Bunkeranlagen, versteckter Häuser oder sonstiger Mörderhöhlen mochte es noch geben? In welchem verlassenen Gebäudekomplex wurde zur Stunde vielleicht schon das nächste unschuldige Opfer gequält?

Selbst die Stromversorgung des Bunkers, Steigers letzte Hoffnung, den Tätern auf die Spur zu kommen, hatte sich letztendlich als eine weitere Sackgasse herausgestellt. Tatsächlich war, wie Steiger es bereits vermutet hatte, der Strom für die Anlage nie abgeschaltet worden, man hatte es offenbar schlicht vergessen. Immerhin war es ihnen auf diese Weise gelungen festzustellen, dass der Strom seit etwa sechs Monaten wieder geflossen war. Großartig. Ein halbes Jahr lang waren da, mitten im Lennebergwald, unerhörte Dinge geschehen, und die städtische Stromversorgung hatte auch noch den Saft dazu geliefert.

Abteilungsleiter Möller hatte auf die einzig sinnvolle Weise auf diese neuerlichen Entwicklungen reagiert und sofort eine neue Sonderkommission einberufen, wozu er den Großteil der ermittelnden Kräfte vom Fall Anneke abgezogen hatte.

Durchaus berechtigt, fand Steiger, denn in diesem Fall waren sie seit dem Tod Robert Kerns keinen einzigen Schritt weitergekommen. Auch wenn alle Beteiligten im Schweiße ihres Angesichts Akten wälzten und versuchten, die – größtenteils nicht einmal vorhandenen – Spuren auszuwerten, so war doch jedem logisch denkenden Menschen der Ablauf der ganzen traurigen Angelegenheit inzwischen klar.

Kern hatte Anneke Jaspers entführt, sich an ihr vergangen und sie dann irgendwo verbuddelt. Später war er, aus welchen Gründen auch immer, zu dem Haus im Wald gefahren und hatte – vermutlich in der Absicht, sich dort mit seinem nächsten Opfer zu verabreden – sein Handy eingeschaltet.

Und was Anneke selbst betraf, war allen das einzig jetzt noch mögliche Schicksal des Mädchens klar – selbst wenn es zum Zeitpunkt der Festnahme Robert Kerns noch gelebt haben sollte.

Stattdessen war nun also ein gutes Dutzend Kriminaltechniker dabei, verkohlte Klamottenreste zu katalogisieren und ein so bizarres wie gigantisches Puzzle zu lösen, bislang mit einem einzigen konkreten Ergebnis: Man hatte ein halb geschmolzenes Stück eines Personalausweises gefunden und diesen anhand der noch erkennbaren Ziffern der Ausweis-ID mit einiger Sicherheit als den von Natalie Weber identifiziert. Viel Mühen, dachte Steiger frustriert, für die einzige Information, die sie in diesem gewaltigen Chaos praktisch bereits von Anfang an besessen hatten.

Es war zum Verzweifeln.

In Steiger stieg das ungute, aber bestimmte Gefühl auf, dass auch diese neuerliche Sonderkommission, die nun seiner Leitung unterstand, zu keinen verwertbaren Ergebnissen kommen würde. So allmählich begann er zu begreifen, was Möller meinte, wenn er gelegentlich von dem nahezu aussichtslosen Kampf der Behörden gegen die Windmühlen des Bösen sprach.

Es war kein Geheimnis: Die Gegenseite besaß die besseren Anwälte, die überlegene Technik und nicht selten schier unerschöpfliche finanzielle Ressourcen, außerdem war sie nicht an die Auflagen der Legalität gebunden, konnte ihre Feinde nach Herzenslust einschüchtern, bestechen oder gar beseitigen, während man ihnen, den Ermittlern, bei jedem Schritt genau auf die Finger schaute.

Kriminelle dieses Kalibers plagten sich nicht mit Skrupeln herum, das waren kaltblütige Psychopathen, die vor nichts zurückschreckten, während die meisten Kriminalermittler weit vor ihrer Zeit alt, grau und geschieden waren und ihre letzten Jahre als alkoholkranke, ausgebrannte Menschen verbrachten. Großartige Aussichten, in der Tat. Und manchmal, wie in diesem Fall, war die Gegenseite außerdem auch einfach gerissener.

64

Lisa Kerns VW T5, in der Nähe des Mainzer Volksparks

Mit zitternden Händen verband Sayed das Telefon des toten rothaarigen Mannes mit Lisas Laptop. Seine Nerven lagen immer noch blank, das war ihm deutlich anzusehen, und ihm war sichtlich unwohl angesichts der Leiche zu ihren Füßen. Nicht, dass Lisa diese Tatsache kaltließ, aber sie spürte keine Reue. Nicht für diesen Kerl. Sie wandte den Blick von dem Toten ab und wieder Sayed zu.

»Toller Rechner«, sagte der, in dem allzu offensichtlichen Bemühen, den Toten auf dem Boden des T5 zu ignorieren. Seine Stimme zitterte immer noch ein bisschen, aber so allmählich schien er sich wenigstens ein bisschen unter Kontrolle zu bekommen.

»Danke«, sagte Lisa und drückte ihm die Schulter, dann setzte sie sich neben ihn und verfolgte das Geschehen auf dem Bildschirm. Hörte mit halbem Ohr zu, während Sayed ihr erklärte, wie man den Sperrcode des Handys umgehen konnte, indem man mit irgendeiner externen Software darauf zugriff, die er sich vorher aus dem Netz gezogen hatte. Natürlich war auch das vollkommen illegal, aber angesichts der aktuellen Entwicklungen verschwendete Lisa keinen weiteren Gedanken daran.

»Okay«, sagte Sayed. »Ich bin drin.«

»Und wie genau soll uns das noch mal helfen, Anneke zu finden?«, fragte Lisa mit matter Stimme. »Glaubst du vielleicht, er hat das irgendwo in seinem Kalender gespeichert, oder vielleicht in einem virtuellen Notizbuch vermerkt?«

»Kaum«, sagte Sayed. »Aber wir wissen, wann sie entführt worden ist, richtig?«

»Ja, ziemlich genau, und?«

»Und wir wissen auch, *wo* das passiert ist. Auf diesem Spielplatz in der Nähe des Hauses ihrer Eltern. Was bedeutet, dass der Kerl dort gewesen sein muss, zur passenden Uhrzeit.«

»Stimmt«, sagte Lisa nachdenklich. »Falls er uns da nicht auch nur was vorgemacht hat, um uns absichtlich in die Irre zu führen.«

»Das glaube ich nicht«, sagte Sayed.

Lisa musste ihm recht geben. Dem Typen war klar gewesen, dass er nicht mehr lange leben würde. Warum hätte er eine Geschichte erfinden sollen, die ihn zusätzlich belastete?

Ihr Idioten habt keine Ahnung, mit wem ihr euch da angelegt habt.

Das waren seine letzten höhnischen Worte an sie gewesen, und die hatten tatsächlich nicht besonders ermutigend geklungen. Insbesondere angesichts der Tatsache, dass der rothaarige Mann den eigenen Tod der Möglichkeit einer Begegnung mit eben diesen Mächten vorgezogen hatte.

»… seine Position zu bestimmen«, vollendete Sayed einen Satz, dessen Anfang Lisa nicht mitbekommen hatte.

»Glaubst du denn, er hatte die ganze Zeit sein GPS aktiviert?«

Sayed klickte auf dem Pad des Laptops herum.

»Nein«, sagte er seufzend. »Hatte er offenbar nicht.«

»Na toll, und nun?«

»Bleiben noch die Metadaten.«

»Hm?«

»Der Mann hatte ein aktuelles Handy, neueste Generation, ausgestattet mit jeder Menge Sensoren. Temperatur, Luftdruck, Richtungssensor für den Kompass, mehrere Beschleunigungssensoren …«

»Ja, und?«

»Moderne Betriebssysteme sorgen dafür, dass diese Sensoren einen kontinuierlichen Datenstrom abspeichern, ohne dass der Nutzer das mitbekommt. Sogar wenn das Gerät im Offline-Modus oder ganz ausgeschaltet ist. Weshalb, glaubst du wohl, lassen sich bei neueren Handys die Akkus nicht mehr rausnehmen?«

»Du machst Witze, oder? Ich dachte, das wäre aus wirtschaftlichen Gründen, damit sich der Nutzer nicht einfach einen neuen Akku kaufen kann, wenn der alte platt ist, sondern gleich ein neues Gerät, und scheiß was auf die ökologische Verträglichkeit.«

»Das ist auch ein Aspekt, klar«, sagte Sayed mit einem schmalen Lächeln. »Die aufgezeichneten Metadaten sind aber für die Konzerne, die uns diese Dinger verkaufen, viel wichtiger. Mit einem guten Auswertungsalgorithmus kann man eine Menge daraus lesen. Wann ist der Nutzer beispielsweise in ein Auto gestiegen, wie schnell ist er damit gefahren, und in welche Richtung? Welche Hotspots oder Sendemasten hat das Handy auf seinem Weg passiert? All diese Daten sind für die Technologiegiganten wie Google oder Apple, die die Betriebssysteme für die Handys programmieren, Gold wert – beziehungsweise für deren werbetreibenden Kunden. Und in diesem Fall vielleicht auch für uns.«

Lisa starrte ihn bloß an, erstaunt über die Dreistigkeit der Technologiekonzerne und über deren Skrupellosigkeit ihren eigenen Kunden gegenüber. Und vielleicht auch ein bisschen schockiert, dass all dies für Sayed schon längst zu einer offenbar akzeptablen Realität gehörte. Unsere Telefone überwachen uns, vierundzwanzig Stunden lang, ohne dass wir das überhaupt mitbekommen. Na ja, da kann man nichts machen, das ist eben der technologische Fortschritt, und schließlich muss man ja erreichbar sein.

Wirklich eine schöne neue Welt.

»Okay«, sagte Sayed, nachdem er eine Weile getippt und geklickt hatte. »Ich glaube, ich hab was. Und … Oh, Shit, das passt haargenau!«

Er deutete auf den Bildschirm. Inzwischen hatte er

den Internetbrowser geöffnet und zeigte Lisa nun auf einer Landkarte die genaue Stelle.

»Das ist der Spielplatz«, flüsterte Lisa. »Datum und Uhrzeit stimmen auch. Wir haben also tatsächlich den Kerl gefunden, der Anneke Jaspers entführt hat.«

»Ja«, sagte Sayed und nickte. »Und dein Vater …«

»Nicht jetzt«, unterbrach ihn Lisa. »Bitte.«

Sayed nickte wieder. »In Ordnung. Finden wir mal raus, was er anschließend so getrieben … Verdammt.«

»Was?«

Sayed deutete wieder auf die Karte. »Kennst du diese Stelle? Ist das nicht …?«

Lisa kniff die Augen zusammen.

Nickte langsam.

Ja, sie kannte die Stelle.

Und damit sank alle Hoffnung, die sie bis jetzt noch für Anneke Jaspers gehegt hatte, gegen null.

65

Rotes Moor in der Rhön, nahe Ehrenberg

Lisa stellte den T5 auf einem Parkplatz ab, der für Touristen gedacht war, die tagsüber hierher kamen, um das zweitgrößte Hochmoor in der Rhön zu bestaunen. Und tatsächlich gab es hier eine Menge zu sehen – das versprach zumindest eine Schautafel am Rand des Parkplatzes. Im heutigen Naturschutzgebiet war bis zum Jahr 1979 Torf abgebaut worden, jetzt war es die Heimat zahlreicher seltener Tier- und Pflanzenarten.

Wenige Meter hinter der Schautafel begann der Moorlehrpfad, und für den interessierten sich Lisa und Sayed im Moment.

Still lag es da, das Moor, mit seinen Krüppelkiefern und Gebüschen, den Wassertümpeln und dem Nebel, der zwischen den Bäumen waberte. Gelegentlich blitzte etwas schwach in den düsteren Schwaden zwischen den Bäumen. Irrlichter, seltsame Entzündungen der gashaltigen Luft, die dem Sumpf entstieg. Der Mond verbarg sich hinter schweren, grauen Wolken, nur ein milchiges Halo beleuchtete die feuchte Landschaft und das faulige Wasser, das in den Senken und Bodenlöchern stand.

Sayed warf einen Blick auf Lisas Laptop, den er mit sich herumtrug, seit sie den T5 verlassen hatten.

»Hier ist er definitiv langgekommen«, flüsterte er. »Genau auf diesem Holzsteg dort drüben. Sich das vorzustellen, ich meine … tagsüber laufen massenweise Spaziergänger über diesen Steg, und …«

»Jetzt aber nicht«, sagte Lisa leise und ging entschlossen weiter.

Jetzt war niemand hier außer ihnen. Nur das Moor und die Stille und der Widerschein des Computerdisplays auf Sayeds kränklich wirkendem Gesicht. Lisa holte ihr Handy aus der Hosentasche und aktivierte die Taschenlampe, dann suchte sie den Boden neben dem Steg ab, bis sie einen anderthalb Meter langen Stock gefunden hatte, den wohl ein Wanderer hier zurückgelassen hatte.

»Du glaubst doch nicht, dass …«, begann Sayed, aber er brachte den Satz nicht zu Ende. Ungeachtet dessen trat Lisa entschlossen auf den Steg, der tiefer in das Moor hineinführte. Genau wie der Rothaarige es vor einigen Tagen getan hatte.

Schweigend liefen sie auf den Holzbohlen durch den dichten Nebel, in den Lisas Taschenlampe einen nahezu greifbaren Lichtkegel schnitt, bis Sayeds Stimme irgendwann die Stille durchbrach. »Moment«, sagte er. »Dort vorn ist er nicht weiter den Steg entlanggegangen. Hier gibt's einen Knick nach rechts, da muss er ihn verlassen haben.«

Irgendwo krächzte ein aufgeschreckter Vogel und flatterte dann knapp über ihren Köpfen durch die Nacht davon, um sich einen ruhigeren Schlafplatz zu suchen.

Lisa blieb stehen und sah sich um.

Der Bohlensteg führte vor ihnen weiter durch das Moor, wo er, wenn sie sich korrekt an die Ausflüge ihrer frühen Kindheit erinnerte, bald in einen normalen Wanderweg mündete. Rechter Hand ging es zwischen schief stehenden Baumgerippen tiefer in das Moor. Ein Weg war nicht zu erkennen, milchiger

Nebel waberte dicht über dem Boden dahin. Unmöglich zu sagen, wie der Untergrund darunter beschaffen sein mochte.

»Bist du wirklich sicher, dass er hier reingelaufen ist?«, fragte Lisa. Sayed nickte, während er weiter angestrengt in ihren Laptop starrte.

Lisa begann mit ihrem Stock in der feuchten Erde abseits des Stegs herumzustochern. Sie stieß auf Widerstand.

»Okay«, sagte sie schließlich. »Das müsste gehen.« Sie trat von dem Steg mitten hinein in den Nebel, was für einen Augenblick aussah, als würde sie auf einer Wolke schreiten, dann stand sie auf festem Grund. Blieb die Frage, wie lange dieser fest bleiben würde.

»Sayed«, sagte sie über ihre Schulter gewandt, »ich hoffe wirklich, deine Sensordaten sind einigermaßen präzise. Hier kann es jeden Moment sehr ungemütlich werden.«

»Er ist da entlang«, sagte Sayed, doch auch Lisa konnte die Unsicherheit in seiner Stimme hören, als sie losging.

Sayed folgte ihr dichtauf mit dem Laptop. Gelegentlich blieb Lisa stehen und stocherte mit dem Stock in den Boden vor ihren Füßen. Nach jedem weiteren Schritt sank die Spitze des Wanderstabs tiefer in den Boden. Als sie ihn herauszog, gab er ein schmatzendes Geräusch von sich.

»Das geht nicht«, sagte Sayed. »Wir sinken immer tiefer ein.«

»Aber er ist hier lang?«, fragte Lisa, was Sayed erneut bestätigte. Diesmal machte er sich jedoch nicht mehr die Mühe, seine Zweifel zu verbergen. »Vielleicht gibt es einen Offset in den Koordinaten oder so was«, mutmaßte er. »Es wäre möglich, dass die Sensoren irgendeinen Ausgangspunkt falsch berechnet haben und …«

»Aber sie haben uns zum Moor geführt«, unterbrach Lisa ungeduldig. »Und genau auf den Parkplatz.«

»Ja, schon, aber …«

»Dann ist er auch hier langgegangen«, beharrte Lisa, dann sagte sie: »Bleib mal kurz stehen, ja?«

»Was?«, fragte Sayed, hob den Blick vom Bildschirm und sah nun in dessen blassem Widerschein mehr denn je aus wie ein verängstigtes Kind.

»Keine Angst, ich lass dich schon nicht allein hier zurück«, sagte Lisa und drehte sich um in Richtung Steg. »Lass mich nur rasch nachschauen, ob ich mit meiner Idee richtigliege.«

»Was für eine Idee?«, rief Sayed ihr halblaut hinterher, aber da war sie schon in den dichten Nebelschwaden verschwunden.

Nach überaus bangen fünf Minuten kam sie zurück, hatte den Wanderstock unter den Arm geklemmt und trug in jeder ihrer Hände ein langes Brett. »Die lagen unter dem Steg versteckt«, erklärte sie. »Anders kann er ja nicht auf das Moor hinausgegangen sein, und ich dachte mir, dass der Kerl sicher zu faul war, die Dinger jedes Mal vom Auto herzuschleppen. Noch dazu mit …«

»Mit einer zusätzlichen Last«, vervollständigte Sayed den Satz.

Lisa nickte düster, dann legte sie das erste Brett vor sich auf den Boden. Sayed korrigierte die Richtung gemäß der Angaben auf dem Laptop, dann traten sie beide auf das Brett, Lisa voran. Als sie dessen Ende erreicht hatten, folgte dasselbe Prozedere mit dem zweiten Brett, das mit einem schmatzenden Geräusch im Boden versank, als sie es betraten.

»Stell dich aufs hintere Ende«, bat Lisa Sayed. »Ich hab keine Lust, kopfüber in diesen Morast zu kippen.«

»Klar«, sagte Sayed, sichtlich erleichtert darüber, dass er damit den wesentlich sichereren Posten von ihnen beiden beziehen würde. »Die Sensoren sagen, er ist genau bis dahin gegangen, wo du jetzt stehst, Lisa.«

Kurz vor dem vorderen Ende des Brettes ließ sich Lisa in die Hocke nieder, klemmte das Handy zwischen die Zähne und begann mit ihrem Stock in dem feuchten Morast herumzustochern. Sie hatten den Übergang von Sumpfboden zu schlammigem Wasser erreicht. Alles, was man hier hineinwarf, würde innerhalb kürzester Zeit unter die Oberfläche gesogen und dann nach und nach immer tiefer im Boden versinken. Jahrelang, falls nichts dazwischenkam.

»Ein bisschen weiter rechts«, sagte Sayed hinter

ihr, und als Lisa das nächste Mal den Stock in dem schlammigen Boden des Tümpels versenkte, stieß sie auf Widerstand.

»Ich glaube, da ist was.«

Sie brauchten weitere dreißig Minuten, während derer Sayed einen zweiten, längeren Stock besorgte und sie sich beide komplett von Kopf bis Fuß mit Schlamm beschmierten, doch schließlich gelang es ihnen, den Körper ein Stück weit aus dem Sumpf zu ziehen. Es war wenig mehr als ein glitschiges, schwarzes Bündel, steif und ekelhaft klamm, aber doch ohne jeden Zweifel der Körper eines halbwüchsigen Kindes.

Alles ab der Schulter steckte noch im Morast, mehr konnte Lisa nicht riskieren, ohne selbst vom Brett zu fallen und direkt neben der Leiche im Sumpf zu landen.

Vorsichtig strich Lisa den schwarz glänzenden Schmutz aus dem kleinen Gesicht und von den geschlossenen Augenlidern, während ihr die Sicht vor den Augen verschwamm. Wischte im grellen Schein der Handytaschenlampe den Dreck aus den blonden Haaren, und dann, nach einem weiteren Blick in das helle Oval, das sie oberflächlich vom Schlamm befreit hatte, war sie sicher.

Sie hatten Anneke Jaspers gefunden.

66

»Oh, Scheiße«, sagte Sayed immer und immer wieder. Eine Litanei, die er unverändert fast ein Dutzend Mal hervorstieß wie ein unflätiges Mantra. Dann sagte er plötzlich: »Wir müssen sie ganz rausziehen, Lisa. Und es melden. Sie erst mal auf dem Steg liegen lassen, nehme ich an. Also, wegen der Spurensicherung. Oh, Scheiße«, begann er wieder von vorn. »Scheiße, Scheiße.«

Lisa kniete immer noch am Ende des Brettes. Langsam lockerte sie den Griff um den steifen, eiskalten Oberkörper des Kindes, dabei spürte sie ihre eigenen Hände kaum noch. Sie fühlten sich an wie fremde Dinge, die gar nicht mehr zu ihrem Körper gehörten. Mit lautem Schmatzen sank der Körper wieder hinab in die gierige schwarze Tiefe.

»Was machst du denn da?«, fragte Sayed entsetzt. »Wir müssen sie rausziehen, wir müssen …«

»Sayed«, sagte Lisa scharf. Er fuhr zusammen. Sie stand auf, ging auf dem Brett zurück in Richtung Steg. »Lass es, okay?«

»Aber …«, sagte Sayed, dann verstummte er. Klappte den Mund auf und wieder zu wie ein Fisch auf dem Trockenen. Aber das hatte nichts Lustiges an sich. Da standen sie sich gegenüber, zwei schlammverschmierte Menschen, auf einem Brett mitten im Sumpf, Nebel umspielte ihre Beine. Ganz allein auf der Welt, so schien es jetzt, verlassen selbst von den Sternen, umgeben von nichts als Dunkelheit. Aber immerhin am Leben.

»Vertraust du mir, Sayed?«, fragte Lisa leise.

Er nickte mechanisch.

»Dann hör mir jetzt gut zu, okay? Und dann entscheide dich, was du tun willst. Das ist alles, worum ich dich bitte.«

Sayed nickte noch einmal.

»Dieser Kerl, der jetzt tot in meinem Auto liegt, ja? Der wusste nicht mal, warum er Anneke entführen sollte. Für den war sie einfach nur ein Auftrag.«

»Ja, schon, aber …«

»Wir wollen denjenigen, der sie töten lassen hat. Denjenigen, der dieses kranke, gewissenlose Schwein damit beauftragt hat. Den wollen wir, richtig?«

»Ja«, sagte Sayed, starrte sie weiterhin aus aufgerissenen Augen an. Schien nichts zu begreifen. »Aber dein Vater, er …« Dann verstummte er wieder.

»Mein Vater wurde reingelegt, Sayed. Ich weiß noch nicht von wem, und ich kann es auch noch nicht beweisen, aber nach dem, was der Kerl da vorhin von sich gegeben hat, bin ich mir jetzt sicher. Jemand wollte meinen Vater aus dem Weg räumen, ihn diskreditieren, Sayed. Jemand wollte, dass ihm keiner zuhört, wenn er irgendwas von dem erzählt, was er herausgefunden hat.«

»Du glaubst …« Sayeds Augen wurden noch größer. »Du glaubst, das Mädchen …« Er musste schlucken. »Du glaubst, Anneke Jaspers war nur ein Kollateralschaden? Nur ein Mittel zum Zweck, um deinen Vater mundtot zu machen? Das kann nicht dein Ernst sein, Lisa!«

»Doch, Sayed, das ist mein voller Ernst. Und wenn wir jetzt die Kollegen einschalten, kommen wir keinen Schritt weiter. Aus deren Sicht spricht jetzt alles dafür, dass mein Vater Anneke gleich nach ihrer Entführung getötet und dann hierhergeschafft hat. Niemand wird mir glauben, wenn ausgerechnet ich ihnen erzähle, was dieser Auftragsmörder vorher noch gesagt hat. Wir haben keinen einzigen Beweis, begreifst du das?«

»Aber das Handy …«

»Das Handy eines Kerls, der ohne Personalausweis durch die Gegend läuft und jetzt tot in meinem Auto liegt? Bist du sicher, dass wir das irgendwem erklären wollen? Und selbst wenn, dann ist er eben hier spazieren gegangen, auch das beweist rein gar nichts ohne die entsprechenden Zusammenhänge.«

Sayed schwieg. Dachte nach. Starrte Lisa an.

Dann sagte er: »Okay, nehmen wir mal an, du hast recht. Und wer soll es dann gewesen sein, deiner Meinung nach? Wer soll den Kerl beauftragt haben?«

»Das will ich ja eben herausfinden. Und ich habe auch schon eine Idee wie, Sayed.«

»Ich bekomme allmählich Angst vor deinen Ideen, Lisa. Wie die, deine eigene Entführung in Auftrag zu geben, um an diesen Typen heranzukommen. Und …«

»Vertrau mir, Sayed«, bat Lisa. »Nur noch dieses eine Mal.«

Lange Zeit schwieg Sayed, doch schließlich sagte er leise: »Wir müssen es Annekes Eltern sagen, Lisa. Du kannst das Mädchen nicht einfach hier liegen lassen. Die kommen um vor Sorge und …«

»Und vor Hoffnung?«, fragte Lisa leise.

Sayed nickte. So absurd es klang, aber ja, auch das war ein Teil des Problems.

»Gut«, sagte Lisa. »Nicht mehr lange, ich verspreche es. Morgen werden sie die Wahrheit erfahren.«

»Lisa, ich weiß nicht.«

»Sayed. Nur diese eine Chance. Bitte. Und wenn das alles vorbei ist, nehme ich es komplett auf meine Kappe. Du hast mir nie geholfen, okay? Du bist nie hier gewesen oder im Park und als der Kerl seinen Giftzahn aufgeknackt hat. Ich werde es niemandem erzählen, egal, was noch passiert. Ich verspreche es.«

Diesmal schwieg Sayed sehr lange, während er zu Boden sah. Nicht in Lisas Gesicht. Nicht auf das Moor hinaus. Ganz besonders nicht zu der Stelle hin, an der sie dem Moor soeben eines seiner schrecklichsten Geheimnisse entrissen hatten, wenn auch nur für einen Augenblick.

»Okay«, sagte er schließlich. »Vierundzwanzig

Stunden, Lisa. Danach informierst du die Kollegen. Sonst tu ich es.«

»Danke, Sayed.«

Er nickte, dann wandte er sich um und balancierte zum Steg zurück. Lisa folgte ihm. Als er die Sicherheit des beplankten Bodens unter seinen Füßen erreicht hatte, drehte er sich plötzlich um und fragte: »Und was machen wir jetzt mit dem Kerl in deinem Auto?«

67

Wiesbaden, Hotel Oranien

Marcel Dahte lag auf dem Bett seiner Nobelsuite und grinste das Display seines Laptops an. Er hatte wirklich keinen Grund, sich über mangelnde Arbeit zu beschweren. Dank seines unbekannten Informanten war es ihm mittlerweile gelungen, eine regelrechte Lawine von Artikeln ins Rollen zu bringen, und natürlich hatte er auch nicht versäumt, dafür zu sorgen, dass der Ausgangspunkt dieser Lawine stets zu ihm zurückverfolgbar war. Insbesondere dem Redakteur der *Wiesbadener Nachrichten* war diese Tatsache vermutlich bestens im Gedächtnis geblieben; dafür hatte vor allem das hübsche Sümmchen gesorgt, das ihn Dahtes Exklusivartikel gekostet hatten. Ein lächerlich geringer Preis, fand Dahte, angesichts des Pulverfasses, das sich in den folgenden Tagen daraus entwickelt hatte.

Dieses Pulverfass war auch der Grund, warum er momentan nicht in seiner Wohnung anzutreffen war, sondern in einem Hotel, welches ebenfalls aus der Tasche von Wiesbadens auflagenstärkster Tageszeitung bezahlt wurde. Wo sonst hätte er morgens um vier vernünftigen Champagner und ein Steak Mignon herbekommen sollen? Dahte war Single und Workaholic aus Überzeugung. Für das Kochen hatte er sich noch nie besonders interessiert.

Außerdem ersparte ihm das kurzzeitige Verschwinden von der Bildfläche in Situationen wie diesen den ein oder anderen unangenehmen Besuch. Niemand wusste, dass er hier war, und der Hunderter, den er bei seiner Anmeldung über den Tresen geschoben hatte, würde dafür sorgen, dass das auch so blieb.

Also, überlegte er, während er sich für seinen nächsten Artikel mit einem Schluck Dom Pérignon Vintage 2010 in Stimmung brachte, was haben wir bis jetzt?

Das BKA lief nach wie vor kopflos herum, die Politiker ergingen sich wie üblich in nutzlosen Drohgebärden (an die Beamten gerichtet) und haltlosen Versprechungen (an die Bevölkerung gerichtet) – und das Mädchen hatte man bisher immer noch nicht gefunden. So weit, so gut. Nach seiner anfänglichen Skepsis freute sich Dahte mittlerweile diebisch darüber, aus einem Gaul, der eigentlich schon tot gewesen war, noch einmal so viel Kapital geschlagen zu haben. Das war wahre journalistische Effizienz.

Und alles im Dienste der Wahrheit, versteht sich.

Als sein Handy zu klingeln begann, warf er einen missmutigen Blick auf das Display, während er das Sektglas auf dem Nachttisch abstellte. Sein Ärger über die Unterbrechung verfolg sofort, als er sah, dass der Anruf von einer langen Nummer kam, vermutlich aus dem Ausland. Einer Nummer, wie sie sein spezieller Informant verwendete.

Dahte grinste. Offenbar meinte es das Schicksal heuer wirklich gut mit ihm – welche Bombe würde die geschlechtslose Stimme am anderen Ende nun wieder platzen lassen?

»Dahte«, meldete er sich beschwingt, und prompt antwortete ihm die vertraute Computerstimme, auch wenn es ihm vorkam, als klänge sie diesmal etwas anders als bei den früheren Anrufen des Informanten. Etwas weniger hölzern.

»Hören Sie gut zu?«, fragte die Stimme.

Diesmal schien sie auf seine Antwort zu warten, was sie vorher noch nie getan hatte, weshalb Dahte einen Moment brauchte, bis er reagierte.

»Ja«, sagte er dann hastig. »Natürlich. Ich bin ganz Ohr.«

»Gut«, sagte die Computerstimme. »Hier spricht der Mörder von Anneke Jaspers.«

»Wie bitte?«, platzte es aus Dahte heraus. Der

Täter, dieser Kern, hatte sich doch in der U-Haft umgebracht, das war allgemein bekannt! Genau dieser Sachverhalt war immerhin gleich sein zweiter Knüller in dieser ganzen Angelegenheit gewesen, und der Grund, aus dem er nun freie Hand für weitere Recherchen hatte und über ein derart üppiges Spesenkonto verfügte.

»Soll das etwa lustig sein?«, knurrte er ins Telefon

»Nein«, sagte die Stimme schlicht. »Ganz bestimmt nicht. Wieso? Glauben Sie mir etwa nicht?«

»Der Täter wurde bereits gefasst«, sagte Dahte verärgert. »Er beging Suizid. Für den Fall, dass Sie keine Zeitung lesen: Ich empfehle die *Wiesbadener Nachrichten* von vor ein paar Tagen. Da finden Sie alle diesbezüglichen Details. Und nun habe ich zu tun, Sie Spinner!« Dahtes Finger schwebte bereits über dem Auflegen-Symbol seines Telefons.

»Ich kann es beweisen«, sagte die tonlose Stimme. »Ich bin der wahre Mörder von Anneke Jaspers, und ich kann es beweisen.«

»Ja, klar.«

»Haben Sie was zum Schreiben?«

»Natürlich!«, entrüstete sich Dahte. »Was glauben Sie denn? Immerhin bin ich Journa…«

»Dann schreiben Sie!«

Und Dahte schrieb.

NOCH 2 TAGE BIS ZUM SPRUNG

68

Rotes Moor in der Rhön, nahe Ehrenberg

Steiger war kein Frühaufsteher. Er fand das bedauerlich, angesichts seiner Jobwahl wäre er wirklich gern einer gewesen. Einer von denen, die schon morgens um sechs Uhr frisch geduscht und mit geputzten Zähnen auf der Matte standen, natürlich auch schon ihr Jogging- und Stretchingprogramm absolviert hatten, inklusive zehnminütiger Tiefenmeditation, brav ausgefülltem Bullet-Journal und all dem anderen Esoterikscheiß, um dann mit einem wässrigen Grüntee in den Tag zu starten.

Er war hingegen eher der Typ, der sich um sechs Uhr morgens noch einmal im Bett umdrehte und sich fluchend sein Kissen aufs Ohr presste, in dem vergeblichen Versuch, seinen extralauten Wecker zu ignorieren, den er wohlweislich ans entgegengesetzte Ende seines Schlafzimmers gestellt hatte. Der einzige Weg, dieses Ding zum Schweigen zu bringen, bestand darin, hinzugehen und den großen roten Knopf an der Oberseite kräftig zu drücken. Ohne dieses barbarische Foltergerät hätte er vermutlich die Hälfte seiner Schichtanfänge verpennt.

Auch jetzt sehnte er sich wieder in die wohlige Wärme seines Bettes zurück, während er fasziniert die Landschaft betrachtete, die draußen vor dem Fenster vorüberzog.

Dichte Nebelschwaden waberten zwischen verkümmerten, blattlosen Bäumen, das Ganze wirkte wie eine fantastische Friedhofsszene aus einem frühen Horrorfilm der Hammer-Studios. Halb erwartete Steiger, Christopher Lee als Dracula zu erblicken, der, in einen schwarzen Umhang gehüllt, zwischen den Bäumen herumsprang, die Augen zwei rot glimmende Punkte in der milchigen Suppe da draußen.

Steiger wurde aus seinen Gedanken gerissen, als der Wagen hielt.

»Wir sind da, Gero«, sagte Hartmann, der ihn netterweise hergefahren hatte. Der aber leider nicht so nett gewesen war, ihm das Rauchen im Auto zu erlauben, nicht mal bei runtergekurbelter Fensterscheibe. »Nee, lass mal lieber«, hatte Hartmann gesagt. »Ich krieg da echt superschnell eine Erkältung.«

Insgeheim wünschte Steiger ihm trotzdem eine an den Hals, oder vielleicht auch die Pest. Verdammter Spießer.

Er riss die Tür auf, grunzte Hartmann seinen Dank fürs Herfahren zu und stieg aus. Draußen riss er die Kippenschachtel förmlich aus der Tasche, stellte frustriert fest, dass noch ganze zwei Zigaretten in der Packung waren und er natürlich mal wieder keinen Nachschub besorgt hatte. Ächzend fischte er sich einen Glimmstängel heraus, steckte ihn an und sog den Rauch mit tiefer Befriedigung in seine Lunge, bevor er ihn mit einem wohligen Seufzen in die Luft entließ.

Ein paar Kollegen drehten sich grinsend zu ihm um. Sollten sie.

Steiger ließ den Blick über den Parkplatz schweifen, der nun eine erstaunliche Menge von bunt gemischten Autos aller Art und Zugehörigkeit beherbergte, während die Bäume ringsum nach wenigen Metern in dichtem Nebel verschwanden. Da war der Vito der Spurensicherung und der Mercedes von Rechtsmediziner Bischoff, den man demnach offenbar ebenfalls in aller Herrgottsfrühe aus den Federn geklingelt hatte – obwohl Steiger insgeheim vermutete, dass der Kerl aufgrund seines schier übermenschlichen Arbeitspensums sowieso nicht mehr als zwei Stunden pro Nacht schlief. Hinzu kamen ein Streifenwagen und ein weiterer Transporter mit weit offenen Türen, aus dem gerade jede Menge technisches Gerät auf den Bohlensteg geschafft wurde, der unweit des Parkplatzes begann und tiefer ins Moor hineinführte.

»Entschuldigung«, sagte ein Kerl, rempelte Steiger an und hastete dann an ihm vorbei. Der Mann schleppte ein eckiges Ding mit sich herum, das Steiger erst beim zweiten Hinsehen als große Fotokamera mit einem wuchtigen Objektiv identifizierte. Hinterdrein lief ein junger Bursche, der dem anderen eine Tasche nachtrug, in der sich, ihrer Form nach zu schließen, weitere Kameraobjektive befanden. Dann ein Typ in Anzug unter einer durchsichtigen Regenjacke. Keiner von ihnen sah nach Polizei aus. Vielmehr nach …

»Hey!«, rief Steiger den dreien hinterher. »Sofort stehen bleiben!«

Nur der Junge zögerte kurz, während die anderen beiden einfach weiterliefen. Steiger setzte hinterher und packte den Kerl in der Regenjacke am Kragen. »Ich sagte ›Stehen bleiben‹, Mensch! Sind Sie taub? Was soll das hier werden, wer hat Ihnen erlaubt, hier mit einer Kamera aufzukreuzen? Wer sind Sie überhaupt?«

»Schon in Ordnung«, erklang eine Stimme hinter Steiger, und er fuhr herum. Dort, wie eine gerade aus dem Nebel aufgetauchte Erscheinung, saß Möller in seinem Rollstuhl. Der Kerl mit der Regenjacke nutzte die Gelegenheit, riss sich aus Steigers Griff los und hastete den Steg entlang seinen beiden Kollegen hinterher, die bereits im Nebel verschwunden waren.

»Das waren Reporter!«, wies Steiger auf das Offensichtliche hin. »Und das hier ist eine polizeiliche Untersuchung, oder etwa nicht? Wer hat diese Typen an der Absperrung durchgelassen, und wieso wissen die überhaupt schon wieder Bescheid?«

Inzwischen hatte er Möllers Rollstuhl erreicht und gab ihm die Hand, während er sich hinunterbeugte und dann mit leiser Stimme fortfuhr: »War das etwa schon wieder unser Freund, dieser Maulwurf? Hatten die einen Tipp? Verdammt, so kann das doch nicht …«

Möller schüttelte den Kopf. »Diesmal nicht, Gero.

Diesmal ist es so, dass sie *uns* hergeführt haben. Ein Journalist namens Dahte hat heute Morgen einen anonymen Anruf erhalten, das große Besteck angefordert und stellt es jetzt so dar, als schulden wir ihm einen Gefallen, weil er nicht gleich selbst versucht hat, die Kleine rauszuziehen.«

»Das ist doch wohl …«, wollte Steiger sich weiter ereifern, doch Möller unterbrach ihn mit einer Geste.

»Hilft nichts, Gero. Da müssen wir gute Miene zum bösen Spiel machen und es diplomatisch angehen. Immerhin haben wir jetzt Anneke Jaspers gefunden. Hoffen wir, dass der Spuk damit ein Ende hat.«

»Na, da bin ich gespannt«, schnaufte Steiger. »Sie ist es also wirklich? Anneke Jaspers?«

Möller nickte. »Die Taucher haben sie vorhin rausgezogen, den Abtransport habe ich schon organisiert. Ich muss jetzt auch zurück ins Büro, mir irgendetwas einfallen lassen, damit es später nicht so aussieht, als würden wir ohne die Presse überhaupt nichts auf die Reihe kriegen.«

»Und dieser Anruf?«, fragte Steiger.

»Da ist Sayed schon dran«, versicherte ihm Möller. »Der hat sich mit diesem Journalisten, Dahte, zusammengetan, und jetzt versuchen sie gemeinsam herauszufinden, woher der Anruf kam. Höchstwahrscheinlich über irgendeine Umleitung aus dem Ausland. Ich gehe also davon aus, dass uns das auch wieder eine Weile beschäftigen wird. Falls es überhaupt je zu etwas führt.«

Steiger konnte nur noch mit dem Kopf schütteln. Für weitere Erwiderungen fehlten ihm die Worte. Immer, wenn du glaubst, es sei schon alles schiefgelaufen, das schieflaufen kann, dachte er, kommt es garantiert noch dicker.

Er nickte Möller zum Abschied zu, welcher die Steuerung an seinem Rollstuhl bediente, um sich zurück zu dem Transporter zu bewegen, der ihn hergebracht hatte.

In diesem Moment erklangen eilige Schritte auf dem Steg. Ein Kerl in einem Neoprenanzug kam auf sie zugerannt. »Ist Möller noch da?«, blaffte er Steiger an, und bevor der noch etwas Passendes erwidern konnte, hatte der Chef sich schon bemerkbar gemacht.

»Was ist denn?«, wollte Möller wissen.

»Das glauben Sie jetzt nicht«, behauptete der Taucher. »Wir haben gerade noch zwei rausgezogen.«

»*Was* haben Sie rausgezogen?«

»Leichen«, sagte der Taucher.

»Wie bitte?«, fragten Steiger und Möller synchron und starrten den Taucher ungläubig an, als eine weitere Stimme aus dem Nebel, in dem sich der Steg verlor, zu ihnen drang.

»Da sind noch drei!«, brüllte jemand. »Mindestens. Nein, warte, das nimmt ja gar kein Ende, verdammt. Was zur Hölle ist das hier, ein Scheißfriedhof?«

Plötzlich wünschte sich Steiger so sehnlich wie nie zuvor in sein Bett zurück.

Onlineausgabe der Wiesbadener Nachrichten vom 29. Oktober

Grausamer Leichenfund im Roten Moor – Anneke-Fall aufgeklärt?

von M. Dahte, freier Journalist

Ehrenberg. In den frühen Morgenstunden kam es heute zu einem Großaufgebot von Polizeikräften im Tourismus- und Wandergebiet »Großes Rotes Moor« bei Ehrenberg, wo mehrere Tote geborgen wurden.

Aufgrund eines anonymen Hinweises, der bei einem bekannten Wiesbadener Journalisten einging, wurden bisher sieben Leichen geborgen, die polizeilichen Untersuchungen vor Ort dauern zur Stunde jedoch noch an. Zu Identität, Alter oder Geschlecht der gefundenen Leichen äußerte sich die Polizei bislang nicht – mit einer Ausnahme: Offenbar befand sich unter den Toten aus dem Moor auch die Leiche von Anneke J., dem seit Tagen verschwundenen 12-jährigen Mädchen aus Wiesbaden-Sonnenberg (WN berichtete). Unsere Gedanken sind ganz bei den Eltern und Hinterbliebenen des Mädchens, deren Ungewissheit nun ein tragisches Ende gefunden hat.

Der Entführungsfall Anneke J. erregt seit Tagen das besondere Aufsehen der Öffentlichkeit, nachdem bekannt geworden war, dass es sich bei einem verhafteten Verdächtigen um den Vater einer in dem Fall ermittelnden Beamtin gehandelt hatte. Dieser hatte wenige Stunden nach seiner Festnahme Suizid begangen, ohne den Beamten verraten zu haben, wo Anneke sich befand.

Werfen die neuen Funde nun ein gänzlich anderes Licht auf den Fall? Handelt es sich bei dem Täter um einen langjährig tätigen Serienmörder, dessen Taten bereits ungeheure Ausmaße angenommen hatten, bevor dieser sein letztes Opfer verschleppen konnte?

Wurde gar der Falsche verhaftet?

Wir alle fiebern der Pressekonferenz entgegen, die für den heutigen frühen Nachmittag angekündigt wurde, und fragen uns, was den Beamten bisher vielleicht noch so alles entgangen ist …

69

BKA-Hauptsitz Wiesbaden, Thaerstraße
Herrentoilette

Bevor er Lisa angerufen hatte, war Sayed auf die Toilette im zweiten Stock geschlichen, wo er sich vergewissert hatte, dass er im Moment der einzige Besucher war. Dennoch hatte ein Gefühl wachsender Paranoia von ihm Besitz ergriffen, das sich einfach nicht abschütteln ließ. Das Herz wummerte ihm bis in die Schläfen.

»Verdammt, Lisa! Hast du das etwa gewusst?«, flüsterte er ins Handy, das er zusätzlich mit einer Hand abschirmte, während er sich fragte, warum er sie überhaupt angerufen hatte, nach allem, was gestern passiert war. Und danach passiert sein musste.

»Habe ich *was* gewusst, Sayed?«, fragte Lisa.

»Na, das mit den anderen … diese anderen Leichen, Lisa. Im Moor.« Sayeds Blick zuckte zur Tür der Toilette, aber sie blieb geschlossen. Selbst die Tatsache, dass es für einen BKA-Mitarbeiter durchaus zum Job gehören mochte, über Leichen zu sprechen, konnte ihn nicht beruhigen. Er kam sich vor, als wäre er jetzt schon auf der Flucht vor dem Gesetz. In was hatte er sich da nur hineinziehen lassen?

»Wovon redest du?«, fragte Lisa. »Was für *andere* Leichen?«

»Oh Mann, Möller dreht vollkommen durch, Lisa. Und Gero sagt …«

»Beruhige dich, Sayed. Eins nach dem anderen, bitte. Was für Leichen?«

»Okay, okay … Oh Mann, wenn die rauskriegen, dass ich da mit drin hänge … Na, jetzt ist es wohl sowieso zu spät. Also, hör zu, Lisa. Heute Morgen hat ein Journalist bei uns angerufen, irgend so ein Kerl namens … Moment, ja, Marcel Dahte, freiberuflicher Journalist. Jedenfalls sagte der, bei ihm habe sich jemand anonym gemeldet, der behauptet, der wirkliche Mörder von Anneke zu sein, aber ich nehme an, diesen Teil der Geschichte kennst du schon.« Sayed schob sich die Brille hoch, die schon wieder in Richtung seiner Nasenspitze unterwegs war. Spürte, wie ihm das Oberhemd unter den Achseln festklebte. Nein, für solche Sachen war er einfach nicht gemacht.

»Keine Ahnung, wovon du da redest, Sayed«, behauptete Lisa, aber selbst durch das Telefon meinte er den Anflug eines Grinsens aus ihrer Stimme herauszuhören. Zugegeben, es war ein kluger Schachzug gewesen, sich als Annekes wahrer Mörder auszugeben, um damit den Eltern Gewissheit zu geben und gleichzeitig ihren Vater zu entlasten. Aber eben nur in der Theorie.

»Also«, fuhr Sayed fort, »anfangs hat niemand diesem Dahte die Story wirklich abgenommen, aber wir sind dem natürlich trotzdem nachgegangen. Ist ja klar, nach dem ganzen Mist, der in der letzten Zeit durch die Presse ging. Wenn wir da jetzt noch anfangen, direkte Hinweise von möglichen Tätern zu ignorieren, können wir gleich alle den Hut nehmen, hat Möller gesagt. Also hat er Gero Steiger und eine kleine Einheit hingeschickt. Dieser Dahte wartete schon beim Moor auf sie, und er war nicht allein, hatte seine gesamte Entourage dabei, Fotografen und alles. Letztlich lief es dann darauf hinaus, dass unsere Leute unter den wachsamen Augen der versammelten Lokalpresse den Körper von Anneke Jaspers aus dem Moor gezogen haben.«

»Womit zumindest sichergestellt sein dürfte, dass ihre Eltern darüber informiert werden.«

»Ja, klar, natürlich. Gero hat das auch sofort veranlasst. Er wollte nicht, dass sie auch das noch aus der Presse erfahren müssen. Meine Güte, ich will mir gar nicht vorstellen, wie die sich jetzt fühlen müssen angesichts dieses ganzen Chaos, und dann ihr kleines Mädchen …«

»Sayed, bitte!«

»Okay, jedenfalls war die Sache damit aber längst nicht ausgestanden. Vielmehr war das gerade erst der Anfang, denn als die Taucher das Moor abgesucht haben, mit irgendwelchen Stangen und Geräten, was weiß ich, da sind sie gleich auf die nächste Leiche gestoßen, und dann ging es in dem Tempo weiter. Das Letzte, was ich gehört habe, war, dass sie inzwischen fast ein Dutzend Tote aus dem Moor geborgen haben. Was zur Hölle, Lisa?«

»Oh, verdammt. Ich hatte keine Ahnung, ehrlich. Das musst du mir glauben, Sayed.«

Natürlich, dachte Sayed. Natürlich glaube ich dir. Welchen Sinn hätte es auch, uns durch einen Anruf bei Dahte auf die Stelle zu stoßen, wenn du da weitere Leichen vermutet hättest? Denn damit ist die ganze schöne Theorie von der Entlastung deines Vaters hinüber, und nun haben wir noch ganz andere Probleme, und vor allem bedeutet das, dass wir nun nach einem Komplizen Ausschau halten müssen.

Oder einer Komplizin.

»Wie auch immer«, sagte Sayed hastig. »Hast du schon von dieser anderen Sache, dem Bunker im Lennebergwald, gehört?«

»Welchem Bunker, Sayed? Wovon redest du da?«

»Also, Gero leitet diesen anderen Fall. Das Mädchen, das nachts im Lennebergwald angefahren wurden.«

»Habe ich mitbekommen, ja.«

»Also, die ist offenbar aus einer Art Folterkeller abgehauen.«

»Wie bitte?«

»Ja, sie haben ihre Spur zurückverfolgt bis zu einem Bunker mitten im Wald. Dort muss jemand furchtbar gewütet haben, sie haben aber nur noch irgendwelche mikroskopischen Reste von Blut und einen Haufen verbrannter Klamotten gefunden. Von *mehreren* Menschen, verstehst du?«

»Oh, verdammt!«, ächzte Lisa. Und wenn diese Überraschung gespielt war, fand Sayed, dann war sie wirklich eine meisterhafte Schauspielerin. »Und jetzt glaubt Steiger, die beiden Fälle hängen zusammen?«

»Was glaubst du denn? Das Moor ist gerade mal zwei Autostunden von dem Bunker entfernt, und nirgends in der Nähe dieses Horror-Bunkers hat man eine einzige Leiche entdeckt.«

»Mist. Davon hatte ich keine Ahnung, wirklich. Aber es ergibt Sinn, klar«, sagte sie nachdenklich.

»Wie meinst du das denn jetzt wieder?«, sagte Sayed lauter, als er es beabsichtigt hatte, und senkte hastig die Stimme. »Was für einen Sinn ergibt das, Lisa? Wie bist du überhaupt auf diesen Typen gekommen, der dich gestern entführen wollte? Auf was für ein Scheißspiel hast du dich da bloß eingelassen? Wenn die rausfinden, dass du diesen Journalisten angerufen hast …«

»Tut mir leid, Sayed, wirklich. Das musst du mir glauben. Aber vielleicht ist es besser, wenn du mich erst mal nicht mehr kontaktierst. Besonders für dich.«

»Was?«, rief er. »Wie meinst du das?«

»Ich muss los, sorry.«

»Lisa, hey! Lisa, bist du noch …«

Doch da vernahm er nur noch Tuten in der Leitung. Lisa hatte aufgelegt.

70

Wiesbaden. Dambachtal-Anlagen

Es war merkwürdig still im Erholungspark Dambachtal. Vielleicht lag das am Nebel, der sich an diesem Tag noch immer nicht so recht hatte verziehen wollen, obwohl es schon nach Mittag war. Die Sonne hatte sich gefühlt vor Wochen das letzte Mal blicken lassen, und beinahe sehnte Lisa den Regen wieder herbei statt dieser seltsam unwirklichen weißen Schwaden, deren winzige Tröpfchen Feuchtigkeit einem unter die Klamotten krochen wie eine alte, bösartige Krankheit.

Sie vernahm ein Knirschen im Schotter des Spazierwegs, und kurz darauf rollte ein Gefährt heran, zunächst nur eine dunkle Silhouette im Nebel, dann brach der Rollstuhl mit der darin sitzenden Gestalt ganz durch die Nebelbank.

Möller war hier.

Lisa ging dem Mann entgegen, der jetzt seinen Rollstuhl auf eine Parkbank nahe des Springbrunnens zusteuerte. Der Springbrunnen war außer Betrieb, wohl in Erwartung des nahenden Frostes, sodass nicht einmal sein leises Plätschern die gedämpfte Stille dieses merkwürdigen Tages durchbrach.

Als der Mann im Rollstuhl aufsah, verzog sich sein Gesicht zu einem gequälten Lächeln, und er streckte ihr die Hand entgegen. Möllers Hand fühlte sich kalt und ein bisschen feucht an, was vermutlich dem Nebel und der Kälte geschuldet war. Über Möllers Knien lag eine Wolldecke, wodurch ihr Chef plötzlich alt und beinahe gebrechlich wirkte.

Sein Gesicht schien zusätzliche Falten bekommen zu haben, seit sie sich zuletzt gesehen hatten. Seine Augen wirkten müde, die Wangen waren eingefallen. All das nahm ihn mit, natürlich. Und natürlich tat er wieder so, als mache ihm nichts davon etwas aus. Möller halt, der ewige Kämpfer. Doch für einen Augenblick glaubte Lisa, eine dunklere Wahrheit in seinen Augen zu lesen. Eine, die vielleicht nun doch vom Aufgeben des alten Kampfes sprach, den er sein ganzes Berufsleben lang gefochten hatte. Böhms Tod und die Weise, auf die er gestorben war, mussten ihm mächtig zugesetzt haben. Fast, als wäre ihm ein Sohn gestorben, den er nie gehabt hatte. Und dann noch unter solchen Umständen.

»Danke, dass Sie hergekommen sind«, sagte Lisa. »Angesichts der aktuellen Lage hielt ich das für klüger, als Sie im Präsidium zu besuchen. Auch wenn Sie das vermutlich Ihre Mittagspause kostet. Entschuldigung dafür.«

»Kein Problem, Lisa«, sagte Möller. »Und was das betrifft – das war tatsächlich sehr umsichtig von Ihnen, Lisa. Die Presse belagert uns noch immer, oder vielleicht sollte ich sagen: schon wieder, nach der Sache im Moor. Ist nicht gerade der Glanztag der Abteilung SO. Andererseits ...« Möller kniff nachdenklich die Augen zusammen und starrte den Springbrunnen an, als wolle er ihm ein Geständnis entlocken. »Andererseits klären wir gerade einen ziemlich spektakulären Serienmord auf, und ich hoffe, dass man sich in ein paar Tagen auch darauf besinnen wird, anstatt nur auf die Fehler, die unserer Abteilung bisher leider unterlaufen sind.«

»Tut mir leid, das zu hören«, sagte Lisa und war für einen Moment versucht, Möllers Unterarm zu ergreifen und ihn sanft zu drücken, dann ließ sie es aber doch bleiben.

»Schon gut, Lisa. Sie wissen ja inzwischen selbst, wie das so ist mit der Presse. Das sind Aasgeier. Aber letztlich tun die wohl auch nur ihren Job in diesem Spiel, wie wir alle.«

Lisa bewunderte ein weiteres Mal seinen Gleichmut. Beinahe, als spräche er über eine nützliche, aber nicht besonders ansehnliche Insektenart. Nicht gerade ein Augenschmaus, aber eben auch ein wichtiges Rädchen im komplexen Getriebe der Natur.

»Ich habe gelesen, dass die Leiche von Anneke Jaspers unter denen war, die man im Roten Moor gefunden hat.«

»Korrekt«, sagte Möller und starrte weiter geradeaus. Nicht mehr zum Springbrunnen jetzt, sondern auf die blasse Welt, die kurz dahinter im dichten Nebel versank. Als sähe er darin etwas, das ihnen bevorstand, schon sehr bald, und das nicht sehr erfreulich war.

»Dieser anonyme Tipp«, sagte sie. »Der stammte vom Mörder, nicht wahr? Also, vom eigentlichen Mörder Annekes.«

»Wie kommen Sie darauf, Lisa?«, fragte Möller. Dann, nachdem sie eine Weile geschwiegen hatte, sagte er: »Ah, ich verstehe. Sayed. Sie verstehen sich gut, er und Sie, nicht wahr?«

»Ich, äh …«

»Schon in Ordnung, Lisa. Sie müssen nichts dazu sagen. Wenn er Ihnen tatsächlich Interna über laufende Ermittlungen verraten hätte – und ich sage bewusst, *hätte* – dann müsste ich ihm nämlich ein Disziplinarverfahren aufbrummen, wie wir beide wissen.«

»Aber …«

Möller brachte sie mit einer müden Handbewegung zum Schweigen. »Und das wäre gar nicht gut angesichts der aktuellen Situation. Die Presse hat uns auch so schon auf dem Kieker. Und die wissen in letzter Zeit deutlich zu viel für meinen Geschmack.«

»Ein Informant?«, fragte Lisa. »Ein Maulwurf direkt beim BKA?«

»Das vermute ich, ja. Aber das ist nur eins der vielen Problemchen, die mich im Moment plagen. Deshalb rate ich Ihnen, das Thema nicht zu vertiefen und Sayed nicht noch weiter reinzureiten, Lisa. Ich weiß, er ist ein netter Bursche und er versucht nur, Ihnen zu helfen ... Aber wenn er so etwas noch mal tut, riskiert er wirklich seinen Kopf. Machen Sie ihm das bitte klar, ja?«

Lisa versprach es.

»Gut«, sagte Möller. »Wenn das dann geklärt ist ...«, und fummelte an der Steuerung seines Rollstuhls herum, bereit, wieder loszufahren, im Nebel zu entschwinden, wie er gekommen war.

»Eins noch«, sagte Lisa. »Bitte.«

Möller gab das Fummeln auf, drehte den Kopf und sah ihr nun zum ersten Mal in dieser Unterhaltung direkt in die Augen. Seine waren von roten Äderchen durchzogen. Nein, dachte Lisa, gut sieht er momentan wirklich nicht aus. Eher wie ein schlachtenmüder Held, der schon seit Jahren denkt, dass er eigentlich zu alt ist für diesen Mist. Und trotzdem weiter durchhält.

»Wenn der anonyme Anruf tatsächlich vom wirklichen Mörder stammt – also, falls sich diese Vermutung irgendwie bestätigen sollte –, dann beweist das doch die Unschuld von Robert Kern, nicht wahr? Ich meine, dann müsste man den ganzen Fall Anneke noch mal aufrollen und …«

»Lisa«, unterbrach Möller sie. Er wirkte nun müder als je zuvor. »Ich weiß, diese Sache ist Ihnen wichtig. Natürlich ist sie das, immerhin war er Ihr Vater, ich meine … unvorstellbar, was Sie da durchmachen müssen. Sie wollen das hinter sich haben, das verstehe ich nur zu gut. Aber so einfach ist die Sache leider nicht.«

»Nicht?«, fragte Lisa.

»Nein. Dass Dahtes anonymer Anrufer sich als der wahre Mörder von Anneke ausgegeben hat, bedeutet leider nicht, dass er es auch tatsächlich war. Es gibt jede Menge Verrückter, die bei solchen Fällen Spaß dran haben, die Polizei zu ärgern oder zu verwirren. Die sich in der Presse aufspielen wollen, oder hinter einer Belohnung her sind. Ein bisschen Ruhm einheimsen wollen, nur um dann im entscheidenden Moment ›April, April!‹ zu rufen.«

»Das Ripper-Phänomen«, murmelte Lisa.

»Genau. Wie Sie wissen, gab es auch damals jede Menge Spaßvögel, die der Welt weismachen wollten, sie seien der wahre Jack the Ripper. Ein paar davon haben es sogar in die kriminologischen Geschichtsbücher geschafft, zum Beispiel der Verfasser des ›From Hell‹-Briefs. Einige haben ihre Sache so gut gemacht, dass man heute noch glaubt, der tatsächliche Ripper könnte einer von ihnen gewesen sein.«

»Aber das glauben Sie nicht?«

»Nein, Lisa. Ich glaube, dass die Sache damals zu so etwas wie einem Volkssport geworden ist. Wer schreibt das glaubwürdigste Bekennerschreiben? Wer schafft es, die Polizei mit einer erfundenen Geschichte am längsten an der Nase herumzuführen? Das ist der Grund, aus dem wir heutzutage so zögerlich sind, in der Presse überhaupt um Hinweise aus der Bevölkerung zu bitten. Weil neunundneunzig Prozent dieser Hinweise absolut unbrauchbarer Mist sind, wir aber jeden einzelnen bearbeiten müssen. Diese Kapazitäten haben wir einfach nicht. Und seit es Social Media gibt …«

Er musste nicht weitersprechen. Lisa kapierte auch so, worauf er hinauswollte. Sie hatte es schließlich am eigenen Leib erfahren. Irgendwer hatte die bescheuerte Idee gehabt, dass sie als die Tochter ihres Vaters automatisch auch dessen Mitwisserin oder gar Komplizin sein müsste. Und ein Haufen anderer Idioten hatten sich an dieser Idee festgebissen, und dann hatten sie Jagd auf sie gemacht. Nur so zum Spaß, oder vielleicht auch in der Annahme, damit eine gute Tat zu vollbringen. Wenn sich nebenher noch jemand lynchen ließ – umso besser. Bringt die Fackeln und Mistgabeln, Leute!

Nun war es Möller, der die Hand ausstreckte und sie ihr freundschaftlich auf den Unterarm legte. Sie fühlte sich überraschend leicht an. »Aber natürlich ermitteln wir auch in diese Richtung, Lisa. Sollten wir herausfinden, dass wirklich mehr hinter diesem Anruf steckt …«

»Von wem sollte er denn sonst stammen, wenn nicht vom Mörder?«

»Da gibt es viele Möglichkeiten, Lisa. Es könnte zum Beispiel ein Spaziergänger gewesen sein, der die Leichen zufällig entdeckt hat. Wir dürfen keine Möglichkeit ausschließen, bis wir mehr über diesen Anrufer wissen.«

»Und wie soll er das bitte gemacht haben? Ist er etwa *zufällig* von dem Steg gesprungen, mitten ins Moor gelaufen und hat *zufällig* angefangen, an der richtigen Stelle im Schlamm zu wühlen?«

»Lisa«, sagte Möller und zog seine Hand zurück. Plötzlich waren seine Züge hart, und Lisa begriff, dass sie einen gewaltigen Fehler gemacht hatte. »Lisa, ich will jetzt mal so tun, als hätte ich das eben nicht gehört. Was Sie gerade gesagt haben, stand in keinem Zeitungsartikel, was bedeutet, dass Sayed Ihnen definitiv Interna weitergeleitet haben muss.«

»Ich …«, stammelte Lisa. Verdammt, wieso hatte sie nicht einfach die Klappe halten können?

»Okay«, sagte Möller und senkte die Stimme. »Vergessen wir das mal für einen Augenblick. So gerne ich Ihnen Hoffnung auf eine baldige Rückkehr in den Dienst machen würde – und glauben Sie mir, ich könnte momentan wirklich jede zusätzliche Hilfe gebrauchen –, ich muss Ihnen davon abraten, sich etwas vorzumachen, Lisa. Selbst wenn der Anrufer sich tatsächlich als Mitwisser herausstellen sollte, ist Ihr Vater damit noch lange nicht entlastet. Vielmehr gehen wir im Moment von einem Komplizen aus. Und das ist schon deutlich mehr, als ich Ihnen verraten darf, Lisa. Aber ich denke, es wird Zeit, dass Sie sich mit den Tatsachen anfreunden und aufhören, Sayed auszuquetschen. Ich kann nicht auch noch auf ihn verzichten.«

Lisa nickte, doch ihre Gedanken überschlugen sich. Ein Komplize? Wie kamen sie plötzlich auf diese Theorie? Nie zuvor war von einem Komplizen auch nur die Rede gewesen.

Doch dann fiel es ihr wie Schuppen von den Augen.

Der Rothaarige. Natürlich.

Nachdem sie Anneke herausgezogen hatten und dabei auf weitere Leichen gestoßen waren, hatten die Ermittler die ganze Umgebung gründlich abgesucht, inzwischen vielleicht sogar einen Teil des Moores trockengelegt.

Dabei mussten sie dann irgendwann auch auf die Leiche des Rothaarigen gestoßen sein, welche Lisa in einiger Entfernung vom Fundort Annekes im Moor versenkt hatte – sie hatte ja nicht ahnen können, dass die Stelle ein regelrechtes Massengrab war!

Logischerweise ergab sich für die Ermittler dann das Bild einer zweiten Person, die den Rothaarigen umgebracht und wie die anderen zuvor entsorgt hatte, und zwar erst Tage nach Robert Kerns Tod – denn die Leiche des Rothaarigen war ja bloß ein paar Stunden alt, was der Rechtsmediziner fraglos festgestellt hatte.

Ihren Vater entlastete der Fund von Annekes Leiche tatsächlich überhaupt nicht – da waren immer noch der Chatverlauf und Annekes Haare in seinem Wagen. Und die Tatsache, dass er sich bis zu seinem Suizid komplett ausgeschwiegen hatte. Und dann hatte sich der wahre Täter und damit ihr einziger Zeuge auf dieselbe Weise davongestohlen.

Es war alles umsonst gewesen.

71

Villa von Simon Fischer

Simon Fischer war der festen Überzeugung, in der Hölle gelandet zu sein.

Nicht, dass ihn der Anblick dieser ganz privaten Hölle im Keller seiner Villa jetzt noch groß verstört hätte. Das Blut, in dem sich die Lichtpunkte der Spots an der nachtschwarzen Decke spiegelte, wie überdimensionale Sterne. *Sein* Blut, ganze Ströme davon, das auf seinem fischig-weißen Körper klebte, matt beschienen von der dezenten Raumbeleuchtung.

Blut, das aus diversen Schnittwunden stammte, angefangen bei seinen Unterarmen und Oberschenkeln, dann fortgesetzt auf Brust und Bauch, quoll zwischen den Streifen aus Klebeband hervor, mit dem man ihn an den Bürostuhl gefesselt hatte.

Als Nächstes würden seine Genitalien drankommen, hatte der fröhlich grinsende Irre ihm versprochen, bevor er nach oben in die Küche gegangen war.

Der Irre hatte genau diesen Ausdruck verwendet: Genitalien. Hatte sich *gewählt* ausgedrückt, die ganze Zeit, beinahe höflich. Während er Fischer gefoltert und ihn in eine Hölle der Schmerzen geschickt hatte, war das Grinsen nicht für eine Sekunde aus seinem Gesicht gewichen, nie hatte er auch nur die Stimme erhoben. Aber seine Augen, die waren wie schwarze Stahlmurmeln, wie aufgenähte, leblose Plastikknöpfe. Glänzende Lichtpunkte in der Dunkelheit. Düstere Tümpel in einem maskenhaften Gesicht.

Nein, über den Anblick seines Blutes war Fischer keine Sekunde lang schockiert. Er hatte solche Szenarien schließlich oft genug gesehen – manche gestellt und mit Kunstblut, andere echt. Viele der Szenen, die er gesehen hatte, waren noch weit grausamer als das, was ihm bis jetzt hier unten widerfahren war.

Irgendetwas in Fischer war vielleicht auch der Meinung, dass er das verdient hatte. Dass er schon vor langer Zeit den Punkt überschritten hatte, an dem ein zufälliger Betrachter zum Mitschuldigen an dem Grauen wird, das er betrachtet.

Zum Mittäter, zum Komplizen.

Einfach dadurch, dass er ein Teil des Bedarfs ist, den jemand anderer dann deckt. Es war das Gesetz des Marktes: Niemand ist jemals unschuldig.

Der grinsende Irre kam wieder die Treppe herunter, in der Hand eine dampfende Tasse, aus der das wohlriechende Aroma frischen Kaffees stieg, das sich mit dem Geruch von Schweiß und geronnenem Blut vermischte.

Fischer drehte sich der Magen um. Der Irre lächelte.

»Hm«, machte der Kerl und nahm einen vorsichtigen Schluck. »Der ist wirklich gut, Herr Fischer, mein Kompliment. Ich weiß nicht, wie es Ihnen geht, aber ich kann ein bisschen Aufmunterung jetzt wirklich gebrauchen. Irgendwie habe ich das Gefühl, dass wir nicht besonders gut vorankommen im Moment. Oder was meinen Sie?«

»Ich habe Ihnen doch alles gesagt, was ich weiß«, wimmerte Fischer. Und das stimmte. Dass ihn diese junge Frau besucht hatte, wie sie ihn mit einem billigen Trick hereingelegt und sich Zugang zu seinem Haus verschafft hatte. Jetzt saß er wieder hier, auf demselben Stuhl, aus zahlreichen Wunden blutend, und ihm gegenüber ein Kerl mit einem Gesicht, in dem sich keine Gefühlsregung abzeichnete, nur grinsende Leere und diese teilnahmslosen Stahlkugelaugen.

Beinahe wie die eines Toten.

»Sie hat gesagt, FORTRESS schickt sie«, nuschelte Fischer.

Der grinsende Mann, der sich wieder den Monitoren zugewandt hatte – Fischer hatte sie noch am Tag von Lisas Besuch durch neue ersetzen lassen – und sich scheinbar gelangweilt durch Fischers Dateibrowser klickte, drehte sich um. »Wie war das gerade, Herr Fischer?«

»FORTRESS«, ächzte Fischer. »Sie hat gesagt, sie kommt von FORTRESS.«

»Interessant«, sagte der Mann. »Und dann?«

»Sie hat mir verboten, jemals wieder ins Darknet zu gehen.«

Der Mann stieß einen einzelnen, schnaufenden Lacher aus. »Sie hat *was*, Herr Fischer? Hat sie Ihnen vielleicht mit dem Finger gedroht und gesagt, dass sie zurückkommt, wenn Sie sich wieder die schmutzigen Filmchen anschauen und dabei an ihrem kleinen Dingeling herumspielen?«

»Sie hat gesagt«, ächzte Fischer, »dass ich ab sofort unter Beobachtung stehe. Ich war wirklich nicht mehr online seitdem … Also, nicht im Darknet. Das müssen Sie mir glauben!«

»Aber das tue ich doch, Herr Fischer«, sagte der Mann und nahm einen weiteren Schluck aus der Tasse, wobei er genießerisch die Augen schloss. »Das tue ich absolut, ich glaube Ihnen. Immerhin sind wir doch jetzt Freunde. Nicht wahr, Herr Fischer?«

Fischer nickte. Nur ein weiteres groteskes Detail

dieser völlig absurden Unterredung. Wenn es nach ihm ging, mochte ihn der Fremde als Freund bezeichnen, oder als einen fetten Haufen Scheiße oder als was auch immer, solange er ihn nur endlich in Ruhe ließ.

Der Fremde drehte sich wieder zu den Monitoren um. Klickte. Tippte, klickte wieder. Er griff nach der Tasse, trank, wobei er den Kopf in den Nacken legte. Dann schleckte er sie genüsslich aus.

Der Fremde klickte weiter herum, minutenlang. Fischers Hals wurde schmerzhaft von den Fesseln eingezwängt, als er den Kopf drehte, um zu sehen, was der Mann da machte. Er konnte es nicht genau erkennen, aber er sah, dass dieser jetzt ein Konsolenfeld geöffnet hatte, in das er verschiedene Befehle eintippte. Offenbar wusste der Kerl, was er tat. Fischer wurde ernsthaft übel, einen Moment lang war ihm, als müsse er sich übergeben, also drehte er den Kopf wieder zurück, starrte stumpf auf die schwarz gepolsterte Wand auf der gegenüberliegenden Seite des Raumes.

»Hoppla«, sagte der Mann. »Was haben wir denn da, Herr Fischer? Eine versteckte Partition auf Ihrer Festplatte? Was verstecken wir denn darauf Besonderes, Sie kleiner Pornopirat, hm? Etwa die wirklich schlimmen Filme, bei denen das kleine Dingeling da unten erst so richtig in Wallung gerät? Was mit Kindern? Oder Leichen? Sind Sie etwa einer von der Sorte? Sie Schlimmer, Sie!« Er kicherte.

»Nein!«, presste Fischer hervor. »Videos … von der Kamera draußen! Am Tor!«

»Ah, und hier werden diese Aufnahmen gespeichert, wie?«

»Ja!«, keuchte Fischer.

»*Nur* hier?«, fragte der Mann und sah ihn jetzt direkt an. Fischer spürte erneut Übelkeit in sich aufsteigen. »Da wird nichts in die Cloud hochgeladen oder so?«

Fischer schüttelte energisch den Kopf. »Bitte lassen Sie mich gehen. Ich sag auch niemandem was, wirklich!«

»Natürlich«, sagte der Mann. »Gleich verschwinde ich, Herr Fischer, und werde Sie nicht weiter behelligen. Nur eins noch, um mir ein bisschen Zeit zu sparen, ja? Was ist das Passwort für das Verzeichnis mit den Kameraaufnahmen?«

Fischer sagte es ihm.

Der Fremde tippte.

»Na so was!«, freut er sich. »Sie haben tatsächlich die Wahrheit gesagt. Das ist gut, Herr Fischer, sehr gut! Und hier haben wir tatsächlich die Videos Ihrer Überwachungskamera. Kleine Andenken an Ihre Besucher, wie? Ist ja herzig. Wobei es mir irgendwie nicht so vorkommt, als würden Sie besonders oft welche haben. Besucher, meine ich, und … Na also, hier bin ja ich! Drollig. Und jetzt kommen Sie ans Tor und jetzt … Oh, das sah aber nicht nett aus, was ich da gemacht habe, autsch!« Er lachte. »Aber Sie verstehen, nichts geht über ein bisschen … Ah, und jetzt sind wir auch schon in Ihrem Haus verschwunden. Wie schön, das löschen wir gleich mal. So, das hätten wir. Und wann, sagten Sie, war diese Kleine bei Ihnen? Dieses Mädchen von FORTRESS, Sie wissen schon.«

Fischer sagte ihm auch das.

Der Mann grunzte zufrieden. Dann klickte und tippte er wieder für ein paar Minuten. Ein Moment der Stille in Fischers Rücken, schließlich sprach der Fremde, diesmal offenbar an einen telefonischen Gesprächspartner gerichtet. »Ich denke, ich habe hier alles. Herr Fischer war sehr gesprächswillig und hilfsbereit. Er erhält von mir fünf von fünf möglichen Sternen.« Kurzes Schweigen, dann: »Ja, habe ich und bringe ich mit. Sehr aufschlussreich, alles sehr gut zu erkennen. Es sieht sogar aus, als bedrohe sie ihn mit einer Waffe, und alles in HD. Mein lieber Gastgeber verwendet ausschließlich Top-Equipment. Ja, ganz vorbildlich.«

Fischer spürte, wie ihm eine behandschuhte Hand einen leichten Klaps auf den Kopf gab und ihm dann durchs Haar wuschelte, wie man das bei einem braven Kind macht. Zumindest hatte er so was mal in Filmen gesehen.

»Ja, ist gut«, sagte der Mann. »Das sollte alles kein Problem darstellen. Ja, wir sind hier so gut wie fertig.«

Ein elektronisches Piepen, als der Irre auflegte. Das

Geräusch raschelnden Stoffes, als er das Handy zurück in sein Sakko steckte. Dann tauchte er vor Fischer auf, in einer Hand das schwarze Klappmesser, mit dem er ihn die vergangene Stunde lang gefoltert hatte, in der anderen die leere Kaffeetasse.

»So, Herr Fischer«, sagte der Mann. »Das war's dann auch schon. Vielen Dank für Ihre Kooperation. Wie Sie ja vielleicht schon mitbekommen haben, haben Sie von mir ausschließlich Bestnoten erhalten. Und dazu der Kaffee, hm, wirklich himmlisch, ich muss schon sagen. Und keine Angst, ich werde die Tasse selbstverständlich ausspülen und in den Schrank zurückstellen, ich weiß schließlich, was sich gehört und wie wichtig Ihnen Ordnung und Sauberkeit sind. Das mit der versteckten Partition hätten Sie mir ruhig auch ein bisschen früher verraten können, aber hey, Schwamm drüber, ich nehme an, das ist Ihnen einfach entfallen. In der Hitze des Gefechts, wie man so sagt, nicht wahr?«

Fischer nickte heftig.

»Na, das dachte ich mir. Keine Sorge, so etwas passiert den besten von uns. Und, Herr Fischer, gute Nachrichten auch für das kleine Dingeling! Es darf dranbleiben, ist das nicht schön?«

Fischer nickte erneut, die Sicht verschwamm vor seinen Augen, als Tränen der Erleichterung über seine Wangen rollten.

»Na, na, Herr Fischer, wer wird denn?«, fragte der Mann, fing eine der Tränen mit dem behandschuhten

Zeigefinger der Hand auf, in der er das offene Messer hielt, und schnippte sie dann lachend fort. »Nun beruhigen Sie sich erst mal wieder. Ist ja gut, Sie haben es doch gleich hinter sich.«

Dann stellte er die Tasse ab und hob er das Messer.

Um die Fesseln zu lösen, nahm Fischer an.

72

Lisa Kerns T5, ein Rastplatz nahe Wiesbaden

»Ein Komplize?«, fragte die geschlechtslose Stimme am anderen Ende.

»Ja«, sagte Lisa, während sie abwesend Shady zwischen den Ohren kraulte, die dabei dankbar zu ihr aufsah. Gerade war sie eine Runde mit ihr Gassi gegangen, was dringend nötig gewesen war, und hatte dabei über das nachgedacht, was Möller ihr gesagt hatte. »Und es ergibt Sinn, Ray. Besonders, weil man meinen Vater damit praktisch bis in alle Ewigkeit belasten und er sich ja nicht mehr verteidigen kann. Ich wundere mich nur, warum sie ihm nicht gleich alle ungeklärten Morde bis zurück zu Jack the Ripper in die Schuhe zu schieben versuchen.«

»Du glaubst es also nicht? Das mit dem Komplizen?«

»Nein«, sagte Lisa entschieden. »Jetzt nicht mehr. Anfangs ja, dann vielleicht noch, als sie erzählten, er habe ein Mädchen entführt, um …« Sie verstummte. »Ich meine, damals dachte ich einfach, er sei völlig abgestürzt. Der Alkohol, die Einsamkeit, was weiß ich. Aber nun soll er plötzlich gleich massenweise Leute umgebracht haben, und auch noch zusammen mit einem Komplizen? Nein. Auf keinen Fall.«

»Weiß die Polizei schon von der Website?«

»SnuffWorld? Nein. Aber genau da liegt ja das Problem. Ich kann es ihnen nicht sagen, nicht mal Sayed. Ich meine, wir wissen doch nun inzwischen, was das für Kreise zieht. Ich möchte nicht als Nächste im Moor landen, klar?« Oder in der Zeitung lesen, dass Sayed etwas zugestoßen ist, ergänzte sie in Gedanken.

Ray schien das alles wenig zu kümmern. »Die Behörden sollten trotzdem von der Website erfahren«, sagte die Computerstimme.

»Wieso?«

»Weil sie dann wüssten, was wirklich dahintersteckt. Und dass es dein Vater nicht gewesen sein kann. Weil sie dann aufhören würden, in die falsche Richtung zu ermitteln.«

»Und wieso? Was würde sie denn davon abhalten, auch diese Website meinem Vater in die Schuhe zu schieben, oder seinem mysteriösen Komplizen? Vielleicht war er ja doch eine heimliche Darknet-Legende.«

»Das ergibt keinen Sinn, Lisa. Ohne uns hätte es

dein Vater noch nicht einmal geschafft, sich auf Candyland einzuloggen, ohne sofort aufzufliegen.«

»Ja, Ray, ich weiß das, und du weißt das. Aber es dürfte schwer zu beweisen sein, was mein Vater *nicht* wusste oder konnte. Zumal er inzwischen tot ist. Und selbst wenn, gibt es ja immer noch den mysteriösen Komplizen. Der nur deshalb in Möllers Gedanken herumspukt, weil ich mich in den Fall eingemischt habe. Shit!«

Es folgte eine lange Pause. Ray schien nachzudenken. Dann meldete sich die Stimme wieder: »Legende, wieso hast du das gesagt?«

»Hm?«

»Du hast vorhin Darknet-Legende gesagt. Was genau meintest du damit?«

»Na, so hat das doch alles angefangen, zumindest hat mir das Fischer erzählt. Der Kerl, der als Traveller das Darknet ›erforscht‹ hat. Er meinte, mein Vater habe sich bei ihm nach besonders heftigen Websites erkundigt, weil er glaubte, die würden von einem Kerl namens Ghost betrieben.«

»Ghost?«, fragte Ray. »In welcher Schreibweise? Mit einer Null anstatt des O?«

»Woher soll ich das wissen, er hat es mir schließlich nicht aufgeschrieben, sondern diesen Namen nur mal am Rande erwähnt. Ist das denn wichtig?«

»Vielleicht, Lisa.«

»Glaubst du, dass dieser Ghost dahintersteckt? Dass er meinen Vater mundtot machen wollte? Verdammt, ja, das ergibt sogar Sinn! Wenn dieser Kerl namens Ghost diesen absurden Entführungsservice betreibt, den ich auf SnuffWorld und Target gesehen habe, dann könnte der Rothaarige für ihn gearbeitet und die Leichen in seinem Auftrag im Moor entsorgt haben. Weißt du etwa, wer der Kerl ist, Ray? Könnte er auch meinen Vater in das Haus gelockt und ihm das Handy untergeschoben haben?«

»Und Annekes Haare in seinem Kofferraum?«

»Verdammt«, flüsterte Lisa in den Hörer.

»Was?«

»Möller erzählte mir heute etwas von einem Leck, das er im BKA vermutet. Zumindest deutete er so was an. Wenn dieser Ghost nun einen Verbündeten beim BKA hat? Einen Insider?«

»Dann könnte er das mit den Haaren tatsächlich arrangiert haben. Und alles andere.«

»Oh Mann«, sagte Lisa. »Die haben das alles komplett falsch aufgerollt. Die Haare, die sie bei Dietmar Böhm gefunden haben. Sayed hat mir das alles erzählt. Der Kerl hatte ein paar wirklich absonderliche Neigungen, und sie haben ausgerechnet Annekes Haare bei ihm gefunden. Als Trophäe vom Tatort, dachten sie. Aber, wenn ... O Gott, Böhm war der Einsatzleiter damals im Wald. Wenn irgendwer überhaupt die Chance hatte, die Haare im Kofferraum des Autos meines Vaters zu platzieren, dann er. Und er muss auch mit der Presse geredet haben, er muss der Maulwurf gewesen sein, er ...«

»Können wir irgendwas davon beweisen, Lisa?«, unterbrach die Stimme.

Lisa dachte nach. »Nein. Vermutlich nicht.«

»Okay, dann konzentrieren wir uns noch mal auf den Ghost. Da gibt es nämlich ein wesentliches Problem.«

»Na, super«, stöhnte Lisa. »Und welches?«

»Dass der Ghost seit über fünf Jahren tot ist.«

73

Im Leimen, Mainz-Weisenau

Der Mann parkte den Lieferwagen am Straßenrand. Es gab genügend Parklücken um diese Uhrzeit, die meisten Erwachsenen waren jetzt ja noch auf der Arbeit, frühestens in einer Stunde würde es hier enger werden, und in zwei oder drei Stunden ließe sich vermutlich kaum noch ein Parkplatz in der Nähe finden.

Nur interessierte er sich nicht für die Erwachsenen.

Er wartete, bis er das Mädchen, dem er in dem unauffälligen Lieferwagen gefolgt war, seit es das Schulgelände verlassen hatte, in seinem Rückspiegel um die Straßenecke biegen sah. Sie trug einen pinkfarbenen Anorak mit Leuchtstreifen. Angezogen wie ein wandelnder Textmarker, vermutlich würde sie sogar auf einem Satellitenfoto des gesamten Stadtviertels herausstechen.

Der Mann sah auf seine Armbanduhr. Es war eine Hublot, ein wuchtiger Klotz aus Titan und Keramik. Ein Andenken von seinem letzten Klienten, das er in ein paar Tagen in irgendeinen See werfen würde. Trotzdem hatte er nicht widerstehen können, das Ding mitzunehmen. Er hatte schon immer mal wissen wollen, wie es sich anfühlte, den Gegenwert eines mittleren Mercedes am Handgelenk mit sich herumzutragen. Ihm kam das Ding zwar immer noch vor wie ein aufgepepptes Plastikspielzeug, aber inzwischen ertappte er sich öfter dabei, wie er die zahlreichen Details auf dem Ziffernblatt und dem Gehäuse bewunderte. Besonders witzig fand er das mit blauem Leder überzogene Gummiarmband, in welches das Symbol einer Bitcoin-Blockchain eingestanzt war.

Als das Mädchen auf Höhe seines Wagens auf dem Fußweg draußen vorbeilief, ließ der Mann sich tiefer in die Polster seines Sitzes sinken.

Sie schaute nicht mal zu ihm auf, war völlig in ihr Handy vertieft.

Die Kids von heute.

Der Mann lächelte, dann sah er noch einmal auf das Ziffernblatt der Hublot. Punkt fünf am Nachmittag, man konnte praktisch die Uhr nach der Kleinen stellen. Charlotte hieß sie, und für sie gab es ganz besondere Pläne. Nicht, dass sich der Mann je für das große Ganze interessiert hatte. Klar umrissene Aufträge und eine lukrative Bezahlung, das war alles, was ihn interessierte.

Während das Mädchen unbeirrt weiter die Straße entlanglief, schenkte es den Laubhaufen links und rechts auf dem Gehsteig keinerlei Beachtung. Der Mann erinnerte sich an seine Kindheit. Es hatte ihm immer großen Spaß gemacht, diese Haufen zu zertreten und die orangefarbenen und braunen Blätter überall auf der Straße zu verteilen. Insbesondere, nachdem ihm jemand gesagt hatte, dass manchmal Igel in diese Haufen krochen, um zu überwintern. Leider war ihm nie einer vor die Füße gekommen.

Der Mann vertiefte sich wieder in die Lichtreflexionen auf dem Ziffernblatt der Hublot, den matten Schimmer auf dem waffenstahlgrauen Titan.

Vielleicht würde er das klobige Ding ja doch behalten.

74

Lisa Kerns T5, ein Rastplatz nahe Wiesbaden

»Wie bitte?«, fragte Lisa. Sie konnte nicht glauben, was Rays körperlose Stimme ihr da gerade mitzuteilen versuchte. »Er hat *was*?«

»Dein Vater hat FORTRESS reingelegt, Lisa«, sagte

die Stimme. »Und ich nehme an, dafür müssen wir ihm gratulieren. Das ist bisher nicht allzu vielen Leuten gelungen.«

Ja, dachte Lisa, und ganz besonders nicht Leuten, die so wenig vom Darknet verstehen, dass sie auf eure Hilfe angewiesen sind, um sich dort überhaupt bewegen zu können. Wäre es nicht so traurig gewesen, hätte sie fast lachen müssen. »Und wie genau hat er das bitte angestellt?«

»Er hat uns belogen, Lisa. Vermutlich hatte er nie eine Reportage über unseren Kampf geplant. Zumindest war das nicht sein eigentliches Anliegen. Er hatte eine Story, die vermutlich noch besser war. Und er brauchte uns, um an die Details dieser Story heranzukommen.«

»Wow«, sagte Lisa. »Ich nehme an, das frustriert euch jetzt mächtig?«

»Nicht im Geringsten, Lisa. Denn ob er das nun wollte oder nicht, er hat uns mit seinen Forschungen auf die Spur eines verdammt gefährlichen Typen gebracht, Lisa.«

»Der Ghost?«

»Ja.«

»Der seit über fünf Jahren tot ist.«

»Das haben wir geglaubt, Lisa. Jeder hat das geglaubt. Aber am besten erzähle ich dir alles von vorn.«

Und das tat er.

Aufgrund von Lisas Vermutungen hatte Ray sich die Akte von Dietmar Böhm besorgt, und zwar die, in welcher keinerlei Schwärzungen vorgenommen worden waren. Angeblich hatte er sich dafür nicht mal in die Datenbank des BKA hacken müssen, was – laut eigener Aussage – zwar durchaus im Bereich seiner Möglichkeiten lag, aber offenbar selbst Ray und FORTRESS ein bisschen zu heikel war. Immerhin glaubten zumindest die Hacker, auf derselben Seite wie die Ermittler zu stehen.

»Dann habt ihr also einen Informanten beim BKA?«, fragte Lisa. Nicht, dass sie das noch sonderlich überraschte. FORTRESS hatte viele Unterstützer, auch wenn die intelligenteren unter ihnen das nicht öffentlich zugaben. Warum nicht auch bei der Bundesbehörde der Polizei, wo sie doch die praktische Umsetzung von Gerechtigkeit im Internet verkörperten – oder zumindest der festen Überzeugung waren, das zu tun.

Jedenfalls war es Ray gelungen, an die Akte Dietmar Böhm zu kommen, wobei nicht dessen Ableben sein Interesse erregt hatte, sondern ein Fall, der etwas über fünf Jahre zurücklag.

Damals hatte Böhm, noch mit der Amtsbezeichnung eines Ersten Kriminalhauptkommissars versehen, einen Hacker geschnappt, der eine Handelsplattform im Internet betrieben hatte. Per Postversand konnte man dort alles Mögliche bestellen, darunter Drogen, Waffen und – Gerüchten zufolge – auch willige Sexsklavinnen aus dem osteuropäischen Raum, was nahelegte, dass das organisierte Verbrechen seine Finger tief in diesem Geschäft gehabt hatte. Die virtuelle Handelsplattform namens Salt Road hatte sich optisch an dem damals gängigen Aussehen von legalen Webshops wie eBay oder Amazon orientiert.

So weit, so abstoßend – und leider wenig ungewöhnlich, doch dann wurde der Fall interessant.

Als einer der maßgeblichen Drahtzieher dieser Handelsplattform wurde ein Darknet-Nutzer namens Ghost ausfindig gemacht – eben der Name, der Ray sofort aufgefallen war, als Lisa ihn genannt hatte. Die Polizei hatte ihn vernommen und anschließend wieder freigelassen – angeblich hatte eine Verwechslung der IP-Adresse vorgelegen.

Noch am selben Tag waren drei weitere Verdächtige festgenommen worden und für das nachweisliche Betreiben der Plattform für mehrere Jahre ins Gefängnis gewandert. Lisa war sofort klar, dass die Behauptung der verwechselten IP-Adresse nur eine ziemlich dürftige Erklärung dafür darstellte, dass Böhm mit dem Ghost einen Deal gemacht haben musste, der dem Cyberkriminellen volle Straffreiheit zusicherte, wenn er im Gegenzug seine nichts ahnenden Kumpane verpfiff. Er hatte schlicht das Glück gehabt, als Erster gefasst worden zu sein, und allem Anschein nach wollte Böhm sich zeitraubende Umwege über den Staatsanwalt sparen, um aus einem Verbrecher einen legitimen Informanten zu machen.

Einen ähnlichen Verdacht hatte offenbar auch die Abteilung Interne Ermittlungen gehegt, denn kurze

Zeit später wurde ein Verfahren gegen Böhm angeregt, das aber alsbald wieder eingestellt wurde, als der Polizeispitzel namens Ghost tot aus einem Fluss geborgen wurde.

Man hatte ihm in den Hinterkopf geschossen, zwei Mal, was alle Anzeichen einer Hinrichtung trug. Jedem musste damals klar gewesen sein, wie die Sache abgelaufen war, aber letztlich war man wohl zu dem Schluss gekommen, dass drei inhaftierte und ein toter Schwerverbrecher nun wirklich nicht der denkbar schlechteste Ausgang dieser Geschichte waren. Man hatte also die internen Untersuchungen wieder eingestellt, und kurz darauf war Böhm zum Kriminaloberrat und damit vom gehobenen in den höheren Dienst befördert worden.

Als Ray an diesem Teil der Geschichte angelangt war, unterbrach ihn Lisa. »Moment«, sagte sie. »Wenn dieser Ghost damals erschossen wurde, wie kann er dann heute noch Webseiten betreiben?«

»Das ist die Frage, nicht?«, sagte die neutrale Stimme Rays. »Die sich bisher aber niemand gestellt hat, weil es seit damals jede Menge Ghosts im Darknet gab. Diese Handelsplattform namens Salt Road war ein legendärer Umschlagplatz, an den sich viele erinnerten, auch nachdem die Polizei die Website gelöscht hatte. Direkt nach dem Ende der alten Salt Road 1.0 gab es zahllose Nachahmer, die auf den Namen setzten. Kostenloses Marketing. Es wusste ja damals keiner, dass der Ghost tot war oder ein Verräter. Alle glaubten, er sei untergetaucht, bevor man ihn hatte schnappen können. Diesen Teil der Geschichte hat die Polizei verständlicherweise nicht an die große Glocke gehängt.«

»Also haben andere unter dem Namen weitergemacht?«

»Natürlich. Unzählige. In allen möglichen Schreibweisen. Wie auch der des Originals, deshalb hatte ich das wissen wollen. Den Ghost wiederauferstehen zu lassen, war eine Zeit lang so was wie ein Running Gag im Darknet und den diesbezüglichen Foren. Schließlich wurde er zu so etwas wie einer Legende. Kein Wunder bei dem Nickname.«

»Und was hat das nun mit meinem Vater zu tun?«, wollte Lisa wissen.

»Dazu komme ich gleich. Zunächst mal habe ich mir SnuffWorld etwas genauer angesehen, und auch diese Target-Seite. Soweit der Code von außen sichtbar war, heißt das.«

»Und?«

»Das ist natürlich kein Beweis, aber einige Indizien sprechen dafür, dass diese Websites tatsächlich vom Ghost programmiert worden sein könnten. Teile des Codes wirken recycelt, und das Design hat er sich praktisch komplett von den heute gängigen legalen Seiten abgeschaut, das Geschäftsprinzip ebenfalls.«

»Wie damals, als er eBay als Vorbild für die Salt Road genommen hat?«

»Genau. SnuffWorld ist natürlich viel moderner,

aber im Grunde auch nur eine sicherheitsverstärkte Kopie der gängigen legalen Crowdfunding-Plattformen wie Kickstarter oder Indiegogo.«

»Und ihr glaubt, darin so etwas wie die Handschrift des Ghost zu erkennen?«

»Das trifft es ganz gut, ja.«

»Handschriften kann man fälschen, Ray. Und wir reden hier von ein paar Zeilen Computercode irgendwo im Internet. Ich denke, da benutzt inzwischen jeder irgendwelche Programmierbausteine von anderen?«

»Beides richtig, Lisa. Und ich wäre auch nie auf die Idee gekommen, mich allein deshalb ernsthaft mit der Sache zu befassen. Der Ghost ist tot, das wussten wir. Oder glaubten es zu wissen. Bis dein Vater kam.«

Lisas Hand krampfte sich um das Telefon an ihrem Ohr. »Oh, verdammt«, flüsterte sie. »Deshalb hat er Doc gefragt, wie es möglich ist, komplett von der Bildfläche zu verschwinden. Es ging ihm dabei nie um sich selbst. Er glaubte, dass dieser Ghost auf diese Weise verschwunden ist. Dass er seinen eigenen Tod vorgetäuscht hat.«

»Das denken wir inzwischen auch, Lisa. Was die Frage aufwirft, wieso dein Vater ausgerechnet auf diese Idee kam. Zumal er vorher kaum mit dem Darknet zu tun hatte. Ich bezweifle sogar, dass er überhaupt schon mal den Namen Ghost gehört hatte.«

»Und doch hat er den Traveller gezielt danach gefragt«, sagte Lisa. »Aber wieso?«

»Weil er aus irgendeinem Grund herausgefunden haben muss, dass der Ghost noch lebt und weiterhin aktiv ist, und zwar unter seinem ursprünglichen Nickname. Was er ja völlig gefahrlos tun kann, denn gegen einen Toten wird in der Regel kein Haftbefehl gestellt.«

»Trotzdem«, sagte Lisa, »ist so etwas in der Praxis verdammt aufwändig. Zahnprofile, DNS-Spuren, Fingerabdrücke, das alles muss man vernichten. Und außerdem eine passende Leiche besorgen.«

»Das ist schwierig, ja«, gab Ray zu. »Aber nicht, wenn man dabei Hilfe hat. Zum Beispiel von einem Polizisten.«

»Ihr glaubt, Dietmar Böhm hat dem Ghost damals aktiv dabei geholfen zu verschwinden?«

»Ja. Vermutlich als Gegenleistung für die Denunziation. Als Mordermittler standen ihm alle Mittel zur Verfügung. Und was nicht passt, erwähnt er einfach nicht in seinem Bericht.«

»Und was steht im Befund des Rechtsmediziners?«

»Zwei Schüsse in den Hinterkopf«, antwortete Ray nach ein paar Sekunden. »Leiche stark verwest, keine Fingerabdrücke entnehmbar aufgrund von Fischfraß. Er hat über eine Woche im Wasser gelegen.«

»Okay«, gab Lisa zu und erinnerte sich an eine ältere Wasserleiche, bei deren Sektion sie während ihrer Ausbildung zugeschaut hatte. Ein äußerst fragwürdiges Privileg, denn die Fische und andere Wassertiere hatten sich nach Kräften gütlich getan, kein schöner Anblick. Hinzu kam die Tatsache der beiden Schüsse aus nächster Nähe in den Hinterkopf. Da blieb im Allgemeinen nicht viel Gesicht zum Identifizieren übrig. »Und wie haben sie das Opfer dann überhaupt identifiziert?«

»Aufgrund des Ausweises, den man bei der Leiche gefunden hat, steht hier. In *Böhms* Bericht. Bleibt die Frage, aus welchem Grund er diesen Aufwand betrieben und dabei seine gesamte Karriere aufs Spiel gesetzt hat, wenn nicht mehr.«

»Oh, verdammt«, sagte Lisa, als sie es begriff. »Es ging nicht nur um die Aussage des Ghost gegen die Mitbetreiber dieser Salt-Road-Website. Böhm wollte ein Stück vom Kuchen abhaben. Und im Gegenzug ließ er den Ghost verschwinden, damit dieser von irgendeinem sicheren Versteck aus wieder von vorn anfangen konnte – diesmal mit einem heißen Draht zum BKA und mit dem unschätzbaren Vorteil, offiziell tot zu sein.«

»Dieser Geist hat seinem Namen wirklich alle Ehre gemacht«, stellte die Stimme fest, und Lisa konnte dem nur zustimmen. Es klang alles sehr einleuchtend, bloß fehlten ihnen immer noch die Beweise.

Oder vielleicht nicht.

»Wie hieß der Ghost damals?«, fragte Lisa. »Also, sein richtiger Name. Steht das auch in der Akte?«

»In meiner Version schon.«

»Und?«

»Lisa«, sagte die Stimme. »Was sagt dir der Name Thomas Mauritz?«

Es dauerte eine geschlagene Minute, bis Lisa darauf antworten konnte. Dieser Name sagte ihr durchaus etwas, wenn sie ihn vermutlich auch nie selbst verwendet hatte.

Sie hatte ihn damals immer nur Tommy genannt.

75

3 Monate zuvor

Palma de Mallorca

Robert Kern war zufrieden mit sich. Nein, das stimmte nicht. Von Zufriedenheit, innerer Ruhe – von Vergebung sogar, war er noch ein ganzes Stück entfernt, aber, und das war womöglich das Wichtigere, er befand sich auf dem richtigen Weg.

Hatte den ersten Schritt getan.

Nach all den Jahren.

An einem Punkt, an dem das niemand mehr für möglich gehalten hatte, am wenigsten er selbst, hatte er noch einmal von vorn angefangen. Reinen Tisch gemacht. Den Resetknopf gedrückt.

Und der Grund?

Der Grund dafür war ein altes Foto gewesen. Keins von Lisa, oder von Anna. Die waren viel zu schmerzhaft, um sie ständig um sich zu haben, weshalb er sie schon vor Jahren in eine Schublade seines Schreibtischs verbannt hatte. An einen Ort, wo er niemals zufällig darauf stoßen würde. Als das zum letzten Mal passiert war, hatte er so heftig gesoffen, dass sie ihn im Krankenhaus für einen Tag in ein künstliches Koma hatten versetzen müssen.

Dummerweise hatte er auch das überlebt.

Nein, den Ausschlag hatte ein anderes Foto gegeben. Eins, das – man beachte die Ironie – ihn biertrinkend im Kreise anderer, ebenfalls biertrinkender Männer zeigte.

Die Flaming Skulls, eine Bikertruppe, über die er damals seine erste wirklich erfolgreiche Reportage geschrieben hatte. Ein halbes Jahr hatte er als einer von ihnen gelebt, und die Zeitung hatte eine mehrteilige Serie draus gemacht. Es hatte Preise geregnet, man hatte ihm auf die Schulter geklopft für seine ehrliche Art zu schreiben. Für den schnörkellosen, aufrichtigen Journalismus, der kein Blatt vor den Mund nahm, genauso wenig, wie die Biker selbst das taten. Echte Kerle, die zu dem standen, was sie taten und kein Verständnis hatten für Duckmäuser und Kriecher und Feiglinge.

Sie hatten ihm zum Abschied eine Kutte überreicht, mit dem Aufnäher der Skulls auf dem Rücken – so ziemlich die höchste Auszeichnung, die sie einem Nichtmitglied angedeihen ließen, was jedoch so gut wie nie vorkam. Weil er ehrlich über sie berichtet hatte, hatte Lenny, der Boss der Skulls, gesagt, ohne die ewigen Vorurteile von geheimen Verstrickungen mit der Mafia und Drogenhandel und Prostitution. Weil er das geschrieben hatte, was er mit eigenen Augen gesehen hatte, sechs Monate lang. Das hatten sie respektiert.

Sie hatten *ihn* respektiert.

Würden sie das jetzt auch noch, hatte er sich gefragt, wenn sie ihn sahen, wie er sich volltrunken in seinem eigenen Erbrochenen wälzte? Wenn sie sahen, wie er jammerte und weinte und den Himmel verfluchte – und weswegen?

Weil er einen geliebten Menschen verloren hatte.

Das passierte anderen auch, jeden Tag, überall auf der Welt. Und jeder von ihnen glaubte, ihn träfe es am schlimmsten, das hatte er inzwischen kapiert. Aber die meisten bekamen sich trotzdem irgendwann wieder auf die Reihe. Bevor es zu spät war. Bevor sie sich selbst verloren, und alle anderen Menschen in ihrer Umgebung. Bevor sie alles in kleine Stücke hauten und es zu Asche verbrannten. Bevor sie das Einzige aus dem Haus vertrieben, das ihnen noch geblieben war in der Welt – die eigene Tochter.

Er hatte auf das Foto gestarrt, das ihn zeigte, mit einem draufgängerischen Grinsen, eingereiht in die Truppe der großen, bärtigen Kerle mit ihren Höllenmaschinen, die gemeinsam mit ihm ihre Bierdosen in die Kamera gereckt hatten – *gemeinsam* mit ihm.

Er hatte das Bild per Selbstauslöser geknipst – unter fotografischen Gesichtspunkten war es nicht einmal besonders gelungen, aber jetzt sprach es zu ihm, nein, es schrie vielmehr. Schrie in einer Lautstärke, die irgendetwas tief in ihm zum Klingen gebracht hatte. Eine Glocke, die er schon seit langer Zeit zerbrochen glaubte.

Aber es hatte geklungen.

Er hatte das Foto eingesteckt, sich an seinen Computer gesetzt und auf Google nach Entzugskliniken in der Nähe gesucht. Fünf Minuten später hatte er sich ein Taxi bestellt – die Fahrerlaubnis war ihm schon vor Jahren entzogen worden – und war unterwegs gewesen zu dieser Klinik.

Heute war das sechs Monate her, auf den Tag genau.

Keinen Schluck Alkohol, nie wieder. Was nichts daran änderte, dass er auf Lebenszeit ein Sklave war, der auf das leiseste Peitschenknallen seines hochprozentigen Herrn reagieren würde. Ein pawlowscher Hund, für immer. Der sich jeden Tag, jede Stunde erneut der Gefahr aussetzte, innerhalb eines Sekundenbruchteils durch nur eine einzige falsche Entscheidung alles wieder zu verlieren, das er bisher erreicht hatte. Ein lebenslanger Drahtseilakt, da machte er sich keine Illusionen – aber dennoch hatte er jetzt den ersten Fuß auf dieses Drahtseil gesetzt, und irgendwann, irgendwann würde er vielleicht sogar so weit sein, sich zu verzeihen, was er sich und vor allem seiner Tochter angetan hatte.

Er würde Lisa anrufen. Würde ihr sagen, was er zu sagen hatte, und jede ihrer Reaktionen hinnehmen. Er würde damit fertigwerden, so oder so. Wie ein ganzer Kerl.

Kern nickte sich selbst zu, während er an dem Glas mit dem frisch gepressten Orangensaft nippte. Vielleicht grinste er sogar ein bisschen dabei. Sechs Monate. Immerhin. Ein Anfang. Für den er sich eine kleine Belohnung verdient hatte. Hier, in der Sonne, am Strand, wenn auch nur für eine Woche, ließ sich das regengraue, kalte Deutschland vergessen, dem er vor drei Tagen den Rücken gekehrt hatte.

Er würde ein bisschen Sonne tanken, und dann, zurück in Deutschland, den Spätsommer willkommen heißen – mochte es so viel regnen, wie es wollte –, um endlich an einem Buch zu arbeiten, das er schon ein halbes Leben vor sich herschob. In kleinen Schritten, ohne allzu hohe Erwartungen. Gemächlich, einen Fuß vor den anderen setzend, wie Bilbo beim Verlassen seines Erdlochs. Er würde …

Als er das Gesicht in der Menge erblickte, verschluckte er sich beinahe an seinem O-Saft. Hastig setzte er das Glas ab.

Das konnte nicht sein.

Das konnte nicht *er* sein.

Nein, das war absolut unmöglich. Wieso sollte Tommy Mauritz ihm ausgerechnet hier über den Weg laufen, auf Mallorca, anderthalbtausend Kilometer von daheim entfernt? Nach all den Jahren, in denen er sich nicht ein einziges Mal gemeldet hatte, weder bei ihm noch bei Lisa – nach *jener* Nacht?

Tommy war nicht mal im Krankenhaus gewesen, das hatte Lisa ihm damals noch gesagt, bevor sie für immer aus dem Leben ihres versoffenen Vaters geflohen war. Tommy hatte sie nicht angerufen, ihr keine SMS geschickt. Hatte sie einfach aus seinem Leben gestrichen, noch in derselben Nacht, als er sie mitten im Nichts aus seinem Auto geworfen hatte.

Es ist ein verdammter Urlaubsort, regte sich die Stimme des Journalisten in ihm. Natürlich kann er hier sein, wie all die anderen Touristen auch. Klar, es ist ein ziemlich großer Zufall, aber eben auch nicht völlig ausgeschlossen. Hier machen haufenweise Deutsche Urlaub.

Klar.

Aber vielleicht war es auch Schicksal.

Also ließ Robert Kern den Orangensaft an der Bar stehen und kämpfte sich durch die Leute zur Treppe hoch, wohin der andere Mann – Tommy? – unterwegs war. Er trug einen weißen Anzug, der teuer aussah, und hielt sich ein Handy ans Ohr. Kern konnte eine goldene Uhr erkennen, die lässig um sein Handgelenk schlackerte. Als er den Fuß der Treppe erreicht hatte, sprang ein Mann in einer Livreeuniform herbei und öffnete die rote Kordel, die den Weg nach oben versperrte. Tommy, falls er es tatsächlich war, musste ein VIP in diesem Laden sein.

Kern erreichte den Fuß der Treppe, als der andere schon fast am oberen Ende angelangt war. Sofort stellte sich ihm der Typ in Uniform in den Weg und erhielt auch gleich Verstärkung von einem braun gebrannten, muskulösen Typen.

»Kein Durchgang«, sagte der Livrierte und quälte sich ein Lächeln raus, das er offenbar exklusiv für Gäste reserviert hatte, die zu dumm waren, den Sinn einer roten Kordel zu kapieren.

Kern beachtete den Kerl gar nicht. »Tommy!«, rief er und sah gerade noch, wie der junge Mann, der sich am oberen Ende der Treppe reflexartig umdrehte, die Augen zusammenkniff. Das tat er nur für einen Moment, dann entglitten ihm seine Züge, und er wandte hastig sein Gesicht wieder ab.

Er hatte ihn also erkannt, es war tatsächlich Tommy Mauritz. Der jetzt eilends in dem Gang verschwand, der von der Treppe nach links führte, ohne sich noch einmal nach ihm umzudrehen.

»Hey, du Arschloch!«, rief ihm Kern fröhlich hinterher. »Haust du wieder mal ab, was? Hey, ich rede mit … Aah!«

Der Braungebrannte hatte ihn unter den Armen gepackt und schleifte ihn mühelos wie ein nicht allzu schweres Gepäckstück aus dem Laden. Während der letzten Jahre hatte Robert Kern viel Gewicht verloren.

Der Braungebrannte zog ihn draußen noch ein Stück die Straße entlang, dann warf er ihn schwungvoll in Richtung einiger Mülltonnen aus Plastik, von denen Kern ein paar im Schwung seiner Bewegung umriss, als er mitten in ihnen landete.

Der Braungebrannte streckte einen fleischigen Zeigefinger in seine Richtung, der vermutlich bedeuten sollte, dass ihm gar Schreckliches bevorstünde, sollte er die Dreistigkeit oder Dummheit besitzen, nochmals in dem Restaurant aufzukreuzen, aus dem er soeben geflogen war.

Kern hob abwehrend die Hände, er hatte verstanden.

Dann rappelte er sich auf, klopfte sich den Dreck von den Klamotten und machte sich auf den Weg zu seinem Hotel mit dem Vorsatz, den nächsten Flug zurück nach Deutschland zu buchen.

NOCH 1 TAG BIS ZUM SPRUNG

76

Villa von Simon Fischer

Gero Steiger drückte seine Handballen gegen die geschlossenen Augenlider, bis kleine bunte Lichtblitze in der Schwärze aufleuchteten. Angeblich konnte man auf diese Weise feststellen, ob die Sehnerven noch funktionierten, und offenbar war das der Fall. Prima. Steiger tat es allerdings aus Frustration. Er hatte das Gefühl, eine Woche lang nicht geschlafen zu haben, und in etwa kam das wohl auch hin.

Böhm, du Arschloch, dachte er, hättest du mit diesem Scheiß nicht warten können, bis diese Woche vorbei ist?

Stillschweigend war Arbeit seines ehemaligen Kollegen nun auf seinem Tisch gelandet, und dabei hatte er schon vorher alle Hände voll zu tun gehabt. Möller hatte versprochen, sich schleunigst um einen Ersatz für Böhm zu kümmern, aber gute Leute waren rar gesät. Ach was, überhaupt irgendwelche Leute waren rar gesät, und einen Neuling anzulernen, dem er jeden Schritt erklären musste, war so ziemlich das Letzte, was Steiger jetzt gebrauchen konnte.

Er hätte alles dafür gegeben, sich für ein paar Stunden irgendwo verkriechen zu können. Widerwillig öffnete er die Augen und starrte auf ein Szenario, auf das er in den letzten Tagen schon viel zu oft geblickt hatte, sogar für seinen Geschmack, und er war nun wirklich kein fauler Mensch.

Die Transporter der Spurensicherung, der Benz von Bischoff, ein paar Uniformierte und jede Menge wuselnde Gestalten in weißen Schutzanzügen. Er konnte es nicht mehr sehen.

Dennoch holte er wortlos die Überschuhe aus der einen, die Latexhandschuhe aus der anderen Sakkotasche, zog beides über und betrat dann das Haus. Immerhin, das war mal eine Abwechslung, denn die schlichte Bezeichnung »Haus« war hier reichlich untertrieben. Vielmehr betrat Steiger jetzt eine Villa. Riesengroß, protzig, lichtdurchflutet, das volle Programm, das sich für Geld kaufen ließ – wenn der Blick durch die gigantischen Panoramascheiben im Moment aufgrund des Wetters auch nicht allzu viel hergab.

Aber nicht mal das hätte Steiger gestört. Wenn er solch einen Prunkbau besäße, würde er – nach mindestens zehn Stunden ununterbrochenen Schlafes pro Nacht versteht sich – eine volle Stunde jeden Morgen allein damit verbringen, durch das Riesenfenster in den Garten raus zu starren, einen exquisiten Kaffee in der Hand, und in der Ecke prasselt lustig das Kaminfeuer.

Tja, Millionär müsste man sein.

Der Grund seines Hierseins befand sich unten, das hatte ihm irgendein Uniformierter am Eingang erklärt, den Steiger mit einem flüchtigen Nicken begrüßt hatte. Vermutlich hätte er dessen Namen mit einiger Anstrengung aus seinem Gedächtnis kramen können, aber so, wie die Dinge nun mal standen, hatte er im Moment ja fast schon Probleme, sich an seinen eigenen Namen zu erinnern.

Also riss er sich vom Anblick des gewaltigen Grundstücks los, durchquerte den Flur und zwängte sich an den üblichen Weißvermummten vorbei die Treppe hinab in den Keller. Auch dieser war, wie der Rest des Hauses, auffallend aufgeräumt, geräumig und makellos geputzt – wenn man sich das Chaos wegdachte, das die Kriminaltechniker hinterlassen hatten.

Schwarze, weich gepolsterte Wände und eine ebensolche Decke gab es hier unten. Dicke Teppiche auf dem Boden, alles komplett in Schwarz gehalten. Wo zum Teufel bekam man überhaupt einen schwarzen Perserteppich her?, wunderte sich Steiger.

Dezente Lichtpunkte erhellten den Raum spärlich, aber natürlich gingen die jetzt unter in dem an ein Fußballstadion erinnernden Flutlicht der unvermeidlichen Baustrahler, die die Spurensicherer mitgebracht hatten. Jedes Geräusch hier unten war aufgrund des weichen Stoffs gedämmt, sogar die Schritte und leisen Gespräche der Beamten, die immer noch dabei waren, ihre Markierungen im Raum zu verteilen, ausgehend von dem Bürostuhl, der vor einem mächtigen, ebenfalls schwarzen Schreibtisch stand.

Eine einzelne schwarze Marmorplatte, darauf drei gewaltige Monitore, offenbar allesamt brandneu, die Kartons dazu standen noch in der Ecke daneben. Alles war perfekt in den Schreibtisch integriert, die Kabel der Geräte verschwanden in einem ebenfalls schwarzen Kabelkanal hinter dem Tisch.

Einer der Spurensicherer trat beiseite und gewährte Steiger den Blick auf den Leichnam, vor dem gerade Professor Bischoff hockte, der sich – aus welchen Gründen auch immer – am Hosenbein des Toten zu schaffen machte. Dann drehte er sich um, erblickte Steiger und stand auf.

Sie begrüßten sich, und Steiger fragte: »Und?«

»Mehrere oberflächliche Schnittverletzungen«, sagte Bischoff und deutete auf den starren Körper des stark übergewichtigen Mannes, offenbar Besitzer und einziger Bewohner der Prunkvilla am See. Das Seidenhemd des Sitzenden klaffte vorn weit auseinander und entblößte einen gewaltigen Bauch, der von blutigen Spuren überzogen war, das meiste davon war schon geronnen. Noch hielt sich der Geruch in Grenzen, man hatte ihn offenbar recht frisch gefunden.

Die Haushälterin des Opfers, eine gewisse Eva-Maria Stangel, die ihn einmal täglich besuchte, um im Haus zu putzen, hatte ihn entdeckt. Die ältere Frau hatte die Tür zum Keller offen stehen sehen, der im Übrigen für sie tabu gewesen war. Aber da sie den Hausherrn nirgends angetroffen hatte und dieser auch nicht auf mehrfaches Rufen reagiert hatte, was ausgesprochen untypisch für ihn war, war sie dann doch irgendwann hinab in die unbekannten Tiefen der Fischerschen Villa getaucht und hatte ihn so vorgefunden, in seinem – wie sie es dezent ausdrückte – Hobbyraum. Dieser Tag war für sie demnach ebenso im Eimer wie für ihn, dachte Steiger mit einem Anflug von Verbitterung, bloß wurde sie ja nicht mal dafür bezahlt, und ihr Putzjob hier hatte sich vermutlich auch erst mal erledigt.

»Die Schnitte waren nicht die Todesursache?«, fragte Steiger. Ein Blick auf den Toten offenbarte jedem Idioten diesen Umstand, aber er fragte trotzdem nach, schon aus Prinzip. Manchmal waren die Dinge eben nicht so, wie sie auf den ersten Blick schienen.

»Nein«, sagte Bischoff. »Die waren nur schmerzhaft. Wer immer sie verursacht hat, wusste ziemlich gut, was er tat. Er hat sich ein paar Stellen rausgesucht, an denen die meisten Menschen recht empfindlich sind, dabei aber einen Bogen um größere Blutgefäße gemacht.«

»Also Folter?«, fragte Steiger.

»Ja«, sagte Bischoff. »Davon würde ich ausgehen. Vielleicht eine Stunde lang, aber das werde ich bald genauer wissen. Im Moment sieht es so aus, als wäre das Opfer da noch bei vollem Bewusstsein und gesundheitlich nicht allzu stark beeinträchtigt gewesen. Ich vermute, der Täter hätte noch stundenlang so weitermachen können, aber offenbar …«

Er deutete in Richtung des Toten. Dessen Hals zierte eine klaffende rote Schnittwunde, aus der ein breiter Strom Blut gequollen war. Der Hals des Toten war überstreckt, der Kopf lag im Nacken. Beinahe wirkte der Schnitt wie ein zweiter, zahnloser Mund, der sie mit einem blutigen Grinsen begrüßte. Steiger sah schnell wieder woanders hin.

»Okay«, sagte er dann. »Also hat ihn der Täter schließlich mit einem schnellen Schnitt durch den Hals getötet, um die Sache zu beenden?«

»Das nehme ich an, bisher habe ich keine Zeichen für einen anderen Hergang gefunden.«

»Er könnte ihn also zum Beispiel gefoltert haben, um an eine bestimmte Information zu kommen, und als er sie hatte, hat er ihn getötet.«

»Das wäre eine Möglichkeit, ja. Aber wie ich bereits mitbekommen habe, suchen wir gar nicht nach einem Er, Herr Steiger.«

»Wie bitte?«, fragte der. Diese Information war ihm neu. »Waren es mehrere Täter?«

Bischoff schüttelte den Kopf, dann rief er: »Lars?«

Hinter dem Schreibtisch tauchte eine der weiß verhüllten Gestalten auf, ein junger Bursche, schloss Steiger aus dem Wenigen, das er von dessen Gesicht erkennen konnte. Offenbar ein Computertechniker, der sich an der Anlage des Opfers zu schaffen machte.

»Was haben Sie?«, fragte Steiger.

»Die Kamera über der Haustür haben Sie gesehen?«, fragte der junge Techniker. Steiger schüttelte genervt den Kopf. Was sollte die Fragerei?

»Na, jedenfalls ist da eine. Sie überblickt den gesamten Bereich von der Haustür bis zum Tor.«

»Und?«

»Die wird durch einen Bewegungssensor aktiviert. Und dann speichert sie die Bilder. Gleich hier, auf einem der Rechner. In einer versteckten Partition auf einem der Server. Sie war ziemlich gut versteckt, aber ich habe …«

»Ja«, unterbrach ihn Steiger ungeduldig. »Das haben Sie ganz toll gemacht. Und weiter?«

»Na ja, jetzt haben wir ein Bild der Täterin«, sagte der Techniker, und seine Stimme klang nun eine Spur eingeschnappt ob des Umstands, dass sich keiner im Raum für sein Computer-Fachlatein interessierte. Steiger war es egal.

»Eine Täter*in*?«, fragte er und deutete auf den Toten. »Eine Frau soll *das hier* veranstaltet haben?«

»Das Zeitfenster passt genau«, sagte der Junge, der sich nun offenbar in einer Verteidigungsposition sah. Wollte er doch derjenige sein, der den Fall ganz allein geknackt hatte, mit seinen versteckten Partitionen und dem ganzen Mist. Steiger gönnte es ihm von Herzen, aber er war auch schon früher herb enttäuscht worden.

»Also haben Sie ein Bild von einer Frau, die zur Tatzeit hier war, auf dem Rechner des Opfers gefunden. Und das hat die Überwachungskamera geschossen?«

»Genau. Es ist sonst niemand auf dem Bild, also ...«

»Haben wir eine Verdächtige, von mir aus. Gut gemacht. Ist die Qualität ausreichend für ein Fahndungsfoto?«

»Wollen Sie mich veräppeln? Der Kerl hier hatte nur das Beste vom Besten. Mit der Kamera dort draußen könnte man glatt Spielfilme drehen.«

»Wie schön. Und sind Sie jetzt vielleicht auch noch in der Lage, mir die Aufnahme zukommen zu lassen?«

»Klar«, sagte der junge Computertechniker und beugte sich an der Leiche vorbei hinüber zu einem der Monitore, drückte irgendeinen unsichtbaren Schalter an der Seite, woraufhin alle drei Monitore zum Leben erwachten. Mit behandschuhten Händen tippte er auf der Tastatur herum. Dann erschien auf dem mittleren Bildschirm eine gestochen scharfe Aufnahme des Bereichs vor dem Haus. Man sah den Großteil des Kieswegs von der Haustür bis zu dem mächtigen Stahltor, das die Einfahrt verschloss. Nur war es auf der Aufnahme weit offen.

Kurze Zeit später erschien Fischers mächtiger Leib in der Durchfahrt, dicht gefolgt von einer anderen Person, die hinter ihm lief und deshalb größtenteils von ihm verdeckt wurde. Es wirkte, als bugsiere diese Person, die den Kopf gesenkt hielt, Fischer gegen dessen Willen ins Haus. Sie schien ihm etwas ins Genick zu drücken. Eine Waffe vielleicht.

Kurz bevor sie aus dem Sichtbereich der Kameralinse gerieten, trat die Person seitlich hinter Fischer hervor und hob den Kopf. Der Computertechniker drosch auf die Leertaste und stoppte das Bild.

Steiger starrte mit ungläubig aufgerissenen Augen auf das, was er da sah. Der Junge hatte recht gehabt, die Kamera brachte tatsächlich ein gestochen scharfes Bild. Und die Person, die Fischer da am Wickel hatte, war tatsächlich eine Frau.

Und alles andere als eine Unbekannte.

77

Wiesbaden-Westend

Als die Tür geöffnet wurde, schlug Lisa ein Geruch entgegen, der sie zurücktaumeln ließ. Das Gesicht, das kurz darauf im Türspalt erschien, tat ein Übriges dazu. Tommys Mutter hatte sich in den Jahren, seit sie sie zuletzt gesehen hatte, sehr verändert – und leider nicht zu ihrem Besseren.

Für einen Moment fragte sich Lisa, ob ihr Zustand möglicherweise daran lag, dass sie vom geheimen Leben ihres Sohnes als Darknet-Legende Ghost wusste, oder ob die Trauer um ihr Kind ihr das angetan hatte.

Oder vielleicht nichts davon.

Damals, in jener längst vergangenen Zeit, war ihr Tommys Mutter stets als freundliche, wenn auch etwas in sich gekehrte Frau erschienen, beinahe schon schüchtern, besonders im Umgang mit ihrem Sohn. Er fragte niemals, ob er abends ausgehen könne, er tat es einfach und kam zurück, wann immer es ihm passte, manchmal auch erst Tage später. Lisa hatte von der Mutter nie auch nur ein Wort des Widerspruchs gehört.

Lisa hatte sich damals der Eindruck regelrecht aufgedrängt, dass diese Frau schon vor langer Zeit die Erziehung ihres Sohnes einfach aufgegeben hatte, angesichts der schlicht unüberwindbaren Hürden. Dennoch war sie lieb, auf ihre stille Weise und mit ihrer leisen Stimme, mit der sie Lisa gefragt hatte, ob sie vielleicht eine Limonade wollte, oder einen Kakao. Immer nur solche Kindergetränke, als wäre in ihrem Kopf irgendwie die Zeit stehen geblieben – ungefähr zu dem Zeitpunkt, als ihr Sohn noch ein formbares Kind gewesen sein musste.

Erst später erfuhr sie, dass dies auch der Zeitpunkt gewesen war, an dem Tommys Vater gestorben war, mit noch nicht einmal vierzig Jahren, Tommy war zwölf gewesen. Man hatte bei einer Routineuntersuchung Krebs im fortgeschrittenen Stadium festgestellt, zwei Wochen später war er der Krankheit erlegen – und Tommys Wandlung hatte begonnen, zumindest hatte sie das den spärlichen Äußerungen seiner Mutter entnommen.

Lisa konnte nur mutmaßen, wie er vorher gewesen war, und zu dieser Zeit hatte sie das auch kaum interessiert. Sie hatte sich für den anderen, den neuen Tommy interessiert, den harten Burschen – und den Kakao und die Limonade dankend abgelehnt, bevor Tommy sie wortlos die Treppe rauf in sein Zimmer gezogen hatte. Lisa erinnerte sich nicht, dass die Mutter auch nur ein einziges Mal die Treppe betreten hätte, die hinauf zu Tommys Zimmer führte, geschweige denn an dessen Tür geklopft hätte. Oder dass Tommy in Lisas Anwesenheit mit ihr auch nur ein einziges Wort gewechselt hätte. Für ihn schien sie gar nicht zu existieren, und falls doch, dann eher so, wie Haushaltsgegenstände existieren. Nichts, dem man groß Beachtung schenkt.

Lisa hatte das damals nur zu gut verstanden und ihn insgeheim vielleicht sogar ein bisschen dafür bewundert. Ihr fiel es schwer, ihren Vater zu ignorieren, trotz der voll aufgedrehten Musik in ihren Kopfhörern.

All das hatte sich nach jener Nacht grundlegend geändert. Nach der Nacht, in der er sie praktisch aus dem Auto geworfen hatte wie ein Stück Müll und ihr der Schotter unter den durchdrehenden Reifen seines Autos ins Gesicht gespritzt war.

Die Frau starrte sie mit völlig verständnislosem Gesichtsausdruck an. Und sie stank. Nach Alkohol, nach Dreck und nach Zigarettenqualm, der in Zimmern festhing, die vermutlich schon jahrelang niemand mehr gelüftet hatte. Ein spezifischer Geruch, der bei Lisa einen so heftigen Flashback an ihren Vater auslöste, dass sie für eine knappe Minute kein Wort rausbekam und die alte Frau nur mit offenem Mund anstarren konnte. Die leere Hülle, die von ihr geblieben war. Das Gespenst eines miserablen Lebens, das schon fast vorüber war.

»Ich«, begann Lisa und musste sich räuspern. »Ich bin Lisa. Lisa Kern, erinnern Sie sich?«

Die Frau blinzelte. Verzog den Mund zur Groteske eines Lächelns. Sie besaß nicht mehr alle Schneidezähne, und die, die noch da waren, waren gelb und braun, allein von diesem Anblick konnte einem schlecht werden. Oder das Herz brechen, je nach Veranlagung.

»Und was willst du?«, fragte die Frau, ohne Lisa kundzutun, ob sie sich nun an sie erinnerte oder nicht. Dann fuhr sie sich durch das fettige, strähnige Haar in der ekelerregenden Parodie einer koketten Geste.

»Ich wollte zu Tommy … also Thomas. Wissen Sie, wo ich ihn finden kann?«

»Ja, weiß ich«, sagte die Alte und stieß ein humorloses Lachen aus. Aus ihrem wässrigen rechten Auge löste sich eine Träne und rann über ihre eingefallene Wange, doch wirkte das so zufällig, dass Lisa unmöglich sagen konnte, ob dies tatsächlich auf eine Gemütsregung zurückzuführen war. Die Frau machte den Eindruck, als habe man ihr schon vor Jahrzehnten jede Fähigkeit dazu operativ entfernt.

»Oh, okay«, sagte Lisa. »Und wo finde ich ihn?«

»Auf dem Friedhof. Hat dir das dein Vater denn nicht erzählt?«

»Nein«, sagte Lisa. Aber sie war auch nicht wirklich überrascht von der Antwort, schließlich war dieser Teil ja die offizielle Version der Geschichte, wie sie auch in den Polizeiakten stand. »Ich wusste gar nicht, dass mein Vater hier war«, log sie, denn seit ihrem letzten Gespräch mit Ray vermutete sie genau das. »Wir hatten in der letzten Zeit nicht viel Kontakt.«

Sollte sie der Alten erzählen, dass ihr Vater nun ebenfalls tot war? Sie entschied sich dagegen. Vermutlich würde die Frau es sowieso innerhalb der nächsten fünf Minuten wieder vergessen haben. Für sie spielte das alles längst keine Rolle mehr.

Die Alte zog eine zerknitterte Zigarettenschachtel aus ihrer fleckigen Kittelschürze, öffnete sie und hielt sie Lisa hin, die dankend und mit einem Anflug neuerlichen Ekels ablehnte. »Na ja«, krächzte die Alte, »der war jedenfalls auch hier und hat sich nach Tommy erkundigt, dein Vater. Erst dachte ich, er wollte … Na ja, wegen dem, was damals passiert ist. Mit dir und … ihm. Tommy. In der Nacht.«

»Sie wussten davon?«, fragte Lisa ungläubig.

»Ja«, sagte sie. »Tommy hat's mir mal erzählt. Jahre später, da hatten wir Streit. Ich denke, er steckte da schon in irgendwelchen krummen Sachen drin, das hab ich ihm damals auf den Kopf zu gesagt. Und ihn gefragt, was eigentlich aus der hübschen Kleinen geworden ist, von damals. Er wusste sofort, wen ich meinte, denn nach dir, na ja ... Er war nach dieser Nacht kaum noch zu Hause, hat meist bei irgendwelchen Freundinnen gepennt. Jede Woche eine neue, hatte man den Eindruck, und eine schlimmer als die andere. Furchtbare Weiber, aufgetakelt und ...« Ein heftiger Hustenanfall unterbrach ihre Rede. Als sie sich wieder eingekriegt hatte, fuhr sie mit brüchiger Stimme fort: »Da hat er es mir erzählt. Dass er dich einfach aus dem Auto geworfen und am Straßenrand abgesetzt hat, und dass du dann irgendwelchen Chaoten in die Arme gelaufen bist.«

Lisa nickte stumm.

»Das war das erste Mal, dass ich so richtig Angst gekriegt hab vor meinem eigenen Sohn, weil ...« Ihre Stimme sank zu einem Flüstern herab. »Weil er da gelacht hat.«

»Er hat darüber *gelacht*?«, fragte Lisa.

Die alte Frau senkte den Blick. Nickte. Murmelte: »Ja. Und seine Augen ... ganz kalt, wie aus Stein.« Langsam hob sie wieder den Blick. »Na ja, so hab ich jedenfalls davon erfahren damals. Danach war ich froh, dass er kaum noch hier war. Ich nehme an, er hatte irgendwann eine eigene Wohnung oder vielleicht auch ein Haus. Wenn er doch mal vorbeikam, dann immer in irgendwelchen teuren Sportwagen und hatte teure Uhren am Handgelenk und so was. Aber mir hat er nicht mal was zum Geburtstag geschenkt. Dann hab ich ihn irgendwann gar nicht mehr gesehen und ...«

Sie musste nicht weiterreden. Lisa verstand es auch so. »Und dann?«, fragte sie.

»Ich hab erst vor fünf Jahren wieder von ihm gehört. Beziehungsweise hat die Polizei mir da mitgeteilt, dass er tot ist. Ich wollte wissen, wie es passiert ist, aber eigentlich war mir das schon klar. Ist es die ganze Zeit gewesen. Ich wusste, dass er auf der schiefen Bahn unterwegs war, und ab dem Moment, wo ich diese *Augen* bei ihm gesehen habe, wusste ich auch, wohin ihn das unweigerlich bringen würde.«

Jetzt rollten wirklich Tränen, diesmal aus ihren beiden Augen, doch noch immer wirkte es, als bekäme sie das selbst gar nicht mit. Oder als sei ihr Gesicht versteinert, seit Jahren schon.

»Verstehe«, sagte Lisa leise und griff nun nach der Hand der Alten, doch diese zog sie schnell zurück. »Und mein Vater?«

»Dem hab ich dasselbe erzählt. Er wollte wissen, ob ich mir die Leiche von Tommy angeschaut hätte, aber wozu hätte ich das machen sollen? Die Polizisten hatten seinen Ausweis bei ihm gefunden, und wie die rumgedruckst haben, wussten die auch schon, dass man ihn wegen irgendwelcher krummer Dinge umgebracht hatte. Da musste ich mir nicht auch noch antun, ihn anzusehen.«

»Wissen Sie noch, wer damals bei Ihnen war? Wie der Polizist hieß?«

»Die Polizist*en*«, sagte sie. »Es waren zwei. Und nein, keine Ahnung, die haben sich mir nicht vorgestellt, glaube ich. Und falls doch, weiß ich die Namen nicht mehr. Hab ich deinem Vater auch gesagt. Und mehr weiß ich auch nicht.«

»Danke«, sagte Lisa. »Sie haben mir wirklich …«

Doch da hatte die Alte ihr schon die Tür vor der Nase zugeschlagen. Lisa beschloss, es dabei bewenden zu lassen. Es hätte keinen Sinn gehabt, sie mit dem Gerücht, dass ihr Sohn vielleicht doch noch lebte, weiter zu verwirren. Für seine Mutter war Thomas Mauritz schon vor Jahrzehnten gestorben.

78

Im Leimen, Mainz-Weisenau

Der Mann riss sich von der Betrachtung seiner Armbanduhr los und konzentrierte sich auf den eigentlichen Grund für die Existenz des teuren Schmuckstücks an seinem Arm, nämlich die Zeit anzuzeigen.

Kurz vor fünf.

Jeden Moment jetzt.

Er ließ die Hublot unter dem Ärmel seiner Arbeitsjacke verschwinden – mittlerweile war er ganz in die lässige Bewegung seines Handgelenks verliebt, die das zuwege brachte –, wobei ihm nicht der amüsante Kontrast zwischen seiner momentanen Kleidung und dem protzigen Schmuckstück entging. In dieser Klamotte *musste* man die Uhr praktisch für eine Fälschung halten.

Inzwischen hatte er sich außerdem entschlossen, sie zu behalten. Äußerst unwahrscheinlich, dass jemand sie jemals zu dem fetten Kerl im Keller seiner Villa zurückverfolgen würde oder ihn mit der Sache in Verbindung bringen würde.

Den Fetten namens Fischer hatten sie inzwischen gefunden, wie er den Zeitungen hatte entnehmen können. Über weitere Details hatten sich die Bullen, wie üblich, ziemlich bedeckt gehalten, aber der Mann wusste aus sicherer Quelle, dass alles genau so ablief wie geplant und dass sie exakt die Hinweise entdeckt hatten, die er ihnen hinterlassen hatte – und sonst gar nichts. Da hatte er sich dieses kleine Extra wirklich mehr als verdient.

Aus dem Augenwinkel bemerkte er eine Bewegung im Rückspiegel. Sah hin. Ja, es war das Mädchen, wieder auf die Minute genau, genau wie in den Tagen zuvor, seit er es beobachtete. Diesmal war sie nicht in ihr Handy vertieft, sondern lief zur Abwechslung mit offenen Augen durch die Gegend. Nicht schlimm, es würde genügen, wenn sie ihr Handy dabeihatte, und das hatte sie mit Sicherheit. Keiner ging heutzutage ohne aus dem Haus, und Schüler schon gar nicht.

Wieder ließ er sie am Lieferwagen vorbeigehen, drückte sich in den Sitz, doch das Mädchen hatte die Augen in weite Ferne gerichtet. Weder bemerkte sie ihn, noch nahm sie den Lieferwagen überhaupt bewusst zur Kenntnis.

Bestens.

Als sie, genau wie gestern, um die nächste Straßenecke verschwunden war, startete der Mann den Wagen. Dann fuhr er ihr in gemächlichem Tempo hinterher, bog ebenfalls um die Straßenecke. Da war sie wieder, auf der Mitte des Gehwegs, wie sich das für ein braves Mädchen gehörte.

Er beschleunigte leicht, überholte sie, dann fuhr er schräg in eine schmale Lücke zwischen zwei völlig bescheuert geparkten Autos, in die gerade mal die Schnauze seines Lieferwagens passte. Er setzte ein zur Arbeitsjacke passendes Gesicht auf, griff sich den Zettel vom Beifahrersitz – eine Rechnung aus dem Baumarkt, die er dort in einem Papierkorb gefunden hatte, und stieg über die Mittelkonsole des Lieferwagens. Er setzte sich auf den Beifahrersitz, beobachtete das sich nähernde Mädchen im Rückspiegel. Sie war seinem merkwürdigen Parkmanöver ohne besonderes Interesse gefolgt.

Als das Mädchen noch etwa zwei Meter von seinem Wagen entfernt war, öffnete er die Beifahrertür, streckte grinsend den Kopf heraus und wedelte mit dem Papier. Das Mädchen blieb stehen und musterte ihn mit fragendem Gesichtsausdruck, aber er grinste unbeirrt weiter.

»Kopeniusstraße?«, fragte er fröhlich und setzte in gebrochenem Deutsch hinzu: »Du weißt, wo ist, ja? Können mir helfen, ja? Kopeniusstraße?«

Grinste, wedelte mit dem Papier.

Sie kam näher.

»Es gibt eine Kopernikusstraße«, sagte sie schüchtern und blieb wieder stehen. »Meinen Sie vielleicht die?«

»Ja!«, freute er sich und rutschte, scheinbar schwerfällig, vom Sitz. Er hatte sich ein Kissen unter die Arbeitsjacke gestopft und trug einen falschen Schnurrbart. Beides sah ausgesprochen harmlos, um nicht zu sagen dämlich aus. Vermutlich wären die meisten Kinder eher vor einem Clown auf einer Geburtstagsparty davongerannt. »Kopeliusstraße!«, rief er erfreut. »Kannst du mir zeigen?« Er wedelte wieder mit der Rechnung. »Ich muss Möbel liefern für den Leuten da, aber ich hab mich verfahren.« Ein Blick auf die Hublot. »Oh je, viel zu spät schon. Kannst du mir zeigen, auf Handy? Wo ist Kopeliusstraße?«

Das Mädchen starrte ihn immer noch skeptisch an, also trat er einen kleinen Schritt zurück, bemühte sich um eine defensive Körpersprache. Strahlte sie erwartungsvoll und ein bisschen dümmlich an.

Das half meist, besonders bei Kindern, deren Eltern sie zu höflichen kleinen Schäfchen erzogen und ihnen vermittelt hatten, auch zu Fremden nett und höflich zu sein. Hilfsbereit.

Sie zog ihr Handy aus der Tasche, entsperrte es mit ihrem Daumenabdruck, dann öffnete sie die Navigations-App. Was sollte auch schon passieren, mitten auf der Straße, in einer Gegend wie dieser? Er stopfte den Baumarktzettel in seine Gesäßtasche, den brauchte er jetzt nicht mehr. Sie glaubte ihm die Sache mit dem Möbelfahrer.

Ausgezeichnet.

Was sie nicht mitbekommen hatte, war, dass sie sich ihm inzwischen so weit genähert hatte, dass sie nun beide hinter dem schräg geparkten Lieferwagen verschwanden. Der Mann warf einen schnellen Blick den Gehsteig entlang, dann zu dem Haus, vor dem sie standen. Niemand zu sehen.

Als er in seine Jackentasche griff, bekam sie das gar nicht mit.

Auch nicht, als er in aller Seelenruhe das kleine Fläschchen aufschraubte, das er aus der anderen Tasche zog, und etwas von der scharf riechenden Flüssigkeit auf den Lappen träufelte.

Sie war viel zu überrascht, um zu schreien, als er ihr den Lappen auf Mund und Nase presste.

Dann hob er sie einfach an und trug sie fort, während der Lappen einen letzten schwachen Schrei erstickte. Das Handy entfiel ihren kraftlosen Fingern, als sie bewusstlos wurde. Er ließ es liegen.

Zehn Sekunden später fuhr der Lieferwagen aus der Parklücke und dann in gemächlichem Tempo davon.

79

Wiesbaden-Westend

Lisa Kern war gerade wieder in ihren T5 gestiegen, als ihr Handy den Ruf einer Eule von sich gab. Eine neue Nachricht. Wie sich herausstellte, stammte diese von Doc.

Und sie hatte einen überaus interessanten Inhalt.

Lisa, du wirst es nicht glauben. Ich habe etwas in der Werkstatt gefunden, dein Vater muss es hier versteckt haben. Ich weiß jetzt, warum er wirklich in dem Haus war, wo sie ihn verhaftet haben. Komm, so schnell du kannst, dann erklär ich dir alles. Aber nicht am Telefon!

Lisa musste die Nachricht drei Mal lesen, bis sie ihr Gehirn dazu bringen konnte, den Inhalt zu akzeptieren und sich selbst davon zu überzeugen, dass sie nicht unter Wahnvorstellungen litt. Nur zur Sicherheit schaltete sie das Display ihres Handys aus und wieder ein. Tippte nochmals auf die Nachricht.

Der Inhalt war jedes Mal derselbe.

Dann steckte sie das Handy zurück in die Hosentasche, startete den Wagen und drückte aufs Gas. Dabei lächelte sie. Endlich würde sich alles aufklären.

80

BKA-Hauptsitz Wiesbaden, Thaerstraße
Büro von Kriminaldirektor Andreas Möller

Zu Gero Steigers Erstaunen wirkte Möller an diesem frühen Abend etwas weniger angespannt als während der letzten Tage. Vielleicht war es aber einfach nur Fatalismus, der sich inzwischen bei seinem Chef breitmachte, auch wenn er sich das bei einem alten Haudegen wie Möller nur schwer vorstellen konnte. Aber nach einer Woche wie dieser … Irgendwann wurde vermutlich auch der härteste Knochen ein bisschen weich.

»Noch mehr Hiobsbotschaften, Gero?«, begrüßte Möller ihn, lehnte sich in seinem Rollstuhl zurück und faltete die Hände über seinem Wohlstandsbäuchlein.

»Ja, ich fürchte schon. Inzwischen sind wir uns hundertprozentig sicher, was das Video betrifft. Selbst Sayed sagt, dass es in Ordnung ist.«

»In Ordnung?«, fragte Möller mit hochgezogener Augenbraue. »Und was genau ist daran bitte schön in Ordnung?«

Stimmt, dachte Gero Steiger. An der Tatsache, dass darauf eine BKA-Ermittlerin zu sehen war, kurz bevor sie einen grausamen Foltermord beging, war nun wirklich wenig Erheiterndes. Ganz abgesehen von der Tatsache, dass sie keine Ahnung hatten, was um alles in der Welt die besagte Ermittlerin zu einem solchen Vorgehen bewogen haben mochte.

»Ich meinte, *die Aufnahmen* sind in Ordnung. Sayed konnte keinerlei Manipulation feststellen. Professor Bischoff hat den Todeszeitpunkt entsprechend eingegrenzt, sodass wir nun sicher sind, ich meine, zweifelsfrei sicher sind …«

»Dass Lisa Kern die Mörderin von diesem Simon Fischer ist«, vollendete Möller den Satz. Keine Frage, eine Feststellung.

»Ja«, sagte Gero. »Man kann sie auf dem Video gut erkennen, und man kann auch deutlich sehen, dass sie Fischer gegen seinen Willen zwingt, sie in die Villa einzulassen. Vermutlich hat sie ihn mit irgendeinem Trick hinaus auf die Straße gelockt und ihn dann irgendwie in ihre Gewalt gebracht.«

»Mittels einer Schusswaffe?«

»Anzunehmen. Wir haben es nachgestellt, weil man die Waffe auf dem Video nicht genau erkennen kann. Der Winkel, in dem sie ihren Arm hält, würde passen.«

»Aber hier steht«, sagte Möller und deutete auf den Bericht, der vor ihm auf dem Schreibtisch lag, »dass Fischer durch ein Messer starb und vorher stundenlang mit einem gefoltert wurde. Warum hat sie die Pistole nicht dafür benutzt?«

»Vielleicht weil sie fürchtete, der Knall würde zu

laut sein. Kann auch sein, dass sie ihm gar keine Pistole, sondern das Messer an den Hals gedrückt hat, oder nur eine Attrappe. So, wie Simon Fischer aussah, glaube ich nicht, dass er sich ernsthafte Chancen gegen *irgendeine* Waffe ausgerechnet hat.«

»Okay«, sagte Möller. »Was noch?«

»Ihre Fingerabdrücke waren überall in dem Keller. Auf der Tischplatte, an dem Stuhl, der Tastatur und so weiter. DNS wurde auch gefunden und wird zur Stunde noch analysiert, aber da erwarte ich ehrlich gesagt keine großen Überraschungen. Nicht nach den Fingerabdrücken.«

»Hm«, grunzte Möller. »Und was ist mit einem Motiv? Haben wir schon eine Ahnung, was Lisa von Fischer gewollt haben könnte? Warum sie ihn so … zugerichtet hat?«

»Informationen, allem Anschein nach. Die Anordnung der Verletzungen auf seinem Oberkörper spricht dafür, dass sie ihn ungefähr eine Stunde gefoltert hat, sagt Doktor Bischoff. Und als er schließlich geredet hat …«

Möller fuhr sich vielsagend mit Zeige- und Mittelfinger quer über die Kehle und machte dabei ein fragendes Gesicht.

»Genau«, sagte Steiger und konnte nur mit Mühe ein angewidertes Schütteln unterdrücken.

»Irgendeine Ahnung, was für Informationen dieser Fischer gehabt haben könnte, die für Lisa von Interesse sind? Wer war der Kerl denn überhaupt?«

»All dem Spielzeug in seinem Keller nach zu schließen, irgend so ein Superhacker. Aber seine Schäfchen hatte der schon vor etlichen Jahren ins Trockene gebracht. Sie haben ja die Bilder von der Villa gesehen. Der war mal ein Musikproduzent, danach ist er mit Aktien reich geworden.«

»Verstehe. Und was könnte Lisa von dem gewollt haben? Geld?«

»Das glaube ich nicht.«

»Was dann? Eine Vermutung würde mir schon genügen, Gero. Irgendeine haben Sie, das sehe ich Ihnen an.«

»Na ja, ich nehme an, es ging immer noch irgendwie um ihren Vater. Und die Leichen im Moor, das hängt alles zusammen, meiner Meinung nach. Fischer könnte zum Beispiel der Komplize gewesen sein, nach dem wir suchen. Lisa könnte irgendwie auf seine Spur gekommen sein, und dann hat sie sich diesen Kerl direkt geschnappt, um ihm die Wahrheit zu entlocken.«

Möller dachte nach. Schließlich sagte er: »Okay, das wäre denkbar, einverstanden. Mir genügt es jedenfalls als vorläufige Arbeitstheorie, aber ich würde sehr gern von Lisa Kern persönlich erfahren, was in dem Keller vorgefallen ist. Und zwar so bald wie möglich.«

»Natürlich.«

»Gut. Ich habe schon mal einen heißen Draht zur Interpol-Zentrale vorbereitet. Da rufe ich jetzt an, und dann geht die Fahndung nach Lisa Kern raus, europaweit, wegen dringenden Tatverdachts im Mordfall Simon Fischer.«

Steiger nickte.

»Noch etwas, Gero.«

»Ja?«

»Es wäre vermutlich gut, wenn Sie sie vor den Jungs von Interpol finden würden. Vor allem für Lisa. Immerhin war sie mal eine von uns. Nehmen Sie sich also alle Leute, die Sie dafür brauchen.« Möller grinste ihn schief an. »Und so viel Kaffee wie nötig. Wenn diese Sache ausgestanden ist, haben Sie sich redlich eine Woche Urlaub verdient – versprochen!« Möller griff zum Hörer seines Telefons. Bevor er die Nummer eintippte, sah er Steiger noch einmal fest ins Gesicht. »Das sind schwarze Tage für das BKA, Gero. Aber hoffen wir, dass sie bald ausgestanden sind.«

81

Doc's Bike Shop

Lisa jagte den T5 viel zu schnell über den holprigen Feldweg. Shady, die neben ihr auf dem Beifahrersitz saß und keinen Ton von sich gab, starrte furchtsam durch die Windschutzscheibe nach draußen in die

Dunkelheit. Die Scheinwerfer tauchten niedrige Büsche am Straßenrand für Sekundenbruchteile in gleißende Helligkeit, dann schossen sie vorbei.

Endlich kam der flache Bau von Docs Werkstatt in Sichtweite.

»Wir sind gleich da, Süße«, sagte Lisa sanft. »Und dann werde ich nie wieder so rasen, versprochen, okay? Aber das hier ist verdammt wichtig.«

Shady winselte kurz, und Lisa beschloss, es als Zeichen des Verständnisses zu werten.

Natürlich, jetzt ergab alles einen Sinn. Ihr Vater musste irgendwie herausgefunden haben, dass Tommy noch am Leben war, deshalb hatte er, genau wie Lisa, dessen nichts ahnende Mutter besucht. Und ihm musste schnell klar geworden sein, dass dieses Wissen sehr gefährlich sein konnte. Also hatte er einen Weg gefunden, alles für die Nachwelt festzuhalten, für den Fall, dass ihm irgendwas passieren sollte. Vielleicht ein Notizbuch, oder irgendwelche digitalen Aufzeichnungen? Herrgott, es war möglich, dass er Doc alles in einer simplen E-Mail geschickt hatte. Doc sah manchmal wochenlang nicht in seinen E-Mail-Eingang.

Ihr war zwar nicht klar, warum ihr Vater sich ihr gegenüber nicht auf diese alles erklärenden Aufzeichnungen bezogen hatte, als er wegen der Entführung von Anneke Jaspers verhaftet worden war, warum er nicht wenigstens ihr davon erzählt hatte, als sie ihm gegenübersaß.

Ihr, seiner eigenen Tochter.

Doch dann erinnerte sie sich an seinen Gesichtsausdruck, an diese Augen, in denen beinahe alles Licht erloschen zu sein schien, das einst so lebhaft darin geflackert hatte. Sie hatten sich fünfzehn Jahre nicht gesehen. Fünfzehn Jahre, in denen viel passiert sein konnte. Und dann war da noch die Schuld. Die Scham darüber, damals nicht für sie da gewesen zu sein. Und sie hatte nichts getan, um diesem Gefühl entgegenzuwirken, war viel zu wütend gewesen, immer noch, nach all der Zeit.

Möller hatte vollkommen recht gehabt, man hätte sie gar nicht erst zu ihrem Vater lassen sollen, emotional aufgewühlt wie sie war, nach allem, was sich über fünfzehn Jahre in ihr aufgestaut hatte. In ihnen beiden. Völlig durch den Wind war sie gewesen, genau wie er vermutlich. Komplett unprofessionell.

Aber auch das würde gleich nicht mehr wichtig sein.

Als sie das Tor erreichte, stand dieses bereits offen. Ungewöhnlich für Doc, aber vielleicht hatte er sie schon von Ferne die Straße entlangrumpeln hören, so wie sie gerast war, und das Tor vorsorglich für sie geöffnet.

Lisa fuhr auf den Hof und stellte den T5 vor dem Rolltor zur Werkstatt ab, wie sie das bei ihrem letzten Besuch getan hatte. Das Tor war geschlossen, also hupte Lisa einmal, dann noch einmal.

Nichts passierte. Spielte auch keine Rolle, würde sie den Wagen eben erst mal draußen stehen lassen.

Als sie die Scheinwerfer ausschaltete, versank die Welt um sie abrupt in Dunkelheit. Kein Fenster war beleuchtet, kein noch so kleiner Lichtschimmer drang durch die Ritzen des Rolltors nach draußen.

Lisa runzelte die Stirn.

Wenn Doc sie erwartete und das Tor zum Hof offen stehen ließ, warum reagierte er dann nicht auf ihr Hupen?

Ihre Hand tastete nach der Pistole an ihrer Hüfte, aber natürlich war da nichts. Keine Pistole, kein Holster, natürlich nicht, sie war ja im Moment eine Privatperson.

Lisa fluchte leise.

In amerikanischen Krimiserien sah man öfter, dass Cops eine private Waffe mit sich herumschleppten. Nur für den Fall, dass ihnen die Dienstwaffe abhandenkam oder sie nach Feierabend in brenzlige Situationen gerieten. Aber das war Fernsehen, und dies hier war echt. Keine private, unregistrierte Waffe. Nicht mal einen Elektroschocker oder ein Pfefferspray hatte sie dabei.

»Okay«, sagte Lisa leise zu Shady. »Warte hier auf mich, ja? Bin gleich wieder zurück.«

Dann stieg sie aus dem Wagen.

Sie ließ die Fahrertür offen stehen, nur für den Fall der Fälle, auch wenn sie sich in wenigen Minuten vermutlich dumm vorkommen würde deswegen. Sie lief um den Wagen herum, öffnete eine der hinteren Türen und schnappte sich den Radmutternschlüssel von seinem Platz unter der Sitzbank.

Nur für den Fall.

Dann ging sie hinein.

Die Haustür war ebenfalls nicht abgeschlossen. In der Werkstatt war es stockfinster, und daran änderte sich auch nach ihrem Eintreten nichts.

Lisa tastete nach dem Lichtschalter neben der Tür, und zu ihrer Erleichterung flammte das Licht auf. Flackernd erwachten die Leuchtstoffröhren an der Decke der Halle zum Leben und beleuchteten die Stahlregale, den ölfleckigen Betonboden, die Hebebühne, Docs gute, alte Harley FLSTF Fat Boy, die roten Blechschränke mit dem Werkzeug und ein paar weitere Motorräder, mit grauen Planen bedeckt.

Aber nirgends ein Lebenszeichen von Doc.

»Doc?«, rief Lisa. Ihr antwortete einzig das kalte Echo, das sich an den Betonwänden der Halle brach.

Das Büro. Er musste im Büro sein, machte vielleicht ein Nickerchen auf der Couch oder saß am Rechner, die Kopfhörer auf dem Schädel und Black Sabbath in voller Lautstärke. Unwahrscheinliche Szenarien, jedes einzelne davon, aber eine andere logische Erklärung wollte Lisa im Moment einfach nicht einfallen.

Sie packte den Radmutternschlüssel fester und ging durch die Halle bis zum Büro am hinteren Ende.

Auch dort drinnen brannte kein Licht. Als Lisa näher kam, sah sie lediglich den Bildschirm des aufgeklappten Laptops leuchten, der einen matten, fluoreszierenden Schimmer in dem kleinen Raum verbreitete. Das war alles.

Sie öffnete die Tür. »Doc?«

Keine Antwort.

Niemand, der vor dem Rechner saß, keine gedämpfte Musik auf irgendwelchen Kopfhörern.

Lisa tastete erneut nach dem Lichtschalter, klick. Es wurde hell. Auch auf der Couch lag niemand.

Dann sah sie das Blut.

Doc lag samt Drehstuhl, an den man ihn gefesselt hatte, auf dem Boden. Sein T-Shirt war zerfetzt, und sein muskulöser Oberkörper war von Schnitten und Einstichen übersät. Sein bleiches Gesicht starrte aus weit aufgerissenen Augen ungläubig zur Decke, als frage er sich, wie um alles in der Welt er hier hergeraten war.

All das Blut, ein richtiger kleiner See, in dem er lag, sein Körper hing ganz verdreht in dem Bürostuhl. Fesseln, die tief in seine Arme geschnitten hatten, als er sich gewehrt hatte. Der Schnitt quer durch seine Kehle, und der wahre Blutstrom, der sich daraus ergossen hatte. Geronnen nun, feucht glänzend.

An das, was dann kam, erinnerte sich Lisa später nur noch bruchstückhaft. Fetzen aus Licht, in einem Meer von Blut und Dunkelheit. Wie sie sich, wider aller Vernunft, neben dem toten Körper des Docs auf die Knie geworfen hatte. Wie sie ihn angebrüllt hatte, während sie ihre Klamotten über und über mit seinem angetrockneten Blut beschmierte. Wie sie ihm verbot, tot zu sein, sie jetzt auch noch allein zu lassen, so, wie alle anderen sie allein gelassen hatten. Wie sie nach einem Puls gefühlt hatte, wo längst kein

Puls mehr war, die Hände blutbeschmiert, und wie ihr die Sicht vor Augen verschwamm, als sie zusammenbrach, neben dem Doc zusammenrutschte zu einem kleinen Häuflein Elend.

Wie die Welt plötzlich nur noch aus Verzweiflung bestand und wie sie geglaubt hatte, da schon den tiefsten Punkt erreicht zu haben.

Doch dann hatte das Handy zu klingeln begonnen.

82

Erst dachte Lisa, es wäre ihr eigenes Smartphone, aber dann begriff sie, dass der Klingelton ein anderer war. Das harsche blecherne Elektrogezwitscher gehörte zu einem Handy deutlich älterer Bauart. Einem aus der Zeit, bevor Telefone zu kleinen Computern voller winziger elektronischer Spitzel geworden waren, die ihre Besitzer auf Schritt und Tritt überwachten und aushorchten.

Eines, wie Doc es benutzte.

Hastig wischte Lisa ihre Tränen fort und bemerkte dabei abwesend, dass etwas Klebriges auf ihren Wangen zurückblieb – Blut, mit dem ihre Hände bis hinauf zu den Ellenbogen bedeckt waren.

Dann wühlte sie sich durch die Taschen von Docs Lederweste. Folgte dem elektronischen Piepen und

Zwitschern, dann der Vibration, die von dem Gerät ausging, bis sie es schließlich in der linken Innentasche fand. Ein milchig-grünes, uraltes Nokia-Handy. Das kleine Display leuchtete im Takt des Klingeltons auf.

Offenbar ein unbekannter Anrufer, stellte Lisa abwesend fest – oder zumindest einer, dessen Nummer Doc nicht abgespeichert hatte.

Lisa drückte auf die kleine Taste mit dem grünen Hörer und presste das Gerät ans Ohr.

Schweigen.

Dann eine Stimme, tonlos und geschlechtsneutral. Eine Stimme, die wie eiskaltes Wasser in ihr Ohr eindrang, als sie sagte: »Hallo Lisa, hier spricht Ghost.«

83

»Vermutlich bist du momentan ein bisschen aufgewühlt«, fuhr die Stimme fort, »aber du solltest mir jetzt sehr gut zuhören. Ich werde mich nicht wiederholen.«

Lisa wollte nicht zuhören.

Sie wollte die Stimme anbrüllen, wollte das Handy gegen die Wand schmeißen, wollte in sinnloser Raserei auf den Menschen am anderen Ende dieser virtuellen Leitung einprügeln – doch dieser war unerreichbar. Wie ein Geist.

Also hörte Lisa zu.

»Lisa, ich habe schlechte Nachrichten für dich. Ich wünschte wirklich, wir könnten das vermeiden, aber so wie die Dinge liegen, bleibt mir leider keine andere Wahl.«

Eine weitere Pause.

Das, was dann kam, überraschte Lisa kaum noch. Das Eis, das durch den Hörer in ihren Kopf eingedrungen war, schien dort Wurzeln geschlagen zu haben. Es hatte jede Windung ihres Gehirns in Blitzesschnelle erreicht und ihren Körper mit Kälte überspült, bis da nichts mehr in ihr war außer dieser Kälte. Gar nichts mehr.

»Du wirst sterben, Lisa.«

»Ja«, sagte sie, auch wenn sie davon ausging, dass die Stimme am anderen Ende gar nicht zuhörte. Und falls doch, wäre sie vermutlich nicht an Lisas Einverständnis interessiert. Es war nicht so, als hätte sie jetzt noch eine Wahl, das war ihr klar. Oder als hätte sie irgendwann eine Wahl gehabt. Genauso wenig wie ihr Vater – oder jeder sonst, der dem Ghost begegnet war.

»Du wirst sterben, Lisa. Und nur, um dir zu zeigen, dass ich es ernst meine und wie leicht es für mich ist, meinen Worten Taten folgen zu lassen, habe ich es bereits an deinem Bikerfreund demonstriert. Er war nicht wirklich ein Problem für mich, bis du ihn zu einem gemacht hast. Verstehst du, Lisa? Du bist für seinen Tod verantwortlich. Du allein.«

Lisa rutschte auf dem Boden neben Docs Leiche

zusammen, beschmierte sich noch mehr mit seinem Blut und bekam es nicht mal mit. Etwas in ihr war gebrochen, alle Luft wich aus ihrer Lunge wie aus einem undichten Fahrradschlauch. Ihr Bewusstsein schien sich von ihrem Körper zu lösen, sie glaubte, auf sich selbst hinabzublicken, als sie jeden Rest von Kontrolle verlor.

Doch sie hörte einfach weiter zu.

84

Im Leimen, Mainz-Weisenau

»Hast du es noch mal in der Schule versucht?«, fragte Max atemlos. Er musste eine plötzlich aufsteigende Übelkeit herunterkämpfen, während er Saskia dabei zusah, wie sie verzweifelt auf ihrem Handy herumtippte und sich, genau wie er, alle Mühe gab, nicht vollkommen den Verstand zu verlieren.

»Da geht seit einer Stunde keiner mehr ran«, brüllte Saskia ihn an.

Beschwichtigend hob er die Arme, woraufhin sie weiter wütend auf ihr Handy einhackte. Nachricht an alle Eltern, die mit ihr in der WhatsApp-Gruppe waren. Bis jetzt hatte nichts davon auch nur den kleinsten Hinweis gebracht.

Niemand hatte ihre Tochter gesehen.

Charlotte war nun seit fast zwei Stunden überfällig. Das allein wäre vielleicht Grund zur Sorge gewesen, aber sicher nicht zur Panik. Natürlich hatten sie bereits die Schule angerufen, von wo aus Charlotte wie immer pünktlich nach dem Unterricht nach Hause gegangen war, zusammen mit zwei anderen Kindern aus der Nachbarschaft. Das kurze Stück des Weges, das sie allein zurücklegen musste – gerade mal drei Straßen –, lag in einer beruhigten Wohngegend, in die sich kaum je ein Fremder verirrte.

Jedenfalls hatten sie das bisher geglaubt.

Nachdem sie mit der Schulleitung telefoniert hatten und den kurzen Weg abgeschritten waren, da war es noch keine Panik gewesen, nein. Die kam erst, als sie das Handy am Straßenrand neben dem Bordstein hatten liegen sehen.

Das Display war gesplittert – offenbar war das Gerät bei dem Sturz kaputtgegangen, es hatte nicht mal starten wollen. Aber es war ganz eindeutig das Handy von Charlotte, das, was sie ihr letztes Weihnachten gemeinsam geschenkt hatten, ein Samsung der neuesten Generation, Charlotte hatte sich darüber gefreut wie verrückt. Und gleich am nächsten Tag hatte sie sich eine passende Hülle ausgesucht, um das Gerät bei kleinen Stürzen zu schützen. Weißes Weichplastik mit rosa Herzchen. Sie hätten das Handy sofort unter Tausenden erkannt.

Da hatten sie Panik bekommen.

»Wir müssen die Polizei anrufen«, sagte Saskia. Tränen schossen ihr in die Augen.

»Was?«, schnappte Max entgeistert. Plötzlich fielen ihm alle möglichen Erklärungen ein. Sie konnte das Handy verloren haben. Dann war sie nicht nach Hause gegangen, weil sie glaubte, sie würden sie deswegen ausschimpfen. Oder sie konnte es schlicht vergessen haben und bei irgendeiner Freundin sein, deren Eltern sie bisher noch nicht angerufen hatten. Sie konnte ...

Aber natürlich war das alles Blödsinn. Charlotte hätte nie Angst vor einer Schimpftirade gehabt, das entsprach einfach nicht ihren Vorstellungen von Erziehung. Und sie wäre nie einfach so zu einer Freundin gegangen, ohne vorher Bescheid zu sagen.

Also nickte er, und Saskia sah ihn nun völlig aufgelöst und verwirrt an. »Den Notruf oder wie? Ich weiß nicht mehr. O Gott, was soll ich nur ... oder deine Ex? Lisa, die arbeitet doch beim BKA, ist das nicht besser? Sollten wir nicht ...« Ihre Stimme brach mit einem Schluchzen ab.

Vorsichtig nahm Max ihr das Handy aus den zitternden Fingern.

Dann wählte er die 110.

85

Doc's Bike Shop

Der Ghost hatte nicht gelogen. Lisa hatte die Wahl. Nicht, was ihr eigenes Leben betraf, diese Entscheidung war längst getroffen, das war ihr klar. Die Dinge, die sie mittlerweile erfahren hatte, waren ihr unausweichliches Todesurteil.

Der Ghost *konnte* sie nicht leben lassen.

Das war nicht die Frage.

Die Frage war, wer sonst noch sterben würde, wenn Lisa nicht kooperierte, das hatte er ihr klar und deutlich vor Augen geführt, indem er Doc getötet hatte und sie mit einer gefälschten Nachricht von dessen Handy genau dorthin gelockt hatte, wo er sie hatte haben wollen.

Danach hatte der Ghost ihr die nächsten dafür infrage kommenden Kandidaten aufgezählt und keinen Zweifel daran gelassen, dass das, was er Doc angetan hatte, bestenfalls ein milder Vorgeschmack war.

Ihr Kollege Sayed Al Tajir.

Dann Max Brünow, den man zwingen würde, der Vergewaltigung und Ermordung seiner Ex-Frau Saskia zuzusehen, bevor man ihn tötete.

Und der von Charlotte.

Bei der Nennung des Namens von Max' Tochter hatte Lisa ihre Wut und Verzweiflung dann doch ins Telefon gebrüllt, wohl wissend, dass das die Person am anderen Ende nicht im Mindesten beeindrucken würde.

Als Antwort darauf hatte der Ghost geschwiegen, dann hatte ihr eigenes Handy das Ping einer eingehenden Nachricht von sich gegeben.

»Sieh mal auf dein Handy, Lisa«, hatte der Ghost gesagt, und als sie es getan hatte, war dort ein Bild zu sehen gewesen. Von Charlotte, die offenbar schlief, auf etwas, das aussah wie die Polsterbezüge eines Sofas vom Sperrmüll, rechts neben ihrem Kopf war ein unansehnlicher dunkler Fleck, der sogar auf dem Blitzlichtfoto gut zu erkennen gewesen war. Daneben hielt eine schwarz behandschuhte Hand eine aktuelle Tageszeitung ins Bild.

Man konnte das Datum gut erkennen. Es war das heutige. Der Ghost hatte Charlotte also bereits in seiner Gewalt.

»O Gott«, hatte Lisa gestammelt, und da waren sie wieder da gewesen, die Tränen. »Lebt sie noch, du Scheißkerl? Sag, dass sie noch lebt, sonst …«

»Ja«, hatte die Stimme gesagt. »Sie lebt. Noch.«

Das hatte genügt.

»Okay«, hatte Lisa gesagt. »Was soll ich also tun?«

Er hatte es ihr erklärt, und dass er ihr bis Mitternacht Zeit geben würde, um eine Entscheidung zu treffen. Die richtige, wie er hoffte. Für Charlotte. Für Max und Saskia, und Sayed.

Und für den Hund.

»Den Hund?«, hatte Lisa gefragt, und im selben Moment, da diese Worte über ihre Lippen gekommen waren, begriff sie erst das ganze Ausmaß der Kaltschnäuzigkeit des Ghost.

Das Telefon in der Hand, sprang sie auf, rannte aus der Werkstatt und zu ihrem Wagen. Alle Türen ihres T5 standen sperrangelweit offen, von Shady keine Spur. Der Kerl musste die ganze Zeit hier gewartet haben, sie hätte ihn – nein, sie hätte gar nichts tun können. Auch das war Teil seiner Machtdemonstration. Er war ihr immer zwei Schritte voraus. Jetzt, und war es schon die ganze Zeit gewesen. Natürlich hatte er den Doc nicht grundlos umgebracht und sie nicht nur hergelockt, um sie mit diesem Fund zu schockieren.

Das Ganze war eine Ablenkung vom Wesentlichen gewesen. Dem, hinter dem der Ghost in Wirklichkeit her war – ihrem Laptop, der in einer gepolsterten Tasche unter dem Beifahrersitz gelegen hatte. Dieser war natürlich ebenfalls verschwunden. Und mit ihm alle Beweise von SnuffWorld, Target und allem anderen.

Und Shady.

»Du hast mir einigen Ärger verursacht, Lisa. Ich musste zwei meiner einträglichsten Websites vom Netz nehmen – zumindest vorläufig, und was das für den Ruf des Unternehmens bei der Stammkundschaft bedeutet, kannst du dir sicher ausmalen. Null von fünf Sternen, Lisa, wirklich. Eine ganz miese Aktion.«

»Es … es tut mir leid«, stammelte sie in den Hörer. »Bitte tu ihr nichts.«

»Wem?«, fragte die Stimme mit Übelkeit verursachender Teilnahmslosigkeit. »Charlotte? Deinem Hund? Saskia? Wen meinst du?«

»Keinem davon. Bitte.«

»Gut«, sagte der Ghost. »Dann denke ich, wir verstehen uns jetzt. Und, Lisa. Ich habe noch eine kleine Überraschung für dich. Die sollte gleich eintreffen.«

Dann hatte die Stimme die Verbindung unterbrochen.

Lisa war über den Hof zurück in Richtung Werkstatt getaumelt, völlig blind und taub für ihre Umgebung oder das Rolltor, das immer noch weit offen stand. Vermutlich hörte sie deshalb auch das Knattern der schweren Maschinen erst, als diese auf den Hof fuhren und begannen, einen Kreis um sie zu bilden.

Als der Motorenlärm urplötzlich erstarb, blickte sie wieder auf – und in die Gesichter eines Dutzends Biker, die alles andere als friedfertig aussahen.

86

»Wer zum Teufel bist du?«, fragte der Anführer der Flaming Skulls und stieg von seiner Harley. Die gleichen langen Haare wie Doc, die gleichen abgewetzten Lederklamotten und – natürlich – die Kutte mit dem Aufnäher der Skulls, nebst einem kleineren über der Brust, auf der die gestickten Worte *Chapter President* standen.

Er trug allerdings keinen Vollbart, sondern einen dichten roten Schnurrbart und ebenso rote, mächtige Koteletten. Der nächtliche Hof wurde vom Licht der Harley-Scheinwerfer taghell erleuchtet.

»Hey, junge Frau«, sagte der Anführer. »Ich rede mit dir. Wer zum Teufel bist du, wo ist Doc und wieso zur Hölle …«

Dann bemerkte er das Blut an ihren Händen und auf ihrer Kleidung, in ihrem Gesicht. Der Mann riss eine kleinkalibrige Pistole unter seiner Kutte hervor und richtete sie auf Lisa. Sekunden später fand sie sich von wilden Männern umringt, die von ihren Maschinen gesprungen waren. Einige hatten ebenfalls Pistolen gezogen, andere Messer, einer hatte eine kleine Axt.

»Doc ist …«, krächzte Lisa, doch ihre Stimme versagte. »Er ist … er ist drin.«

»Passt auf sie auf«, sagte der Präsident, steckte die Waffe weg und ging auf die Tür zu, die in die Werkstatt führte. Zwei der Biker folgten ihm, die anderen verharrten in einem lockeren Kreis um Lisa. Ihr wurde klar, dass dies die von Ghost angekündigte Überraschung war. Er musste von Docs Handy aus eine SOS-Nachricht an dessen Kumpel geschickt haben, und die waren sofort hergebraust.

Fünf Minuten später kam der Präsident wieder heraus, und er war deutlich blasser im Gesicht, ansonsten aber ganz ruhig und beherrscht, als er sich erneut vor Lisa aufbaute und fragte: »Okay, Mädchen – wer immer du bist, jetzt hast du ein Problem, und zwar ein gewaltiges. Weshalb du dir sehr genau überlegen solltest, was du als Nächstes sagst.«

Und das tat Lisa.

87

Wiesbaden, Kurpark

Verstohlen sah Sayed sich in der Straße gegenüber dem Kurpark um. Absolut nicht die Gegend, in der er nach Einbruch der Dunkelheit allein unterwegs sein wollte. Dabei hatte es ihn eine umfangreiche Google-Suche gekostet, diese Gegend zu finden – vielmehr aus allen Gegenden, die infrage kamen, genau die auszuwählen, die für sein Vorhaben geeignet war. Noch vor zehn Jahren hätte er sich diesen Aufwand komplett sparen können, aber so, wie die Dinge lagen, war er auf der Suche nach einer echten Rarität gewesen – nämlich einer öffentlichen Telefonzelle. Noch dazu in einem Gebiet, in dem sich keine Häuser oder Verkehrsknotenpunkte oder sonst irgendetwas von allzu großem öffentlichen Interesse befand. Sprich, eine Gegend, die nicht videoüberwacht wurde, so hoffte er zumindest.

Keine leichte Sache.

Nach einer etwa halbstündigen Recherche war er schließlich fündig geworden. Zu seiner großen Erleichterung existierte die Telefonzelle am Rand des Kurparks auch tatsächlich noch.

Als er den Hörer abnahm, ertönte ein Freizeichen.

Er hatte Stunden damit verbracht, irgendeinen Fehler in dem Video zu finden, das Lisa dabei zeigte, wie sie Simon Fischer bedrohte und sich auf diese Weise gegen seinen Willen Einlass in dessen Villa verschaffte. Irgendeinen kleinen Hinweis auf eine digitale Manipulation, einen Bildfehler – irgendetwas, das auf eine Fälschung hinwies, doch er hatte nichts finden können. Es war Lisa, daran konnte kein Zweifel bestehen.

Vermutlich hätte er sich jetzt von ihr benutzt fühlen müssen, immerhin hatte sie ihn zu ihrem Komplizen gemacht, und ein Mensch war in seinem Beisein gestorben – wenn auch von eigener Hand und nicht von Lisas. Sie hatte ihn in Dinge hineingezogen, die ihn weit mehr kosten konnten als seinen Job.

Aber trotzdem.

Irgendetwas in ihm weigerte sich immer noch beharrlich gegen die Vorstellung, dass Lisa Kern eine skrupellose Manipulatorin war. Eine Kriminelle.

Vielleicht nur ein Gefühl, ohne jede rationale Erklärung. Aber manchmal war es genau dieses Gefühl, das einen Ermittler ausmachte und ihn schließlich zur wirklichen Lösung führte.

Also hatte er sich die Dateien selbst nochmals eingehend angeschaut, doch auch die digitalen Zeitstempel der einzelnen Videos waren absolut stimmig. Die Uhrzeit passte, und er konnte nichts finden, das darauf hindeutete, dass an den Dateien herummanipuliert worden war. Dann hatte er das Wetter abgeglichen, aber auch das war in den letzten Tagen nahezu konstant gewesen – meist eintönig grau und regnerisch, mit lediglich ein paar kurzen Sonnenpausen. Auch das passte zu dem Wetter auf dem Video.

Vom technischen und ermittlerischen Standpunkt aus ließ sich demnach nur ein einziger vernünftiger Schluss ziehen: Lisa war tatsächlich bei Fischer gewesen, hatte ihn bedroht, gefoltert und ermordet, und dann hatte sie das Haus wieder verlassen, etwa eine Stunde später – auch das war zweifelsfrei auf dem Video dokumentiert.

Und dennoch nagte ein Zweifel an ihm, für den es keine rationale Erklärung gab außer der Tatsache, dass er eine Folterung und einen kaltblütigen Mord einfach nicht mit der Lisa Kern, die er kannte, in Einklang bringen konnte.

Er musste es *von ihr selbst* hören.

Erst dann würde er sich sicher sein. Und dann, das nahm er sich fest vor, würde er das Richtige tun. Immerhin wurde nach Lisa mittlerweile europaweit gefahndet, und wenn sie sich nicht selbst stellte, konnten ein paar wirklich unangenehme Dinge passieren, nicht nur ihr, sondern auch ihm.

Genau, dachte er, das Richtige tun.

So oder so.

Es tutete zum x-ten Mal, er hatte nicht mitgezählt, doch Lisa ging einfach nicht ans Telefon. Sayed ließ es noch fünf weitere Male klingeln, und diesmal zählte er mit. Schließlich legte er auf und verließ die Telefonzelle in dem festen Vorsatz, gleich morgen zum Dienstantritt um einen Termin bei Möller zu bitten. Er würde ihm alles beichten, auch die Sache im Moor. Alles, in das ihn Lisa Kern bei ihrem wilden Amoklauf verwickelt hatte, und sich dann der Gnade der Justiz stellen. In dem festen Glauben, dass die Gerechtigkeit ihren Lauf nehmen und alles ans Licht kommen würde.

Weil er an etwas glauben *musste*.

Als er auf sein Rad stieg und davonfuhr, war er so in Gedanken, dass er den weißen Lieferwagen, der auf der gegenüberliegenden Straßenseite parkte, nicht einmal bemerkte. Geschweige denn den Mann, der darin saß und ihn die ganze Zeit beobachtet hatte.

88

Doc's Bike Shop

Als der Ghost um Punkt null Uhr wieder auf dem Handy von Doc anrief, wartete Lisa das zweite Klingeln ab, dann ging sie ran.

Ja, sagte sie, sie würde tun, was immer der Ghost von ihr verlangte.

Das sei gut, sagte die tonlose Stimme, und dann erklärte er ihr, was sie zu tun hatte. Das dauerte nur wenige Minuten, und als er damit fertig war, hatte Lisa nur eine einzige Forderung.

Bevor sie tat, was er von ihr verlangte, wollte sie einen Beweis, dass Charlotte wohlbehalten wieder bei ihren Eltern war. Und sein Wort, dass er die anderen Menschen auf seiner Liste – und Shady – tatsächlich nicht behelligen würde.

Dem hatte der Ghost ebenfalls zugestimmt.

Dann hatte er ohne ein weiteres Wort aufgelegt.

SPRUNG

89

Aufgegebene Eisenbahnbrücke in der Nähe von Wiesbaden

Lisa überflog den Presseticker der Polizei auf dem Display ihres Smartphones. An diesem Morgen hatte er nach langer Zeit endlich wieder einmal etwas Positives zu berichten, wenn der Grund dafür auch nicht wirklich auf das Konto der Ermittler ging.

Die seit gestern Abend vermisste Charlotte sei mittlerweile wieder in den Armen ihrer Eltern, hieß es, und diese konnten ihr Glück kaum fassen. Das elfjährige Mädchen, das in den frühen Morgenstunden an der Haustür der heimischen Wohnung in Mainz-Weisenau geklingelt hatte, sagte aus, es sei am Nachmittag des Vortags von einem Mann in einem Lieferwagen angesprochen und betäubt worden und könne sich an nichts erinnern, bis man es am nächsten Tag in der Nähe des elterlichen Wohnhauses mit einem Stoffsack über dem Kopf aus einem Auto hatte steigen lassen. Bis auf einen großen Schnurrbart im Gesicht des Mannes konnte Charlotte ihren Entführer nicht beschreiben. Die Ermittlungen liefen indes auf Hochtouren, versicherte Ermittlungsleiter Möller.

Der Ghost hatte also Wort gehalten.

Lisa schloss die App und kehrte dann zu dem Livestream zurück, den sie vor wenigen Minuten gestartet hatte. Trotz der frühen Tageszeit erfreute sich der Videostream bereits einer gewissen Beliebtheit, minütlich kamen mehr Zuschauer dazu und luden weitere zum Mitschauen ein. Der Livestream war dabei, zu einer kleinen viralen Sensation zu werden, schließlich geschah es nicht alle Tage, dass man einen Menschen bei dem beobachten konnte, was sie vorhatte.

Sie musste es jetzt schnell zu Ende bringen, bevor einer ihrer sensationsgeilen Zuschauer noch auf die Idee kam, die Polizei oder einen Rettungswagen zu alarmieren, denn immerhin – auch das hatte sie dem Polizeiticker entnommen – wurde sie inzwischen unter anderem wegen Mordes an Simon Fischer gesucht. Auch das war also Teil des Plans des Ghost gewesen. Für Sayed wäre es kein Problem, den Standort ihres Handys innerhalb von ein paar Minuten zu ermitteln, und das durfte keinesfalls passieren.

Noch nicht jedenfalls.

Die Art und Weise, auf die der Ghost Charlotte zurück zu Max und Saskia gebracht hatte, enthielt auch eine versteckte Botschaft an Lisa: *Ich kann sie jederzeit wieder entführen, das ist ganz einfach. Und das kann ich auch mit allen anderen machen, die dir etwas bedeuten. Das, und was immer ich dann noch mit ihnen tun möchte.*

Lisa warf einen Blick auf das Handydisplay, atmete

tief durch. Sog ein letztes Mal die Luft durch ihre schiefe Nase, tief in die Lunge.

Bis es schmerzte.

Dann sprach sie in die Kamera, was der Ghost ihr aufgetragen hatte, laut und deutlich: »Ich, Lisa Kern, bin des Mordes schuldig. Ich habe Simon Fischer umgebracht, der zusammen mit meinem Vater, Robert Kern, zahllose schreckliche Verbrechen begangen hat. Unter anderem haben die beiden das zwölfjährige Mädchen Anneke Jaspers entführt und getötet. Ich habe Fischer umgebracht, um all dies zu vertuschen und meinen Vater zu entlasten, doch ich bin gescheitert. Es stimmt, ich bin die Tochter eines Monsters, und nun bin ich selbst zu einem geworden. Ich kann so nicht weiterleben.«

Sie nickte, wie um es zu bekräftigen. Einen Sekundenbruchteil später nickte ihr Gesicht auf dem Display. Sie sah ungesund aus, fand sie, ihr Gesicht stach blass aus dem sie umgebenden Grau und dem Rostrot der Stahlträger der Brückenkonstruktion hinter ihr hervor.

Hochgereckte Daumen von den Zuschauern des Livestreams, jetzt auch ein paar Smileys. Nur zu, dachte Lisa. Sollen sie ihre Smileys schicken, ihre hämischen Kommentare, ihren Hass. Sie war schließlich ein geeignetes Ziel dafür – sie hatte sich soeben selbst dazu gemacht.

Genau, wie der Ghost es verlangt hatte.

Dann kletterte sie auf die hüfthohe Absperrung,

die die Brücke begrenzte, richtete sich auf, bis ihre Wirbelsäule leise knackte. Als eine Windbö sie erfasste, kämpfte sie mit rudernden Armen um ihr Gleichgewicht, dann stand sie wieder sicher.

Nur ein Schritt jetzt noch bis zum Rand.

Der Regen hatte vor ein paar Minuten wieder eingesetzt, prasselte herunter auf sie, auf die Stahlträger der Brücke, auf alles rings umher. Lisa hob den Kopf, betrachtete den bleigrauen Himmel, dann senkte sie den Blick. Viele Meter unter ihr schoss das Wasser dahin, schaumige Gischt spülte ans Ufer. Bleigrau auch der Fluss in einer monochromen Landschaft, als wären dem lieben Gott die Farben ausgegangen.

Sie fragte sich, ob es lange dauern würde, bis das eisige Wasser ihre Lunge gefüllt hatte. Ob sie in der reißenden Strömung ertrinken oder nicht schon vorher am Kälteschock sterben würde. Herzstillstand. Aus und vorbei, in einem Sekundenbruchteil ist man bewusstlos. Alle Sorgen los, mit einem Schlag. Ein Ende machen.

Sie fand, das hatte sie sich verdient.

Lisa trat einen kleinen Schritt vor, sodass ihre Zehenspitzen nun über den Rand der Brüstung ragten. Ein fragendes Bellen ertönte, fern und gedämpft. Ein letztes Mal drehte sie den Kopf.

Dort, am Rand eines Stoppelfelds, stand ein Mann in einer dunklen Regenjacke, das Gesicht komplett unter einer Kapuze verborgen. Irgendein Kerl, den der Ghost beauftragt hatte, um sicherzustellen, dass sie ihn nicht hinters Licht führte. Daneben Shady, an einer Leine, ein weiteres Zeichen seiner Macht über sie.

Das pinkfarbene Halsband des Hundes war der einzige Farbtupfen in diesem Panorama aus Grautönen. Der Mann zog die Hand aus der Tasche seiner Regenjacke, reckte den Daumen nach oben.

Shady hörte auf zu bellen.

Lisa richtete den Blick ein letztes Mal auf den düsteren Horizont, dann stieß sie sich kräftig ab, sprang mit geschlossenen Füßen, die Arme eng an den Körper gepresst.

Den Rest erledigte die Schwerkraft.

90

15 Sekunden zuvor

Der Mann am Feldrand sah zu der einsamen Gestalt auf der Brücke hinauf. In seinem rechten Ohr steckte der Kopfhörer eines Headsets, das mit dem Handy in seiner Tasche verbunden war.

»Ist sie so weit?«, fragte die geschlechtslose Computerstimme in seinem Ohr.

»Ja«, sagte der Mann. »Sie steht jetzt auf der Brüstung.«

»Okay, dann gib ihr das Zeichen.«

Der Mann zog die Hand aus der Tasche, streckte den Daumen nach oben. Die junge Frau auf der Brücke nickte zurück. Die Hündin an der Leine begann zu bellen, aber der Mann brachte sie mit einem kurzen Rucken an der Leine zum Schweigen. Der Hund verstummte sofort. Braves Mädchen. Das waren ihm die Liebsten.

»Na los«, flüsterte er erregt, während er dabei zusah, wie die Frau auf der Brücke sich aufrichtete. Dann ging sie leicht in die Knie.

Der Mann reckte den Hals.

Ein kleiner Hüpfer, und dann war sie in der Luft. Flog, fiel. Wie ein Stein, von der Schwerkraft unbarmherzig nach unten gerissen.

Der Mann stieß ein Glucksen aus.

Die Zeit schien sich zu dehnen, während ihr Körper auf das Wasser zuschoss. Aus dieser Höhe hätte sie genauso gut auf Beton springen können, der Effekt würde derselbe sein.

Kurz bevor sie aufschlug, ging ein Ruck durch ihren Körper, dann spritzte das Wasser, und sie verschwand in den dahinschießenden Fluten.

Der Mann veränderte seine Position. Trat auf den Rand des Ufers zu, blickte auf den Fluss.

Nichts zu sehen.

Er wartete.

Dann tauchte sie auf. Der Körper der Frau, reglos und mit dem Gesicht nach unten, wurde sofort von der Strömung fortgetragen. Wie eine perfekt gezielte Bowlingkugel, genau in der Mitte des grauen Flusses.

Sie regte sich nicht mehr, es war vorbei.

Der Mann grinste.

»Komm«, sagte er zu der Hündin, dann zog er sie an der Leine mit sich. Im Schuppen in der Nähe würde er wieder mit dem Ghost Verbindung aufnehmen und sich dann mit der Hündin beschäftigen. Er hatte schon immer mal ein Tier häuten wollen – das heißt, nicht zwangsläufig ein Tier, aber irgendetwas Lebendiges.

Das würde sicher spaßig werden.

91

30 Sekunden zuvor

Das Seil um Lisas Füße war Teil einer professionellen Bungee-Ausrüstung, wie sie Stuntleute bei Filmdrehs benutzten. Einer der Biker hatte es besorgt und den Rest der Nacht mit seinem Bruder, dem Betreiber einer Eventagentur, die solche exotischen Vergnügungen für Touristen anbot, an der Konstruktion getüftelt.

Der Bruder war nicht gerade begeistert von der wahnwitzigen Idee gewesen und hatte bis zum Schluss seine Zweifel gehegt, ob das, was sie vorhatten, tatsächlich funktionieren konnte. Die Physik in der Theorie, hatte er in belehrendem Ton gesagt, ist eine Sache, die Praxis eine ganz andere.

»Na dann«, hatte Lisa gesagt, »sieh mal zu, dass du die beiden irgendwie in Einklang bringst. Ich wäre dir echt dankbar dafür.«

Sie hatten gelacht. Nicht, weil es besonders lustig gewesen wäre, sondern weil sie sich sonst vermutlich den Wahnsinn hätten eingestehen müssen, der dieser Idee zugrunde lag.

Doch als Lisa jetzt auf die betonharte Wasseroberfläche zuschoss, verschwendete sie keinen einzigen Gedanken mehr daran. Sie dachte an gar nichts – hoffte nicht einmal mehr auf irgendetwas, war jenseits aller Ängste, jenseits von Zukunft und Vergangenheit.

Ihr Körper hatte die Kontrolle über ihren Geist ergriffen, und für diese wenigen Sekunden verstand sie den Rausch des Falls, des absoluten Ausgeliefertseins an das Jetzt. Diesen einen Moment, der über alles entschied.

Dann der Nullpunkt.

Der Schlag war so heftig, dass Lisa für einen Moment glaubte, ihr Körper würde entzweigerissen. Krampfhaft presste sie die Lippen zusammen, als der Wahnsinn schreiend aus ihr hervorzubrechen drohte.

In diesem Moment wurde alle kinetische Energie des Falls aus knapp fünfzig Metern Höhe für einen Sekundenbruchteil zu rein potenzieller Energie, einer flüchtigen Balance zwischen aufeinanderprallenden Extremen, keine zwei Meter über der Wasseroberfläche des dahinschießenden Flusses.

Reine Physik.

Und diese besagte, was unweigerlich auf den Nullpunkt zu folgen hatte: die Richtungsumkehr der Bewegung, in welcher die gesamte Ruheenergie mit einem mächtigen Ruck wieder in eine Bewegung umgewandelt würde, und zwar in die entgegengesetzte Richtung – direkt nach oben, auf den Rand der Brücke zu. Dann, knapp unter dem Punkt, an dem sie losgesprungen war, eine neue Umkehr, dann wieder ein langer Fall, und das ganze Spiel von vorn, so oft, bis die gesamte Energie verpufft war und Lisa kopfüber von der Brücke hängen würde, etliche Meter über dem Wasser.

Nur hätte dieser Vorgang alles bloßgelegt. Der Beobachter hätte ihren Plan sofort durchschaut, und selbst wenn sie seiner anschließend habhaft wurden, würde der Ghost keine Sekunde mehr zögern, seinen infernalischen Plan in die Tat umzusetzen. Vielleicht würde er auch ein paar Menschen umbringen, die überhaupt nichts mit der Sache zu tun hatten, nur um Lisa seinen Unmut über den Betrug kundzutun. Ändern würde das gar nichts.

Und dann würde der Ghost spurlos verschwinden.

Aus diesem Grund hatten sie das Seil mit einem weiteren Gimmick versehen, und dieser war der eigentliche Dreh- und Angelpunkt des Plans. An dem

Seil war eine winzige Sprengladung angebracht, die gezündet wurde, sobald das Seil den Punkt seiner maximalen Ausdehnung und Lisas Reise damit den Nullpunkt erreicht hatte.

So weit die Theorie.

Die Zeit dehnte sich, wurde irrelevant.

Hörte auf zu existieren.

Dann, nur Sekundenbruchteile, bevor sie auf das Wasser krachte, ging ein Ruck durch ihren Körper, als hätte die Faust eines Riesen sie frontal getroffen. Das Seil war mit einem Spezialgestell verbunden, welches den Umkehrruck auf ihren gesamten Körper verteilte. Dennoch glaubte Lisa für einen Moment, von der ungeheuren Wucht des Rucks entzweigerissen zu werden.

Dann ein Knall, und sie durchschlug die Wasseroberfläche.

92

Das Wasser war eiskalt, presste ihre Lunge zusammen, riss sie mit sich fort, tiefer in den schwarzen Schlund, weg von der Oberfläche, vom Licht, von der Luft.

Panik, Todesangst und der schier übermächtige Drang zu schwimmen, sich nach oben zu kämpfen oder dorthin, wo sie das Oben vermutete. Prustend durch die Wasseroberfläche zu brechen, nach Luft zu schnappen. Sie schloss die Augen, dachte an Shady. An Sayed, an Charlotte.

Und ließ sich treiben.

Ließ die Kälte ihr Gesicht umspülen, während der restliche Teil ihres Körpers von einem Neoprenanzug geschützt wurde.

Endlich tauchte sie auf, ganz natürlich. Sie drehte den Kopf leicht zur Seite, sog gleichermaßen Luft und eiskaltes Wasser ein. Ignorierte das pochende Protestieren ihrer Lunge, die nach Luft schrie.

Dann riss der Fluss sie mit sich fort.

93

Ein Geräteschuppen

Der Mann schloss die Tür des Schuppens sorgfältig hinter sich ab, dann befestigte er die Leine der Hündin an einem Pfosten. Anschließend hockte er sich vor das Tier und kraulte ihm das Fell, während er in beruhigendem Ton auf die Hündin einredete.

»Gleich, meine Liebe«, sagte er. »Gleich werden wir mal nachsehen, was es *unter* deinem schönen Fell zu entdecken gibt. Ja, das gefällt dir, wie?«

Die Hündin, die den Sinn seiner Worte natürlich nicht verstand, sondern lediglich auf deren beruhigenden Tonfall reagierte, ließ sich das Kraulen gern gefallen und blickte ihn aus erwartungsvollen schwarzen Hundeaugen an.

So lieb, so treudoof, ein Wunder, dass diese Geschöpfe überhaupt so lange in den Wirren der Evolution überlebt hatten, wunderte sich der Mann. Ein Wolf hätte ihm jetzt vermutlich schon die Hand abgebissen. Dennoch waren es die Wölfe, die vom Aussterben bedroht waren, und nicht ihre domestizierten Artgenossen.

Das konnte einem durchaus zu denken geben.

Mit einer blitzschnellen Bewegung stülpte er dem Tier einen Maulkorb über, nur um sicherzugehen. Doch auch diese Behandlung ließ die Colliehündin völlig widerspruchslos über sich ergehen.

Wirklich gut erzogen.

Grinsend stand der Mann auf, zog das flache Klappmesser mit den ergonomischen Griffschalen aus der Tasche und öffnete es. Die etwa zehn Zentimeter lange Klinge war rasiermesserscharf. Er achtete darauf, dass sein Werkzeug stets gut in Schuss war, auch wenn er es bisher hauptsächlich für grobe Arbeiten wie Schneiden und Stechen verwendet hatte. Und natürlich, um gelegentlich die eine oder andere Kehle zu durchtrennen, dachte er grinsend, und meine Güte, wie das Zeug da rausgesprudelt war, bei dem fetten Computerfreak und dem dämlichen Hinkebein von einem Biker.

Er hatte sich über sie gebeugt und gelacht, während seine Opfer in den letzten Sekunden ihres Lebens nur noch unverständliche, blubbernde Laute von sich gegeben hatten. Wahre Springbrunnen waren das gewesen, man hätte direkt in den Fontänen duschen können.

Was ein Spaß.

Doch das hier war etwas Neues, das er noch nie selbst getan, aber schon öfter in diversen Videos bewundert hatte, wo es jedoch meist an bereits toten Tieren vollzogen worden war. Am lebenden Objekt war es fraglos die wesentlich größere Sauerei, aber auch das anspruchsvollere Erlebnis und damit die intensivere Erfahrung.

Das mit der Sauerei war zudem kein Problem, er hatte schließlich einen Ganzkörperanzug dabei und würde den Schuppen hier sowieso niederbrennen, sobald er mit dem Hündchen fertig war.

Er sah auf die Hublot an seinem Handgelenk. Noch über eine Stunde Zeit bis zu seinem nächsten Auftrag, mehr als genug also.

Vielleicht sollte er das Ganze mit dem Handy filmen, dachte er fröhlich. Ja, wirklich, das sollte er tun. Dann konnte er sich später über seine Anfängerfehler amüsieren. Er legte das Messer auf den Tisch, holte eine Skimaske aus dem Rucksack und zog sie sich über den Kopf. So würde es unmöglich sein, ihn später auf dem Video zu identifizieren. Nicht, dass es groß eine Rolle spielte, immerhin war das hier bloß ein Tier, aber wozu ein Risiko eingehen?

In diesem Moment flog die Tür mit einem Krachen auf, und ein halbes Dutzend bärtiger Kerle in Lederkluft stürmten in den Raum. Bevor der Mann vom ersten Schlag, einem beherzten linken Haken, zu Boden ging, fiel ihm auf, worin sein Fehler bestanden hatte.

Dieses dämliche pinkfarbene Halsband. Darin musste sich ein GPS-Sender befunden haben. Als Nächstes sah der Mann die Spitze eines derben Motorradstiefels direkt auf sich zufliegen. Als die Stiefelspitze auftraf, hörte er sein Nasenbein brechen.

Dann wurde es schwarz um ihn.

94

BKA-Hauptsitz Wiesbaden, Thaerstraße
Büro von Kriminaldirektor Andreas Möller

»Wie viele Leute sind da jetzt vor Ort?«, fragte Möller.

»Zwei Einheiten, eine auf jeder Seite des Ufers«, antwortete Steiger. »Die suchen alles ab, bis sie die Leiche gefunden haben, aber da gibt's jede Menge Schilf und Büsche. Zwei Kilometer stromabwärts ist das Wehr, und wenn sie sie nicht vorher am Ufer finden, müsste sie eigentlich früher oder später da auftauchen.«

»Früher oder später?«, fragte Möller mit hochgezogener Augenbraue.

»Es gibt Verwirbelungen im Fluss. Sie könnte untergespült werden. An irgendetwas unter der Wasseroberfläche hängen bleiben, einem Ast oder so. Hat man mir zumindest erzählt.«

»Verstehe«, sagte Möller nachdenklich. »Und wir sind sicher, dass dieses Livevideo kein Fake ist? Dass sie wirklich von der Brücke gesprungen ist?«

Steiger nickte. »Wissen Sie, was mir absolut nicht in den Kopf will?«

Möller blickte ihn erwartungsvoll an.

»Ich kapiere einfach nicht, dass sich das all die Zuschauer minutenlang reinziehen konnten. Wie sie da auf dieser Brücke stand, in eindeutiger Absicht, und erklärt hat, warum sie so nicht weiterleben kann. Selbst als sie auf den Rand gestiegen ist, hat keiner was unternommen, die haben einfach alle zugeschaut. Haben ihr noch aufmunternde Kommentare geschickt und den Link zum Livestream an ihre Freunde weitergeleitet, als wäre es ein verdammtes Katzenvideo. Keiner hat die Polizei gerufen oder versucht, sie davon abzuhalten. Kein einziger. Was sind das bloß für Menschen?«

Keiner der beiden Männer hatte eine Antwort darauf.

»Was für eine Woche, hm?«, sagte Möller schließlich leise und verzog sein übermüdetes Gesicht zu einem schiefen Lächeln. »Was für eine beschissene Woche.«

Steiger nickte wortlos.

Ohne jeden Zweifel bildete der öffentliche Suizid seiner Kollegin – noch dazu einer jungen Kollegin, die er gemocht hatte, auch wenn sie noch nicht lange bei ihnen gewesen war – den bizarren Höhepunkt in der Reihe der grotesken Ereignisse, die mit der Entführung von Anneke Jaspers begonnen hatten.

Das einzig Positive an der Sache war, dass sie mit diesem traurigen Entschluss Lisa Kerns nun offenbar auch ihren Abschluss fanden.

Soeben war er den Fall noch einmal mit Möller in sämtlichen Einzelheiten durchgegangen. Die Leichen aus dem Moor waren noch nicht alle identifiziert, aber diejenigen, die es inzwischen waren, passten zu Vermisstenmeldungen, welche im Laufe des letzten halben Jahres eingegangen und ergebnislos im Sande verlaufen waren.

Offenbar waren diese Menschen von Simon Fischer online angesprochen und zu irgendeinem Treffpunkt gelockt worden, wo er sie gemeinsam mit seinem Komplizen Robert Kern in jenen Bunker im Wald verschleppt und dort grausam gefoltert und schließlich getötet hatte.

Dabei war noch unklar, an welchem Punkt der Ereignisse Robert Kern dazugestoßen war, aber allem Anschein nach hatten sich die beiden Männer auf einer Plattform kennengelernt, die dafür berüchtigt war, dass sich dort auch Pädophile über ihre Fantasien austauschten. Fischers Server wurden diesbezüglich noch intensiv durchforstet, aber es stand außer Frage, dass es so ähnlich abgelaufen sein musste.

All das musste Lisa Kern während ihrer Privatermittlungen auf eigene Faust ebenfalls herausgefunden haben, und als ihr letzter Versuch gescheitert war, ihren Vater als unschuldig darzustellen, indem sie dessen Komplizen zum Schweigen brachte, hatte sie eingesehen, dass sie darüber selbst zu einem Monster geworden war – und hatte ihr Leben beendet. Womit sie praktisch all jenen recht gab, die ihr von Anfang an eine Mitschuld unterstellt hatten.

Was für ein abgefuckter Abgang.

»Es will mir einfach nicht in den Kopf«, sagte Gero Steiger und massierte seine Nasenwurzel zwischen Daumen und Zeigefinger seiner rechten Hand.

»Was denn, Gero?«

»Dass jemand wie Lisa diesen Fischer auf eine solche Weise zugerichtet haben soll … Ich meine, klar, die Fakten sprechen dafür. Das Video, die Fingerabdrücke vor Ort, aber …«

»Nun, dann sollten wir uns auch an den Fakten orientieren, oder nicht?«, sagte Möller versöhnlich. »Auch wenn es schwerfällt, Gero.«

»Ja«, sagte Steiger niedergeschlagen. »Sollten wir wohl. Ich hoffe bloß, dass …«

In diesem Moment flog die Tür von Möllers Büro auf.

95

Lisa bot sich ein imposantes Schauspiel, als den beiden Männern im Raum nahezu synchron die Kinnladen nach unten klappten. Allerdings kam sie nicht allzu lange dazu, diesen Anblick zu genießen. Sayed, der ihr dichtauf gefolgt war, packte sie am Arm und hielt sie fest, bevor sie weiter auf Möllers Schreibtisch zulaufen konnte.

»Entschuldigung!«, rief er völlig außer Atem. »Sie ist einfach an mir vorbeigestürmt!«

Damit war er offenbar nicht der Einzige, denn in diesem Moment erschien Möllers Sekretärin im Türrahmen, die Augen fragend aufgerissen. »Ist, äh … alles in Ordnung hier, Herr Kriminaldirektor?«

Es war Möller, der sich zuerst wieder gefangen hatte und ein schwaches Lächeln in ihre Richtung sandte. »Ja, Greta«, sagte er. »Alles in Ordnung hier, danke. Davon abgesehen, dass wir wohl für einen Moment geglaubt haben, einen Geist zu sehen. Aber ich bin sicher, dass sich gleich alles aufklären wird.«

Die Frau nickte verwirrt, dann zog sie sich zurück und schloss leise die Tür hinter sich.

Möller sagte: »Okay, Lisa. Ich, äh … Also, ich bin froh, dass Sie leben, wirklich. Ich habe keine Ahnung, wie Sie das angestellt haben, aber mir fällt ein Riesenstein vom Herzen. Und es ist gut, dass Sie freiwillig hergekommen sind, Lisa. Dass Sie sich jetzt stellen. Das wird es uns allen leichter machen.«

»Wie bitte?«, fragte Lisa.

»Ich hab dir doch gesagt, dass die Fahndung …«, begann Sayed, aber ein Blick Möllers brachte ihn augenblicklich zum Verstummen.

»Gero«, wandte sich Möller an Steiger. »Würden Sie bitte die Verdächtige Lisa Kern festnehmen? Und ich möchte darum bitten, dass im Festnahmeprotokoll ausdrücklich vermerkt wird, dass sie sich freiwillig gestellt und bei ihrer Verhaftung keinerlei Widerstand geleistet hat.«

Steiger wirkte immer noch völlig unter Schock, doch dann griff er nach den Handschellen an seinem Gürtel, ging zu Lisa und legte sie ihr an, was diese tatsächlich widerstandslos geschehen ließ.

»Ich kann alles erklären«, sagte sie dann.

»Das ist gut, Lisa«, sagte Möller. »Wirklich gut. Und wir werden uns ausführlich darüber unterhalten können, sobald …«

»Und ich habe einen Zeugen, der ganz wild darauf ist, eine Aussage zu machen. Sobald er wieder vernünftig sprechen kann, heißt das.«

»Ich verstehe nicht, was Sie meinen, Lisa«, sagte Möller und runzelte die Stirn. »Aussagen worüber? Am besten beruhigen Sie sich erst mal, und dann reden wir in aller Ruhe, einverstanden? Und ich rate

Ihnen stark, bei diesem Gespräch einen Anwalt hinzuzuziehen.«

»Hinter den Morden steckt ein Unternehmen«, sagte Lisa. »Es wird von einem Kerl betrieben, der vermutlich irgendwo im Ausland sitzt, und das BKA deckt ihn. Seit Jahren schon.«

»Lisa!«, sagte Möller kopfschüttelnd. »Was soll dieser Quatsch? Sie kennen die Abläufe doch. Jetzt beruhigen Sie sich, bitte!«

»Dieses Unternehmen«, fuhr Lisa unbeirrt fort, »betreibt mehrere Internetplattformen, auf denen Entführung, Folter und Mord vor laufender Kamera gewerblich angeboten werden.«

Steiger lauschte gebannt. Möller schüttelte den Kopf. »Lisa, ich weiß wirklich nicht, was Sie sich davon versprechen, hier mit solch einer absurden Geschichte aufzutauchen. Wir wissen, was Ihr Vater getan hat. Was Sie getan haben, meine Güte! Sie haben es ja erst vorhin höchstpersönlich in aller Öffentlichkeit verkündet.«

»Moment«, wandte sich Steiger an Lisa. »Du hast gesagt, dass jemand vom BKA mit drinsteckt. Eine Art Informant, meinst du?«

»Ja«, sagte Lisa, »und viel mehr als das. Ein Unterstützer, und zwar einer in der richtigen Position. Einer sehr hohen Position.«

»Und wer?«

»Dietmar Böhm«, sagte Lisa. »Ich bin sicher, dass man, wenn man seinen Computer noch einmal eingehend untersucht, auf ein prall gefülltes Bitcoin-Konto stoßen wird, das man vielleicht sogar zu dieser Internetplattform zurückverfolgen kann, wobei ich glaube, dass selbst Böhm dafür zu clever war. Böhm war der Handlanger vor Ort, er hat dafür gesorgt, dass mein Vater zweifelsfrei belastet wurde, indem er Haare von Anneke im Kofferraum seines Wagens platzierte. Während der Erstürmung des Hauses im Wald.«

»Lisa«, sagte Möller. »Das sind ungeheure Anschuldigungen. Ich würde mir wirklich gut überlegen …«

Steiger unterbrach Möller: »Und wie kommst du ausgerechnet auf Böhm, Lisa?«

»Weil er den Typen damals verhaftet hat.«

»Wen?«

»Den Ghost.«

»Ach Gott, Lisa, im Ernst?«, meldete sich Möller wieder zu Wort. »Diese alte Geschichte? Dieser Ghost ist seit fünf Jahren …«

»Moment!«, unterbrach ihn Steiger erneut, wofür er sich prompt einen ausgesprochen finsteren Blick seines Chefs einfing. »Es stimmt, Lisa. Der Ghost starb damals. Er kann also gar nicht mehr dahinterstecken. Ich habe das in Zusammenhang mit Böhms Tod recherchiert.«

Lisa nickte langsam, dann sah sie Steiger direkt an. »Und was, wenn nicht, Gero? Was, wenn er damals seinen eigenen Tod nur vorgetäuscht hat und dabei auch noch tatkräftige Hilfe hatte?«

Möller schüttelte den Kopf, sagte aber nichts mehr. Offenbar war er inzwischen davon überzeugt, dass Lisa komplett übergeschnappt war.

»Und wie hätte er das tun sollen?«, fragte Steiger. »Das ist nicht so einfach, Lisa, das weißt du genauso gut wie ich. Immerhin gab es damals eine rechtsmedizinische Untersuchung und eine Mordermittlung, wenn der Täter auch nie gefasst wurde.«

»Nun«, sagte Lisa. »Mit der Hilfe eines so skrupellosen wie korrupten Mordermittlers, zum Beispiel. Und das Ergebnis der rechtsmedizinischen Untersuchung lässt im Übrigen enorme Zweifel an der korrekten Identifikation der Leiche aufkommen. Inzwischen bin ich überzeugt davon, dass Böhm damals irgendwo eine adäquate Leiche aufgetrieben und sie einfach ausgetauscht hat. Ab diesem Moment war der Ghost offiziell tot und konnte in aller Ruhe seine Geschäfte wieder aufbauen – diesmal allerdings mit der Unterstützung und dem Schutz des BKA.«

Langsam nickte Möller. »Verdammt, Lisa. Das würde in der Tat erklären, wie die Presse so schnell von Robert Kerns Verhaftung erfahren haben konnte, auch wenn ich mir nicht vorstellen kann, wie Dietmar in eine solche Sache hineingerutscht sein soll. Haben Sie denn irgendwelche konkreten Beweise für Ihre Behauptungen?«

»Die habe ich allerdings«, sagte Lisa.

Drei Augenpaare sahen sie erwartungsvoll an.

»Ich habe mit dem Ghost telefoniert, erst heute

Morgen. Oder zumindest wollte er, dass ich das glaube. Aber er hat dabei einen entscheidenden Fehler gemacht.«

»Und welchen?«

»Er war zu nah an mir dran.«

»Wie bitte?«

»Er hat Dinge über mich gewusst, die der echte Ghost gar nicht hätte wissen können.«

»Nämlich?«

»Er hat mir zwei Möglichkeiten angeboten. Entweder ich springe von dieser Brücke, nachdem ich der Welt verkündet habe, dass ich die Mörderin von Simon Fischer bin, oder …«

»Ja?«

»Oder er erledigt mich – beziehungsweise einer seiner Handlanger tut das. Aber erst, nachdem ich Zeugin geworden bin, wie dieser Handlanger alle Menschen abschlachtet, die mir nahestehen. Meinen Ex-Freund Max, seine Tochter Charlotte …«

»O mein Gott!«, rief Sayed. »Dann hat dieser Kerl … dieser Ghost oder wer auch immer, Charlotte Brünow nur entführt, um dich zu einem Geständnis zu erpressen?«

Lisa nickte. »Bloß hätte das nie jemand erfahren, wenn ich diesen Sprung nicht überlebt hätte, nicht wahr? Vermutlich hätte man Charlottes Entführung auch noch mir in die Schuhe geschoben oder das Ganze als einen bloßen Zufall dargestellt. Aber es ging noch weiter. Der Kerl, dieser Handlanger, hatte

Shady, meine Hündin, in seiner Gewalt. Und er hat damit gedroht, auch dich umzubringen, Sayed.«

Sayed wurde blass, stolperte zum nächsten Stuhl und ließ sich schwer auf das Polster sinken. »Aber warum?«, flüsterte er. »Weil wir damals ... weil ich ... mit dir ... im Moor?«

Lisa nickte. »Weil du mit mir im Moor warst und mir geholfen hast, Annekes Leiche zu finden.«

»Wie bitte?«, rief Steiger. »Ihr habt die Leiche von Anneke gefunden und dann anonym die Presse informiert? Seid ihr denn noch bei Trost?«

»O Gott«, ächzte Sayed und wurde immer kleiner auf seinem Stuhl. Sein Gesicht hatte eine ungesund graue Färbung angenommen.

»Aber genau das war der entscheidende Fehler, den der Kerl gemacht hat«, fuhr Lisa fort. »Es gab nur eine Person, die sich das alles hätte zusammenreimen können. Eine Person, die wusste, dass der Tipp an die Presse diesmal nicht direkt vom BKA kam. Eine Person, die Zugang zu allen Akten hatte und die Hintergründe um den Ghost kannte, weil sie damals ebenfalls in die Ermittlungen involviert gewesen ist. Eine Person, welche die ganze Zeit der tatsächliche Pressespitzel beim BKA gewesen ist.«

»Jetzt verstehe ich gar nichts mehr«, sagte Steiger. »Gerade hast du noch gesagt, das sei Böhm gewesen, und Böhm ist doch tot! Wie soll er da ...?« Doch dann begriff er es. »Böhm hatte einen weiteren Komplizen. Hier beim BKA.«

Lisa nickte und wandte sich an Sayed. »Sayed, ich habe ein Handy in meiner Tasche. Alles, was du tun musst, ist den Rückruf des zuletzt angenommenen Anrufs zu betätigen.«

»Äh, was?«, fragte Sayed, stand dann aber mechanisch von seinem Stuhl auf und wankte durch den Raum auf Lisa zu.

»Es ist eine direkte Leitung zum hiesigen Verbündeten des Ghost. Dem BKA-Informanten, der hinter allem steckt. Hinter den Leichen, die man im Moor gefunden hat, hinter dem Tod meines Vaters und dem von Simon Fischer und den völlig aus der Luft gegriffenen Anschuldigungen gegen die beiden, den Tipps an die Presse. Und er befindet sich hier mit uns im Raum.«

»Lisa«, sagte Möller scharf. »Ich rate Ihnen wirklich, sich jetzt zusammenzureißen. Absurde Anschuldigungen bringen uns alle nicht weiter, am wenigsten Sie!«

»Sayed«, sagte Lisa ruhig. »In meiner linken Innentasche.«

»Herr Al Tajir!«, rief Möller. »Ich werde Sie wegen Verdachts auf Beihilfe festnehmen lassen, wenn Sie jetzt auch nur einen Finger rühren.«

»Dafür ist es wohl sowieso zu spät«, sagte Sayed matt, dann ging er zu Lisa, griff in ihre Jacke und holte das Handy hervor. Es war ein uraltes Nokia, mintgrün und abgeschabt.

»Es ist die erste Nummer ganz oben«, sagte Lisa. »Der letzte eingegangene Anruf. Ruf einfach zurück.«

»Oh«, murmelte Sayed, als er die Länge der Nummer sah. »Das ist irgendwo im Ausland. Könnte teuer werden.«

Lisa verdrehte die Augen, doch dann betätigte Sayed endlich die Rückruftaste. »Soll ich auf Lautsprecher schalten?«

»Nicht nötig«, sagte Lisa. »Ich glaube nicht, dass er rangehen wird.«

»Aber wieso …?«, fragte Sayed.

In diesem Moment begann es in Möllers Schreibtisch zu klingeln.

96

»Gehen Sie ruhig ran, Möller«, sagte Lisa. »Oder soll das lieber jemand anderer für Sie erledigen?«

Alle sahen sich sprachlos an, dann wandten sich ihre Blicke dem Chef der Abteilung zu. In Möllers Schreibtisch klingelte es derweil immer weiter. Schließlich war es Steiger, der sich hinabbeugte, um die Schublade aufzuziehen.

»Pfoten weg!«, keifte Möller und schlug Steigers Hand beiseite. »Wenn dir dein Scheißjob lieb ist, du Arschloch!«

In dem Mann im Rollstuhl war eine Verwandlung vorgegangen. Innerhalb eines Sekundenbruchteils war das wahre Gesicht durchgebrochen und an die Oberfläche gelangt. Das Gesicht eines Mannes, der seit Jahren von einer Tätigkeit frustriert war, die er bestenfalls als mühseligen Kampf gegen Windmühlen betrachtete, den man sowieso nicht gewinnen konnte. All das spiegelte sich jetzt in seinem zu einer wütenden Fratze verzerrten Gesicht. Warum es also nicht einfach sein lassen, mit dem Strom schwimmen – und davon *profitieren?*

»Haben Sie erst aufgegeben, als Sie im Rollstuhl gelandet sind, Möller?«, fragte Lisa. »Oder hatten Sie schon länger vor, zur Gegenseite überzuwechseln? Es war nicht wirklich das Geld, stimmt's?«

Möller starrte sie wortlos an, sein Kopf hatte die Farbe einer überreifen Tomate angenommen, die Lippen presste er zu blutleeren Strichen aufeinander.

»Es war die Frustration, nicht wahr?«, fragte Lisa leise. »Die Windmühlen, die einfach zu übermächtig waren, und das Tag für Tag. Warum nicht einfach aufgeben? Warum nicht das tun, was als das einzig Vernünftige schien?«

Das Handy in Möllers Schreibtisch klingelte unterdessen weiter, und schließlich war es Steiger, der die Schublade nun doch mit einem Ruck öffnete und das Handy herausnahm. Sayed beendete den Anruf, und das Handy in Steigers Hand hörte auf zu klingeln.

»Ich bin sicher, wir finden auch meinen Laptop in seinem Besitz«, sagte Lisa, ohne den Blick von Möller abzuwenden. »Darauf sind alle Beweise für meine

Geschichte, inklusive Kopien der Websites, um die es dabei geht. Ich bin sicher, in diesem neuen Licht wird auch die Akte Dietmar Böhm noch einmal neu bewertet werden, und der Fall Ghost – alias Thomas Mauritz.«

Möller sank in sich zusammen und sagte kein Wort mehr.

»Ist das sein Name?«, fragte Steiger. »Der des Ghost?«

Lisa nickte. Für den Moment war das alles, was sie zum Thema Tommy sagen wollte, auch wenn ihr klar war, dass nun die ganze Geschichte ans Licht kommen würde. Eine Geschichte, die in einer kühlen, regnerischen Herbstnacht vor fünfzehn Jahren begonnen hatte und die zu großen Teilen auch ihre Geschichte war.

Doch dafür würde später noch Zeit sein.

»Nur eine Frage noch«, wandte sie sich an Möller. »Haben Sie auch Ihren Komplizen Dietmar Böhm auf dem Gewissen? Haben Sie jemanden vorbeigeschickt, um ihn …?«

»Nein«, knurrte Möller. »Aber wenn ich gewusst hätte, dass dieser verdammte Perverse dabei war, sich ausgerechnet an den Haaren der Kleinen aufzugeilen, die er am Tatort platzieren sollte, hätte ich's verdammt noch mal getan.«

SPÄTER

Wiesbadener Nachrichten vom 4. November

Neue Erkenntnisse im Darknet-Skandal

von M. Dahte, freier Journalist

Mit vereinten Anstrengungen gelang mehreren europäischen Polizeibehörden unter Leitung des Bundeskriminalamts in den letzten Tagen ein spektakulärer Schlag gegen die Organisierte Kriminalität im Internet. Laut Presseberichten wurden bislang über fünfzig Personen verhaftet. Zu den konkreten Inhalten der Anklagepunkte erfolgte noch keine offizielle Stellungnahme, ebenso kann über die Identität der verdächtigen Personen bislang nur gemutmaßt werden.

Aus gut informierter Quelle liegen uns jedoch Informationen vor, denen zufolge es sich teilweise um hochrangige Persönlichkeiten aus Wirtschaft und Politik handeln soll, umfangreiche Befragungen sind im Gange. Gerüchten zufolge soll sogar ein Abteilungsleiter des Bundeskriminalamts in die abscheulichen Verbrechen verwickelt sein.

Die Verdächtigen werden beschuldigt, Nutzer einer schwerkriminellen Internetplattform gewesen zu sein, auf welcher Videos von Folterungen und Morden an unschuldigen Personen für horrende Preise an Zuschauer verhökert wurden. Laut Polizei wurden die Plattformen inzwischen vom Netz genommen, ein Großteil der Nutzer befindet sich in Polizeigewahrsam.

Das Bundeskriminalamt dürfte indes nur eine von mehreren Bundesbehörden sein, der groß angelegte strukturelle Änderungen ins Haus stehen. Ein Pressesprecher des Innenministeriums ließ verlauten, dass man sich in Zukunft noch intensiver als bisher mit dem Thema Cyberkriminalität und Onlineverbrechen befassen wolle.

Offenbar hatten Mitglieder der bekannten Hacker-Vereinigung FORTRESS ebenfalls Anteil an der Aufklärung des Falles. Angesichts dieser Tatsache sprach sich der Innenminister für das Hinterfragen des Legalitätsbegriffs in Bezug auf Verbrechen im Internet aus. Zahlreiche Mitglieder von FORTRESS, die von vielen Internetbegeisterten als Wohltäter und »digitale Robin Hoods« bezeichnet werden, werden aufgrund verschiedener Cyberattacken dennoch weiterhin per Haftbefehl gesucht. »Es ist an der Zeit, die Aktivitäten der verschiedensten Nutzergruppen im Internet neu zu bewerten«, so der Innenminister. Wir fragen uns indes, wie ein entsprechender Gesetzesentwurf aussehen könnte und was dies möglicherweise für die Zukunft des Internets, wie wir es heute kennen, bedeuten mag.

97

Palma de Mallorca

Thomas »Tommy« Mauritz, in Fachkreisen auch als der Ghost bekannt, warf hektisch Klamotten in einen Koffer.

Er riss sie einfach wahllos von den Bügeln, auf denen sie im begehbaren Kleiderschrank seines luxuriösen Schlafzimmers gehangen hatten. Er achtete nicht wirklich darauf, was er da einpackte. Hauptsächlich dienten die Klamotten dazu, das Bargeld zu bedecken, das er zuvor in den Koffer gestopft hatte. Er machte den Koffer zu, schnappte sich außerdem seinen Rucksack, in dem sein Laptop steckte, und hastete aus dem Zimmer.

Der Worst Case war eingetreten, diese beiden Bullentrottel daheim in Deutschland hatten es nicht verhindern können, und jetzt war einer davon tot, und allem Anschein nach hatten sie den anderen gerade geschnappt. Den Chef der Schwerverbrechensabteilung des BKA, ausgerechnet. Dabei hatte das alles anfangs ausgesehen wie eine todsichere Sache, ein kompletter Neuanfang unter dem Schutz dieser beiden gierigen Idioten.

Bis sie ein bisschen zu gierig geworden waren.

Bis sie Mist gebaut hatten.

Doch in all seiner Wut wusste der Ghost, dass die beiden nur ein Teil der Schuld an dem traf, was passiert war. Alles hatte hier angefangen, mit ihm und mit diesem Arschloch Robert Kern, das ihn erkannt hatte. Ein einziger, bescheuerter Zufall. Er war in dem Moment einfach zu perplex gewesen, um so zu reagieren, wie er es hätte tun sollen, und sich gleich an Ort und Stelle darum zu kümmern, und jetzt flog ihm der ganze Mist um die Ohren.

Verdammt.

Aber auch das war jetzt egal, dann würde er eben woanders neu anfangen. Er hatte jede Menge Bitcoins, ausreichend Bargeld, und er hatte vor allem seinen Laptop – mehr brauchte er nicht. Der Rest würde sich finden, notfalls auch ohne Unterstützung von oben.

Es gab schließlich noch jede Menge anderer

zahlungskräftiger Mäzene, denen er seine Dienste für gesalzene Preise verkaufen konnte, auch wenn er bisher bewusst darauf verzichtet hatte, mit *diesen* Leuten Geschäfte zu machen. Die russische Mafia, oder vielleicht auch die Chinesen. Sie alle schätzten jemanden, der mit einem Computer umgehen konnten.

Und er hatte einen Ruf, verdammt.

Er war der Ghost!

In dem Moment, da er die Tür öffnete, hörte er eilige Stiefeltritte, die die Treppe von unten heraufstürmten. Er hastete auf die Balustrade, warf einen hastigen Blick nach links, wo in diesem Moment ein Kerl, der aussah wie ein Profi-Footballspieler, um die Säule lugte. Er hatte eine Pistole in der Hand.

Der Mann brüllte irgendetwas von wegen stehen bleiben und verhaftet sein. Mauritz wirbelte herum, ließ den Koffer fallen und rannte los.

Er kam genau bis zu einem zweiten Mann in schwarzem Anzug, von ähnlicher Statur wie der erste, der ihm ebenfalls irgendetwas entgegenbrüllte, während er eine Waffe auf ihn richtete. Diesmal hörte Mauritz deutlich das Wort Europol heraus, und dass er sofort auf die Knie gehen solle, Hände hinter dem Kopf verschränkt.

Mauritz genoss noch für einen Sekundenbruchteil den direkten Blick in die Mündung der Waffe, dann kam er dem energisch geäußerten Wunsch seines Gegenübers nach.

Und damit endete das zweite geheime Leben des Ghost.

98

Südfriedhof Wiesbaden

Lisa fand, dass es eine schöne Beerdigung gewesen war.

Zudem ziemlich unkonventionell, dem Doc hätte sie bestimmt gefallen. Ein Haufen Biker, die um sein offenes Grab herumstanden, und jeder einzelne von ihnen hatte ein paar persönliche Worte über den Doc zu sagen. Dinge, die sie gemeinsam erlebt hatte, als er noch mit ihnen gefahren waren. Was für ein erstklassiger Mechaniker der Doc gewesen war, und was für ein grundsolider, anständiger Kerl, sein ganzes Leben lang. Hin und wieder war respektvolles Lachen zu hören gewesen, während die Männer sich an ihren Kumpel erinnerten.

Sie hatten eine Flasche irgendeines schweineteuren Whiskys kreisen lassen, jeder hatte einen Schluck daraus genommen und einen weiteren in das offene Grab geschüttet, und Lisa hatte sich gefragt, wie um alles in der Welt die Biker es hinbekommen hatten, dass die Friedhofsleitung ihnen diese außergewöhnliche Art des Abschiednehmens überhaupt erlaubt hatte.

Als sie dran gewesen war mit der Flasche, hatte sie

nur einen kleinen Schluck getrunken und Doc dafür einen größeren spendiert, zusammen mit einer der beiden weißen Rosen, die sie mitgebracht hatte.

Doc, der ihretwegen gestorben war. Sinnlos ermordet, nur um ihr eine Falle zu stellen.

»Hast das Beste draus gemacht, Gör«, hätte der Doc vermutlich gesagt und ihr ein schiefes Grinsen geschenkt. »Hast das Beste draus gemacht, und nur darauf kommt's letztlich an. Zum Schluss hast du die wirklich üblen Burschen drangekriegt, Gör. Hast sie drangekriegt und ein paar Leuten eine ziemlich üble Nummer erspart. Nur darauf kommt's an.«

Nach der Zeremonie waren die Biker geschlossen gegangen und hatten ihr gesagt, dass sie später noch in einer Kneipe in der Nähe ein bisschen Tumult machen wollten, dem Doc zu Ehren, und sie sei herzlich dazu eingeladen. Lisa hatte gelächelt und gesagt, sie würde sich das überlegen. Und für einen Moment hatte sie sogar überlegt, ob sie den draußen im Wagen auf sie wartenden Sayed mitnehmen sollte. Das gäbe auf jeden Fall ein interessantes Bild.

Auch da waren die Tränen noch nicht gekommen.

Man hatte sie inzwischen von jeglichen Verdachtsmomenten befreit, und auch wenn die Tatsache, dass sie die Leiche des Rothaarigen im Moor hatte verschwinden lassen, sicher noch ein Nachspiel haben würde, fühlte sie sich dem gewachsen. Sie hatte ihre Gründe dafür gehabt, und wie sich herausgestellt hatte, waren es verdammt gute Gründe gewesen.

Auch als sie ihr Handy aus der Tasche gezogen und die Nummer von Max gelöscht hatte, waren die Tränen nicht gekommen. Auch das hatte sich richtig angefühlt, irgendwie. Wie ein Neustart, und den brauchte sie jetzt.

Das mit den Tränen war erst passiert, als sie vor dem Grab ihres Vaters gestanden hatte, Shady zu ihren Füßen und sonst niemand auf dem gesamten Gelände. Sie hatte sich auf ein Knie herabgelassen und die zweite Rose auf den kühlen Stein gelegt, unter dem ihr Vater ruhte.

Dann hatte sie leise gesagt, dass sie ihn lieb hatte.

Denn auch er, so hatte sich herausgestellt, war letztlich ein verdammt anständiger Kerl gewesen.

Weitere Infos zum Autor finden Sie auf
www.LCFrey.de.